O Paciente Número Um

MICHAEL PALMER
Autor *best-seller* do *The New York Times*

O Paciente Número Um

Uma corrida contra o tempo para salvar o homem mais poderoso do mundo.

Tradução
Ebréia de Castro Alves

Título original: *The first patient*
Copyright © 2008 by Michael Palmer

Todos os direitos reservados. Nenhuma parte desta obra pode ser reproduzida ou transmitida por qualquer forma ou meio eletrônico ou mecânico, inclusive fotocópia, gravação ou sistema de armazenagem e recuperação de informação, sem a permissão escrita do editor.

Direção editorial
Soraia Luana Reis

Editora
Luciana Paixão

Editores assistentes
Thiago Mlaker
Deborah Quintal

Assistência editorial
Elisa Martins

Preparação de texto
Rebecca Villas-Bôas Cavalcanti

Revisão
Rosamaria Gaspar Affonso
Isney Savoy

Capa, criação e produção gráfica
Thiago Sousa

Assistentes de criação
Marcos Gubiotti
Juliana Ida

Imagem de capa: © Medford Taylor / Getty Images

CIP-Brasil. Catalogação-na-fonte
Sindicato Nacional dos Editores de Livros, RJ

P198p   Palmer, Michael, 1942-
            O paciente número um / Michael Palmer; tradução Ebréia de Castro Alves. - São Paulo: Prumo, 2009.

            Tradução de: The first patient
            ISBN 978-85-7927-037-6

            1. Médicos - Ficção. 2. Presidentes - Saúde - Ficção. 3. Médico e paciente - Ficção. 4. Ficção americana. I. Alves, Ebréia de Castro. II. Título.

09-4869.   CDD: 813
                                                           CDU: 821.111(73)-3

Direitos de edição para o Brasil: Editora Prumo Ltda.
Rua Júlio Diniz, 56 — 5º andar — São Paulo/SP — CEP: 04547-090
Tel: (11) 3729-0244 — Fax: (11) 3045-4100
E-mail: contato@editoraprumo.com.br
Site: www.editoraprumo.com.br

À Dra. E. Connie Mariano,
Contra-Almirante (aposentada),
Dama do Renascimento,
Médica de presidentes:
Sem a senhora, este livro não existiria.

E para
Matthew, Daniel e Luke,
por fazer com que tudo valha a pena.

AGRADECIMENTOS

Eternamente em primeiro lugar, agradeço a Jennifer Enderlin, minha extraordinária, brilhante, compassiva e diligente editora da St. Martin's Press. Você é e sempre será meu tipo preferido de guarda-livros.

Jane Berkey e Meg Ruley, da Jane Rotrosen Agency, são tudo o que os agentes literários devem ser, e mais ainda.

O talentoso cantor, músico, romancista, ás da informática e compositor Daniel James Palmer é responsável por muitas e valiosas coisas boas em relação a este livro, incluindo os blues de Alison.

Além dessas pessoas, meus agradecimentos vão para:

O Dr. David Grass, que partilhou seu entusiasmo e seu vasto conhecimento neurológico.

A artista incrivelmente talentosa e autora de livros infantis Dara Golden, que dividiu comigo sua grande compreensão e amor por cavalos.

Robin Broady, que leu "n" vezes meu manuscrito.

O chef Bill Collins (www.chefbill.com) discutiu problemas comigo e criou incontáveis refeições merecedoras de encômios.

Deus abençoe vocês, Sally Richardson, Matthew Shear e Matthew Baldacci, da St. Martin's.

O advogado Bill Crowe, que me ensinou a atirar direito, Jay Esposito, que me ensinou a comprar um carro usado, e a Dra. Ruth Solomon, que me deu conselhos sobre medicina veterinária.

Obrigado ao staff da Unidade Médica da Casa Branca por sua hospitalidade, e ao Grande Livro[1] por sempre ter as respostas certas.

Finalmente, grato a Luke, por sugerir a nanotecnologia quando eu lhe disse que estava num beco sem saída.

Se omiti o seu nome, prometo que o incluirei da próxima vez.

---

1 – Outro nome pelo qual é conhecido o livro dos Alcoólicos Anônimos. (N.T.)

CAPÍTULO 1

Os rotores do Marine One diminuíram a velocidade e pararam. Nuvens de poeira formavam ondas no ar parado. Minutos depois, um segundo helicóptero idêntico pousou a vinte metros de distância. Uma pequena escada foi baixada até o chão ressecado. Um sargento dos fuzileiros, em uniforme de gala, deixou o abrigo do primeiro helicóptero e posicionou-se formalmente ao pé da escada. A porta do atarracado Sikorsky Sea King oscilou e abriu-se.

Sem nenhuma cerimônia, o homem mais poderoso da Terra, junto com seu inseparável e popular cachorro, penetrou na quente tarde de Wyoming.

A quinze metros de distância, Gabe Singleton acalmou seu cavalo com uns tapinhas atrás da orelha. Quando um agente do Serviço Secreto apareceu no meio da manhã no Centro Médico Regional de Ambrose, avisou a Gabe que o presidente viria, mas não especificou a hora. Depois de tratar exaustivamente, a noite inteira, de dois pacientes na UTI, mesmo um visitante daquela magnitude não podia impedir que Gabe fizesse seu passeio habitual no deserto.

— Olá, caubói! — gritou o Presidente Andrew Stoddard, descendo a escada e cumprimentando afavelmente o solitário fuzileiro. Perguntou a Gabe: — Quais as novas?

— As novas são que você e seus helicópteros me assustaram pra caramba e também assustaram meu cavalo.

Os dois homens apertaram as mãos e se abraçaram. Gabe, que achava que Stoddard parecia um presidente mesmo quando eram colegas de quarto no primeiro ano da Academia Naval, mostrava o estresse de três anos e meio no cargo. Fios grisalhos realçavam o cabelo castanho-escuro cortado a navalha, e havia profundos pés de galinha nos cantos dos olhos azuis furta-cor. Ainda assim, ele era, sob todos os aspectos, o homem no comando, o condecorado piloto da operação Tempestade no Deserto[2] e ex-governador da Carolina do Norte, cuja estrela havia estado em ascendência desde o dia em que respirou pela primeira vez.

— Uma das desvantagens do cargo — disse Stoddard, apontando para sua comitiva. — Helicópteros idênticos para que, se algum maluco resolver dar um tiro de bazuca em um deles, tenha apenas cinquenta por cento de possibilidade de acabar comigo. Os homens do Serviço Secreto verificam todos os centímetros em que estes meus pezinhos tamanho quarenta e cinco vão pisar, e todos os assentos de vasos sanitários que serão agraciados por estas nádegas presidenciais, mais uma equipe médica treinada para saber que não se trata de saber *se* vai acontecer alguma coisa terrível com seu chefe, e sim *quando*.

— Se você está querendo trocar de emprego, estou precisando de um peão para lidar com o gado aqui no rancho.

— Quantos deles você tem atualmente? — perguntou Stoddard, olhando ao redor.

---

2 – Operação realizada durante a Guerra do Golfo. (N.T.)

— Você seria o primeiro. Receio que nosso pacote de benefícios seja meio modesto, e, para começo de conversa, você teria de me pagar para trabalhar aqui.

— Cara, pode me pôr na lista. Não sei se você segue as pesquisas de opinião pública, mas neste momento meu nível de segurança no cargo não é dos mais altos. Você tem um tempinho para conversar com um velho amigo?

— Só me deixe levar meu amigo Condor para o estábulo.

— Belo cavalo.

— Seu cachorro também é bonito. Ele se chama Liberty, não é?

Gabe deu uns tapinhas nas sólidas ancas do cachorro.

— Você tem boa memória — disse Stoddard. — Liberty está ficando famoso, sempre junto comigo e mudando os preconceitos das pessoas em relação aos *pitbulls*, da mesma forma que estamos mudando os preconceitos das pessoas sobre a América. Sempre tive cachorros, Gabe, mas o Liberty é o melhor de todos. É forte como um tigre, sábio como uma coruja, suave e confiável como o seu cavalo.

— Talvez você devesse tê-lo chamado de Parábola.

O presidente deu uma gargalhada.

— Adorei. Esse é o meu leal cachorro, Parábola. Ele é duro como uma noz, mas suave como talco de bebê. Carol vai achar isso muito engraçado também, especialmente porque, ao contrário do marido, é muito provável que ela saiba a diferença entre uma parábola e uma metáfora. Ei, Griz!

Um agente do Serviço Secreto com o pescoço de um touro, tórax forte e um princípio de calvície, usando o terno preto obrigatório e óculos espelhados, materializou-se não se sabe de onde.

— O senhor me chamou?

— Griz, este é Gabe Singleton, meu velho companheiro de quarto na faculdade. *Doutor* Gabe Singleton. Faz uns cinco anos que não nos vemos, mas parece que foi ontem. Gabe, este aqui é Treat Griswold, meu protetor número um e provavelmente o segundo homem do Serviço Secreto. É obcecado com falhas. Jura que está dizendo a verdade quando diz que é capaz de receber uma proverbial bala dirigida a mim, mas com esse sorriso torto e esses olhinhos de conta, eu simplesmente não acredito nele.

— O senhor vai ter de esperar para ver — disse Griswold, quase pulverizando os ossos da mão de Gabe. — Terei prazer em levar Condor para o estábulo, doutor. Quando eu era garoto, costumava tirar o estrume do estábulo e dar umas voltas nos cavalos para aquecê-los.

Gabe simpatizou imediatamente com o agente secreto.

— Nesse caso, você progrediu muito na vida — disse ele, entregando as rédeas ao homem. — Os arreios são guardados no celeiro. Talvez a gente possa dar uma volta a cavalo um dia desses.

— Talvez a gente possa — disse Griswold. — Vamos, Liberty, vamos levar esse amigão para a cama.

Stoddard pegou Gabe pelo braço e o levou até a porta dos fundos. A casa, com sete cômodos rústicos que ainda lembravam a cabana que fora antes de alguns acréscimos, ficou com Gabe com o término do seu casamento de cinco anos com Cynthia Townes, uma enfermeira alegre e extrovertida que o amou loucamente do primeiro até o último dia. Esse foi o seu erro.

As últimas palavras de Cinnie para ele antes de lhe entregar as chaves e partir para um emprego como professora em Cheyenne foram para lhe implorar que resolvesse seu passado antes de quaisquer outras tentativas de construir um futuro com alguém. Por mais de sete anos ele havia seguido as palavras dela, portanto, havia evitado cuidadosamente outra ligação profunda.

Talvez já tivesse resolvido seu passado, mas duvidava seriamente que seu passado já estivesse resolvido com ele.

— Lamento não ter vindo aqui antes — disse Stoddard. — Eu gostava muito das nossas cavalgadas noturnas e nossas pescarias para lá daquelas montanhas.

— As Laramies. Não existe lugar igual no mundo. Mas pare de se desculpar, amigo. Pelo que eu soube, você tem tido outros assuntos para resolver. Salvar o mundo, por exemplo.

Stoddard deu um risinho melancólico.

— Meu trabalho é um pouco mais difícil do que eu imaginava — disse, acomodando-se ao redor da mesa de carvalho na cozinha —, mas continuo com a intenção de melhorar a vida das pessoas.

— Eu me lembro de você falando disso em nossa primeira ou segunda noite quando íamos de bar em bar nos tempos da Academia. Eu tentava manter o cinismo e acreditar que você era um babaca idealista, mas uma vozinha dentro de mim não parava de dizer que você era um cara que poderia realmente ser capaz de fazer o que dizia. Então, quando você bebeu muito mais do que eu e aguentou bem o tranco, decidi lhe dar o benefício da dúvida.

— Aquilo foi sorte de principiante, e você sabe disso. Você deve ter tido um vírus ou alguma coisa dessas.

— Por falar nisso, não deve ser surpresa que eu não lhe possa oferecer uma cerveja, mas posso preparar um café, ou um chá.

— Chá seria ótimo — disse o presidente, colocando uma pasta de arquivo à frente dele. — Continuando com minhas desculpas, lamento não ter podido comparecer ao enterro do seu pai, e agradeci por você ter me informado de que ele havia morrido.

— E eu agradeci por você ter tido tempo de me ligar da América do Sul.

— Seu pai era um pouco... estranho, mas sempre simpatizei com ele.

— Ele tinha muito orgulho de você, Drew, por ter se formado em Anápolis e por essa coisa toda.

No instante em que pronunciou as palavras, Gabe se arrependeu. Apesar das súplicas de Cinnie, ele fizera o que fora possível para lidar com o que aconteceu em Fairhaven e a reação do seu pai. Não tinha intenção de dar à frase a impressão que deu.

— Tenho certeza de que ele também tinha muito orgulho de você, Gabe — disse Stoddard, meio constrangido —, por você ser médico, e por todas as missões humanitárias de que participou, e pela fundação de ajuda aos jovens sob sua direção.

— Obrigado. Falando em pais, como vai o seu?

— O mesmo LeMar de sempre. Continua tentando administrar tudo, inclusive a mim. Ele me diz que comprou uma viagem numa nave espacial russa. Por quinze milhões, vai ser o primeiro homem de setenta e cinco anos a meter as hemorroidas numa estação espacial internacional.

— Quinze milhões! Benza Deus!

— Opa, pare com isso. Quando falamos de meu pai, é como dinheiro do banco imobiliário. Faça as contas. Os mais ou menos dez bilhões que ele vale menos os cerca de quinze milhões que ele gastou... diminui três, transporta um, e mesmo assim a soma chega a mais ou menos dez bilhões. Eu não me surpreenderia se ele tivesse pago à vista, com notas que tirou da gaveta de meias.

Gabe sorriu. Se, com o passar dos anos, ele havia sofrido por ter um pai negligente, Drew Stoddard havia sofrido por ter um pai atuante "em excesso". Desde a época em que usava fraldas, Stoddard fora moldado pelo pai industrial carismático e muitíssimo bem-sucedido. A tristeza de Buzz Singleton quando Gabe foi expulso da Academia Naval nada significava se comparada à de LeMar Stoddard quando precisou explicar a seus companheiros do clube de caça ou de polo ou de qualquer outro lugar que Drew se filiara ao Partido Democrata, no qual, aliás, destacava-se como um dos principais membros.

Seria possível que a notável transformação de Drew, de republicano elitista em democrata populista, tivesse raízes no acidente em Fairhaven, ocorrido havia tantos anos? Gabe sempre se perguntava isso. Daquela tragédia difícil de ser avaliada, nem os espectadores nem os inocentes, como Drew Stoddard, escaparam ilesos.

Gabe pôs na mesa um bule de chá Earl Grey e biscoitos. Houve uma época, antes da última eleição presidencial, em que os dois homens se reuniam uma ou duas vezes por ano para dar longas caminhadas e pescar nas montanhas Smokies ou nas Laramies, e trocar novidades e histórias. Agora, apesar da longa amizade, Gabe se sentia estranhamente constrangido por ocupar o tempo do homem mais poderoso do sistema solar com "abobrinhas". Ainda assim, a viagem de última hora até Tyler fora iniciativa de Stoddard, por isso o correto seria deixá-lo definir a programação.

Gabe não precisou esperar muito.

— Sabia que, além das amplas instalações médicas no primeiro andar do Eisenhower Office Building (EOB)[3], temos nossa própria clínica médica na Casa Branca? — perguntou Stoddard.

— Você falou alguma coisa sobre isso em uma de nossas conversas.

---

3 – Edifício adjacente à Casa Branca, ocupado pelo Instituto de Administração e Escritório Executivo do Presidente. (N.T.)

O PACIENTE NÚMERO UM

— O EOB é dirigido pela Unidade Médica da Casa Branca, a qual, por razões perdidas no tempo, é na verdade uma divisão do Gabinete Militar da Casa Branca. O local é excelente: foi remodelado há pouco tempo, tem equipamentos de última geração, enfermeiras e paramédicos de altíssima qualidade e os melhores médicos de todas as especializações. No total, são vinte e cinco ou trinta funcionários. Eles cuidam de mim, da Carol e dos meninos, quando vêm do colégio para casa, do Vice-Presidente Cooper e de sua família e de qualquer pessoa que necessite de atendimento médico enquanto estiver na Casa Branca.

— Os meninos vão bem nos estudos?

— Muito bem. Andrew vai para a décima primeira[4] série, e Rick para a nona[5]. Ambos estudam em Connecticut. Agora estão num acampamento de futebol. Andrew é um goleiro espetacular. Rick só joga porque acha que deve: quer entrar na Academia e ser astronauta.

— Acha que consegue isso para ele?

— Acredito que ele possa entrar por mérito próprio, mas eu talvez fique de olho no formulário de admissão dele.

— Décima primeira e nona séries! Isso é fantástico!

— Eles são felizes e saudáveis. Isso é tudo o que realmente importa.

— Falando em saudáveis, você conseguiu que seu médico da Carolina do Norte se mudasse para Washington para cuidar de você, não é?

—Jim Ferendelli. Ele tem sido um ótimo médico para mim e minha família. O melhor que eu poderia ter. É gentil, competente, simpático. Além disso, toca piano muito bem.

---

4 – Equivalente ao nosso último ano do ensino médio. (N.T.)
5 – Equivalente ao nosso antepenúltimo ano do ensino médio. (N.T.)

— Fico muito contente por saber disso tudo, Drew. Ter um médico em quem se possa confiar tira um peso enorme das costas de qualquer pessoa.

— Concordo, mas mesmo assim fico satisfeito em ouvir você dizer isso.

— Bem, é isso que eu acho, embora, quando se trate de cuidar da saúde do presidente dos Estados Unidos, suponho que você saiba que estou apenas dizendo o óbvio. Seu bem-estar e sua boa saúde têm impacto, de uma forma ou de outra, em todas as pessoas do planeta.

Stoddard riu discretamente:

— Compreendo o que você está dizendo, mas ainda fico meio apavorado ao pensar nas coisas dessa maneira.

— Esse seu cargo exige demais. Não tenho a mínima inveja da sua responsabilidade.

— Mas continuo contando com seu apoio?

— Claro que sim!

— Nesse caso, não deve ser surpresa para você eu ter deixado uma campanha acirrada para voar até aqui só porque sentia falta de seu rosto sorridente. Preciso de um grande favor seu, Gabe. Um favor importante.

— Diga lá.

— Preciso que se mude para Washington e seja meu médico.

Gabe afundou na cadeira e olhou fixo para seu antigo companheiro de quarto, sem acreditar no que ouvira.

— Mas... você disse que Jim Ferendelli é um grande médico.

— E é... era.

Gabe sentiu como se uma faixa lhe estivesse apertando o peito.

— Não entendo — conseguiu pronunciar finalmente.

— Gabe — disse Stoddard. — Jim Ferendelli sumiu... desapareceu.

CAPÍTULO 2

— Onde entra o FBI nessa história?
— É claro que estão investigando a fundo. Centenas de agentes estão trabalhando no caso há quase duas semanas, mas ainda não têm nenhuma pista.

A noite chegou, e uma brisa constante vinda do norte eliminou o que restava do calor do dia. Gabe ouviu em silêncio, atônito, a descrição a respeito de um viúvo de cinquenta e seis anos, pai dedicado de uma filha adulta, simpático e diligente, religioso praticante e de hábitos modestos, que certo dia simplesmente não compareceu ao trabalho. Uma busca em seu apartamento em Georgetown e na sua casa em Chapel Hill nada revelara de extraordinário, e a investigação em seus telefonemas e *e-mails* tampouco ajudara.

Com a campanha presidencial esquentando, os assessores de Andrew Stoddard haviam conseguido manter o desaparecimento potencialmente perturbador fora da mídia até estarem certos de que a procura não teria êxito. Agora, depois de mais de uma semana, isso era óbvio, e os parcos detalhes obtidos haviam acabado de ser divulgados à imprensa.

— Dissemos a todos que por enquanto a Unidade Médica da Casa Branca trataria de quaisquer problemas com minha saúde, porém, por mais competente que a unidade seja, faço questão de ter meu próprio médico.

— Isso é absolutamente incrível — disse Gabe. — O médico do presidente dos Estados Unidos desapareceu sem deixar traço. E a família dele? Ninguém sabe nada?

— Como eu disse, a mulher de Jim morreu de câncer há cerca de cinco anos. A mãe dele vive num asilo, e as duas irmãs mais velhas não tiveram nenhuma notícia dele.

— Mas você disse que ele tem uma filha. Ela não soube de nada?

— Na verdade, Jennifer também desapareceu.

— Quê?

— Ela está se formando em cinema na Universidade de Nova York. Na noite em que Jim desapareceu, a colega de quarto de Jennifer chegou de um encontro com o namorado e Jennifer não estava, mas o FBI sim. Não havia indício de que ela tivesse feito mala, nenhum bilhete, nada. Os agentes ligaram para todos os telefones de que a companheira de quarto conseguiu se lembrar, mas, assim como o pai, a moça simplesmente... desapareceu.

Gabe só conseguiu balançar a cabeça.

— Minha nossa! — murmurou. — Você vê algum sentido nisso, Drew? Qualquer sentido que seja? Acha que isso tem alguma relação política? Talvez seja apenas uma coincidência de algum tipo, como um acidente ou... ou uma crise mental. A filha é uma moça estável?

— Ela é maravilhosa. Fez terapia depois que a mãe morreu, mas não por muito tempo, pelo que sabemos. Não é viciada em drogas, bebe socialmente. Não está namorando no momento, mas o último namorado só disse coisas positivas sobre ela.

— Ferendelli estava saindo com alguém?
— Não que tivéssemos conhecimento.
Gabe esfregou os olhos e contemplou o teto abobadado de sequoia.
— Queria muito ajudar você, Drew — disse. — De verdade, mas estou muito ocupado por aqui.
— Na verdade — disse Stoddard —, Magnus Lattimore, meu Chefe de Gabinete, está aqui em Tyler há alguns dias, investigando o local. Ele é discreto e eficientíssimo, e faz o que tem de fazer sem despertar suspeitas quando é preciso.
— Como os sujeitos de ternos e óculos escuros que estão ali.
— É, exatamente como eles.
— Beleza! Não sei bem se quero saber o que ele descobriu.
— Bem, vejamos. Seus dois sócios afirmam que podem cuidar dos negócios no período entre agora e a eleição em novembro. Parece que vocês acabaram de contratar uma nova médica-assistente chamada Lillian Lawrence, que tem condições de absorver a maior parte da carga que sua ausência numa licença sabática[6] criaria. Um de seus sócios disse até que Lillian é provavelmente mais inteligente do que você...
Gabe não conseguiu sufocar um sorriso e perguntou:
— Qual deles disse isso?
— Desculpe, mas ele fez Magnus prometer que não iria contar...
— Não é tão simples assim, Drew. Além dos meus pacientes, tenho um compromisso com minha fundação.
— Você se refere à Lariat?
— É... O que foi que Magnus descobriu a respeito?

---

6 – Nos EUA, quando a pessoa "pede um tempo" do trabalho ou da carreira para se dedicar a outro tipo de atividade. (N.T.)

O PACIENTE NÚMERO UM

— Ele descobriu que há anos você impediu que muitos garotos enveredassem pelo caminho errado, e fez com que eles participassem de rodeios e projetos de montaria.

— Então ele também deve ter descoberto como isso é importante para mim... e eu para a fundação.

— O que ele soube é que não existe uma criatura no sudeste de Wyoming com dinheiro para doar que não tenha sido praticamente forçada por você a fazer isso, e a maioria delas doou mais de uma vez.

— Sempre fui persistente quando me determino a fazer alguma coisa.

— Bem, ontem Magnus almoçou com — Stoddard abriu a pasta e examinou uma das páginas — Irene de Jesus. Ela contou que você não trabalha muito na Lariat.

— Se Irene disse isso, não está batendo bem, mas sei que não disse.

— Tudo bem, tudo bem; na verdade, ela disse que precisaria ter três ou quatro pessoas para fazer o mesmo que você faz com os garotos toda semana.

— Assim é melhor...

— Ela também contou que ultimamente grande parte das suas atividades se dirige a planejar e arrecadar fundos para construir um espaço fechado para montaria.

— Estamos quase obtendo a quantia necessária.

— Gabe, aceite minha proposta e você *vai* ter o montante que falta.

Gabe sentiu a pulsação acelerar. Mais cedo ou mais tarde, o novo estábulo e a arena de montaria seriam uma realidade, mas no momento eram pouco mais do que um sonho ambicioso.

— Você faria isso? — perguntou.

— No dia em que você pisar no consultório médico da Casa Branca, um anjo anônimo vai doar cinquenta mil dólares à Lariat. Se isso não for suficiente para terminar a obra, conheço mais um ou dois anjos que vão querer ajudar.

Mais uma torrente de pulsações cardíacas aceleradas. Venda de alimentos assados e leilões silenciosos bastariam para levar as coisas apenas até um certo ponto, rapidamente, e outros projetos da Lariat tinham praticamente drenado todos os incentivadores periódicos da instituição. A arrecadação de fundos para esse sonho havia sido surpreendentemente baixa, e pelo menos uma dúzia de meninos e meninas estava na lista de espera para serem levados ao *staff* que cuidaria deles no momento em que a arena e o estábulo estivessem concluídos.

Gabe andou para cima e para baixo na cozinha. Não tinha dúvida de que, se Drew Stoddard prometeu dinheiro para a Lariat, a entidade receberia esse dinheiro.

— Não posso acreditar — disse Gabe — que, com uma máquina tão eficiente quanto esse Magnus trabalhando para você, ainda esteja preocupado com sua reeleição.

— Bem, mas eu *estou* preocupado. Essa campanha vai ser uma maratona. Brad Dunleavy é um guerreiro, e já exerceu um mandato de presidente. Nossos partidos estão equilibrados e prontos para se destroçar. O controle das duas casas do Congresso poderia depender de um único assento. Mas sabe de uma coisa, Gabe? Acabei de perceber o que eu estava dizendo sobre providenciar o financiamento de seu projeto se você fosse para Washington, e retiro tudo o que disse. Você não merece que eu o esteja chantageando. Isso foi ideia do Magnus, mas, agora que fiz o que ele sugeriu, não gosto da maneira como parece, nem da maneira como me sinto. Depois de tudo por que passou e do modo como você se recuperou e de todas as pessoas a quem ajudou, você simplesmente não merece isso. Portanto, dou minha palavra: independentemente do que você resolver sobre ir ou não para Washington, os recursos financeiros para as crianças lhe serão dados.

Gabe soube então que estava cercado, sem saída, vencido. Não era de admirar que esse homem jamais tivesse perdido uma eleição. Seria o súbito comprometimento de financiar a expansão da Lariat, independentemente da decisão de Gabe, parte da estratégia especialmente concebida de Magnus Lattimore, ou estaria Drew sendo legitimamente espontâneo e sincero? Mais importante que tudo, porém, será que isso realmente importava?

Como é que se pode dizer se um político está mentindo? Quando os lábios dele se mexem!

Quem foi a primeira pessoa que disse isso?

Se Drew estava sendo o político, merecia que Gabe simplesmente dissesse:

— Está certo, aceito o dinheiro e você encontra um médico para me substituir.

Mas isso não iria acontecer.

Gabe suspirou e sentou-se em frente ao amigo.

— É claro que o acidente em Fairhaven vai ser lembrado — ele disse. — Como você planeja lidar com o que aconteceu lá?

— Graças a você e ao que realizou na sua vida desde que foi solto, o assunto não vai ser o grande problema que você imagina.

— Isso é o que diz Magnus Lattimore.

— E outros.

Gabe olhou atentamente pela janela dos fundos para o céu violeta e a silhueta do Marine One. Como sempre, sua mente se recusou a reviver o acidente e a terrível consequência e, como sempre, as imagens — na maior extensão que percorreram — foram inexoráveis. Ele e Drew, como vários dos aspirantes de

Marinha do segundo ano, comemoravam o término do período letivo com uma verdadeira Olimpíada de jogos de bebedeira em muitos bares: Rockfish, Acme, Mc Garvey's. O Boatyard foi a última parada de que Gabe se lembrava, mas, de acordo com os registros judiciais, houve vários outros. Como quase sempre no que eles chamavam de *drinkathons*[7], Drew Stoddard estava ao lado de Gabe, se não empatando com ele copo a copo e garrafa por garrafa, como ele outrora era capaz, pelo menos se esforçando ao máximo.

Fairhaven não foi a primeira vez em que Gabe bebeu até "apagar". Na verdade, desde o ensino médio ele era conhecido por isso. Orgulhava-se de se descrever como um filho da mãe que andava muito a cavalo, estudava muito, lutava pra valer, era bom de cama e bebia muito, e poucos dos que o conheciam contestariam qualquer dessas características. Nem poderia alguém discutir com o orador da turma do ensino médio e campeão de rodeios, que era também ambicionado pelo treinador de futebol americano na Marinha como meio-de-campo, embora Gabe nunca tivesse se interessado em ser testado para fazer parte da equipe.

— Um alcoólatra normalmente não começa como um fracassado — no AA, o responsável por Gabe lhe disse certo dia. — Ele precisa trabalhar e beber muito para se tornar um fracassado.

O nível de álcool no sangue de Gabe — 0,34 — poderia ter sido letal num corpo menos adaptado a muita bebida, mesmo o corpo de um rapaz de vinte anos. Seu "apagão" foi e voltou nas horas seguintes ao acidente. Ele se lembrava do chão ensopado pela chuva no fundo do aterro íngreme, e de passar a mão no sangue que jorrava para dentro dos olhos. Lembrava-se

---

7 – Espécie de maratona envolvendo o consumo de bebidas alcoólicas. (N.T.)

da voz trêmula de Drew chamando por ele em algum lugar na escuridão, perguntando sem parar se estava bem. E se lembrava também da polícia... e das algemas.

Passaram-se horas depois que ele perdera o controle do carro emprestado, fora arremessado para o outro lado da rodovia e colidira de frente com um carro dirigido por uma jovem grávida, antes que sua mente começasse permanentemente a clarear, mas ele nunca se lembrou de nenhum detalhe do acidente — nenhum. E não recordava absolutamente nada sobre a moça que matara, junto com seu filho ainda não nascido.

— Gabe?

A voz do presidente interrompeu seus pensamentos, mas não completamente.

— Quê? Ah, desculpe.

— Ainda machuca, não é?

— Não é o tipo de coisa com que eu já consiga lidar, se é isso que quer dizer. Não consigo imaginar que o pessoal da imprensa em Washington não vá escavar todos os detalhes lúgubres. Um ano na cadeia não é exatamente o que o povo americano considere um endosso recomendável para o homem que cuida da saúde do seu líder.

— Meu pessoal me garantiu que não vai ser ruim assim. Você sofreu o castigo que a sociedade determinou, e depois passou a vida servindo aos outros. Mesmo o repórter mais maldoso sabe que poderia ter sido ele atrás do volante naquela noite, e até mesmo o mais duro deles é capaz de avaliar o que você realizou desde então.

— Obrigado por dizer isso.

— Nós dois sabemos que não tem sido fácil.

— Nem está dando certo. O bebê teria mais de trinta anos agora. Às vezes me pego imaginando que tipo de adulto ele seria.

Essa declaração, apesar de absolutamente verdadeira, pegou Stoddard de surpresa. Por alguns minutos o condecorado piloto de caça da operação Tempestade no Deserto, agora comandante-chefe das forças armadas mais poderosas do mundo, não conseguiu reagir. Trinta e dois anos se haviam passado desde Fairhaven, e as feridas de Gabe continuavam em carne viva, às vezes infeccionadas.

— Gabe, minhas palavras foram sinceras — disse Stoddard, afinal. — Percorri pessoalmente uma longa distância até aqui porque preciso mesmo de você. Dores de cabeça, de estômago, insônia, diarreia intermitente. Cite um sintoma qualquer, e eu já tive. Jim está fazendo secretamente exames neurológicos para as dores de cabeça que tenho sentido: *migraines*, como ele diz. Preciso de alguém de confiança, alguém acima dos fofoqueiros de Washington, alguém a quem possa confiar o futuro deste país.

— O FBI continua a pleno vapor para encontrar o Ferendelli?

— Além da divisão investigativa do Serviço Secreto.

— Se ele for encontrado e quiser o cargo de novo, eu volto para casa.

— Você tem minha palavra.

— Porra, não estou animado com esta situação, Drew.

— Eu sei.

— Sou um cara muito caseiro. Exceto pelas missões à América Central, o mais perto que cheguei de ir a algum lugar é a leitura da revista *Travel & Leisure* no consultório do dentista. Meus sócios me adoram porque estou sempre por perto para dar cobertura a eles em caso de alguma emergência.

— Foi o que eles disseram.

— Porra, Stoddard, por que está olhando e agindo como se já soubesse que eu vou ceder?

O sorriso de menino de Stoddard provavelmente deve ter sido responsável por uns 10 ou 20 milhões de votos na última eleição.

— Porque você é um homem bom, Dr. Singleton, e sabe que essa é a coisa certa a fazer.

— Quanto tempo tenho para me preparar?

— De acordo com as pesquisas de Magnus, dois dias devem bastar.

— Estou ansioso para conhecer esse tal de Magnus.

— Em Washington?

— Em Washington, Sr. Presidente.

CAPÍTULO 3

A clínica médica da Casa Branca ficava exatamente do outro lado do corredor do elevador que levava à residência da Primeira Família. De pé em frente ao espelho do banheiro no elegante consultório de três cômodos, Gabe percebeu que ficaria mais à vontade se estivesse localizado numa clínica no centro de Bagdá.

Passava pouco das sete da noite. Como prometido, o *smoking* e os sapatos haviam chegado ao consultório precisamente às seis horas. O tamanho estava perfeito sob todos os aspectos, o que não era surpresa, pois as providências haviam sido tomadas por Magnus Lattimore, por meio da Secretaria Social do presidente. Infelizmente, a sacola com o traje não incluiu um recorte nem instruções sobre como dar o nó na gravata-borboleta anexa, o que era um descuido raro, embora compreensível, de Lattimore.

Gabe observou as mãos que haviam laçado novilhos, agarrado potros xucros e suturado inúmeras lacerações se esforçando para fazer um laço, mesmo que apenas passável. As instruções da internet que ele havia imprimido estavam escoradas na pia. Além de sua limitada destreza, ele estava cansado e tenso. As maçãs do rosto estavam ainda mais pronunciadas do que de costume, e os olhos escuros, que Cinnie havia afirmado serem sua característica mais sensual, pareciam perdidos. Isso não era surpresa. Quatro dias de turbilhão num apartamento novo, cidade nova e emprego novo estavam cobrando seu preço.

A recepção formal de jantar, programada para as oito no Salão de Jantar da Presidência, visava ostensivamente a recepcionar o recentemente reeleito presidente de Botswana. De acordo com o especialista em assuntos da África enviado por Lattimore para passar-lhe um resumo, o país era um sólido aliado dos Estados Unidos, e uma das democracias duradouras daquele continente. Na verdade, a lista de convidados havia sido cuidadosamente composta com nomes de dignitários e membros do Gabinete interessados em conhecer o homem que o presidente selecionara para trazer estabilidade à divisão médica da Casa Branca.

Mais uma tentativa de dar o nó na gravata, mais um fracasso mórbido.

Os músculos no pescoço e nos ombros de Gabe, sempre os receptáculos para o estresse e a fadiga emocional, pareciam couro de tambor, tamanha a tensão. Uma dor de cabeça latejante estava se formando sob suas têmporas. Resolveu que um tipo qualquer de medicamento ajudaria a tornar a noite mais suportável, talvez dois comprimidos de Tylenol com codeína.

Desde a tragédia de Fairhaven, ele havia jurado nunca mais beber, e durante os primeiros anos fora da prisão havia ampliado essa promessa para boicotar igualmente todas as formas de drogas. Mas, com uma série de doenças originadas nos tempos de rodeios e futebol, dores de cabeça e de pescoço relacionadas ao estresse, o Tylenol e o ibuprofeno[8] tinham intermitentemente sido substituídos por Darvon e Tylenol nº 3, e pelo que de vez em quando Gabe guardava no armário de remédios, para os desconfortos que cruzassem a linha imaginária entre a dor pouco intensa e a que realmente incomodasse.

Ele sabia que depender de comprimidos contra a dor e até dos antidepressivos aos quais recorria de vez em quando não era o comportamento mais inteligente para um alcoólatra em recuperação, e sabia também que sempre havia o perigo de evocar dores para justificar o ato de tomar essas drogas, mas tinha conhecimento de que tinha ido o mais longe que conseguiu em termos de fazer a coisa certa.

Pôs a gravata e as instruções na pia, levou um copo d'água até a esplêndida escrivaninha de cerejeira que os decoradores da Casa Branca haviam determinado ser apropriada para o consultório interno do médico do presidente e tirou dois comprimidos de Tylenol com codeína dos cerca de trinta que havia transferido para um vidro que dizia simplesmente: TYLENOL. Se alguém descobrisse a farsa, ou encontrasse os envelopes de Demerol e antidepressivos no estojo de óculos no fundo da gaveta, ele não daria a mínima. Se Drew lhe tivesse perguntado sobre os comprimidos, ele lhe teria contado a verdade. Provavelmente deveria mesmo haver dito alguma coisa. Se tivesse feito isso, era bem possível que ainda continuasse em Tyler, cuidando de pessoas com calos nas mãos e ensinando garotos a laçar. Mas acabara decidindo que o assunto só dizia respeito a ele e a mais ninguém. O mundo já sabia o suficiente a seu respeito.

---

8 – Ácido carboxílico aromático, usado como anti-inflamatório. (N.E.)

A codeína havia começado seu percurso do estômago ao cérebro quando, com um bater firme, abriu-se a porta da sala da recepcionista.

— Alguém aí? — perguntou uma voz de homem que Gabe não reconheceu.

— Estou aqui — respondeu Gabe.

O branco do uniforme do almirante refletia tanta luz quanto o abajur da escrivaninha, e a insígnia dourada "cor de ovo estrelado" na pala do casaco parecia ter brilho próprio. Ele atravessou a soleira e, com o olhar fixo em Gabe, fechou a porta.

— Ellis Wright — o estranho disse, apertando superficialmente a mão de Gabe. — Mil desculpas por não ter vindo antes, mas eu estava no exterior quando você entrou para a equipe. Suponho que saiba quem sou.

As duas fotos do homem que Lattimore havia partilhado com Gabe não faziam justiça ao imponente oficial, nem ao rosto *sulcado* ou de olhos *inflexíveis*, os adjetivos que surgiram na cabeça de Gabe quando encarou o homem. Ellis Wright era o protótipo do comandante militar: ereto como uma vara e de queixo duro, com olhos cinza-chumbo e ombros que pareciam feitos em ângulos perfeitos de noventa graus. Se as pessoas pudessem dar um palpite quanto ao que ele fazia para ganhar a vida, poucas se enganariam. Gabe se perguntou se os olhos de Wright eram sempre tão frios assim, ou se o olhar havia sido reservado para ele.

— Ellis Wright tem grande influência sobre virtualmente tudo o que se mexe ou respira ao redor do presidente — dissera Lattimore durante o resumo que fizera —, exceto sobre você e, em menos extensão, sobre mim. Ninguém tem qualquer controle sobre você a não ser o próprio PDEU[9], e mesmo ele precisa ser cuidadoso ao tentar lhe dar ordens. Antes de o Presidente Stoddard assumir, seu predecessor, Brad Dunleavy, deu permissão a Wright para escolher um militar para ser seu médico pessoal, de modo que não devia surpreender que Wright se ressentisse de um civil assumir esse cargo quando Jim Ferendelli foi nomeado. Acho que não há dúvida em prever que ele vai ter problemas com você pela mesma razão. Por aqui tudo gira em torno da proximidade e do acesso ao PDEU, e primeiro Ferendelli e agora você está tirando um ponto do prestígio de Wright nesse sentido.

— Sou o chefe do Gabinete Militar da Casa Branca — dizia Wright, ainda de pé. — O envolvimento militar com o funcionamento harmonioso e eficiente da presidência vem desde George Washington. Somos responsáveis pela comunicação, operações de emergência, pelo grupo de ponte aérea, pelo Helicóptero Número Um, por Camp David[10], pela Agência de Transportes da Casa Branca, pelo Setor de Alimentação dos Militares da Casa Branca, e — fez uma pausa enfática para salientar as palavras seguintes — pela Unidade Médica da Casa Branca. Somos Militares com M maiúsculo. Se o presidente pensa em alguma coisa que deseja, nosso pessoal já terá começado a executá-la. Está claro?

— Muito claro. O senhor quer... se sentar?

Gabe se controlou no último instante e não perguntou ao almirante se também chefiava um departamento que soubesse alguma coisa sobre gravatas-borboleta.

---

9 – Sigla para Presidente dos Estados Unidos; em inglês, *President Of The United States*, *joint venture* de rádio e televisão que trata das eleições presidenciais. (N.T.)

10 – Camp David é a residência de campo do presidente norte-americano, situada no Estado de Maryland. (N.E.)

— Pretendo dizer o que tenho a dizer e sair daqui — continuou Wright. — Posso fazer as duas coisas de pé. Você dá a impressão de ser um sabichão, Singleton. Você *é* um sabichão?

Gabe inclinou a cabeça e esperou que sua expressão transmitisse que estava aberto a uma discussão franca, mas que não seria facilmente manipulável.

— Almirante — disse —, fui trazido aqui para cuidar da saúde do presidente. Sou médico especialista formado em medicina interna[11], e trabalhei em grandes e renomados hospitais e nas selvas da América Central. A maioria das pessoas que me conhece e conhece medicina me acha muito competente no que faço. Se é assim que o senhor define um sabichão, então talvez tenhamos um problema.

— Eu disse ao presidente, quando ele estava considerando um substituto para o Dr. Ferendelli, e vou lhe dizer agora: temos médicos em todas as especializações militares com tantos conhecimentos, precisão e competência clínica que duvido que a maioria dos médicos, inclusive você, pudesse carregar sua malinha médica. Isto aqui é uma operação militar, e você é tão necessário aqui quanto uma adolescente precisa de acne.

— O presidente não pensa assim.

— Sei tudo que aconteceu com você na Academia, Singleton. Foi expulso por ser alcoólatra e matar duas pessoas. Continua bebendo? E dependente de comprimidos?

Gabe resolveu que estava na hora de encará-lo. Expirou ao se levantar, perguntando-se como os médicos manipuladores de opinião lidariam com uma luta a socos entre o médico pessoal do presidente e o chefe do Gabinete Militar da Casa Branca.

---

11 – Especializada no diagnóstico, gestão e tratamento não operatório de doenças graves ou raras. (N.T.)

Mesmo com quase um metro e oitenta e três de altura, Gabe precisava olhar para cima para encarar o almirante. Concebeu a imagem fugaz de desenho animado de seu punho batendo no queixo angular do homem e despedaçando-o em um milhão de pedacinhos.

— O que exatamente o senhor quer, almirante? — perguntou.

— Eu me pergunto, Dr. Singleton, se o senhor já gastou algum tempo aprendendo alguma coisa sobre o cargo para o qual foi designado. — Os olhos metálicos de Wright reluziram. — Por exemplo, os detalhes da Vigésima Quinta Emenda da Constituição dos Estados Unidos.

— A que trata da sucessão presidencial — disse Gabe, grato por conhecer a emenda, embora se lembrasse no mesmo instante que Wright solicitara detalhes.

— Na verdade — disse Wright, com óbvio desdém —, tratou-se da sucessão presidencial na Lei de Sucessão Presidencial de 1886, modificada em 1947 para incluir a sucessão do vice-presidente por duas autoridades oficiais: o presidente *pro tempore* do Senado e o presidente da Câmara.

— Sei...

Gabe sentiu o efeito ligeiramente calmante da codeína começar a agir, e acolheu com alegria a sensação. No pouco tempo entre a viagem de Drew a Wyoming e seu próprio voo no Air Force One até Washington, ninguém havia discutido as provisões da Emenda 25 com ele. Supondo que não fazer isso tenha sido um lapso da parte de Magnus Lattimore, a seriedade da falta de instruções sobre o laço na gravata-borboleta acabara de ser suplantada.

— A Vigésima Quinta Emenda — prosseguiu Wright — trata da incapacidade do presidente de conduzir, de modo confiável, os deveres do cargo. Foram precisos anos para elaborar a redação exata, e o menos experiente de meus médicos da Casa Branca é capaz de resumir a emenda seção por seção. Muitos deles conhecem toda a Constituição literalmente.

— Os que conheci realmente me pareceram brilhantes.

— Na condição de médico pessoal do presidente, quero que estude a lei presidencial de sucessão e memorize a Vigésima Quinta Emenda — exigiu Wright.

— E eu quero que o senhor pare de rosnar ordens a um civil — foi a reação automática de Gabe —, especialmente a quem foi escolhido pelo presidente para *ser* seu médico pessoal.

Gabe sentiu-se brevemente como se fosse derreter ante o olhar e a autoridade do homem.

"Eles põem as calças numa perna de cada vez, igualzinho a nós" — costumava dizer seu técnico de futebol no ensino médio, sobre um adversário intimidador. Naquele momento, Gabe só conseguia imaginar o Almirante Ellis Wright de uniforme.

— Sou o chefe desta unidade médica — disse Wright, controlando a fúria. — Se alguma coisa incomum acontecer aqui e eu não for informado, garanto-lhe que esmagarei você como um inseto. Você nunca se qualificaria para ser considerado um militar, meu amigo, mas isso não quer dizer nem por um segundo que não seja vulnerável. Se quer saber *quão* vulnerável, simplesmente deixe que eu descubra que está retendo informações sobre o presidente que me deveriam ser passadas. Vejo você no jantar.

Wright deu uma volta perfeita no corpo, abriu a porta, deu um passo na área de recepção e se deteve.

— Cromartie, que diabos você está fazendo aqui? — perguntou asperamente.

— Eu... eu sou a enfermeira de plantão hoje à noite, senhor — respondeu a voz trêmula de uma mulher. — Das sete à meia-noite.

Por vários segundos houve apenas silêncio.

— Bem — disse Wright finalmente —, se alguma coisa que o Dr. Singleton e eu discutimos chegar aos ouvidos de alguém, você será a primeira pessoa a quem vou procurar.

— Sim, senhor. Isto é, a porta estava fechada, senhor. Não pude ouvir muita coisa.

— Esses civis... — resmungou Wright quando a porta externa se abriu e foi fechada.

Cromartie. Esse nome não significava nada para Gabe, mas ainda restavam várias enfermeiras e médicos assistentes e mesmo uns dois médicos que ele precisava conhecer.

— Bem, entre, enfermeira Cromartie — disse, em voz alta. — O fã-clube do Almirante Wright está agora em sessão.

Gabe ouviu o som de uma revista sendo largada na mesa, e momentos depois Alison Cromartie surgiu no vão ocupado pela porta do consultório de Gabe.

CAPÍTULO 4

Radiante. A palavra encheu os pensamentos de Gabe no instante em que viu Alison Cromartie pela primeira vez. Ela era absolutamente radiante. O que o branco do uniforme engomado do Almirante Ellis Wright fazia para iluminar um cômodo, Alison conseguia usando nada mais do que um terninho de calça verde estilosamente talhado — Gabe supôs que o tom fosse verde-jade — e a parte de cima amarelo esmaecido. Sem joias. E, se estava usando maquiagem, era imperceptível e impecavelmente aplicada. Gabe recordou-se rapidamente de quando conheceu Cinnie na emergência do hospital, quando prometeu a si mesmo, na hora, que aquela era a mulher com quem se casaria.

Não fez agora esse tipo de promessa, mas percebeu imediatamente que gostaria de conviver com essa mulher. A aparência dela era incomum e exótica — deduziu que por causa das nacionalidades diferentes; a pele era suave e morena clara, e o corpo estava em boa forma como o de uma atleta. O cabelo negro era curto, e o rosto, que realçava os olhos escuros e curiosos, parecia pronto para rir à menor provocação. Ela apertou firmemente a mão dele e se apresentou, mantendo o olhar concentrado nele apenas o tempo suficiente para expressar interesse.

— Pelo que acabei de escutar — disse Gabe, indicando-lhe uma cadeira à frente dele —, você não foi indicada pelo Almirante Wright, mas está trabalhando aqui mesmo assim.

— Pois é, estou — disse ela, objetivamente.

— Então, como é que conseguiu?

— Eu trabalhava com um cirurgião amigo do Presidente Stoddard. Foi ele que me recomendou. Acho que ele também é um grande arrecadador de fundos.

Ela não tinha nenhum sotaque; talvez um leve indício de ser sulista. Alison Cromartie era americana, ou tinha uma professora espetacular de inglês.

— Quer dizer que você teve de cuidar do PDEU?

— PDEU?

Gabe deu um risinho e disse:

— Quando cheguei aqui, pensei que era a única pessoa na cidade que nunca tinha ouvido esse acrônimo.

— Acrônimo? Ah! Significa Presidente dos Estados Unidos. Não, só estive com ele uma vez; não estou envolvida com seus cuidados médicos. Mas gostei do acrônimo. Sou sempre a última a saber do que está "rolando".

— Existe também o *PDDEU*[12] para a primeira-dama, para aqueles que simplesmente não conseguem viver sem abreviar coisas.

— Bem, quando o PDEU me recomendou ao almirante — *insistiu em que ele me contratasse* expressa melhor o que houve —, o Dr. Ferendelli ainda estava aqui. Mas então, pouco

---

12 – Acrônimo de primeira-dama dos Estados Unidos; em inglês, FLOTUS (*First Lady Of The United States*). (N.T.)

depois que cheguei para começar a trabalhar, ele já não estava. Uma prova do meu crescimento pessoal é que não me senti responsável.

— Opa, você é um dos nossos! Outro clube do qual nós dois somos membros, o da Ordem Leal e Honorífica do Eu Teria Sido a Causa da Segunda Guerra Mundial Se Já Estivesse Vivo Quando Ela Começou.

Gabe acrescentou o sorriso e a gargalhada de Alison à lista dos atributos que o atraíam.

— E então? Como é que têm sido as coisas para você até aqui? — ela perguntou.

— Hoje é o meu quarto dia. Até aqui tudo bem, exceto pelo protocolo que precisei aprender, e a pequena discussão que tive com o Almirante Engomadinho.

— Isso não conta.

— Você ouviu a parte sobre como eu não teria capacidade nem de carregar as maletas dos médicos militares?

— Essa parte eu cheguei a ouvir, sim.

— Para ser sincero, no que me diz respeito, os médicos, enfermeiras e médicos-assistentes que trabalham nesta unidade são excelentes.

— Eu também me impressionei com isso, mas aposto que você é um excelente médico.

— Pelo que sei, a maioria dos meus pacientes e colegas lá em Wyoming também pensa assim. E sobre meu problema com a bebida, você chegou a ouviu falar?

— Eu... tentei não ficar sabendo.

Alison enrubesceu sinceramente.

— Agora não é nada demais. Já faz anos, aliás, décadas desde que tomei o último drinque.

— Não precisa se justificar para mim. Meu pai frequentou

o AA. Ele era crioulo[13]. Beber era um estilo de vida na cidade onde ele se criou. Além disso, tenho o hábito de formar minha própria opinião sobre as pessoas.

— Como é que estou me saindo até agora?
— Estava indo perfeitamente bem... até esta última pergunta.

Mais uma vez ela deu *aquele* sorriso.

— Bem, não se preocupe, sou muito menos inseguro quando preciso lidar com situações de emergência médica.

— Esperemos que você nunca precise me provar isso aqui, mas tenho um palpite de que, na hora do aperto, você se sai muito bem.

A expressão dela deu à frase mil interpretações. Gabe estava tentando formular, talvez exageradamente, uma resposta quando seu rádio tocou.

— Piper falando — disse a voz imparcial de Magnus Lattimore. — Alguém viu o doutor?

— É o Dr. Singleton quem fala. Recebo os chamados diretamente

— Doutor, é Magnus. Ainda está no consultório?

Como você sabia onde eu estava?

— Estou, estou sim.

— Vou estar aí em dez minutos para acompanhá-lo ao jantar.

— Positivo.

— Doutor?

— Sim?

— Seja lá o que o almirante tenha dito, não tome conhecimento. Ele só está tentando marcar território.

— Só tentando... Positivo.

---

13 – Pessoa de ascendência francesa ou espanhola nascida na América do Norte. (N.T.)

— É o seu primeiro jantar oficial — disse Alison quando Gabe reposicionou o rádio. — Que empolgante!

— Sabe de uma coisa? Vá você ao jantar enquanto eu fico aqui tomando conta da "loja". Sou um tocador de gado não muito sociável, especialmente quando estou sóbrio.

— Para quem é o jantar?

— Bem... dependendo de quem você perguntar, o jantar é para o presidente de Botswana ou, em menor grau, para mim.

— O convidado de honra!

— Não é bem assim; sou mais um convidado de honra coadjuvante. As pessoas estão irrequietas com o desaparecimento do Dr. Ferendelli, por isso o Presidente Stoddard quis que todo mundo conhecesse o homem que o substituiu, e soubesse que ele está em mãos confiáveis.

— Faz sentido. Bem, nesse caso, acho que um tipo qualquer de gravata é indispensável para combinar com o *smoking*; talvez a gravata que por acaso reparei estar na pia do banheiro.

— Ela está sendo castigada por insubordinação.

— Não há nada pior do que uma gravata-borboleta carrancuda e desrespeitosa. Já lidei com esse tipo antes.

— Bem, se você fizer essa aí se comportar, vai receber o suprimento de um ano de espátulas linguais.

— Mais uma luva de borracha ampliada e decorada para parecer um galo com crista e tudo?

— Poxa, você é uma negociadora dura!

— Sou mesmo.

Alison tirou a gravata da pia e levou menos de um minuto nas pontas dos pés, a poucos centímetros de distância de Gabe, para dar o nó. Ele desejou que tivesse demorado mais, e respirou o que podia ser o xampu ou uma gotícula de perfume sutil. Resolveu, quando ela recuou para avaliar seu trabalho, que tentaria quebrar o recorde do Guinness de não respirar antes de precisar exalar.

— Pronto, doutor — ela disse. — Nada mal. Não ficou nada mal.

— Parabéns, enfermeira. Você prestou um grande serviço aos Estados Unidos da América.

— Quero meu galo sorridente e autografado — ela respondeu.

CAPÍTULO 5

A luz solar direta nunca penetrou na passagem subterrânea de cento e cinquenta metros de comprimento sob a Rua Levalee. O túnel, a poucos quilômetros das sedes da Justiça e do Governo da nação mais poderosa da Terra, era um movimento vivo e prolífico dos joões-ninguém da mais rica das sociedades. Na verdade, sob muitos aspectos as normas desse microcosmo eram tão complexas e estritas quanto as da civilização que o cercava. A regra número um era não dar atenção a forasteiros.

O homem apareceu na abertura ao sul do escabroso corredor quando o crepúsculo começava a pairar sobre a cidade. Usava terno castanho-claro com camisa de malha escura, e seu aspecto era absolutamente comum, pelo menos até tirar das alças do cinto uma poderosa lanterna e uma pistola Heckler & Koch de calibre 45 com silenciador. Havia aprendido a matar animais quando criança no Mississipi, e humanos, no curso de atirador de elite no Exército. Depois havia aperfeiçoado suas habilidades nos doze anos desde que dera baixa. O nome que mais usava era Carl, Carl Eric Porter, mas havia muitos outros. Como de costume, estava sendo bem pago, e também como de costume estava apreciando todos os aspectos de seu trabalho.

Porter ficou imóvel por algum tempo, para os olhos se adaptarem ao escuro. Sem grande esforço, ignorou o fedor de lixo, sujeira, urina, uísque e gentalha. Já havia deparado com coisas piores. Estendido à sua frente, com espaços dos dois lados, havia um corredor polonês de recipientes de papelão para aparelhagens, utensílios e abrigos improvisados.

A cada quatro anos, quando o mundo invadia Washington para a posse de um novo ou de um presidente americano reeleito, a polícia expulsava os habitantes da passagem subterrânea da Levalee e de outros lugares semelhantes de seus lares fétidos, e às vezes até incendiava as aldeias provisórias. Mas em pouco tempo, como uma floresta recuperando-se de um vulcão, o espaço começava a se encher de vida mais uma vez, até que logo não se conseguia distingui-lo do povoado que o precedera. Com uma eleição presidencial a se realizar dali a apenas poucos meses, não demoraria para que o ciclo recomeçasse. Mas, no momento, ninguém na passagem subterrânea de Levalee se preocupava com alguma coisa que não fosse o forasteiro.

Ciente das dezenas de olhos que o seguiam, Porter pôs a pistola e a lanterna debaixo do braço e calçou um par de luvas de borracha. Steve Crackowski, chefe de segurança de uma empresa qualquer — Porter não se interessou em saber qual —, o havia contratado para encontrar e eliminar um homem chamado Ferendelli. Agora Crackowski recebeu a informação de que o alvo, um médico, estava se escondendo com os fracassados de que havia outrora tratado numa clínica gratuita próxima. Era o segundo refúgio de vagabundos visitado por Porter. Ele tinha um forte palpite de que esse local talvez fosse o que buscava.

Certo de que os habitantes do túnel tinham visto claramente a arma, Porter recolocou-a no cinto e tirou do paletó uma foto 10cm x 15cm de Ferendelli. Depois abriu caminho objetivamente pelo fétido corredor polonês, dirigindo a luz da lanterna de um lado a outro, parando sempre que a luz encontrava um rosto, e perguntando sobre a foto.

— Cem pratas — Porter disse em voz alta a um dos homens, para que todos ouvissem. — É só me dizer onde está esse homem que a grana é sua. Se ninguém me disser, um de vocês vai se machucar pra valer.

Durante anos, Porter havia tomado muito cuidado para manter intacto seu forte sotaque arrastado do Mississipi. Tinha havido ocasiões em que seu acentuado sotaque caracterizara um estereótipo sulista e tranquilizara as pessoas, o que fora um erro delas.

— O cara é branco, tem um metro e setenta e oito de altura, cabelo escuro, cinquenta e cinco anos, é magro e o rosto é estreito. Desembuchem logo. Estou ficando de saco cheio, e podem crer que isso não é nada bom.

Não obteve resposta.

Porter avançou pouco a pouco, mudando o foco de um lado para o outro. O silêncio lúgubre e intenso só era quebrado por curtos acessos de tosse e o pigarrear de gargantas inflamadas. O assassino se detinha de vez em quando e chutava as solas dos sapatos esfarrapados, para fazer com que os usuários encarassem a luz.

— Você aí, viu este homem da foto? Cem pratas é muita grana!

O homem enrugado de dedos nodosos, ajoelhado placidamente ao lado da embalagem de papelão de geladeira que era sua casa, olhou fixo para Porter com olhos apáticos e remelentos e sacudiu a cabeça. Depois escarrou densamente e cuspiu na direção de Porter.

Sem hesitar um momento, Porter pegou a pistola e, a menos de três metros de distância, atirou no olho do velho.

Silêncio.

— Eu vou esperar um minuto. Se ninguém me contar nada, vou fazer uma visitinha a outro de vocês. Esta é sua última chance.

— Ele foi embora! — gritou alguém.

Porter girou o corpo para onde veio a voz e fixou a luz intensa no homem que se manifestara. O vagabundo bloqueou a claridade com as mãos.

— Quando? — perguntou Porter.

— Logo que... que o senhor chegou aqui. Ele foi por aquele lado.

— Porra, Frank! — um deles gritou. — O doutor era legal com a gente.

— Pega, Frank — disse Porter, atirando uma nota para ele. — Manda ver!

Porter correu até o fim do túnel e examinou a área além. Depois repôs a lanterna no cinto e pegou um dispositivo no bolso do paletó, um controle remoto de alguma coisa. Mirou-o nas filas do vilarejo de cartolina e apertou um botão diversas vezes.

Nada aconteceu.

Finalmente, sem nem olhar para o velho que acabara de matar, Carl Eric Porter desapareceu no aterro.

Durante dez minutos na passagem subterrânea sob a Levalee Street os únicos sons foram os da respiração arfante de quarenta homens e mulheres, o pigarrear de gargantas inflamadas e o eventual acender de um cigarro. Então, de dentro da casa improvisada de cartolina com fita isolante no fim do túnel, no outro extremo de onde o assassino se fora, Jim Ferendelli, médico do presidente, conseguiu sair de onde estava escondido, agachou-se embaixo de um saco de dormir úmido e mofado com a estampa de Harry Potter e rastejou até a entrada da caixa. Abatido e imundo, Ferendelli tinha a mesma aparência de qualquer dos outros vagabundos do refúgio.

— O que você acha, Santiago? — perguntou ao homem caquético sentado na terra do lado de fora da abertura.

— Acho que ele foi embora — respondeu o homem, com forte sotaque hispânico —, mas também acho que pode voltar.

— Ele machucou alguém?

— Ele matou o velho Gordon à toa. Atirou como se ele fosse nada.

— Droga! Lamento, Santiago.

— Acho que Frank salvou o senhor.

— Eu ouvi o que ele disse. Vocês todos raciocinaram rápido.

— O senhor sempre foi legal com a gente na clínica.

— Preciso ir, Santiago. Obrigado por me abrigar. Lamento muito o que aconteceu com Gordon. Agradeça por mim ao Frank e aos outros.

— A gente deseja boa sorte ao senhor, doutor.

Ainda agachado, Ferendelli rastejou cautelosamente até a entrada do túnel, e depois correu o mais rápido que pôde nas terras baixas, rumo à próxima estrada.

CAPÍTULO 6

Gabe ficou de pé perto do vão da porta que levava do elegante Salão Vermelho para o reluzente Salão de Jantar de Estado. À sua direita, um quarteto de cordas tocava uma peça que talvez fosse de Mozart. À esquerda, o popular Vice-Presidente Tom Cooper III e sua esposa conversavam com o Secretário de Estado. Espalhados pela sala havia líderes dos dois partidos, assim como membros do Gabinete de Drew. Calvyn Berriman, o presidente de Botswana, estava do outro lado da sala, trocando apertos de mãos com um fluxo constante de dignitários e, ao mesmo tempo, inclinando a cabeça gentilmente para quem passasse por perto.

Gabe não conseguiu reprimir um sorriso irônico. Desconfiava fortemente de que apenas ele, entre todos os presentes naquele jantar formal, estivesse pensando em Ricky "O Facão" Gentille ou em Razor "Navalhada" Tufts, ou em qualquer dos outros detentos que outrora se juntavam a ele caminhando vagarosamente na fila de comida no Instituto Correcional de Maryland em Hagerstown. As filas intermináveis, as inspeções desumanas, os subornos, as quadrilhas, os contrabandos, os egos, a violência, a ignorância, mesmo os atos esparsos de heroísmo — ele odiava todos os segundos do ano que passara no ICM, cada segundinho que passara tentando evitar o contato ocular, mantendo as costas encostadas numa parede e permanecendo invisível. Três mil e seiscentos segundos por hora, oitenta e seis mil e quatrocentos segundos por dia. Esses números estavam gravados a fogo na sua consciência como tatuagens de campos de concentração.

Mesmo assim, embora mesmo ele tivesse de reconhecer que havia ido longe desde seus dias de uniforme laranja, era possível que, em alguns aspectos, ele se sentisse mais à vontade entre os assassinos e outros delinquentes do que se sentia agora. Havia manifestado sua preocupação ao presidente e à secretária social da Casa Branca, implorando para ser excluído da lista de convidados para o jantar, quanto mais da lista dos dois homens que seriam apresentados à alta sociedade de Washington. Mas o jantar já estava programado, e ainda havia muita inquietação na capital em relação ao desaparecimento de Jim Ferendelli. O presidente queria assegurar aos políticos e aos eleitores que estava nas mãos competentes de um médico.

— Você está se saindo bem, doutor.

O Chefe de Gabinete Magnus Lattimore se materializou junto ao cotovelo de Gabe. Era um homem esbelto e agitado, com rosto de garoto, cabelo cor de cenoura e indícios de sotaque carregado. De todos os homens próximos ao presidente, eram dele as maiores informações de que Gabe dispunha: imigrante escocês, formado por Harvard, incansável, inteligente em muitas acepções da palavra, decidido, meticuloso, não teme magoar ninguém, dotado de uma sagacidade mortífera e às vezes arrasadora. Ele também era — e isso ficou logo evidente para Gabe — absolutamente dedicado a Andrew Stoddard, sua presidência e sua reeleição.

— Isso se deve ao *smoking* — respondeu Gabe — É só eu vestir um deles que na mesma hora surge um socialite.

— Dá pra ver. Sua gravata-borboleta é um indício óbvio de que você é muito mais do que o caubói do interior que afirma ser.

— Como é que é?

— Dar um nó numa gravata-borboleta é um assunto absolutamente individual. O nó da gravata nunca deve ser perfeito. O seu está perfeitamente imperfeito. Isso diz muito sobre seu nível de sofisticação, independentemente da sua imagem de peão tosco em cima de uma sela.

— Foi por isso que você mandou que o pessoal do aluguel de roupas não incluísse instruções sobre como dar o nó na gravata?

— Suponho que se possa concluir isso. Eu estava preparado para ajudar você, se necessário. Ao lidar com as pessoas, vale a pena compilar dados, sem considerar a fonte. Se algum dia eu sentir vontade de subestimá-lo, o que certamente não pretendo que aconteça, só preciso me lembrar de sua habilidade com uma gravata-borboleta.

Gabe lembrou-se brevemente de Alison Cromartie, cenho franzido, concentrada na execução da tarefa. Teria ela deixado o nó ligeiramente enviesado de propósito? A verdade era que ele nem tinha reparado. Realmente, era mesmo um peão tosco em cima de uma sela.

— Aquele artigo no *Post* sobre minha chegada a este ambiente foi coisa sua? — perguntou.

— Temos um ou dois amigos no *staff* do jornal — foi a resposta tipicamente evasiva de Lattimore.

— Eu tinha planejado fazer a linha discreta até deixar o cargo.

— Em Wyoming você consegue fazer a linha discreta. Aqui você vai manter o tipo de linha que for mais benéfico para o presidente.

— Foi o que eu deduzi. Falando no homem, onde ele está?

— Na verdade — Lattimore olhou para seu Ômega —, ele está atrasado.

Sua expressão tornou-se sombria.

— Algum problema?

— Não, não. Mas ele costuma ser pontual, e Calvyn Berriman é um homem de que ele gosta e a quem admira. Ele insistiu para que eu pedisse a Joe Malzone, o confeiteiro chefe, um bolo com a forma da bandeira presidencial de Botswana, uma bandeira extravagante, decorada com zebras, o brasão africano, trombas de elefante e até uma cabeça de búfalo em alto-relevo, perfeitamente representados por glacê preto. Faz nossa bandeira parecer comum.

— Poupe-me da cabeça de búfalo; ando atrás delas em festas de aniversário desde que era um guri metido a besta. E me informe se o Drew precisar que eu faça um exame físico em alguém nas próximas duas horas. Essa seria a hora perfeita para eu ir embora. Lá na minha terra eu costumava subornar a telefonista do hospital para me procurar pelo alto-falante quando eu não conseguia encontrar outra forma de me livrar de um coquetel ou, pior ainda, de um jantar formal. Gravata-borboleta perfeitamente imperfeita ou não, tenho certeza de que é questão de tempo antes de eu cometer uma enorme gafe.

— Só use os dedos para o pão, não faça barulho ao tomar a sopa nem a tome diretamente da tigela e evite vomitar na pessoa ao seu lado. Isso é tudo que você precisa saber.

— Fazer barulho com o pão, meter os dedos na sopa, vomitar no convidado de honra. Entendi tudo.

— Ah, mais importante de tudo: não pense nem por um momento que alguma pessoa aqui esteja mais interessada em ouvir o que você tem a dizer do que em ouvir o que *ela* tem a dizer. Nesta cidade, um bom ouvinte é como alguém que tem um olho e é rei na terra de cegos.

— Ficar de boca fechada e ouvidos abertos. Não vou ter problema com isso.

— Ótimo. Falando de socialites, há mais uma pessoa que eu gostaria que você conhecesse antes de nós todos marcharmos lá para a sala. Já ouviu falar em Lily Sexton?

Gabe sacudiu a cabeça e perguntou:

— Não. Deveria?

— Quando formos reeleitos, uma das primeiras providências do presidente vai ser a criação de um cargo no Gabinete: o de secretária de Ciência e Tecnologia, a ser ocupado pela Dra. Lily Sexton.

— Ela é médica?

— É Ph.D. de física molecular ou algo parecido. Foi professora de Carol em Princeton.

Embora tivesse comparecido ao casamento de Carol e Drew Stoddard e houvesse passado bastante tempo com ela, na verdade Gabe sabia muito pouco sobre a primeira-dama. Sabia que era uma mulher brilhante — aliás, extremamente brilhante —, mas nada que ela houvesse dito algum dia sugeria que tivesse cursado física molecular.

— Secretária de Ciência e Tecnologia — ele refletiu em voz alta. — Eu me pergunto qual a importância disso na lista da sucessão presidencial.

— Morda a língua.

— Tem razão. Viu só? Eu disse que era apenas questão de tempo antes de eu dizer alguma besteira.

— Você está indo muito bem. Lembre-se apenas do homem que tem um olho na terra de cegos. Lily está logo ali. Não é difícil localizá-la, pois todas as mulheres nesta sala estão usando vestidos de estilistas famosos, enquanto ela está de *smoking*.

Lattimore conduziu Gabe pelo braço no Salão Vermelho e o apresentou à segunda mulher interessante e atraente que ele havia conhecido em apenas uma hora. Lily Sexton tinha uma aura estonteante e atemporal, a começar pelo cabelo todo grisalho, cortado elegantemente curto. O rosto, virtualmente sem rugas, era vivo e inteligente, ressaltado por penetrantes olhos azul-esverdeados. Seu *smoking* preto era perfeitamente talhado para sua figura alta e esbelta, e logo acima do botão de cima do paletó, onde haveria uma camisa, se ela a estivesse usando, via-se um sensacional berloque turquesa numa corrente de prata.

Destacando-se sob suas calças viam-se botas de caubói de couro de jacaré. O elegante visual Western expressava claramente a disposição de não seguir a moda, mas Gabe percebeu que, com o acréscimo do anel e dos brincos de turquesa combinando com o colar, o preço do seu traje era tão ou mais alto do que muitos dos vestidos de noite naquela sala.

— Perdoe-me se estou me excedendo — disse Gabe depois que Lattimore fez as apresentações e deixou os dois sozinhos —, mas Magnus me contou que a senhora foi uma das professoras de Carol na faculdade. Não sei bem a idade da primeira-dama, mas estou com problemas para fazer o cálculo referente a esse relacionamento.

— Ora, obrigada, Dr. Singleton — disse Lily, com uma agradável fala arrastada, talvez do Arizona, pensou Gabe. — É muito lisonjeiro da sua parte, mas receio que meu amigo Magnus não tenha os fatos corretos. Fui assistente graduada da Carol, não professora. Somos grandes amigas desde o dia em que nos conhecemos. Não há muito mais do que cinco ou seis anos de diferença entre nós. Ela teria sido uma cientista maravilhosa, mas seus planos eram outros.

— O dilema de Carol Stoddard — respondeu Gabe. — Provetas, bicos de Bunsen[14] e ratos brancos, ou a possibilidade de se casar com um herói de guerra absolutamente brilhante, um sujeito bonitão, e mudar o mundo para melhor. Bem, preciso de um tempo para saber se ela fez a escolha certa.

— Pode acreditar — ela disse. — Se um homem como Drew Stoddard tivesse aparecido na minha vida, eu teria feito a mesma escolha de Carol. Na verdade, no decorrer dos anos apareceram alguns homens com qualificações suficientes para que eu me casasse, mas nenhum deles com o poder permanente do Drew. E então, como tem sido sua experiência médica em Washington até agora?

— Alguns dignitários visitantes têm sido enviados à clínica para tratar de inchaços, feridas e indisposições estomacais, mas felizmente o Paciente Número Um só discou meu número para dizer que havia muita gente ansiosa para me conhecer esta noite, e que era melhor eu não deixar de vir.

— Ah! Em nome dessas pessoas, meus parabéns!

— Obrigado, mas é a senhora que merece parabéns. Magnus me disse que vai ocupar um cargo no Gabinete.

— *Se* nós vencermos as eleições.

— Nós vamos vencer.

— Nesse caso, vou ser a primeira Secretária de Ciência e Tecnologia.

— Perdão por não estar bem informado, mas qual é a política do presidente sobre ciência e tecnologia que o faria necessitar de um novo cargo no Gabinete para implementá-la?

— Essa política está incluída na plataforma do partido. O presidente acredita que o governo federal precisa assumir uma

---

14 – Dispositivo que combina gás inflamável com quantidades controladas de ar antes da ignição. (N.T.)

posição mais pró-ativa quanto ao controle das pesquisas e da evolução científica, isto é, células-tronco, clonagem, combustíveis alternativos, fisiologia reprodutora, utilização do ciberespaço e similares. O FDA[15] está abarrotado de trabalho, e não existe nenhum cargo no Gabinete destinado especificamente a coordenar as pesquisas necessárias para estabelecer uma legislação transparente.

— Eu não me dava conta de que Drew havia assumido uma abordagem tão linha-dura sobre o controle governamental da ciência e da tecnologia.

— Em primeiro lugar, não se trata nem de linha-dura nem de controle; em segundo lugar, é mais uma preocupação de Carol que do marido. A administração não é contrária às pesquisas e à evolução em qualquer campo da ciência, mas quer que o povo tenha o direito de saber o que está acontecendo, e de saber se qualquer produto ou linha de pesquisa específicos tem o potencial de prejudicar ou onerar o contribuinte de forma ainda não configurada.

— Parece que escolheram a pessoa perfeita para o cargo.

— É muita gentileza sua dizer isso. Desculpe-me, Dr. Singleton, por monopolizá-lo. Como convidado de honra, o senhor deve ter muitas pessoas mais importantes do que eu para conhecer.

Não, na verdade não tenho ninguém mais importante para conhecer do que a senhora.

— A verdade é que preciso agradecer por me proteger da multidão. A última coisa de que me lembro claramente foi de cavalgar no deserto, então o presidente apareceu na minha porta, e agora estou às voltas com tudo isto aqui. Sinto-me como Alice flutuando na toca do coelho[16]. Ele apontou para a sala.

---

15 – *Food and Drug Administration* (órgão responsável pela regulação e supervisão de alimentos). (N.T.)

16 – Menção ao livro *Alice no País das Maravilhas*, de Lewis Carroll. (N.T.)

— É isso mesmo! — exclamou Lily. — O senhor é um ser errante das Grandes Planícies no Wyoming, certo? — Ela pegou uma caixinha de prata no bolso do paletó e retirou um cartão de visitas lilás. — Posso passar sem um vestido de noite ou até uma carteira, mas uma norma de sobrevivência nesta cidade é nunca, jamais sair sem seus cartões de visita.

— Magnus providenciou para que os meus estivessem esperando por mim na gaveta da minha escrivaninha quando cheguei. Agora sei por quê. Infelizmente eles continuam lá.

ESTÁBULO LILY PAD, dizia simplesmente o cartão, junto com um endereço na Virgínia e a sigla ELP floreada em um canto.

— Nasci e me criei no oeste do Texas — ela disse —, e, de onde venho, as pessoas dizem que a principal razão para ganhar muito dinheiro é ter cavalos.

— No Wyoming gostamos de dizer que um cavalo é nada mais — ou *nada menos* — do que um psiquiatra com quatro patas.

— É isso mesmo! — O riso dela foi natural e muitíssimo atraente. — Bem, lá no Lily Pad temos alguns dos melhores cavalos de montaria deste país, exceto se preferir um cavalo para competições. Também temos cavalos dessa especialidade.

— Para mim, saltar obstáculos num cavalo faz o mesmo sentido do que saltar obstáculos sem estar montado num cavalo. Quando estiver em dúvida, arrisque-se. Esse é o meu lema.

— Nesse caso, ligue para mim. Eu lhe mostro alguns dos cavalos do meu Estado adotado originários de uma sela do oeste.

— Com prazer. Já estou sentindo falta de montar.

— Sendo assim, quanto mais cedo, melhor.

Gabe sabia que a expressão enigmática da mulher naquele momento permaneceria com ele até que os dois chegassem juntos à trilha — fosse quando fosse.

Logo que ele e Lily se separaram, o almirante Ellis Wright se aproximou e apresentou Gabe a um general como "meu homem de confiança na Casa Branca". Não havia qualquer vestígio do rancor que tão recentemente marcara a visita de Wright ao consultório de Gabe.

A máscara exterior, a máscara interior, refletiu Gabe quando o general e o almirante se viraram para cumprimentar Calvyn Berriman. Será que alguém naquela cidade dizia realmente o que queria dizer, ou queria realmente dizer o que dizia?

Foi nesse instante que Gabe reparou que Lattimore, ao lado da porta que levava ao vestíbulo, fazia-lhe sinais com os olhos e um movimento rápido da cabeça, mesmo enquanto sorria e inclinava a cabeça para cumprimentar os diversos convidados que por ele passavam. Sua expressão, pelo menos na interpretação de Gabe, era sombria.

Lenta e deliberadamente, agindo da mesma forma que os demais convidados enquanto disfarçava seu objetivo com uma expressão alegre, abriu caminho até o chefe do Gabinete Civil, reunindo-se a ele ao cumprimentar o Secretário de Defesa e esposa, e em seguida o chefe do Conselho de Segurança Nacional.

— Algum problema? — perguntou Gabe baixinho, esforçando-se para não olhar diretamente para Lattimore.

— Talvez. Espere dois minutos, depois vá ao seu consultório e pegue sua maleta. Treat Griswold, agente do Serviço Secreto do presidente, estará esperando para levá-lo lá em cima, na residência.

— Devo levar alguma coisa específica? — perguntou Gabe.

— Só uma mente liberal.

CAPÍTULO 7

Esforçando-se para parecer indiferente, Gabe pegou sua maleta do chão ao lado da escrivaninha.
Uma mente liberal.
Que diabos Lattimore queria dizer com aquilo?
Quando voltou à área de recepção de seu consultório, Treat Griswold o esperava, e fez um gesto com a mão levantada para que ele ficasse calado e permanecesse onde estava. Cautelosamente, o agente do Serviço Secreto verificou o corredor, depois fez sinal para Gabe se dirigir ao elevador, que foi acionado eletronicamente por outro agente.
— O presidente está com algum problema? — perguntou Gabe enquanto subiam.
— Acho que cabe ao senhor determinar isso, doutor — respondeu Griswold.
Um andar acima, o elevador se abriu numa pequena antessala com portas duplas que levava ao amplo e elegantemente mobiliado vestíbulo da residência da Família Número Um. Griswold conduziu Gabe pelo *hall* até o quarto principal, e então se retirou para uma posição não distante do elevador.

— Basta me chamar se precisar de mim, senhor — disse ele, com expressão séria.

Magnus Lattimore entrou no vestíbulo.

— Alguém viu vocês? — perguntou a Griswold.

— Ninguém, senhor.

— Ótimo. Mandei chamar o adido militar com O Futebol. Mantenha-o bem ali no patamar.

— Sim, senhor.

O Futebol!

No decurso da orientação que recebeu, informaram a Gabe que "O Futebol" era o nome dado à pasta que continha os códigos e outros equipamentos necessários para o atacante (o presidente) dar partida em um ataque nuclear retaliatório ou para evitá-lo em qualquer lugar do mundo, provavelmente o prelúdio do Armagedon. Sempre que o chefe do Executivo estava viajando, a pasta era levada com ele por um assessor militar de um dos cinco setores de apoio que se revezavam. A pasta com O Futebol continha também, de acordo com o que Lattimore dissera a Gabe, os documentos da sucessão presidencial.

Nesse instante o chefe da Casa Civil se virou para ele; sua intensidade ameaçava abrir um buraco entre os olhos de Gabe.

— Entre, doutor — ele disse.

Lattimore seguiu Gabe até o quarto, entrou, e silenciosamente fechou a porta.

Com as pernas estendidas, o presidente dos Estados Unidos estava sentado ereto, as costas comprimidas contra a sólida cabeceira metálica da cama. Os olhos se mostravam arregalados e ferozes, e o olhar intenso ia de um lado para o outro, numa expressão de terror. Os dedos se mexiam sem parar, como grandes algas ondulantes. Os cantos de sua boca se repuxavam repetidamente, depois se acalmavam. À sua esquerda, perto da cama, estava a primeira-dama, deslumbrante num vestido preto simples tomara que caia. Sua expressão era uma estranha mistura de preocupação e constrangimento.

— Ele está assim faz vinte minutos — ela disse, esquivando-se de qualquer cumprimento.

— Sei que ele tem asma e fortes dores de cabeça — disse Gabe. — Os remédios que toma estão aqui?

— Estão, além de Tylenol e ibuprofeno, para dores nas costas.

— Por favor, veja se consegue encontrar esses frascos, Carol, e me traga também quaisquer comprimidos que encontre. Quaisquer que sejam. E também o inalador que ele usa.

A primeira-dama dirigiu-se rapidamente ao banheiro.

De repente, Stoddard começou a balançar para frente e para trás, como um judeu ortodoxo recitando suas orações. Após um ou dois minutos, reparou em Gabe pela primeira vez.

— Gabe, Gabe, meu velho amigo! Que diabos está fazendo aqui? — perguntou, sempre se balançando. Sua voz estava tensa, o tom era mais alto do que o costumeiro, e a fala demonstrava urgência. — Você tem trabalho a fazer, trabalho a fazer, meu caro, meu caro. Pessoas a conhecer e cumprimentar, e trabalho a fazer.

— Sr. Presidente, estou aqui porque subitamente o senhor está se comportando de modo estranho.

— Sr. Presidente, Sr. Presidente! Todos me chamam assim. Maldito Sr. Presidente, mas você não, Gabe Singleton, você não, meu velho amigo. Meu companheiro de quarto. Você deve me chamar de Drew. Se você me chamar de Drew, eu confio em você. Você não é como os outros. Não confio em nenhum deles. Só confio na minha adorável Carol. Ela não é adorável? Ei, onde é que ela está? Aonde ela foi? É claro que também confio no gentil Magnus. No doce Magnus, aquele que pensa em tudo. Como é possível alguém não confiar nele? Mas no Maldito Tom Vice-Presidente Cooper Maldito III, nele eu não confio nadinha. E o Maldito Bradford Dunleavy também não é confiável. Ele quer acabar comigo na próxima eleição e tirar esta casa de nós. Ele quer nos despejar. E os malditos chineses... quando se trata de confiança, eles são os piores de todos. Não consigo parar de balançar, Dr. Gabe, para a frente e para trás, para a frente e para trás. Se você me ajudar a parar de balançar, eu dobro seu salário. Você sabe em quem realmente não se pode confiar? É nos árabes que não se pode confiar, nesses aí. Nos *á-r-a-b-e-s.* Talvez a gente deva usar um pequeno e velho dispositivo nuclear — é assim que a gente os chama: dispositivos — e acabar com a raça deles. Isso resolveria a maldita crise do Oriente Médio de uma vez por todas. Podíamos aproveitar a mão na massa, incluir Israel no bolo e começar tudo de novo.

Carol Stoddard voltou com as mãos cheias de vidros de comprimidos e uma bombinha para asma, e os entregou a Gabe. Ele examinou um por um, colocando-os na mesa de cabeceira. Nenhum dos remédios diferia dos que ele já sabia que Stoddard tomava.

Com as palavras de Ellis Wright ecoando na cabeça, Gabe foi cautelosamente até a cabeceira em frente à que estava Carol.

A Vigésima Quinta Emenda trata da incapacidade do Presidente de conduzir, de modo confiável, os deveres do cargo... Quero que você estude a lei presidencial de sucessão e memorize a Vigésima Quinta Emenda.

— Drew — disse Gabe suave, mas firmemente —, está acontecendo alguma coisa com você que não está certa.

— Não está certa... não está certa.

Stoddard entoou as palavras segundo a melodia de *Mary had a lit-tle lamb, lit-tle lamb*[17].

Gabe ficou gelado. Em algum lugar do edifício um assessor militar estava se aproximando com O Futebol — os botões e códigos que poderiam, efetivamente, acabar com a vida na Terra, códigos que podiam ser acionados por um homem, e apenas por ele. Sua mente se debateu, com pouquíssimo sucesso, para dissimular a gravidade da situação. Olhou brevemente para Carol e depois para Lattimore, confirmando que também eles estavam cientes das gigantescas implicações do que estava acontecendo à sua frente. Suas expressões nada confirmavam.

— Drew, algum problema se eu examinar você rapidamente? Quero chegar ao centro do que está ocorrendo.

— Eu sei as respostas.

— Drew, posso examinar você?

— As respostas para todas as perguntas.

— Existe algum tipo de injeção que você possa aplicar nele? — perguntou Magnus Lattimore.

Gabe conseguiu se controlar no último minuto para não ser áspero com o chefe da Casa Civil.

— Logo que eu souber o que está acontecendo, vou tratar dele — replicou Gabe. — Neste instante, desde que ele não esteja em perigo imediato, mascarar os sintomas é a última coisa que quero fazer.

Stoddard suava profusamente agora; seu rosto estava vermelho como sangue, mas ele havia parado de balançar. Entretanto, continuava a falar coisas rápidas e desconexas,

---

17 – Canção infantil americana que começa assim: "Mary tinha um carneirinho, um carneirinho..." (N.T.)

mudando repetidamente de assunto, rindo sem propósito e misturando opiniões esquisitas sobre questões de interesse público, opiniões que, Gabe sabia, não eram típicas do amigo. O Andrew Stoddard que ele conhecia desde a faculdade era o Dr. Jekyll; o de agora era o Sr. Hyde. Gabe imaginou rapidamente o que aconteceria se o comandante-chefe da nação de repente começasse a chamar o assessor militar que tinha consigo O Futebol.

Movimentando-se lenta, mas firmemente, Gabe mediu a pressão arterial do paciente nos dois braços e a pulsação no pescoço, nos braços e pés. A pressão estava alta — 16 x 10 — em cada braço, e a pulsação também: 105. Anos de treinamento e experiência se manifestaram no momento em que Gabe entrou no quarto, e a cada segundo ele observava, evitava suposições e considerava dezenas de possibilidades de diagnóstico, rejeitando algumas, avaliando outras como possíveis e classificando algumas como prováveis.

Ignorando o fluxo constante de bobagens sem sentido, Gabe fez o exame físico mais rápido de sua vida. Haveria tempo para testes e exames mais minuciosos depois que a crise imediata fosse resolvida. Na situação atual, duas coisas eram evidentes: o presidente dos Estados Unidos não estava tendo nem uma hemorragia cerebral nem um ataque cardíaco, portanto, não corria perigo imediato, mas, naquele momento, achava-se completamente ensandecido.

CAPÍTULO 8

Nos vinte minutos seguintes e nos vinte minutos anteriores, Gabe sabia que os Estados Unidos estavam sem uma liderança confiável. Continuou a avaliação de Andrew Stoddard, mas sua cabeça girava. Alguém precisava ser avisado, provavelmente o vice-presidente. Ellis Wright era um cretino, mas havia sido plenamente correto ao afirmar que Gabe precisava tornar-se especialista em enfermidades e sucessão presidenciais.

Mas por que Lattimore não dera um passo à frente, nem mesmo Carol? Por que estavam lá, quase calmos, enquanto uma crise inimaginável se desenrolava à sua frente? Por que mesmo o único pedido ligeiramente emocional que um dos dois havia feito fora o de Lattimore — pedido esse que Gabe rechaçou, por representar praticamente um crime — para que fosse aplicada uma injeção qualquer no presidente com o intuito de acalmá-lo? Não era preciso ter conhecimentos médicos para deduzir que, a não ser que um diagnóstico fosse conhecido ou absolutamente óbvio, era contraindicado ministrar qualquer espécie de medicamento que alterasse o raciocínio a alguém que apresentasse grave disfunção cerebral causada por um trauma, um derrame ou desequilíbrio químico.

O balançar contínuo do presidente diminuiu e finalmente parou, e o tom de sua voz ficou menos áspero. Gabe pôs um travesseiro em suas costas e aproveitou a relativa calma para focalizar seu raio oftálmico nas retinas de Stoddard: o único lugar do corpo em que artérias, veias e nervos, especificamente os grandes nervos ópticos, podiam ser observados diretamente.

As artérias estavam saudáveis, com pequeníssimos sinais de arteriosclerose. As veias também pareciam normais e não estavam lascadas onde as artérias se cruzavam, uma descoberta que indicaria pressão alta prolongada. O mais importante, porém, é que as bordas de cada um dos nervos ópticos estavam acentuadamente demarcadas. Se essas bordas estivessem turvas, o que se chama em medicina de papiledema, sugeririam o desenvolvimento de pressão no cérebro, causado por inchaço, hemorragia ou infecção.

Os reflexos estavam normais. As extremidades também. A força e o alcance de movimentos estavam bem. Nervos cranianos intactos. As pulsações da carótida eram fortes e livres de *bruits,* os sons incomuns que o sangue faz ao passar por uma obstrução arterial. A frequência cardíaca baixara para 88: ainda podia ser considerada alta, mas havia melhorado. A pressão arterial diminuíra para 13 x 8. Os pulmões estavam desimpedidos, e a ventilação respiratória havia baixado de 40 para 24. O abdome estava flexível.

O suor de Stoddard era menos intenso, e a vermelhidão do rosto começara a decrescer.

— Drew, está me ouvindo?

— Você é o melhor, amigo. Despretensioso e competente.

— Drew, quero lhe fazer umas perguntas. Promete que vai respondê-las, mesmo que pareçam bobas?

— Manda ver.

— Em que cidade estamos?
— Por que você me faz uma pergunta tão...
— Por favor, Drew, só pra me agradar.
— Em Washington, Distrito de Colúmbi-a.
— Que dia é hoje?
— Quinta-feira. Cara, isto é...
— Por favor...
— Estamos em agosto, talvez no dia dezessete. Não é isso, Carol, dia dezessete?
— É isso mesmo. Está indo muito bem, amor. — Ela olhou para Gabe e disse: — Ele está se recuperando.
— Drew, quanto é quarenta vezes vinte?
— Oitocentos, é claro. Sempre fui bom em matemática.
— E cem menos trinta e quatro?
— Sessenta e seis.

As respostas eram dadas quase antes de serem concluídas as perguntas.

— Quais os nomes dos primeiros oito presidentes?
— Washington, Adams, Jefferson, Madison, Monroe, o outro Adams, Jackson... quantos já falei?
— Pode parar.
— Van Buren, o primeiro Harrison, o que bateu as botas depois de trinta dias, Tyler...
— Já são muitos, Drew.
— Posso dizer os nomes de todos eles. O último sou eu.
— Que bom. Qual é a capital do Uruguai?
— Montevidéu. O que eu ganho?
— Qual foi o jogador que fez mais *home runs*[18] sem nunca ter tomado esteroides?

---

18 – Em beisebol, um tipo de rebatida. (N.T.)

— Aaron. Pensou que eu fosse dizer Baby Ruth, não pensou?
— Não, Drew, eu sabia que você ia acertar. Você está melhor, meu amigo. Muito melhor.
— Doutor, tenho uma pergunta.
— Diga lá.
— Os insetos que estão voando por aqui — as fadinhas e aquelas coisas cabeludas redondas com caudas compridas —, você pode me explicar o que são?

Gabe olhou bem para ver se Stoddard estava brincando, mas não havia nada na expressão do presidente que sugerisse ser esse o caso. Voltou a verificar as pupilas de Stoddard. Inicialmente eram de tamanho mediano, e um pouco lentas para reagir à luz, mas agora estavam menores e reagiam mais rapidamente. Esse era mais um sinal de que as coisas começavam a melhorar.

Sistema cardiovascular hiperativo, balançar descontrolado, fala desconexa e premente, suor excessivo, comportamento inadequado, alucinações visuais... Que diabos estava acontecendo?

Gabe precisava desesperadamente falar com Carol Stoddard e Magnus Lattimore, mas a essa altura não havia condições de sair do quarto do paciente para fazer isso. Lattimore poupou-lhe a angústia.

— Seja lá o que precise nos dizer, doutor, pode fazer isso na frente do presidente.

Não havia pânico na sua voz e pouca, ou nenhuma, ansiedade. Gabe se perguntou se a estranha conduta de Lattimore devia-se em parte ao fato de que agora parecia que Drew Stoddard estava melhorando rapidamente. Lattimore posicionou-se ao lado de Carol Stoddard, que acariciava a mão do marido. A expressão dela era esquisita; mais de aborrecimento, talvez, do que de preocupação.

— Tudo bem — disse Gabe —, vocês que sabem. — Ele se acalmou respirando fundo e exalando lentamente. — Para começo de conversa, parece que seja lá o que estiver acontecendo aqui começa a se resolver. A vida de Drew não está em perigo imediato, mas todos sabemos que durante mais ou menos uma hora ele não esteve no controle de suas faculdades. As implicações desse fato são óbvias.

— Continue — disse Lattimore, com expressão impassível.

À esquerda de Gabe, o presidente se deitara na cama e fechara os olhos. Sua respiração ainda estava meio rápida e superficial. A vermelhidão desaparecera do seu rosto, que agora estava abatido, pálido e completamente exausto. Preocupado, Gabe verificou o pulso e a pressão arterial de Drew mais uma vez.

— Praticamente normais — disse Gabe, sacudindo a cabeça, atônito. — Deem-me um minuto para coletar algumas provetas com sangue.

— Para quê? — perguntou Lattimore.

— Ainda não tenho certeza, mas é melhor tê-las e não precisar delas, do que nos darmos conta amanhã de que eu deveria ter feito isso.

— Você precisa colocá-las no gelo? — perguntou Carol calmamente.

— Acho que não. Vou refrigerá-las na clínica, até estar pronto para descartá-las.

— Você não vai pôr o nome dele nas etiquetas, não é?

— Não, garanto. Vou identificá-las de outra maneira.

— Meu bem — disse a primeira-dama suavemente, roçando os lábios na orelha do marido —, Gabe vai coletar um pouco do seu sangue; tudo bem?

— Manda ver — Stoddard conseguiu dizer, apesar dos lábios duros e secos.

Gabe coletou três frascos pequenos de sangue e os guardou na maleta. O presidente mal reagiu à coleta.

— Bem, continua a haver uma série impressionante de possibilidades de diagnóstico — disse Gabe ao terminar. — Um tipo de ataque epilético atípico ou mesmo uma cefaleia incomum fazem parte da lista, assim como uma pequena hemorragia numa área estratégica do cérebro, ou um tumor, possivelmente numa parte do corpo que não o cérebro e esteja segregando uma espécie de hormônio ou outro elemento químico psicoativo. Nessa área há vários órgãos possíveis. Ele certamente parece envenenado, mas a não ser que tenha alguns comprimidos escondidos sobre os quais não sabemos, não sei explicar como teria acontecido o envenenamento. Para acabar, há um diagnóstico que é o primeiro da lista ou está muito próximo de ser, a esta altura.

— A saber? — perguntou Lattimore.

— A saber, que o estresse do cargo e da campanha de reeleição levou suas faculdades emocionais e mentais além do ponto de ruptura.

— Você não tem ideia de quantas horas ele trabalha — disse Carol.

— Bem, adivinhar não é o trabalho de um médico. Por isso, neste momento, o campo de possibilidades está totalmente aberto, e precisamos levá-lo ao hospital para que faça uma ressonância magnética e alguns outros exames. Neste instante, estou muito preocupado com a possibilidade de um tumor ou uma pequena hemorragia.

— Não é tumor — disse Lattimore — nem hemorragia.

— Como é que você poderia saber?

— Porque — respondeu o chefe da Casa Civil, encarando Gabe com firmeza — recentemente o presidente fez todos esses exames, segundo instruções do Dr. Ferendelli. Ele fez todos os exames possíveis e imagináveis.

— Não compreendo.

— Gabe — disse Carol tranquilamente, continuando a massagear a mão do marido —, essa não é a primeira crise que acomete Drew. É pelo menos a quarta.

CAPÍTULO 9

Incrédulo, Gabe olhou fixamente para Carol Stoddard e Magnus Lattimore.

— Não posso acreditar nisso — disse ele, mal conseguindo manter o controle. — Quantas crises?

— Quatro — disse Carol. — Todas nos últimos três meses. Jim Ferendelli estava conosco quando ocorreu o primeiro ataque. Foi aqui na residência oficial. Ele tinha vindo jantar conosco. De repente Drew começou a sacudir a cabeça, como se estivesse tentando tirar alguma coisa de dentro dela. Disse que estava ouvindo vozes.

— Eu simplesmente não consigo acreditar nisso — enfatizou Gabe, sem tentar baixar a voz. — Diabos! Como é que Drew conseguiu fazer a viagem até Wyoming para me pedir para assumir o cargo de seu médico pessoal e não me contou sobre essas crises? E vocês dois, poxa! Carol, nós nos conhecemos há anos. Magnus, você teve várias oportunidades de falar comigo antes que eu voasse para cá. Diabos, quem vocês pensam que esse homem é? Como tiveram coragem de pedir para me desligar de minha vida e vir para cá tratar dele, mas me esconderam uma informação dessa?

— Gabe, por favor — respondeu Carol. — Entendo que esteja aborrecido. Discutimos como e quando lhe contaríamos o que estava acontecendo, mas, como os resultados de todos os exames foram negativos, e ele não teve nenhuma crise durante semanas, Drew achou melhor esperar passar. Ele precisava mesmo de você, Gabe. Precisava antes e precisa agora.

— Então por isso ele mentiu para mim? Por isso *vocês* mentiram para mim? Porque todos vocês precisavam de mim?

Gabe olhou de relance para ver a reação do presidente, mas Andrew Stoddard, de olhos fechados, estava deitado imóvel, respirando ruidosamente, e ficou claro que não havia escutado uma palavra. Num reflexo, Gabe se abaixou e verificou o pulso do presidente: cem. Estável.

Subitamente Gabe se viu refletindo sobre o encontro com Drew em Wyoming. Houve tempo naquela ocasião, muito tempo, para Gabe contar ao amigo de longa data sobre a automedicação, os analgésicos e os antidepressivos. Ele não havia dito nada ao presidente pela mesma razão pela qual nunca dissera nada ao seu ex-tutor no AA: a mesma razão pela qual havia gradativamente diminuído suas visitas às reuniões até deixar de frequentá-las completamente. Estava envergonhado — não assustado nem preocupado em estar rumando para uma recaída, como tantas pessoas advertiam nas reuniões. Estava envergonhado por sua fraqueza e talvez também por sua imprudência e negação.

Fosse qual fosse o motivo, ele havia mentido por omissão, da mesma forma que Carol e Lattimore haviam mentido desde que ele chegara a Washington. Da mesma forma que Drew fizera em Tyler. As listras eram diferentes, mas as zebras eram as mesmas.

— As crises foram diferentes — disse Carol, mantendo a compostura diante da agressividade de Gabe. — A segunda aconteceu numa coletiva de imprensa. Jim estava lá, e Magnus também. No momento em que a cor do rosto dele mudou e sua fala ficou desconexa, eles o tiraram de cena. O ataque não durou nem meia hora. Houve mais alucinações auditivas e visuais do que as de hoje, mas não houve o balanço. Foi quando Jim mandou que ele fosse internado na suíte presidencial do Hospital Naval de Bethesda. Depois que todos os resultados dos exames deram negativo, incluindo uma avaliação por uma junta de neurologistas, o diagnóstico foi de cefaleia atípica. Estou surpresa por você não ter lido sobre tudo isso nos jornais nem saber pela tevê.

Gabe deu um sorriso sem graça.

— Minha televisão é de lua, e o único jornal que leio é o *Tyler Times*. Minha vida tem sido bem mais fácil assim.

— Acho que foi por isso que você nunca nos perguntou sobre cefaleias atípicas — disse Lattimore.

— É possível — disse Gabe rispidamente. — Drew mencionou alguma coisa sobre dores de cabeça quando esteve em Tyler. Vocês dois escutem: não sei o que está acontecendo com ele, mas sei que esse homem não está em condições de trabalhar como presidente dos Estados Unidos. Precisamos fazer alguma coisa, e depressa. Não tive oportunidade de estudar a Vigésima Quinta Emenda, mas imagino que seja justificável um telefonema para o vice-presidente.

— Espere — disse Lattimore enfaticamente. — Por favor, Gabe, espere um pouco... e preste atenção.

Gabe lembrou-se brevemente do deserto atrás do seu rancho. O sol estaria se pondo naquele momento. Era a hora perfeita para cavalgar.

Que droga ele estava fazendo em Washington?
— Pode falar — ele respondeu. — Mas você deve saber que a esta altura não tenho nenhuma razão em confiar em nada que você me diga.
— Compreendo. Com lobistas e especialistas em relações públicas e comunicação política e programações escondidas em todos os cantos, esta cidade é justificadamente famosa por pessoas que manipulam a verdade do jeito que lhes interessa, e receio que, como assessor político, eu mesmo tenho culpa no cartório. Mesmo agora, pedimos desculpas aos convidados lá em baixo, a quem dissemos que o presidente está com muita dor de cabeça, asma e um tipo de distúrbio gástrico, e que você está cuidando dele. Em seguida vamos falar com a imprensa.
— Mande ver — disse Gabe, imaginando a verdade sendo jogada de um lado para o outro como um joão-bobo.
— Antes de tudo — prosseguiu Lattimore —, lembre-se de que, quando você foi ao quarto do presidente, pedi ao agente Griswold para mandar buscar o assessor militar encarregado da pasta O Futebol. Falamos sobre O Futebol logo que você chegou à cidade.
— Eu estava prestando atenção, pode acreditar em mim. Esse tipo de coisa não é fácil ignorar.
— Então eu talvez tenha lhe dito que, entre outras coisas, a pasta contém os documentos necessários para passar o controle do governo ao Vice-Presidente Cooper. Neste exato momento, o assessor militar está esperando lá no vestíbulo, Gabe. Basicamente, a decisão sobre o que é melhor para seu paciente e para o país vai depender de você.
— Continue.
— Para começar, lamento muitíssimo não termos sido mais francos sobre as crises do presidente. Havíamos chegado

a um acordo meio constrangedor com Jim Ferendelli: desde que a situação não piorasse, ele continuaria tentando definir um diagnóstico. Depois, quando ele desapareceu, nós três ficamos absolutamente indecisos sobre o que fazer em seguida. O presidente e a primeira-dama acharam que você era a única pessoa que poderia participar do problema e continuar a investigação de Jim sobre a situação e, ao mesmo tempo, dar ao presidente a oportunidade de ser reeleito.

— Gabe, o país precisa dele — disse Carol. — O mundo precisa dele, mas não se o preço desse serviço for sua saúde mental.

— Carol, se o problema de Drew fosse mostrado num exame, e só houvesse uma resposta certa, eu teria de dizer que a demonstração neurológica de hoje e o histórico que vocês me informaram levam a crer em um tipo de distúrbio de estresse. Esse estado precário de saúde não é desejável num homem com o poder de autorizar um ataque de armas nucleares de grande poder e alcance. Parece que, a cada crise, ele se distancia mais e mais da realidade.

— Mas nos intervalos entre esses episódios — disse Lattimore — o presidente tem estado concentrado e cheio de energia como sempre foi, e estou dizendo a verdade. Ele conseguiu que os coreanos e os iranianos recuassem e permitissem inspeções nucleares. Isso é importantíssimo. Os novos acordos comerciais com o México e a China já levaram nosso país a alcançar a menor taxa de desemprego dos últimos doze anos. Ele sabe que a única solução para o problema das drogas nas nossas cidades é dar futuro na forma de educação, e já conseguiu mais recursos financeiros para as escolas do que as duas últimas administrações juntas. Conseguiu a aprovação de mais leis, muitas das quais fizeram parte da sua plataforma populista, do que qualquer pessoa jamais pensou que conseguiria, e, com as pesquisas apontando a mudança para um Congresso favorável, não existe limite para o que ele poderia realizar nos próximos quatro anos. Esse homem nada tem de comum, Gabe.

— Magnus, esse homem — Gabe apontou para Stoddard, que até então só movimentava o peito para cima e para baixo ao respirar — tem a autoridade e o poder de destruir tudo. *Tudo!* E ele pode estar enlouquecendo.

— Deve haver alguma coisa que está causando isso, além do estresse — disse Carol. — Tenho certeza. Você o ouviu responder às suas perguntas. Ele é absolutamente brilhante. Você mal fazia as perguntas e ele já estava respondendo. Gabe, você está preocupado com o fato de Drew ter o poder de destruir tudo, mas ele também tem o poder e a visão de mudar o mundo para melhor como nenhum presidente — *nenhuma* pessoa — jamais teve.

— Essa eleição iminente não é absolutamente segura — acrescentou Lattimore. — Dunleavy continua à frente da maioria dos Estados republicanos, e a direita religiosa está começando a se mobilizar e reorganizar. Sua máquina política enfraqueceu quando Dunleavy perdeu a última eleição, mas existem fortes indícios de que estão se reorganizando. Você se lembra de Thomas Eagleton?

— Não. Espere aí, talvez. Sim, sim, estou lembrado. Ele foi o candidato indicado a vice-presidente de McGovern em, sei lá, setenta?

— Setenta e dois. McGovern não venceria Nixon de jeito nenhum, de modo que nenhum dos medalhões do Partido Democrata quis concorrer com ele, que então escolheu Eagleton, um simpático senador do Missouri. Só que as pesquisas de McGovern, "feitas nas coxas", não descobriram que o cara tinha várias internações por depressão, que incluíam terapia de eletrochoque. As críticas negativas da imprensa fizeram parecer que McGovern não tinha a menor condição de liderar este país, e forçaram Eagleton a desistir.

— Ele foi substituído por Sargent Shriver, membro do Corpo da Paz. Agora me lembro.

— Foi ainda pior com o Dukakis. Ele liderava as pesquisas quando de repente começou um boato de que ele havia se tratado de depressão. Um boato que não foi comprovado, mas o resultado foi uma alteração significativa nas pesquisas, e, apesar daquela cena dele num tanque[19], não conseguiu recuperar a posição anterior.

— Entendo o que você está dizendo.

— Se for divulgada alguma coisa sobre essas crises do presidente, nada nem ninguém no mundo vai poder nos ajudar. E o mais importante, como disse Carol, é que, entre os ataques, ele se mostra brilhante e no comando como sempre.

Nesse instante, no momento certo, os olhos de Andrew se agitaram. Ele olhou à esquerda para sua mulher e para seu chefe da Casa Civil, e depois à direita, para Gabe.

— Dr. Singleton, suponho — ele disse, passando a língua nos lábios ressecados.

— Olá! Bem-vindo ao nosso mundo.

— Não gostei dessa frase. Tive outro ataque daqueles?

Gabe concordou com a cabeça.

— Querido — disse Carol —, você está bem?

— Ótimo, eu me sinto ótimo. As têmporas estão latejando um pouquinho, mas, fora isso, eu me sinto muito bem. Devo

---

19 - Na campanha presidencial de 1988, o candidato Michael Dukakis foi fotografado uniformizado dirigindo um tanque, e a repercussão foi catastrófica. (N.T.)

confessar, porém, que ver o doutor aqui é meio desanimador, especialmente quando ele deveria estar jantando com Calvyn Berriman e comendo o bolo com a bandeira de Botswana.

— Você se lembra de alguma coisa do que aconteceu? — Gabe perguntou.

— Mais ou menos. Lembro vagamente de não me sentir bem, principalmente no estômago. Por quê? Será que insultei alguém de quem deveria ser amigo?

— Não, não foi nada disso — disse Carol. — É que estamos satisfeitos por você estar bem. Amor, Gabe está muito aborrecido porque nós não...

— Carol, deixe que eu mesmo falo — disse Gabe, com mais aspereza na voz do que pretendia.

Olhou para Carol, Lattimore e voltou a olhá-los: pensou em pedir aos dois que saíssem do quarto, para que pudesse falar com seu paciente em particular, mas acabou puxando uma cadeira forrada de brocado ao lado de Stoddard, que se apoiou num cotovelo para se erguer na cama.

— Drew, você sempre esteve totalmente ciente desses ataques?

— Estive. Exceto, é claro, durante sua duração.

— Mas preferiu não me contar antes que eu concordasse em vir para Washington cuidar da sua saúde...

— Isso talvez tenha sido um erro.

— Drew, agradeço por você reconhecer isso em vez de me encher — pelo menos não diretamente — com racionalizações sobre por que escolheu me manter desinformado. E compreendo por que você, Carol e Magnus escolheram agir assim. Mas foi um erro, uma mentira. Sei muito bem que omitir uma coisa não é tecnicamente mentira, mas de onde venho não concordamos com isso.

— Lamento, Gabe. De verdade. Havia muita coisa acontecendo, muita pressão para estabilizar o problema do desaparecimento de Jim, e eu precisava desesperadamente de você ao meu lado. Jim me disse que os ataques foram provavelmente uma forma de cefaleia atípica. Ele me prescreveu Imitrex e disse que eles talvez não voltassem a ocorrer. Nesse meio tempo, ele me submeteu a todos os exames e recorreu a consultores.

— Que tipo de consultores?
— Acho que neurologistas.
— Não havia nenhum psicanalista? Nem psiquiatra?
Stoddard sacudiu a cabeça.
— Acho... acho que não. Gabe, se a ocorrência desses episódios se espalhar, estou acabado.
— Drew, no ponto em que as coisas estão, acho que só tenho duas opções: chamar o assessor militar que está lá fora, para que você e eu possamos transferir o governo para o Vice-Presidente Cooper, ou desistir e voltar no próximo voo para Wyoming.

Lattimore se inclinou para a frente e pareceu querer entrar na discussão, mas Stoddard, cujas costas estavam viradas diretamente para ele, impediu-o com uma das mãos levantadas e depois se sentou na cama, ainda de frente para Gabe e longe do chefe do Gabinete Civil. Nesse instante, todos os vestígios de Drew Stoddard desapareceram e foram completamente substituídos pelo presidente dos Estados Unidos.

— Gabe — disse ele. — Jim Ferendelli teve de lidar com a mesma crise de consciência com que você está lidando agora. Sofri por ele da mesma forma que estou sofrendo por você. Basicamente, ele recusou as duas possibilidades que você sugeriu: não desistiu nem insistiu para que eu transferisse o governo deste país para Tom Cooper. Ele me fez tomar remédios para o que achava ser a causa do meu problema, e me prometeu não descansar até saber o que estava acontecendo comigo, e o que deveríamos fazer a respeito. Por favor, acredite no que estou dizendo.

— Eu acredito.

— Gabe, ao trabalhar com um Congresso Republicano, meus programas de emprego retiraram mais de seiscentas mil pessoas da fila do desemprego. Comunidades se uniram a mim e às empresas privadas para acrescentar dois mil computadores às nossas escolas. O uso de drogas nas cidades do interior começou a diminuir acentuadamente. A diminuir, Gabe. As pesquisas dizem que, se eu ganhar, provavelmente terei um Congresso favorável no próximo mandato. Se você permitir que eu concorra, não haverá limite para o que poderemos realizar para o povo deste país. Eu imploro, Gabe, fique comigo. Descubra o que há de errado comigo. Trate-me com qualquer medicamento que deseje. Traga quaisquer especialistas para me avaliar. Mas, por favor, pelo amor de Deus, não me desligue da tomada. Não agora, quando estamos tão perto de chegar lá.

No silêncio que se seguiu, Gabe sentiu diminuir a maior parte da raiva por ter sido enganado, e de sua ânsia de agir imediatamente. Ele não tinha as estatísticas citadas por Lattimore e pelo presidente, mas sabia que havia um espírito de esperança e otimismo no país que não existia havia talvez mais de uma geração. Melhor que tudo, não havia soldados americanos perdendo a vida em solo estrangeiro. Drew Stoddard, erudito, intelectual, herói de guerra, humanista, populista, era "o cara".

— Preciso de um tempo — Gabe se ouviu dizer. — Preciso de um tempo para definir as coisas. O que eu vi neste quarto foi uma cena assustadora.

— Tenho certeza de que foi, Gabe. Tire o tempo que for preciso.

— Preciso dos registros de Jim Ferendelli sobre suas descobertas e conclusões até aqui.

— Estejam onde estiverem — disse Lattimore —, não conseguimos encontrá-los, exceto por umas parcas anotações no Hospital Naval de Bethesda. O FBI e o Serviço Secreto vasculharam todos os centímetros do consultório, da casa de Jim em Georgetown e na Carolina do Norte. Dezenas de agentes continuam a procurar, talvez uns duzentos.

— Bem, quero ter acesso à casa dele.

— Tudo bem.

— E, se eu decidir concordar com o que você está pedindo, preciso de pelo menos mais um médico para ser meu assistente no caso, que fique perto de você quando eu não puder.

— Vamos precisar contar tudo a esse médico? — perguntou Carol.

— Ainda vou resolver isso. Primeiro, porém, preciso ter mais certeza de que esse é um segredo que quero guardar.

— É só me dizer o que precisa — disse Stoddard. — Diga o que quer que eu faça.

— Fique perto de casa. Aqui ou em Camp David. Quero saber exatamente onde você está em todos os minutos, até tomar minha decisão.

— E a viagem ao Texas? — Lattimore perguntou ao presidente.

— Cancele — ordenou Stoddard rispidamente.

— Finalmente, quero que você prometa, Drew, e vocês também, Carol e Magnus, que, se eu resolver cair fora dessa história e envolver o Vice-Presidente Cooper, não vão tentar me convencer do contrário.

— Você tem nossa palavra — afirmou o presidente.

Os outros dois hesitaram, mas relutantemente concordaram, inclinando a cabeça.

— Nesse caso — disse Gabe —, prepare-se para dormir e se enfie debaixo das cobertas. Vou ficar aqui esta noite o tempo que for preciso para me convencer de que você está estável.

— Ótimo! O Quarto de Dormir Lincoln fica bem à direita no vestíbulo — disse Carol. — Vou mandar lhe entregar um roupão e um pijama. Griz vai providenciar alguma coisa para você comer, se tiver fome.

— Tudo bem. Algumas horas tranquilas e depois vou para casa. Por enquanto, depois que eu o examinar de novo, Sr. Presidente, quero ler um pouco. Vocês têm uma biblioteca, não é?

— Não é enorme, mas temos uma, sim. E Griz pode levá-lo à biblioteca principal na Ala Leste.

— Ótimo.

— Exatamente sobre o quê você quer ler, doutor?

Gabe se debruçou para verificar de novo as pulsações de Stoddard, depois examinou os movimentos dos olhos do presidente e a reação das pupilas à luz.

— A Vigésima Quinta Emenda — Gabe respondeu.

CAPÍTULO 10

A meia-noite chegou e se foi. Às duas da manhã, quando Gabe concluiu que era seguro ir embora, o presidente estava dormindo a sono solto havia uma hora e meia. A pedido de Lattimore, Gabe observou a distância quando o assessor militar que carregava O Futebol foi liberado. Então Gabe pegou suas coisas, incluindo dois livros sobre enfermidades presidenciais, sucessão e a Vigésima Quinta Emenda.

Ele ia avisar Treat Griswold de que estava saindo quando Carol Stoddard bateu de leve na porta aberta. Havia removido a maquiagem e estava de pijama e roupão, mas continuava tão elegante quanto no vestido de noite. Seus olhos de corça estavam ligeiramente avermelhados, o que levou Gabe a desconfiar de que havia chorado.

— Pronto para ir embora? — ela perguntou, entrando no quarto.

— Acho que agora já não há problema. De qualquer forma, moro a menos de dois quilômetros de distância.

— Acho que ele vai ficar bem — pelo menos por enquanto. Já sabe o que vai fazer a respeito de tudo isso?

— Preciso de algum tempo, talvez só até o final da manhã.

— Gabe, esse cargo está cobrando um preço alto dele — de nós. Creio que mais alto do que nós dois imaginávamos. Drew vem trabalhando direto há semanas, às vezes dezesseis, até vinte horas por dia. Quase nunca vamos dormir na mesma hora e... nossa vida pessoal tem definhado tanto que... bem, tanto que não resta muito dela.

— Lamento saber disso.

— Gabe, eu lhe imploro: se você achar que, pelo bem da sua saúde, Drew deve abandonar a campanha e deixar Tom Cooper assumir, por favor, diga-lhe isso. Ele acha que pode ser todas as coisas para todas as pessoas, mas alguém precisa ajudá-lo a entender que ninguém é capaz de fazer isso, nem mesmo ele.

Os olhos de Carol começaram a se encher de lágrimas. Gabe hesitou, mas se aproximou dela e a abraçou ternamente até ela se recompor.

— Farei o que decidir que será melhor para o meu paciente — ele acabou dizendo.

— Compreendo. Talvez você consiga convencê-lo a pelo menos reduzir o ritmo de trabalho: tirar umas férias, ficar mais tempo comigo e os meninos, passar algum tempo do dia sem fazer nada e aceitar o fato de que todo mundo tem limites.

— Vou tentar, Carol. De verdade.

— Obrigada. Muito obrigada pelo que está fazendo. Vou mandar Treat Griswold acompanhar você até a saída.

Antes que Gabe pudesse responder, a primeira-dama foi embora. Ele se lembrou rapidamente da inveja que sentiu quando chegou a Washington e a viu ao lado de Drew: os dois formavam o Casal Número Um, perfeito e lindo, conduzindo juntos o país para um reconhecimento cultural, político e social. Agora Gabe meditou sobre uma das muitas sábias observações do seu padrinho no AA: a que tratava dos perigos inerentes a passar pela vida comparando o seu mundo interior com os mundos exteriores das demais pessoas.

Tomou o elevador até o primeiro andar, onde identificou os frascos de sangue que havia coletado usando os números de seu telefone em Tyler ao contrário, e colocou-os na pequena geladeira da clínica.

Uma fascinante vinheta interrompera sua leitura: a referente ao ferimento do Presidente Clinton no joelho e à cirurgia subsequente. O presidente estava de férias, jogando golfe na Flórida, quando o joelho se vergou na ocasião em que descia um pequeno lance de escada. Seu músculo do quadríceps se havia rompido em dois e quebrado o tendão patelar. Um médico da Unidade Médica da Casa Branca, que estava de plantão perto do local, imobilizou a perna e providenciou o transporte imediato até o hospital mais próximo. À espera já estava o médico pessoal de Clinton, que, como sempre, fazia parte da equipe que tratava do principal executivo do país quando ele não estava na Casa Branca. Daquele momento em diante até a operação de Clinton no Hospital Naval de Bethesda, em Maryland, e mesmo depois que o reparo do músculo e do tendão foi concluído, seu médico precisou tomar duas decisões importantes: o controle da dor e a anestesia.

Perto de Clinton durante toda a provação esteve o assessor militar que carregava os códigos para desencadear os mísseis nucleares, assim como um acordo estabelecido entre Clinton e o Vice-Presidente Al Gore relativo às situações nas quais as rédeas do governo seriam transferidas para Gore.

Juntos, Clinton e seu médico decidiram que o único remédio contra a dor que ele receberia seriam anti-inflamatórios sem qualquer efeito sobre o sistema nervoso central. Além disso, com a aprovação dos cirurgiões ortopédicos do Hospital Naval de Bethesda, ele receberia anestesia peridural, portanto, permaneceria acordado durante a cirurgia. O procedimento durou duas horas e a recuperação de Clinton se deu harmoniosamente.

No livro, tudo parecia muito objetivo e simples. Gabe se perguntou como o médico pessoal de Clinton teria lidado com uma situação como a que ele estava suportando agora. Era duvidoso que, se Drew Stoddard tivesse um médico que não fosse seu amigo e ex-companheiro de quarto na faculdade, continuaria a ser presidente. Então Gabe se lembrou de que, na verdade, até duas semanas atrás Stoddard *tinha* outro médico e *continuou* a ser o presidente do País. Gabe também se deu conta de que em nenhuma ocasião lhe haviam contado a natureza exata do acordo entre Stoddard e Thomas Cooper III.

Em razão do grande número de dignitários presentes no jantar de Estado, o capitão da Marinha que estava encarregado do consultório médico havia preferido ficar no local. Gabe largou a maleta e passou ao homem o "roteiro" que Lattimore e ele haviam preparado e divulgado primeiro aos convidados do jantar, depois à imprensa: o presidente fora acometido de uma combinação de acesso de asma, forte cefaleia e severa gastroenterite, e havia especificamente pedido que seu médico pessoal o atendesse até que a situação estivesse resolvida.

Mais mentiras.

Nervoso e inseguro sobre as decisões que havia tomado durante a noite, médicas *e* políticas, Gabe permitiu que Treat Griswold o acompanhasse no elevador e fora da Casa Branca até a área de estacionamento do *staff* sênior no Boulevard Oeste dos Executivos. Os Dezoito Hectares, como era conhecida a estrutura da Casa Branca, estavam lugubremente tranquilos. Os dois homens fizeram o percurso em silêncio pensativo, unidos pela enormidade do drama do qual cada um deles havia participado.

Griswold, com seu pescoço de touro, leal veterano de muitos anos no Serviço Secreto, havia sido contratado para receber um tiro no lugar de Andrew Stoddard, se fosse necessário. Estaria o homem delirando incompreensivelmente e se balançando como se estivesse tentando eliminar dos demônios da cabeça uma pessoa por quem estaria disposta a morrer? Gabe queria fazer essa pergunta ao agente, mas sabia que não conseguiria.

Se eles soubessem... — Gabe pensava. — *A imprensa, o Gabinete, o Congresso, os chineses, os israelenses, os árabes, os terroristas, o povo americano* — *se eles soubessem o que havia acontecido naquela noite na residência presidencial...*

Ele se perguntou sobre os homens que haviam precedido Drew Stoddard na presidência. Quantos segredos haviam sido guardados em nome deles? Quantas mentiras haviam sido contadas?

— O senhor vai ficar bem? — perguntou Griswold quando chegaram ao carro de Gabe.

— Obrigado por se importar, Griz. Pode deixar, acho que vou ficar bem. Suponho que esteja a par da maior parte das coisas que aconteceram lá hoje.

— Eu sei tanto quanto preciso saber — disse o agente. — Ele é um homem muito especial, doutor. A gente deve fazer o possível para que continue por aqui.

— Estou prestando atenção ao que você diz. Não tenho cem por cento de certeza de que concordo com você, mas estou prestando atenção.

— Todos nós precisamos fazer o que precisamos fazer. Tome cuidado. Neste momento não tenho a menor inveja do senhor.

Gabe bateu de leve no ombro maciço de Griswold: era como se estivesse batendo numa rocha.

— Neste momento você tem razão. Escute, não vamos esquecer de dar aquela cavalgada no deserto um dia desses.

— Não vou esquecer. Boa sorte, senhor.

Griswold voltou pelo caminho que haviam tomado, deixando Gabe sozinho em meio ao silêncio.

O Buick Riviera prateado que Gabe dirigia era, assim como sua suíte mobiliada de quatro cômodos no Watergate Apartments, um empréstimo sem prazo definido concedido por LeMar Stoddard. O Pai Número Um foi incisivo a respeito. Desde o dia em que Drew e Gabe se conheceram na Academia, o Stoddard sênior havia abraçado Gabe e seus pais como sua família, convidando-os para visitar sua mansão na Carolina do Norte e sua cabana de caça na Virgínia. Apesar de o acidente, a consequente expulsão de Gabe da escola e seu encarceramento terem sido mais fortes do que Buzz Singleton pôde tolerar, LeMar continuou sendo um amigo e aliado confiável, fornecendo-lhe uma equipe de defesa de excelente nível e visitando-o mais de uma vez no ICM. Anos depois, LeMar chegou a recorrer a pistolões para garantir que o passado de Gabe não o impedisse de ser aceito na faculdade de medicina.

Gabe ligou o Buick e durante alguns minutos ficou simplesmente sentado atrás do volante, deixando o ar-condicionado se fazer sentir forte e continuando o processo de pôr em ordem suas ideias e pensamentos. Com o passar dos anos, quando deparava com uma charada médica, tentava manter todas as possibilidades diagnósticas em atividade, até serem descartadas por um exame laboratorial negativo, positivo ou uma nova conclusão física. Sempre tinha, porém, uma desconfiança inicial sobre a área da resposta. O truque era não se deixar dominar nem sequer influenciar por essa desconfiança até que as possibilidades descartadas deixassem poucas opções ou, melhor ainda, conduzissem a um *único* diagnóstico.

"*Ele é um homem muito especial. A gente deve fazer o possível para que continue por aqui.*"

Com as palavras de Griswold ecoando na cabeça, Gabe saiu da estrutura da Casa Branca na Rua Dezesseis e depois tomou a Rua G para o percurso de menos de dois quilômetros até o Watergate Complex. A noite estava densamente nublada, quente e úmida, mesmo para agosto em Washington. Essencialmente perdido em pensamentos sobre a noite anterior, Gabe seguiu no lânguido tráfego do início da manhã. Quando parou num sinal vermelho na Rua Vinte e Dois, o sedã escuro que o vinha seguindo desde que saíra da Casa Branca passou para a faixa vazia à sua esquerda e emparelhou com ele.

O que aconteceu depois era apenas um borrão.

Ciente apenas do ligeiro movimento do carro ao seu lado, Gabe virou a cabeça para a esquerda. O motorista do outro carro, com o rosto escondido por um boné de beisebol puxado para baixo e por uma sombra densa, abriu a janela do carona e ergueu uma grande pistola, apontando o cano ameaçador diretamente para o rosto de Gabe a uma distância menor que um metro e oitenta. Um instante antes de o assassino atirar, o carro de Gabe foi violentamente atingido por trás, o que o fez percorrer alguns metros à frente.

Com o clarão da boca da arma perturbando-lhe a visão e o tiro ecoando nos ouvidos, a cabeça de Gabe foi para trás. A janela lateral traseira do Buick foi estilhaçada pela bala errante. Não houve um segundo tiro. Em lugar disso, ouviu-se o som de pneus freando entre a fumaça e o fedor de borracha queimada, o sedã deu um salto para a frente, girou em duas rodas, passou para a Rua Vinte e Dois e desapareceu.

Ainda sem condições de saber exatamente o que havia acontecido, Gabe sentiu-se sem nenhuma energia, mantido no assento pelo cinto de segurança, com a respiração ofegante e tentando se recompor.

Sem tempo. Ele nem tivera tempo de reagir. Um homem havia acabado de tentar matá-lo!

De algum lugar atrás dele uma porta de carro se abriu e fechou. Então houve passadas rápidas, e segundos depois a porta do seu carro se abriu.

— Você está bem?

A voz era conhecida.

Demorou um pouco para a visão de Gabe ficar nítida.

De pé, olhando para ele com evidente preocupação, estava Alison Cromartie.

CAPÍTULO 11

— Ele está bem? — gritou um motorista do outro lado da rua. — Quer que eu chame uma ambulância?

— Você quer? — Alison perguntou a Gabe.

Ainda atônito, ele conseguiu sacudir a cabeça.

— Não precisa, ele está ótimo — gritou Alison. — Foi só uma colisão sem maiores danos.

O motorista, o único por perto, hesitou e depois foi embora com o carro.

— Um sujeito naquele carro tentou me matar — disse Gabe, procurando, atrapalhado, as palavras. — Ele... ele atirou em mim... meu Deus, não posso acreditar nisso. Eu... eu não sei se ele era um motorista qualquer ou... ou se...

— Calma, doutor, calma. Tem certeza de que não está ferido? Consegue se levantar?

— Acho que sim. Eu... eu gelei. Só consegui ver o cano daquela arma e... e só consegui pensar: "Vou morrer". Nem sei o que aconteceu depois.

— Eu atingi você por trás. Foi isso que aconteceu depois — ela disse. — Vi o que ia acontecer e bati no seu carro de propósito. Foi a única coisa em que consegui pensar.

Gabe olhou para a janela traseira estraçalhada do Buick.

— Belo lance — ele disse.

Lentamente, apoiado por Alison, ele conseguiu se levantar e se escorar no teto do carro. Usando *jeans* preto e blusa branca sem mangas, a moça manteve um braço ao redor da cintura dele até ficar claro que ele conseguia ficar de pé sozinho. Como antes, ele se sentiu perturbado pela proximidade e pelo cheiro dela.

— Opa! — ela exclamou.

Uma viatura policial branca e preta com placa de Washington parou diretamente na borracha queimada do carro do assassino. As luzes em cima do carro piscavam, e o policial no banco do carona, um negro esguio, baixou o vidro:

— O que aconteceu aqui?

— Ah, que bom que...

— Nada demais — disse Alison, interrompendo Gabe com firmeza. — Ele fez a coisa certa e parou no sinal, e eu fiz a coisa errada e bati no carro dele. A culpa é minha.

Viram o policial olhando a janela traseira, claramente tentando entender como a janela estraçalhada fazia sentido numa colisão por trás.

— O senhor está bem? — ele perguntou a Gabe.

Sem ser vista pelos policiais, a expressão de Alison era muito cautelosa.

— Eu... eu estou um pouco abalado, só isso.

— E como explica essa janela?

— Há dois dias, quando o carro estava estacionado, provavelmente vândalos fizeram isso aí. Vou mandar consertar amanhã.

— O senhor quer que a gente chame uma ambulância? Às vezes a adrenalina causada por um acidente pode esconder sérias lesões.

Mais uma vez o olhar dela advertiu Gabe para não dizer nada sobre o tiro. Que diabos estava acontecendo?

— Não, nada de ambulância — ele se ouviu dizer.

— Escutem, policiais — Alison disse —, façam o que for preciso, mas eu *realmente* pretendo assumir total responsabilidade pela batida, e *realmente* preciso chegar em casa. Acabei de trabalhar três horas extras na emergência do Hospital Geral e tenho de estar de volta para o meu turno diário daqui a pouquinho.

— A senhora é médica?

— Enfermeira. Tenho muito conhecimento da emergência para ser médica.

— A senhora está certa — disse o policial, trocando olhares de aprovação com o parceiro.

Nesse instante o rádio da viatura anunciou alguma coisa que parecia urgente. Alison observou calmamente o guarda atrás do volante atender ao chamado, mas Gabe, tão perplexo com a forma como ela lidava com a situação como com a própria situação, percebeu a argúcia nos olhos dela, e se deu conta de que ela estava no controle da ação, se não bem à frente.

— Mais um instante e eles vão embora — ela sussurrou antes que a conversa terminasse.

— Olhem — disse o policial mais próximo deles. — A gente precisa ir. Tem certeza de que está legal, amigo?

— Estou ótimo, ótimo — respondeu Gabe. — Se não for sua obrigação, vocês nem precisam relatar o acidente.

— Tudo bem, vocês é que sabem. O senhor está com uma enfermeira de emergência, se tiver alguma reação retardada.

— Isso mesmo — disse Gabe quando a viatura saiu guinchando.

Ele observou até as luzes traseiras desaparecerem na rua Vinte e Dois e olhou para Alison.

— Qual é o problema? — ela perguntou. — A placa do Taurus azul-escuro de três ou quatro anos do assassino estava coberta, e, com aquele boné de beisebol, não tinha como eu ver a cara dele. Olhando fixo para um cano de arma, duvido muito que você tenha olhado bem para ele. Quando você acabasse de contar a história toda à polícia e eles ligassem pedindo reforços, as probabilidades de que o atirador ainda estivesse dirigindo por perto seriam mínimas ou nenhuma. De que ia adiantar contar a eles? Haveria horas de interrogatórios e papelada a preencher, e muita publicidade indesejável, especialmente em razão do desaparecimento do Dr. Ferendelli.

Gabe não teve resposta imediata. Alison Cromartie parecia incrivelmente certa e confiante no que havia dito, e absolutamente à vontade com as mentiras que contara aos guardas. Ela podia ser qualquer coisa, menos a enfermeira bem arrumada e profissional que havia ficado na ponta dos pés para dar o nó em sua gravata havia apenas sete horas.

— Mas será que eles pelo menos não formariam uma equipe de especialistas para examinar a bala? — conseguiu finalmente dizer. — Deve estar por aí em algum lugar.

Alison suspirou. — Já sei o que vamos fazer — disse ela. — Troque de carro comigo por um dia e eu providencio o conserto do seu e também consigo que examinem a bala.

— Quem é você? — perguntou Gabe, sem disposição para confiar em qualquer pessoa naquela cidade.

Alison tirou uma caixinha de couro do bolso do *jeans*, abriu-a e a mostrou a ele. Gabe lembrou-se rapidamente de Lily Sexton e seu elegante estojo de cartões de visita. Naquela caixinha, porém, não havia cartões de visita, mas apenas um escudo dourado e um cartão de identificação com uma foto, no qual se lia:

CROMARTIE, Alison M.
Serviço Secreto dos Estados Unidos

— As pessoas estavam preocupadas com você — ela disse.

CAPÍTULO 12

— Lamento não ter lhe contado quem eu era lá no consultório, mas a autoridade superior que me colocou na clínica pediu que eu não contasse.

Alison pareceu sincera e Gabe quis acreditar nela, mas naquele momento — quase quatro da manhã — ele realmente não conseguiu concentrar-se o bastante para pensar claramente nas coisas.

Um homem com o rosto escondido na sombra havia emparelhado com o carro de Gabe e atirado nele quase à queima-roupa.

Fazia quatro dias que estava na capital e em uma só noite havia sido esnobado por um almirante; o presidente dos Estados Unidos, sua mulher e o chefe da Casa Civil lhe omitiram algo muito importante; uma das enfermeiras de seu consultório o enganara e, por último, quase foi assassinado por — por quem? Por um motorista pirado qualquer? Essa hipótese fazia tanto sentido quanto qualquer outra. Foi simplesmente obra do acaso que um alucinado com necessidade de matar alcançou a encruzilhada da G com a 22 no mesmo momento em que Gabe o fizera, e foi mais uma obra do acaso que Alison Cromartie, com os instintos e reflexos de uma agente do Serviço Secreto, estivesse no carro atrás do dele, seguindo-o?

— O Serviço Secreto não gosta de coisas que não fazem sentido — disse Alison —, e, neste momento, o desaparecimento de Jim Ferendelli não faz o menor sentido. Sou uma das poucas enfermeiras formadas do Serviço, de modo que me arrancaram de um emprego burocrático em San Antonio e providenciaram para que eu me tornasse parte da Unidade Médica da Casa Branca. Minhas instruções consistiam em manter os olhos e os ouvidos abertos para qualquer coisa ligada ao Dr. Ferendelli e ficar de olho em qualquer um que fosse substituí-lo. Era isso que eu estava fazendo hoje à noite.

Gabe esfregou os olhos ardidos pela falta de sono e tentou focalizar-se no que Alison acabara de dizer: que ela fora colocada no consultório médico da Casa Branca *depois* do desaparecimento de Ferendelli. Ela não lhe dissera naquele mesmo dia que começara a trabalhar lá *antes* de Ferendelli desaparecer? Gabe tentou, através da neblina profunda da exaustão, recriar o diálogo entre eles, mas percebeu que talvez não estivesse se lembrando corretamente. Por que ela se daria ao trabalho de mentir para ele sobre a ocasião em que começara a trabalhar na Casa Branca? Falando nisso, por que alguém estaria mentindo a ele sobre alguma coisa?

Ele pensou em tentar esclarecer qual versão da história era verdadeira, mas aquela não era nem a ocasião nem o lugar para começar uma discussão não solucionável do tipo sim-você-disse-isso, não-eu-não-disse.

— Bem — ele disse —, seja qual for a razão para você estar lá, obrigado mais uma vez por salvar minha vida.

— A outra opção teria causado o maior estrago naquele seu belo Buick...

Horas antes, quando ela dava o nó em sua gravata, Gabe teria oferecido seu rancho para eles se sentarem juntos às quatro da manhã num banco atrás do Watergate, com vista para o silencioso e negro Potomac. Entretanto, lá estava ele naquela exata situação: perturbado, nervoso e totalmente constrangido.

— Diga a seu chefe que seu segredo está a salvo comigo.

— Não tenho certeza se isso vai funcionar, mas vou tentar.

— Sempre me perguntei por que chamam assim o Serviço Secreto, pois os agentes de terno escuro e óculos espelhados não fazem nenhum esforço para ser secretos.

— O objetivo é mesmo que aqueles sejam vistos e reconhecidos. Muitos de nós não somos.

— Existem funcionários do Serviço Secreto fora de Washington?

— Existem funcionários de campo em todos os lugares. Fazemos investigações e tomamos providências em relação a qualquer visita presidencial ou de diplomatas importantes.

— Nosso amigo almirante não sabe que tem uma agente do Serviço Secreto trabalhando para ele? — perguntou Gabe.

— Quase ninguém sabe.

— Treat Griswold?

— Não. Estou subordinada a um homem somente: o chefe da Corregedoria.

— Corregedoria?

— Gabe, eu realmente não posso lhe contar mais nada agora. Logo de manhãzinha vou ter de informar ao meu chefe que revelei meu disfarce.

O tempo cobrou seu preço a Gabe, e ele tentou, sem conseguir, abafar um bocejo.

— Escute — disse Alison. — Vá dormir. Posso explicar tudo depois. Vou levar a bala ao laboratório e providenciar para que seu carro seja consertado. Basta deixá-lo na rua onde você o estacionou. No máximo em uma hora ele vai ser levado, e não vai demorar mais de um dia para ele ficar tão bom quanto novo.

— É melhor que fique. Foi comprado com um empréstimo que o pai de Drew me concedeu.

— Eu sei.

— É claro. Todo mundo aqui sabe tudo, ou pelo menos tenta saber. Então, o que é que você vai contar ao seu chefe?

— A verdade — ela respondeu objetivamente.

— Verdade. Que palavra! Eu jamais teria pensado que era uma das palavras que significavam coisas diferentes em diferentes partes do país. Foi o que você me disse no consultório sobre como veio trabalhar na Casa Branca? A verdade?

— Desculpe. Você tem todo o direito de ficar irritado, mas eu estava apenas fazendo o que me mandaram.

— E o que devo dizer ao meu chefe? — ele perguntou.

— Depende de você, mas não sei bem se você pode se beneficiar de alguma coisa.

— A proteção do Serviço Secreto?

— Depende de quão controlado você queira ser.

Gabe esfregou os olhos de novo. Estava exausto pelos fatos relativos ao presidente e totalmente desnorteado por essa mulher e pelo atentado contra sua própria vida, mas estava também, estranhamente, sem a menor disposição de subir para seu apartamento. Acima deles, a superfície do rio começara sutilmente a refletir as primeiras mudanças do novo dia. Gabe se viu absurdamente perguntando que dignitário havia conseguido a inclusão da cabeça de touro no bolo da bandeira de Botswana do Presidente Calvyn Berriman. Talvez Lily Sexton.

— Me conte uma coisa — ele perguntou finalmente. —

Como uma enfermeira acaba ganhando um crachá, uma arma e um trabalho burocrático em San Antonio?

— Tem certeza de que não quer continuar esta conversa mais tarde?

— Tenho, tenho. Estou muito interessado. Além disso, sinto que vem outra bomba por aí.

— Não sei dizer se você está brincando ou não.

— *Na defensiva* seria mais adequado. Ou talvez eu esteja apenas sendo irascível. Eu estava ocupado cuidando da gastroenterite e da forte cefaleia do presidente, e perdi a sobremesa.

Gastroenterite e forte cefaleia. A mentira saiu sem esforço. Afinal de contas, talvez ele tivesse futuro em Washington.

— Você é quem sabe — disse ela, dando de ombros. — A história que lhe contei é praticamente toda a verdade. Nasci na Louisiana e fui criada em Nova York, no distrito de Queens. Meu pai — acho que já lhe falei sobre ele — é... isto é, era parte crioulo, parte branquelo do sul: muito bonito, muito charmoso, mas raras vezes permaneceu empregado por muito tempo. Minha mãe é parcialmente japonesa, e tem outras ascendências. Ela é enfermeira, e ainda trabalha num asilo. Formei-me em enfermagem por causa dela, e fiz mestrado.

— Logo que nos conhecemos, tentei definir suas origens segundo sua aparência.

— Duvido que você tenha sequer se aproximado da verdade.

— Não consegui mesmo, mas é uma combinação de nacionalidades que deu muito certo.

— Obrigada. Quer saber mais?

— Se você quiser me contar...

— Vamos em frente, então. Um breve casamento impetuoso me levou a Los Angeles, onde trabalhei numa UTI cirúrgica. Como muitos hospitais, era mais ou menos dominado pelos cirurgiões, por um determinado grupo, cujos médicos realizavam muitas operações, eram ricos e arrogantes, todos homens, e todos com conexões importantes. Costumávamos chamá-lo de Clube do Conhaque e dos Charutos Cubanos — Os Quatro Cês. O problema era que, embora a maioria deles fosse de excelentes cirurgiões e talvez merecedora de ganhar muito dinheiro, alguns não eram competentes.

— Continue.

— Bem, não vou entrar em detalhes, mas houve uma morte na unidade, causada por uma ordem que não deveria ter sido dada, emitida por um cirurgião que estava bem a par do histórico da paciente e por isso deveria ter agido de outra maneira. Ele era um dos sócios fundadores do grupo, e bebia muito. Também deixou de informar às enfermeiras episódios anteriores de sua paciente. Além disso, ele demorou absurdamente para fazer contato com a unidade depois que foi convocado pelo alto-falante, sem falar em uma tentativa desastrosa de abrir a pobre mulher em plena UTI.

— Horripilante!

— Mais horripilante foi a maneira como o grupo tentou jogar a culpa de tudo numa das enfermeiras. Isso foi feito com a crueldade e a eficiência de uma unidade de guerra. Desapareceram informações do dossiê da paciente e médicos disseram mentiras escandalosas. Infelizmente para ela, escolheram uma enfermeira que passava por um divórcio amargo, tomava um monte de antidepressivos e que, de qualquer maneira, não era muito forte clinicamente. Janie foi suspensa do trabalho e depois sofreu overdose. Não morreu, mas às vezes acho que ela queria que isso tivesse acontecido. No fim, seu ex ficou com a guarda dos filhos e ela se mudou para outra cidade.

— Vocês eram íntimas?

— Não muito, mas nos considerávamos amigas. Eu não suportei o que fizeram com ela, e estava de plantão quando tudo aconteceu, por isso resolvi denunciar o cirurgião e todos os que o acobertaram.

— Epa!

— É epa mesmo. Foram para cima de mim da mesma forma que fizeram com ela. Uma covardia. Começaram a surgir provas que sugeriam que eu havia ajudado Janie a desviar drogas da unidade e só estava querendo defender minha cúmplice. Comecei a receber telefonemas estranhos. Um ano antes, eu havia rompido um relacionamento de três anos com um homem que decidira que, apesar do que ele e eu havíamos combinado, não queria ter filhos. Um cara novo, que eu estava namorando havia pouquíssimo tempo e que parecia uma pessoa muito promissora, de repente, não quis mais nada comigo sem qualquer explicação. Meu registro no trabalho sempre fora imaculado, mas sem quê nem por quê vários relatórios não fundamentados de incidentes foram registrados contra mim por supervisores que tinham ligações com o grupo de cirurgiões. Parecia que os médicos estavam gostando do desafio de sistematicamente arrasar com a minha vida.

Gabe analisou o rosto dela. Mesmo na escuridão, pôde ver a tensão e a mágoa. Pareciam verdadeiras. Então se lembrou de que já havia acreditado numa história dela naquela noite. Essa gente era eficiente na manipulação da verdade — muito eficiente. Ele se voltou para o rio. Ela o atraía tanto que era difícil manter a ideia de que talvez não fosse alguém com quem se pudesse contar. Ao mesmo tempo, era estranho pensar que, enquanto ele permanecia ali sentado, escutando-a daquela maneira, estava conseguindo evitar o problema sobre instituir ou não medidas para destituir o presidente dos Estados Unidos.

Que noite difícil!

— Então, o que aconteceu? — perguntou.

— Bem, como na realidade eu não havia feito nada de errado, o conflito se tornou um impasse, embora eu soubesse que mais cedo ou mais tarde os cirurgiões aumentariam seus ataques e me venceriam. Finalmente, numa reunião secreta, o diretor do hospital me ofereceu um acordo. Se eu me demitisse e parasse de criar confusão, ele providenciaria para que eu fosse altamente recomendada. Se eu continuasse lá, ficaria por minha conta e risco.

— E daí?

— E daí que eu engoli o orgulho e desisti. Na ocasião me doeu ter de fazer o que pareceu uma escolha covarde, e continua a doer todos os dias, sabendo que foi isso mesmo que aconteceu. Acho que não tenho nada de heroína.

— Não sei se eu diria isso. Lembre-se de que acabou de salvar minha vida à custa de revelar seu disfarce.

— Ações por reflexo não são processadas pelo cérebro.

— Às vezes, viver para lutar de novo é tão heroico quanto ser destruído por uma causa, e muito mais inteligente.

— Não tenho intenção de voltar a lutar. Receio que não tenha as características de um cruzado.

— Ora, está aí uma coisa que temos em comum.

— O resto é essencialmente o que lhe contei no consultório. Um médico com quem trabalhei antes de ele se aposentar era grande partidário do presidente e me ajudou a entrar para o Serviço Secreto. A ironia é que aqui estou eu, trabalhando novamente como enfermeira, coisa que prometi nunca mais fazer. Tristemente, esse passo para trás é um passo à frente do trabalho burocrático que eu fazia em San Antonio.

— Bem — ele disse —, gostei muito que você tenha partilhado tudo isso comigo. Estou ficando meio entediado com a versão que Washington tem da verdade. — Ele bocejou de novo. — Tudo bem, está na hora. Roubando o título de um filme de nossos ex-executivos principais, acho que está na "Hora de dormir para Bonzo"[20].

— Escolha adequada. Então, por que ficou até tão tarde na Casa Branca? O presidente estava tão mal assim?

Instantaneamente Gabe ficou tenso. Na superfície, a pergunta da mulher era inocente, mas a repentina mudança de assunto foi estranha. Considerando o fato de que ele acabara de avisar que ia dormir, achou o *timing* forçado. Estaria ela tentando se aproveitar da hora, e de que lhe salvara a vida, e da intimidade gerada por ela haver contado sua história, a fim de extrair informações sobre Drew, ou estaria ele sendo hipersensível e exagerando a situação?

E se o cenário com o pistoleiro tivesse sido uma encenação, um tipo de manobra inteligente para obter sua confiança? E se Alison tivesse sido colocada na clínica da Casa Branca não porque fosse enfermeira, mas porque era uma enfermeira atraente e divertida? E se todo esse caso simplesmente fosse mais uma prova de que o Dr. Gabe Singleton estava dando um passo maior do que a perna e nunca deveria ter saído de Wyoming?

— Preciso ir agora — disse abruptamente.

Antes que Alison pudesse reagir, ele se foi.

---

20 – Título em inglês: *Bedtime for Bonzo*, filme estrelado pelo ex-presidente Ronald Reagan. (N.T.)

CAPÍTULO 13

Gabe deitou de bruços na cama *king-size* de LeMar Stoddard, tentando em vão adormecer. Viera para Washington a fim de substituir um médico que havia desaparecido, e agora ele próprio quase tinha sido morto. Pelo menos era o que parecia. De olhos fechados, visualizou a expressão de Alison Cromartie quando ele se levantou abruptamente e a deixou de frente para o rio. Ela ficou claramente surpresa, mas seria porque esperava que ele lhe dissesse o que estava acontecendo com o presidente? Estaria ela ou a pessoa para quem trabalhava tentando aumentar os boatos, algumas meias verdades que talvez tenham sabido sobre a saúde do principal executivo?

O que ela dissera sobre a inutilidade e a possível repercussão negativa de relatar à polícia o ataque de um motorista fazia perfeito sentido. Ainda assim, ele achava que devia fazer algo mais do que simplesmente permitir que ela providenciasse o conserto do seu carro e mandasse a bala ser examinada. Ele precisava partilhar com alguém o que acontecera. Com Lattimore? Treat Griswold? O Almirante Wright? O próprio presidente?

Ainda mais importante, ele tinha de decidir o que fazer sobre os ataques periódicos de insanidade do comandante-chefe das forças armadas mais poderosas da história. Durante algum tempo, tentou imaginar como teriam realmente sido os últimos dias de Nixon no cargo: andando de um lado para outro nos corredores vazios da Casa Branca, pretensamente mantendo animadas conversas com os fantasmas de Lincoln, Wilson e outros ex-presidentes; ajoelhado, balbuciando como uma criança para o Secretário de Estado Henry Kissinger. De acordo com o que Gabe sabia, Nixon havia perdido o controle muito antes daquela última e fatal caminhada até o helicóptero que o esperava. Por quanto tempo o dedo daquele maluco se apoiara no botão que poderia ter matado centenas de milhões? Dias? Semanas? Talvez mais tempo?

Teriam Kissinger, Ford e outros de alguma forma se unido e elaborado um plano para contornar quaisquer ordens de Nixon que julgassem não visarem os melhores interesses do país... e do resto da humanidade?

Voltou a rolar na cama, dessa vez revivendo as notáveis realizações dos primeiros três anos e meio de Andrew Stoddard no cargo e o potencial dos quatro anos à frente — especialmente se o presidente tivesse a maioria no Congresso. Gabe nunca acreditara muito que o processo político fosse capaz de melhorar significativamente a qualidade de vida do americano médio — especialmente a vida dos menos afortunados. Sempre refletia quanta coisa poderia ser realizada se os bilhões gastos nas campanhas políticas, a maioria delas fracassada, fossem aplicados em projetos de obras públicas, ou para inverter o aquecimento global, ou nas pesquisas sobre o câncer, ou para suprir de computadores as escolas das cidades do interior.

Não obstante, existia esse homem, um presidente com uma verdadeira visão da América, não alguém que levava freneticamente o país de uma crise para outra; um presidente do povo, com a coragem de enfrentar as grandes corporações, as grandes empresas petrolíferas, os grandes laboratórios farmacêuticos, bem como os arquitetos do terror; um presidente com carisma para unir as pessoas. Seria certo a essa altura invocar a Vigésima Quinta Emenda, interrompendo a presidência de Drew, quando as coisas estavam dando tão certo? Ele não podia adiar essa decisão por muito mais tempo.

Às seis e quinze da manhã, sem conseguir nem sequer cochilar, Gabe tomou banho e fez a barba, então pensou em tomar um Xanax[21].

"*Você continua bebendo? E dependente de comprimidos?*"

As palavras de Ellis Wright impediram Gabe de abrir imediatamente a gaveta da cômoda para pegar o frasco de plástico e seu conteúdo variado. Poucas pessoas contestariam que, após o que havia passado na véspera, uma pequena ajuda para dormir fosse necessária e merecida, mas haveria também quem ressaltasse que, mais cedo ou mais tarde, as razões de tomar comprimidos se transformariam em razões *para* tomá-los. "Talvez até isso já fosse verdade", pensou rapidamente. Podia ser que o acidente em Fairhaven sempre fizesse parte de sua vida, até ele morrer.

Gabe considerou pôr a elegante cafeteira de LeMars para funcionar, com algo bem forte. Encher-se de cafeína seria sua última rendição à incapacidade de dormir. Então, como se num transe, tirou um Xanax do sortimento de comprimidos e o engoliu.

Fosse o fato de ter tomado o medicamento ou o próprio medicamento, quinze minutos depois ele caiu num sono intermitente. Quando o toque do telefone o acordou, às oito e quarenta e cinco, ele já decidira, com uma certeza nervosa, o que iria fazer sobre a crise na Casa Branca. Por enquanto, faria o

---

21 – Antidepressivo e ansiolítico de tarja preta. (N.T.)

que pudesse para manter Drew no cargo e no melhor estado de saúde possível para a reeleição, e ao mesmo tempo faria o máximo para dar sequência às investigações de Jim Ferendelli sobre o que poderia estar causando o desequilíbrio mental intermitente no homem.

Ele tinha a esperança de que, em uma época futura, quando a razão dos episódios do presidente tivesse sido diagnosticada e tratada adequadamente, e quaisquer das incontáveis calamidades em potencial não se tivessem materializado, ele, Drew e Carol se lembrariam do que acontecera e ririam do papel que o tranquilizante Xanax desempenhara na salvação do país.

O toque do telefone continuou.

A certa altura durante as horas em que havia voltado ao quarto, conseguira fechar as cortinas que escureciam o cômodo. Uma escassa quantidade da luz do sol entre elas possibilitou-lhe encontrar o abajur na mesinha de cabeceira, que ele acendeu, e um copo d'água pela metade, que acabou de beber antes de atender ao telefone.

— Alô.

— Dr. Singleton? — perguntou uma voz feminina.

— Sim. Quem fala?

— Doutor, um instantinho. O Sr. LeMar Stoddard vai falar.

Gabe pensou que, se *ele* valesse dez bilhões de dólares ou mais, provavelmente nem daria seus próprios telefonemas. Torceu para que o Pai Número Um não estivesse ligando para pegar o Buick de volta.

— Gabe? Aqui fala LeMar Stoddard.

Gabe imaginou o senhor bonitão no escritório, numa cobertura em algum lugar, sentado a uma escrivaninha do tamanho da sua cama, olhando fixamente para a cidade.

— Sou eu, senhor.

— Pare com essa coisa de "senhor", caubói. Já estamos todos bem crescidinhos. Chame-me de LeMar.

— Vou tentar.

— Tudo bem? O lugar? O carro?

— Tudo ótimo. Sou muito grato.

— Perfeito. Gosto de ver as pessoas gratas a mim. As coisas vão melhorar muito quando minha maldita pressão alta ou meu colesterol ruim ou seja lá o que for cobrar seu preço e eu precisar subir até o grande prédio comercial lá no céu.

Sua risada foi alta e autodepreciativa, mas Gabe não duvidou de que a observação sobre as pessoas lhe serem gratas fosse séria. Para um multibilionário, LeMar sempre pareceu a Gabe razoavelmente bem ajustado, embora Drew, obviamente, pensasse de outra maneira. O trato que garantira a Gabe a suíte no Watergate e o Riviera havia sido acordado entre o Pai Número Um e seu filho. A última vez em que Gabe tinha encontrado esse senhor cara a cara fora durante a campanha presidencial, quando a família Stoddard voara até Salt Lake City no jato de LeMar e Gabe fora de carro de Tyler até lá. Na ocasião, LeMar, tendo 68 ou 69 anos, cabelo preto grisalho nas têmporas e cintilantes olhos cinza-azulados, estava tão em forma e vistoso quanto qualquer galã de Hollywood.

— Bem — disse Gabe —, tudo o que este lugar incrível e o carro fizeram foi me afundar cada vez mais no buraco da gratidão.

— Bobagem. Você é um cara legal, Gabe, um sujeito do bem que teve uma ocorrência trágica na vida mas conseguiu dar a volta por cima. Ter você cuidando do Drew nos deixa quites. Na verdade, não quero me gabar, mas fui eu que dei a ele a ideia de trazer você para o nosso barco.

— Bem, obrigado por isso. Vou ficar aqui enquanto ele precisar de mim.

Gabe se segurou no último instante para não acrescentar "senhor" ao final da frase.

— Excelente. Escute, será que você teria um tempinho hoje para almoçar comigo?

— Desde que meu paciente não precise de mim, não há problema.

— Maravilha! Estamos ancorados no Capital Yacht Club, que fica na parte ao sul do rio, indo de onde você está. Vou mandar um motorista apanhá-lo ao meio-dia. Quando conhecer o *Aphrodite*, acho que não vai se sentir culpado por ter me feito desocupar a suíte do Watergate.

Levando em conta que todo mundo na capital parecia saber da vida dos outros, Gabe meio que esperava o magnata mencionar a janela traseira estraçalhada do seu Buick.

— Vou estar na frente do prédio — disse Gabe.

— Perfeito. Não esqueça de trazer seu apetite.

Gabe desligou o telefone e abriu as cortinas, inundando o maravilhoso apartamento de LeMar com a luz da manhã. Quatro andares abaixo, reluzia o Potomac. Em algum lugar ao sul do rio, o proprietário da suíte estava provavelmente sentado no convés do iate cujo nome homenageava a deusa grega do amor e da beleza, bebericando uma combinação exótica de cafés árabes, enquanto suas empresas continuavam a produzir em grande quantidade, aumentando seu patrimônio líquido a uma taxa mais rápida do que ele poderia jamais gastar.

É um vidão, senhor, exceto por um probleminha com seu filho.

Gabe escolheu grãos de café do Quênia da grande variedade que havia na geladeira e os colocou na cafeteira embutida. Coffee Master. Um único apertar de botão fez a seleção de grãos fermentar. Como esperado, o resultado foi perfeito.

É um vidão.

Com a xícara na mão, Gabe pegou na escrivaninha a agenda telefônica, abriu-a na letra B e a colocou ao lado do telefone.

Havia tomado sua decisão quanto a Drew Stoddard. Chegara a hora de pôr essa parte do plano em ação. Discou e escutou o toque da linha particular de Kyle Blackthorn, visualizando a pequena sala do consultório a quatro mil e quinhentos quilômetros de distância, calorosamente decorada com tecelagens e artefatos indianos, a maioria arapaho[22], tribo de Blackthorn.

— Dr. Blackthorn.

— Kyle, é Gabe.

— Olá, meu irmão! Acho que eu devia exclamar "Viva o Chefe!", mas só me expresso assim nos conselhos tribais.

— Ei, cara, isso foi engraçado. E eu que pensei que vocês não tinham nenhum senso de humor!...

— Está se dando bem na cidade grande?

— Estou. Sinto falta de todo mundo aí, mas, como eles permitem o uso de botas de caubói na Casa Branca, estou me arranjando.

— O que posso fazer por você, meu amigo?

— Você pode deixar que eu lhe mande passagens de primeira classe para voar até aqui e fazer o que você faz.

— Quem é o paciente?

— Prefiro contar quando você chegar.

— É um caso de emergência?

— Grande emergência. Pode alterar sua agenda?

— Sei que você não ligaria se não fosse importante, e você sabe que, depois que salvou a vida da minha mãe, não existe nada que eu não faça por você.

---

22 – A palavra significa "Povo da Vaca". Tribo que vive nos estados de Wyoming e Oklahoma. (N.T.)

— Alguém vai te ligar mais tarde com detalhes da viagem.
— Vai ser uma alegria revê-lo, meu amigo.
— Não esqueça de trazer seu material de exames.
— Eu nunca saio de casa sem ele.

CAPÍTULO 14

O furgão branco sem janelas com os dizeres B&D DRYWALL pintados na lateral, junto com um número de telefone de Washington que, se alguém ligasse, encaminharia o chamado para uma secretária eletrônica que nunca seria verificada. Dentro do veículo, Carl Porter ajustou os fones de ouvido e continuou a ouvir a conversa entre o Dr. Gabe Singleton e outro médico, chamado Blackthorn.

Apesar de haver dormido menos de três horas nas últimas vinte e quatro, Porter estava completamente alerta. Sempre reagira dessa maneira à raiva e à frustração, e no momento era consumido por ambas. Pela segunda vez chegara a um ou dois minutos de concluir sua missão, mas de alguma forma o Dr. James Ferendelli havia conseguido detê-lo.

Quando aceitou o contrato para matar aquele homem, Porter esperava dar conta da tarefa em alguns dias, no máximo uma semana. Crackowski contratara um pequeno exército de investigadores particulares e havia divulgado que daria uma recompensa de cinquenta mil dólares a quem revelasse o paradeiro do homem. Mas, depois que Porter por pouco o pegara em sua casa em Georgetown, Ferendelli havia demonstrado ser astuto e engenhoso, e, à medida que uma sucessão de pistas não havia levado a lugar nenhum, sua frustração começou a pesar. Agora, mais uma vez, ele quase pegara o médico.

A conversa de Singleton terminou, e Porter tirou os fones de ouvido. Sabia muito pouco do homem que estava lhe pagando, mas estava claro que Crackowski tinha recursos ilimitados e acesso a profissionais que sabiam como utilizá-los. Os equipamentos de vigilância que ele mandara instalar no apartamento de Singleton eram sofisticados e de altíssima qualidade. Além disso, um sistema de rastreamento GPS Starcraft fora instalado no chassi do carro de Singleton e conectado ao sistema elétrico.

Porter se esticava para melhorar a rigidez do pescoço e das costas quando ouviu baterem à porta: três batidas, depois duas. Era Crackowski.

Com o silenciador da pistola ativado e as luzes internas do furgão apagadas, Porter destravou o trinco.

Steve Crackowski abriu as portas com um puxão e pulou rapidamente para dentro. Era pelo menos tão alto quanto Porter; tinha ombros mais largos, a cintura mais fina e uma cabeça grande e perfeitamente raspada. Óculos de aros metálicos ajudavam a dar a sua aparência um ar misto de professor universitário e estivador.

— Alguma novidade? — perguntou, à guisa de cumprimento.

— O papai do presidente convidou Singleton para almoçar. Tem também um cara chamado Blackthorn, Kyle ou Lyle, acho que ele disse. Singleton deu o telefonema. Acabaram de se falar. Singleton pediu pra ele voar até aqui o mais rápido possível trazendo o material de exames.

— Foi isso mesmo o que ele disse? Material de exames?

— Acho que foi. Acho que ele também é médico.

— Um monte de médicos — murmurou Crackowski. — Vou verificar isso. Está cansado? Quer que eu te substitua?

— Eu quero é o Ferendelli.

— Já espalhei que a gente está atrás dele. Mais cedo ou mais tarde ele vai dar as caras. Você tentou usar o controle remoto no túnel?

— Uma porção de vezes, para o caso de aqueles animais que moram lá estarem zoando com a minha cara quando disseram que Ferendelli tinha se mandado.

— Acho que o controle não alcança muito longe. Tem certeza de que está legal aqui?

— Você só precisa achar ele pra mim.

— Ferendelli deve estar sentindo a pressão. Ele sabe que, se aparecer por aqui, está morto. Sabe também que, se continuar escondido, nunca vai descobrir quem está a fim de acabar com ele nem o que ele pode fazer sobre isso. A melhor jogada para ele será contatar alguém e tentar combinar alguma coisa com esse cara. Aposto que o cara vai ser o Singleton.

— E o carro?

— Está naquela oficina, certo? Mantenha ele na tela, e, quando ele andar, você se mexe.

— Vá verificar com o seu pessoal. Veja se consegue alguma informação que eu possa usar, e eu faço o resto.

— Fique preparado, Porter. A gente vai encontrar ele. Volto daqui a quatro horas pra ver como você está.

— Volte daqui a seis horas.

Porter observou o homem fechar a porta, depois acendeu uma pequena luz e voltou a colocar os fones de ouvido. No passado, ele havia ficado mais de um dia no alto de uma árvore na selva, esperando apenas um indício. Mais seis horas ali seriam moleza. Um tempo bem gasto, se fizesse com que ele metesse uma bala no olho do Dr. James Ferendelli — seu tipo favorito de tiro. Já estava na hora de a foto desse cara se reunir às cerca de duzentas que ele tinha na parede de seu estúdio.

Estava mais do que na hora.

CAPÍTULO 15

— É um Fendship F-45. Quarenta e cinco metros da proa à popa, boca[23] de 9,14 metros, casco de aço...

Se Gabe se sentiu como *Alice no País das Maravilhas* antes de almoçar com LeMar Stoddard, seu *tour* no *Aphrodite* o fez voar em espiral bem além da toca do coelho. O iate era constrangedoramente luxuoso com seus tapetes orientais, móveis de couro, lustres de cristal e três banheiros completos com banheiras de hidromassagem. Os outros dois camarotes particulares tinham apenas três elegantes boxes com duchas.

Era estranho ser acompanhado num *tour* privado no espetacular iate pelo pai de Drew, quando o próprio Drew estava a apenas alguns quilômetros de distância. Na verdade, antes que o motorista de LeMar o apanhasse, Gabe havia tomado um táxi até a Casa Branca e se encontrado na residência com o filho e a nora desse homem, assim como com Magnus Lattimore.

A notícia de que Gabe havia decidido manter o rumo concebido por Jim Ferendelli — pelo menos por enquanto — foi

---

23 – Largura máxima de uma embarcação, medida de uma extremidade externa à outra extremidade externa. (N.T.)

recebida pelo trio com tranquila gratidão e com o que pareceu a franca determinação de fazer o que Gabe lhes pedisse.

Em troca de sua permanência, Drew teria de concordar em trabalhar com o Dr. Kyle Blackthorn durante o tempo de que o psicanalista forense necessitasse para formular um diagnóstico e planejar tratamento. Finalmente, todos precisariam compreender que mais uma crise envolvendo o presidente, *apenas uma*, provavelmente levaria Gabe a considerá-lo inapto e convocar o Vice-Presidente Tom Cooper para um curso intensivo sobre a Vigésima Quinta Emenda.

— Onde é que esta maravilha foi construída? — perguntou Gabe, satisfeito por ter conseguido pensar numa pergunta.

— Na Holanda. Os holandeses e os italianos são os melhores nesse tipo de coisa. Tenho o *Aphrodite* há seis ou sete meses, mas ele dá de cem a zero em qualquer outro iate que já tive.

— Qual é a autonomia? — perguntou Gabe em seguida, lembrando-se de algumas de suas raízes na Academia Naval.

Stoddard, usando camisa social sem gravata, calça escura e blazer azul-marinho, gostou da pergunta.

— A mesma de um transatlântico. Talvez até o fim do Mediterrâneo, indo a quatorze[24] ou quinze[25] nós por hora. Não é o veículo mais veloz dos mares, mas certamente é um dos mais bonitos e relaxantes. Eu não me importaria nada em passar um meio dia a mais atravessando o Atlântico. Quem sabe um dia você queira me fazer companhia nessa viagem...

— As coisas mais importantes vêm em primeiro lugar. Antes vamos reeleger seu filho.

---

[24] – Vinte e seis quilômetros por hora. (N.T.)

[25] – Vinte e oito quilômetros por hora. (N.T.)

— Falou bem.

Gabe se espantou em ver como o pai do presidente se sentia perfeitamente à vontade com sua fortuna, dela desfrutava e demonstrava relativa falta de afetação. É claro que Gabe se tocou de que, quando se tinha tudo, e bilhões no banco, caso se descobrisse algo que não se possuía, deveria ser muito fácil agir como se isso não tivesse importância. Ainda assim, continuou a se lembrar, quando se sentaram diante de uma mesa com tampo de vidro no convés inferior, que aquele homem havia fundado e apoiado várias instituições beneficentes dedicadas a pesquisas sobre a cura do câncer e a reduzir a mortalidade infantil. Era também o homem que havia prestado a Gabe apoio emocional e financeiro, além de arranjar-lhe um advogado, numa época em que seu próprio pai só faltou lhe virar as costas. Quem acha que os ricos não têm classe nem estilo e se utiliza da expressão *nouveau riche* obviamente não conhece LeMar Stoddard.

A mesa estava posta com cristais e fina porcelana. Havia uma pequena caixa de prata para comprimidos à esquerda do lugar de LeMar. Ele reparou no olhar de Gabe para a caixa e respondeu à pergunta não feita ao colocar três tabletes na língua e engoli-los com um grande gole de limonada.

— Vê o que o espera? Dois comprimidos para a pressão e um para a azia. E esta é a caixinha do meio-dia. Meu médico vai estabilizar minha pressão em 12, ou me matar se não conseguir.

— Parece que você tem um bom médico. Eu também desejo que a pressão dos meus pacientes chegue a esses números, e eles reclamam da mesma forma que você. Sua pressão está reagindo bem?

— Nem me pergunte. — Stoddard interrompeu o diálogo ao sinalizar para o jovem garçom de paletó branco que já poderia servi-los. — Espero que você goste de salmão.

— Não temos bons frutos do mar em Wyoming — respondeu Gabe. — O cheiro não combina com o do gado que é conduzido pelo meio da Rua Principal.

Stoddard deu um risinho.

— É um prazer ver você depois de tanto tempo, Gabe — disse. — Sempre gostei do seu senso de humor.

— Dizem que rir de si mesmo é uma forma avançada de sagacidade, e é especialmente fácil quando quem faz isso sou eu.

— Pare com esse papo. Eu estava perto de você, lembra? Você certamente superou a tragédia e as probabilidades e se tornou uma pessoa bem-sucedida.

— Obrigado, senhor. Estão dizendo por aí que seu filho tem grandes possibilidades de ser bem-sucedido também.

O rosto de Stoddard se enrugou de forma interessante quando ele sorriu, mas Gabe também notou que os olhos notavelmente inteligentes do magnata permaneciam fixos nos dele, como se para absorver todas as mudanças em sua expressão.

Fique esperto, advertiu-se. Era quase certo que aquele homem não apreciava perder tempo com abobrinhas, pelo menos não muito tempo. Gabe supôs que, quando se tratava de almoçar com Stoddard, fosse no clube que ele frequentava, em sua suíte no Watergate, em sua cabana de caça ou a bordo do *Aphrodite*, os pratos do cardápio raramente eram servidos sem uma programação.

Stoddard disse, quando as saladas Waldorf foram postas à frente deles:

— Soube que você foi um dos convidados especiais do jantar em homenagem ao presidente de Botswana ontem à noite.

Gabe se perguntou rapidamente com que frequência o pai do presidente era convidado para eventos como aquele. Supôs que, apesar de ser o líder mais poderoso do mundo, Drew se sentia e sempre se sentiria intimidado pelo pai. Era bem possível que não o incluir nas listas de convidados fosse uma forma de tratar desse problema. Gabe também deduziu que, se Stoddard sabia do evento formal, também sabia que seu filho e o médico do seu pai chamaram a atenção pela ausência.

Mesmo para um homem com perspicácia consideravelmente menor do que a do seu anfitrião, as implicações dessa coincidência eram óbvias. Gabe agarrou as laterais da cadeira como se fosse um dispositivo flutuante. O almoço começara havia apenas cinco minutos, com o *Aphrodite* ancorado no cais, e os dois já estavam em mares encapelados.

— Eu... bem... na última hora não pude comparecer — tentou fazer a mentira colar.

— Mas você ficou lá por um tempo.

A investida ao que havia acontecido na Casa Branca estava para acontecer. Gabe se deu conta de que era hora de um ataque antecipado.

— Senhor...

— LeMar.

— LeMar, você sabe que eu jamais violaria a confiança que meus pacientes depositam em mim. Minha crença na confidencialidade paciente/médico só perde para minha crença em meu cavalo.

— Estou preocupado com meu filho, só isso.

— Compreendo.

— Gabe, embora Drew sofra de asma há vários anos e já tenha me contado sobre as graves dores de cabeça que sentiu no passado, não pude deixar de pensar que havia mais detalhes nessa história do que aquilo que disseram ao público. Não acumulei tudo isso — ele apontou o *Aphrodite* — sem ter um detector de problemas embutido, e, quando vi um vídeo da coletiva de imprensa ontem à noite, todas as luzes do painel do meu detector se acenderam.

— Não sei o que dizer — respondeu Gabe, sem vontade de emprestar a mais leve credibilidade à opinião de Stoddard de que havia alguma coisa errada com a saúde do filho além do que estavam divulgando ao povo. — Não existe nada que eu possa nem queira lhe contar além daquilo que você já sabe.

Para completa surpresa de Gabe, o bilionário continuou a falar rapidamente:

— Gabe, existe algum problema com Drew? — perguntou. — Quero dizer, um problema sério.

Gabe hesitou, e então se afastou da mesa.

— LeMar, não me obrigue a ir embora. E, por favor, não me atire na cara tudo o que fez por mim naquela ocasião. Já lhe disse, muitas vezes, como sou grato por isso.

— Calma, calma — disse Stoddard, levantando as mãos. — Sou um pai muito preocupado, só isso. Meu filho começa a ter dores de cabeça sérias que nunca teve antes; de repente seu médico pessoal desaparece, junto com a filha. Você me culpa por estar preocupado?

— Não, senhor, isto é, LeMar. Não o culpo nem um pouco. — Escolheu as próximas palavras cuidadosamente. — Se Drew alguma vez disser algo sobre a saúde dele que queira que eu partilhe com você, eu o procurarei no mesmo minuto, mas, até isso acontecer, você vai ter de se acostumar com alguma frustração.

Stoddard suspirou e fez um gesto para o garçom de que não queria terminar de comer o salmão. Ansioso para que o inquérito acabasse, Gabe fez o mesmo. Nos dez minutos seguintes, durante um café e um suflê de chocolate que Gabe achou quase perfeitos, a conversa foi bem mais leve: um episódio divertido sobre a infância do presidente, algumas perguntas sobre a clínica médica de Gabe e Lariat, uma historinha sobre Magnus Lattimore contendo uma sugestão velada de sua preferência sexual por homens, uma possibilidade que já havia ocorrido de passagem a Gabe, mas cuja veracidade não lhe interessava muito.

— E então — disse Stoddard, sem maior intervalo —, já teve algum contato com Thomas Cooper III?

— Na verdade, não.

— Ele insiste em usar III sempre que possível; não quer ser apenas mais um Tom Cooper. Você não tem um relacionamento de médico/paciente com ele, tem?

— Só se ele me procurar para algum problema de saúde, e isso não aconteceu até agora. Ele tem o próprio médico, um cara da Marinha.

Gabe ficou constrangido por falar sobre outra pessoa com Stoddard, mas era evidente que o pai do presidente, como a maioria das pessoas que ele havia conhecido desde sua chegada a Washington, gostava de fofocas, especulações e informações da mesma forma que o pessoal em Tyler gostava de cavalos. Não era necessariamente sinistro nem imoral; era simplesmente a natureza dos habitantes da capital. Fofocas, especulações, informações: essas eram as moedas do reino.

Gabe sabia que mesmo o comentário mais informal e precipitado, tal como o que ele fizera havia pouco sobre Tom Cooper *não* precisar recorrer a ele como paciente, poderia ter implicações úteis com a pessoa certa. Mais uma vez, Gabe se advertiu para ter cuidado. Não estava mais bem equipado a jogar aquele jogo do que estaria ao competir no gelo numa Olimpíada. Flexionou o pescoço e percebeu que estava sentindo o conhecido mal-estar dos músculos altamente tensos.

— Sei que você está tomando o maior cuidado com o que me diz — afirmou Stoddard —, e possivelmente com todo mundo. Mas quero que saiba que, se souber ou descobrir alguma coisa sobre o vice-presidente, o que quer seja, estará prestando um grande serviço ao seu amigo e meu filho se me contar tudo.

— Não compreendo — respondeu Gabe. — Pensei que o Vice-Presidente e Drew eram ligados emocional e politicamente.

— Bobagem — retrucou Stoddard. — Sendo curto e rasteiro e contrariamente às bobagens que os homens de RP transmitem ao público, Thomas Cooper III não é amigo de Drew. Não há nada de que ele gostaria mais do que sentar o traseiro atrás daquela mesa no Salão Oval, e ele quase passa mal todos os dias por precisar esperar mais quatro anos para chegar lá, se de fato chegar.

Gabe ficou chocado com a virulência do ataque de Stoddard.

— Bem, nada que eu saiba confirma essa opinião — foi o que de melhor conseguiu dizer.

— Durante as primárias, há quatro anos, Cooper começou a espalhar todo tipo de boato sobre Drew. Quando confrontado, ele, é claro, negou tudo, e meu filho realmente acreditou nele, mas eu sei das coisas. Preveni Drew contra o fato de tê-lo escolhido como parceiro nas eleições, mas ele não quis me ouvir. Tom Cooper é um Brutus, e, do jeito como as coisas estão, só está esperando as eleições passarem para começar a fazer valer seus direitos e ser elogiado pelas realizações de Drew.

Gabe sacudiu a cabeça, consternado. Uma das muitas coisas cujo mérito se reconhecia ao presidente era acrescentar importância e credibilidade públicas ao cargo do segundo homem em comando, o que não existia nas administrações anteriores. Estava claro que a explicação na imprensa era a de que Drew estava preparando Cooper para mais oito anos de controle do Partido Democrata pela presidência. Gabe se perguntou se haveria mais coisas subjacentes ao ataque virulento de LeMar ao vice-presidente. Teria este alguma desconfiança ou a informação de que algo poderia estar errado, e de que a presidência do seu filho estaria com problemas? Seria essa a razão do convite para o almoço? Saberia ele mais do que demonstrava sobre a doença de Drew?

— Bem — disse Gabe —, vou ficar alerta e manter os olhos e ouvidos abertos.

Sem nenhum aviso, a fisionomia do bilionário se suavizou significativamente. Ele estendeu o braço na mesa e pegou a mão de Gabe entre as suas, parecendo subitamente vulnerável e com efetiva aparência de um homem de mais de setenta anos.

— Gabe, por favor — disse, com sinceridade inquestionável. — Por favor, não deixe que nada de mau aconteça ao meu menino.

CAPÍTULO 16

"Gabe, por favor, não deixe que nada de mau aconteça ao meu menino."
Com a demonstração estranhamente constrangedora de vulnerabilidade de LeMar ainda ecoando na cabeça, Gabe entrou na Casa Branca pelo posto de controle da Ala Oeste e se dirigiu diretamente à clínica. O presidente e a primeira-dama haviam prometido passar o dia em casa, deixando a residência apenas para um encontro de almoço com os assessores de campanha na pequena sala de jantar da Casa Branca, e depois disso uma coletiva de imprensa cuidadosamente preparada na sala de comunicados, à qual Gabe deveria comparecer.

De modo geral, as pesquisas continuavam dando vantagem de oito a onze pontos para Drew e Tom Cooper sobre Bradford Dunleavy e Charlie Christman, sendo o último um representante texano que estava no quarto mandato, cujas políticas eram clara e objetivamente mais de direita que as de Dunleavy, autoproclamado conservador moderado.

Oito a onze pontos certamente não representavam uma vantagem avassaladora, mas eram uma diferença considerável naquela etapa da campanha. Mesmo assim, Lattimore lembrara a Gabe, algumas horas antes, que mesmo uma vantagem de onze pontos provavelmente não superaria uma prova verossímil de que o principal executivo estava sendo submetido a uma avaliação de diagnóstico ou, o que seria ainda mais prejudicial, a um tratamento mental de qualquer tipo. Os boatos de tratamento contra depressão haviam sido suficientes para dar início à derrocada da campanha de Dukakis. Lattimore reconheceu ter havido outros erros pelos estrategistas democratas naquela eleição, mas a vantagem de doze pontos de Dukakis após a convenção se transformou, com extrema rapidez, em desvantagem de dez pontos.

De interesse passageiro para Gabe era uma pesquisa publicada no *Post* daquela manhã que ele havia lido durante o percurso de carro do *Aphrodite* até a Casa Branca. Nela, Thomas Cooper III teria vantagem de quatorze pontos sobre Charlie Christman caso ambos se enfrentassem na disputa pela presidência. Experiência e credibilidade pública eram os dois itens mais importantes para os eleitores que participaram da pesquisa. Ela não focalizou a possibilidade de o vice-presidente enfrentar Bradford Dunleavy, mas a conclusão era a de que Cooper também venceria essa disputa.

"Tom Cooper é um Brutus."

A pequena sala de espera do consultório estava vazia, a não ser por Heather Estee, a jovem e supereficiente combinação de gerente administrativa com recepcionista. Segundo seu relato, nos mais de três anos em que ela e Jim Ferendelli trabalharam juntos, tornaram-se amigos, e ela estava arrasada não apenas pelo desaparecimento dele, mas também pelo de sua filha.

— Jennifer e eu almoçamos juntas várias vezes — Heather havia contado a Gabe —, e certa vez fomos até comprar roupas. Ela é uma pessoa brilhante, talentosa, gente fina demais.

Não posso acreditar que tenha desaparecido. Rezo todos os dias para que esteja bem.

Quando Gabe entrou no modesto espaço, Heather, ao telefone, levantou o olhar das anotações que estava fazendo, sorriu e acenou. Gabe apontou para a porta entreaberta do consultório, e ela indicou que batesse à porta, pois o médico de plantão estava lá.

Gabe fez isso quando ela disse:

— Gretchen, só um minutinho, por favor. Dr. Singleton, isto estava na minha mesa quando voltei aqui, depois de tratar de umas incumbências há pouco tempo.

Ela lhe entregou um envelope branco endereçado ao DR. GABRIEL SINGLETON, datilografado na frente, e mais nada. Nesse momento, a porta interna do consultório se abriu. Gabe guardou o envelope no bolso do paletó ao ser cumprimentado com um sorriso neutro, uma breve inclinação de cabeça e um rápido aperto de mão pelo médico de plantão, um capitão da Marinha chamado Nick McCall.

O cumprimento não deixou Gabe sem jeito. Ainda havia frieza e formalidade em relação a ele por parte da maioria dos outros médicos designados para a Unidade Médica da Casa Branca. Não era surpresa, especialmente em virtude de ser o Almirante Ellis Wright o dono da bola, já que ocupava o cargo de chefe da Casa Militar da Casa Branca e de todos que faziam parte do *staff* da unidade, menos do médico civil pessoal do presidente.

— Alguma notícia do PDEU? — perguntou Gabe, fechando suavemente a porta.

— Nenhuma desde que você esteve aqui antes. Nem uma palavra. Ele está em reunião na sala de jantar há mais ou menos uma hora. Magnus acabou de ligar para dizer que vem falar com você daqui a alguns minutos.

— Certo.

— Gabe, lamento muito não termos tido muita oportunidade de conversar. Tenho me esforçado para pôr em dia tudo o que deixei de lado quando Jim Ferendelli desapareceu.

— Você tem alguma teoria sobre isso?

McCall sacudiu a cabeça.

— Não faz sentido. Jim era um sujeito tranquilo, totalmente dedicado ao presidente e a fazer um bom trabalho. Um monte de agentes do FBI e do Serviço Secreto continua vasculhando tudo à procura dele, e os boatos continuam a se espalhar.

— Bem, não existe nada que eu gostaria mais do que vê-lo entrar por essa porta agora mesmo.

— Como têm sido as coisas para *você* até aqui?

— Eu atendia uns trinta pacientes por dia no meu consultório lá em Wyoming e agora só atendo um, mas estou totalmente exausto. O que você acha disso?

— O estresse por saber que seu único paciente é o homem mais poderoso da Terra é que deve causar isso. Não se preocupe, você vai atender mais gente à medida que o tempo passar. Há mais ou menos uma hora atendi um dos caras da manutenção com dores no peito e sinais de um infarto agudo do miocárdio no eletrocardiograma. Isso agitou meu plantão. Acabamos de resolver o caso.

— Você tinha tudo que precisava?

— Basicamente sim. Seria bom ter mais gente para me ajudar e uns quatro metros de espaço na sala de tratamento, mas nos saímos bem. Soro intravenoso, nitratos, oxigênio, morfina, aspirina, coletamos sangue. Quando a ambulância chegou, a condição dele já era estável.

Sangue!

Pouco depois de encher os três frascos com sangue do presidente, Gabe os levou para o consultório, etiquetou-os com o número ao contrário do seu telefone em Tyler, colocou-os num saco de espécimes vedado e os guardou no fundo de uma prateleira na geladeira sob a bancada até decidir que tipos de exame solicitaria e para onde deveriam ser mandados. Isso não era feito de acordo com um protocolo legal de ordem cronológica de documentação, mas não estava retendo provas, e a quanto menos coisas o nome de Drew Stoddard fosse fisicamente ligado, melhor. A exaustão, a hora, a falta de um plano específico e os acontecimentos subsequentes haviam temporariamente tirado da cabeça de Gabe a questão das amostras.

— Parece que você agiu muito bem — disse, perguntando-se se havia alguma coisa errada com o fato de partilhar a notícia de que havia retirado os frascos. A lembrança da insistência de LeMar em obter informações dele, e a visão do menosprezo de Ellis Wright, que questionou sua competência médica, lhe deram tempo para não partilhar aquele fato. Lattimore provavelmente seria capaz de responder às suas perguntas sobre o laboratório onde as análises químicas do sangue deveriam ser realizadas.

Para disfarçar, pigarreou duas vezes e perguntou a McCall se ele queria pegar um copo para dividir a Coca Diet que tirara da geladeira. Não havia nada a partilhar, mas ele tinha muitas explicações em que se apoiar, que se centralizariam na sua distração. O capitão recusou, e Gabe entrou na sala de tratamento preparado para continuar a charada.

A geladeira estava vazia.

Sem Coca Diet. Sem frascos de sangue.

Nada.

Gabe reconstituiu mentalmente seus atos naquela noite tumultuada. Mais ou menos às duas da manhã, ele tomou o elevador para descer até o consultório, etiquetou os frascos e os colocou na prateleira na parte de trás da geladeira. Depois, ele e Treat Griswold saíram da Casa Branca.

Gabe tinha certeza disso.

— Nick, você sabe se alguém mexeu na geladeira? Minha Coca Diet desapareceu.

— Só posso dizer desde as sete e meia da manhã, quando cheguei. Não saí nem para almoçar. Heather pediu um *wrap* para mim. Houve muita agitação enquanto o paciente enfartado esteve aqui, e a sala de tratamento ficou lotada, de modo que qualquer pessoa pode ter aberto a geladeira e apanhado sua Coca.

Droga! Tudo bem, Singleton, uma Coca Diet é uma coisa. As amostras de sangue coletadas por você são outra. Pense num outro cenário para explicar como elas podem ter desaparecido.

Falando pelo interfone, a voz de Heather os interrompeu.

— Dr. Singleton, o Sr. Lattimore está aqui.

— Diga que já estou indo.

Ande logo, camarada! — Gabe forçou sua mente. — *Como foi que aconteceu?*

Gabe deixou Nick McCall no consultório e atravessou a sala de exames até o pequeno banheiro onde, havia milênios, ele travara um combate quase mortal com uma gravata-borboleta. Um pequeno bilhete datilografado no envelope dizia:

Doutor,
Estou com as chaves do apartamento de J. F. Encontre-me na sua vaga de estacionamento às seis horas.

A.
P.S. Seu carro está lindo!
Alison.

Gabe deu a descarga para disfarçar e lavou as mãos. Ainda as secava quando voltou para falar com McCall.

— Nike, me conte uma coisa — disse, adivinhando a resposta antes mesmo de fazer a pergunta. — Qual das enfermeiras assistiu você durante o IM?

— A enfermeira nova, Alison. Ela veio correndo do consultório no Eisenhower Building. A moça é realmente excelente; foi como se um outro médico estivesse me ajudando. Você já a conheceu?

— Já — respondeu Gabe, a tensão lhe enchendo o peito —, já conheci.

CAPÍTULO 17

Gabe saiu da Casa Branca às cinco horas e dirigiu-se ao Watergate de táxi. Depois que se deu conta de que os frascos de sangue do presidente estavam faltando e de que Alison estivera na clínica assistindo à ressuscitação cardíaca, ele fez contato com a Família Número Um e examinou seu paciente. Drew Stoddard estava alegre, ativo e cheio de energia. Tinha uma amnésia significativa quanto aos acontecimentos da noite anterior, mas sua memória a longo prazo estava aguçada e o exame de seu estado mental não mostrou grandes falhas.

— O Almirante Ramrod acha que dirige este lugar — disse Drew. — E dirige mesmo, até certo ponto, mas às vezes eu preciso encontrar um meio de lembrar-lhe que, apesar de toda a autoridade que ele tem, eu continuo sendo o Número Um. Trazer você para Washington em vez de aceitar a sugestão de Wright de escolher um médico militar foi uma forma de fazê-lo enxergar isso. Olhe, acho que não mencionei a você lá em Tyler, mas a ideia inicial de trazê-lo para o nosso barco foi do meu pai. Ele tem você em alta conta.

— E eu a ele.

— Você acha que vai conseguir se entender com o almirante?

— Com o seu apoio, acho que consigo me entender com ele suficientemente bem.

— Quer dizer que eu tenho mais um dia como o Grande Kahuna[26]?

— Sim, tem — respondeu Gabe.

— Qual o comprimento da minha rédea?

— Por enquanto, curto, muito curto.

Por um momento, o presidente pareceu pronto para discutir.

— Talvez depois de amanhã eu possa começar a fazer um pouquinho de campanha? — finalmente arriscou perguntar. — Para manter meu cargo, sabe?

— Vamos viver um dia de cada vez, Drew. Chamei um consultor, que deve chegar aqui amanhã. Preciso dividir com alguém o ônus que você acumulou nesses ombros caídos. Ele é o cara que escolhi.

Somente quando estava num táxi voltando para casa Gabe se deu conta da importância da decisão de nada dizer ao presidente sobre ter almoçado com seu pai. Gabe admitiu que não fora uma distração, mas achou que não era hora de debater o dilúvio de perguntas que certamente se seguiria. Talvez estivesse começando a aprender o jogo de Washington de que Menos é Mais — Não Pode Ser Mentira Se Você Não Disse Nada.

Outro problema não resolvido era com quem falar sobre alguém ter atirado nele à queima-roupa quando se dirigia para casa ao deixar a residência oficial. A última coisa que queria, além de que não atirassem nele, era um contingente de agentes do Serviço Secreto atrás dele, e depois disso era

---

26 – Palavra indiana que significa sacerdote, feiticeiro, mágico, sábio, ministro, especialista em qualquer profissão. (N.T.)

qualquer tipo de vazamento desse caso e a maciça publicidade que certamente decorreria. Até conseguir definir a melhor resposta, decidiu que manteria o silêncio.

Seria um enorme alívio ter a colaboração de Kyle Blackthorn. O psicanalista, cuja lógica às vezes lembrava o Dr. Spock, de *Jornada nas Estrelas,* tinha uma sabedoria e uma perspectiva terrena jamais vistas em alguém.

Entretanto, em primeiro lugar havia a questão de Alison Cromartie: Gabe precisava saber para quem ela realmente trabalhava, por que mentira para ele e como conseguira roubar o sangue do presidente.

Às quinze para as seis, quando Gabe chegou à garagem do Watergate, o Buick estava de volta à vaga, com um novo vidro traseiro e o interior limpo. Se havia sofrido algum dano no para-choque, fora retocado. Se o estofamento havia sido rasgado pela bala do quase assassino, fora consertado. No mínimo, Alison certamente tinha influência.

Gabe debruçou-se no carro e tentou raciocinar sobre o que sabia e o que percebia daquela mulher. Um curso de extensão que frequentara certa vez e que lecionava psiquiatria para clínicos gerais tratara durante uma hora dos sociopatas — gente com pequena ou nenhuma capacidade de separar verdade e mentira, certo e errado. Eram articulados, carismáticos, habitualmente críveis, sempre perigosos. Esse estado tinha um nome formal, para fins de seguro: distúrbio de personalidade antissocial, ou coisa parecida. Ele não tinha certeza do termo exato. Seria Alison uma sociopata? Gabe desejou ter prestado mais atenção ao curso.

— E então, caubói, o que achou de seu novo possante?

Alison, usando *jeans* e um moletom claro com zíper na frente, estava encostada num Volvo, avaliando-o a menos de três metros.

— Você consegue um alfaiate que seja rápido assim também?

— Posso ser engenhosa, se é isso que você quer dizer. Na verdade, nem precisei de autorização para esse reparo. O colombiano que é dono da oficina na esquina da minha rua acha que estamos destinados a passar a vida juntos. Foi ele que consertou o carro.

— Não acha que lhe pedir favores faz ele pensar que você está lhe dando trela?

— Pode ser, mas ele deve ter uns setenta e cinco anos, e três dos seus filhos trabalham com ele. Acho que a mulher dele ainda está viva. Não sou muito boa em interpretar pessoas, mas ele não me parece grande ameaça.

E eu? — Gabe teve vontade de perguntar, desviando deliberadamente o olhar. — *Sou uma ameaça?* Surpreendeu-se com a mágoa que sentia, mágoa misturada com raiva porque ela havia mentido para ele mais vezes num dia do que Cinnie mentira durante toda a duração do casamento deles.

— A casa de Ferendelli fica em Georgetown, não é? — perguntou.

— Na outra extremidade daqui, entre uma caminhada e um percurso de carro. Você tem sorte para encontrar vagas para estacionar?

— Em Tyler sempre tive, mas, como só temos três ou quatro carros na cidade, existem muitas vagas.

— Então, vamos neste carro. — Atirou as chaves para ele. — O tráfego está difícil, mas não me importo de passar mais tempo com você, se *você* não se importar.

Pare de me olhar dessa maneira!

— Eu dou um jeito — ele disse, abrindo a porta para ela e recebendo um sorriso de agradável surpresa em troca.

— No meu mundo as pessoas temem que abrir a porta para uma mulher possa ofendê-la. Prefiro o seu mundo.

— Então me diga: você levou a bala para o laboratório?

— Levei.

— E os técnicos tinham alguma teoria sobre quem poderia ter tentado me matar?

Se, para princípio de conversa, o cara não era de fato funcionário do Serviço Secreto.

— Não tenho nenhum técnico, doutor. Tenho chefes de departamento e um chefe de divisão. Esse tom de insinuação foi de propósito?

— Quê? Não, de jeito nenhum. — Ele se advertiu para ser mais cuidadoso. — Estou nervoso com essa história, só isso. Alguém tentou me matar, a polícia apareceu um minuto depois e você insistiu para eu não contar nada a eles, nem a ninguém, aliás.

— Bem, pode crer que foi a coisa certa. Falei com meu superior sobre o que aconteceu. Ele não tem a menor ideia sobre quem possa ter feito isso nem por quê. Existe alguma coisa em relação ao Dr. Ferendelli ou ao presidente que você não tenha contado?

— De jeito nenhum. — *Boa tentativa* — Gabe pensou. — *Nem depressa demais, nem forçada demais. E coroada por certa incredulidade. Você capta as coisas rapidinho, moça.* — O supervisor com quem você falou é o mesmo sujeito que não tem a mínima ideia de por que Ferendelli desapareceu? — perguntou.

— Perdão por dizer, mas parece que você está insinuando alguma coisa de novo. Está aborrecido porque eu não lhe contei que era do Serviço Secreto quando a gente se conheceu, é isso?

— Desculpe. Vamos deixar pra lá, por enquanto.

— Entre à esquerda no próximo sinal.

Exceto pelas instruções sobre as ruas a seguir, não conversaram mais.

O PACIENTE NÚMERO UM

A casa de Ferendelli era uma *brownstone*[27] numa pequena rua arborizada perto da MacArthur. Havia uma vaga a apenas três casas dali, mas, com a tensão mais ou menos evidente entre eles, não houve nenhum comentário sobre a sorte de Gabe.

— Três mil e setecentos dólares por mês, mobiliada — disse Alison quando pararam na pequena calçada à frente. — O Dr. Ferendelli e sua mulher vinham de famílias ricas. Além disso, ele inventou uma coisa e a patenteou, uma espécie de aparelho eletrônico capaz de indicar todas as pequenas veias e artérias através da pele. Eu talvez não saiba exatamente tudo o que ele faz.

— Vou tentar descobrir, mas parece que pode ter algumas utilidades práticas.

— A casa deles nos arredores de Raleigh está à venda por dois milhões e meio.

— Espero que esteja vivo para gastar esse dinheiro.

— Já estive aqui duas vezes — ela disse, abrindo a porta da frente e depois se encarregando do dispositivo de alarme no corredor. — A casa foi inteiramente vasculhada, inclusive quanto a impressões digitais. Duvido que ainda reste alguma coisa para encontrar.

— Só quero ver se dá para saber alguma coisa sobre esse homem.

— Compreendo — disse Alison friamente. — Posso esperar no carro ou talvez na cozinha. De lá tem uma vista bonita da mata e um pouquinho do rio. A paisagem lá de cima é muito mais impressionante.

— Será ótimo ver isso tudo — ele respondeu, no mesmo tom.

— Gabe?

---

27 – Casa de três andares, muito comum em grandes cidades dos EUA. (N.T.)

— Sim?

— Lamento a gente ter começado com o pé esquerdo.

— Eu também — ele respondeu, tanto para ela quanto para ele. — Eu também.

A casa proporcionava uma sensação maravilhosa: vigas maciças e sem acabamento e lareiras na cozinha e na sala de estar, lambris escuros e intensos na sala de jantar, vidro bisotado em muitas das janelas. Tanto dinheiro concentrado em tão poucas pessoas, refletiu Gabe ao subir a escada floreada. Em um dia, ele havia estado a bordo do *Aphrodite* no iate clube na Bacia do Potomac, no Condomínio Residencial Watergate, e agora ali.

Tanto dinheiro!

Pensou na sua pequena casa no deserto, nos arredores de Tyler. Ao contrário do seu melhor amigo e colega de quarto na Academia, ele nunca fora talhado para uma vida de *brownstones* e iates. Mesmo se o acidente em Fairhaven nunca tivesse acontecido, acabaria se encontrando num lugar como seu rancho.

O quarto principal da casa dos Ferendelli tinha dois janelões com painéis divisórios que davam para os topos de árvores frondosas, além das quais corria o Potomac. A vista era espetacular. Colocado ao lado da janela havia um cavalete de nível profissional com o esboço de uma tela a óleo de 4,50m x 6m e a prova de que alguém — Ferendelli, supôs — havia começado a pintar um quadro. Gabe imaginou que fosse uma versão do panorama que estava contemplando, e de fato era uma paisagem, mas, em vez de retratar o que havia do lado de fora da janela, era de altos e sinuosos morros rodeando, a distância, um tipo de estrutura, talvez a casa, o celeiro e outros anexos de uma fazenda.

Médico, inventor, artista. Gabe sempre havia achado que o termo *homem renascentista* fosse empregado com exagero, mas certamente seu predecessor era um deles.

Sem ter a mais vaga ideia do que estava procurando, Gabe manuseou as roupas penduradas nos dois armários, verificou o piso embaixo deles e examinou o conteúdo da cômoda e do armário de remédios do banheiro. Nele havia os habituais unguentos e analgésicos de venda livre, mas nenhuma receita. Tratava-se de um renascentista saudável.

Sem pressa, Gabe verificou os dois quartos menores do segundo andar, e depois entrou no magnificamente equipado escritório e biblioteca. O cômodo, com cerca de quarenta metros, tinha uma mesa de mogno, uma poltrona de couro maciço de espaldar alto e um sofá de dois lugares combinando com a poltrona. Gravuras de Renoir lindamente emolduradas enfeitavam duas paredes.

As gavetas da escrivaninha nada tinham de interessante, exceto três esboços de retratos que confirmavam o talento artístico de Ferendelli. Dois deles, ambos a carvão, eram de uma encantadora jovem de rosto estreito e inteligente e olhos grandes e determinados: talvez fosse de Jennifer, filha de Ferendelli.

Um terceiro retrato, também a carvão, e também focalizando do pescoço para cima, era de uma mulher mais madura, muito atraente, cabelos curtos e olhos quase luminosos mesmo quando esboçados a car...

Gabe olhou fixamente para a obra, depois levou o esboço até a única janela do cômodo. A luz vespertina do princípio do verão foi o suficiente para confirmar sua impressão inicial de que o modelo do desenho era, sem dúvida, Lily Sexton, a mulher que seria, no caso de uma vitória da dobradinha Stoddard/Cooper em novembro, a primeira secretária de Ciência e Tecnologia.

A parede em frente à escrivaninha e a janela eram da biblioteca — volumes perfeitamente dispostos, quase todos de capa dura e muitos encadernados a couro —, com três metros de largura e alcançando até dois metros e setenta até o teto; a coleção era impressionante. Havia clássicos como Chaucer, Dickens, Hemingway, Tolstoy, Fitzgerald; os livros de arte abrangiam os impressionistas franceses, Picasso, Winslow Homer, além de vários outros volumes sobre a Segunda Guerra Mundial.

Havia livros sobre história americana e europeia, história do mundo, filosofia e política, a maioria conservadora. Gabe abriu muitos livros, mas não havia *ex-libris* nem outra indicação se os livros pertenciam ao proprietário da *brownstone* ou ao renascentista Jim Ferendelli.

Depois de aprender mais do que esperava sobre seu predecessor e de haver encontrado uma surpresa (o retrato de Lily Sexton, que o FBI e o Serviço Secreto talvez não tivessem percebido), Gabe ia descer as escadas quando sua atenção foi atraída para lombadas na extremidade direita da prateleira mais baixa. Era um conjunto de seis ou sete volumes, todos brochuras com capas coloridas. Pegou o livro maior e mais grosso: *Nanomedicine*, de Robert A. Freitas, Jr., Volume I: *Basic Capabilities*. Era um tratado altamente técnico de 507 páginas, com um sumário e um vasto índice. Escrita meticulosamente em letra de imprensa no lado superior interno da capa havia uma única palavra: FERENDELLI.

Gabe pôs o tomo na mesa e pegou os outros: *Understanding Nanotechnology*[28], *Nanotechnology for Dummies*[29], *Nanotechnology: Science, Innovation, and Opportunity*[30], *Nanotechnology: A Gentle*

---

28 – *Compreendendo a nanotecnologia.* (N.T.)
29 – *Nanotecnologia para leigos.* (N.T.)
30 – *Nanotecnologia: Ciência, inovação e oportunidade.* (N.T.)

Introduction to he Next Big Idea[31]. Cada um dos volumes tinha o nome Ferendelli cuidadosamente escrito com letra de imprensa no lado interno da capa.

Gabe refletiu sobre as roupas de baixo dobradas com perfeição e as meias cuidadosamente dispostas na cômoda do quarto e acrescentou "meticuloso" às características que já havia atribuído ao médico. Levou alguns minutos para folhear os volumes que expunham esse aspecto mais recente de Ferendelli: um fascínio pela nanociência — o estudo e a manipulação das partículas atômicas e do tamanho das moléculas — e a nanotecnologia — a construção de elementos químicos úteis e máquinas a partir de átomos e moléculas individuais.

Nanotecnologia. O que Gabe leu em apenas três minutos já era bem mais do que conhecia sobre o assunto.

Mas ele resolveu que essa situação não duraria muito.

Gabe trouxe da cozinha um saco reforçado de lixo e nele colocou os livros. Quando Alison perguntou o que estava fazendo, já estava pronto.

— Alguns textos atualizados de especialidades médicas da biblioteca podem ser úteis — mentiu. — Tenho certeza de que o doutor não se importará.

— Ótimo! Encontrou alguma coisa interessante lá em cima?

— Não — voltou a mentir. — A verdade é que eu não esperava mesmo que encontrássemos.

Mamão com açúcar, ele pensou quando voltaram para o Buick. Quando se pega o jeito de mentir, não é nada complicado.

Apoderar-se de um bom histórico médico era muito mais difícil.

---

31 – *Nanotecnologia: Uma introdução suave à próxima grande ideia.* (N.T.)

CAPÍTULO 18

Meia-noite.

Havia anos — na verdade, décadas — Gabe não estudava ininterruptamente com tanta intensidade. Talvez naquela ocasião fosse uma prova na faculdade de medicina, talvez as provas de clínica geral aplicadas pela junta. Fosse qual fosse o exame, em razão do lugar aonde sua vida o havia levado após Fairhaven, ele sempre acolhera a oportunidade de estudar as áreas onde houvesse algum tipo de objetivo. Nessa noite, o objetivo era aprender o máximo possível sobre nanociência e nanotecnologia.

Ele havia se empenhado em analisar alguns artigos na internet e em seguida escolhera o texto mais básico de Ferendelli, um panorama geral da área, num pequeno volume compilado pelos editores da *Scientific American*[32].

Depois veio o livro *Nanotecnologia para leigos*.

Agora ele estudava os outros livros por assunto em vez de tentar ler de capa a capa. A nanotecnologia no seu mundo. Caminhos para a fabricação molecular. Construir grande ao construir pequeno. Transformando moléculas em motores.

---

32 – A mais antiga revista de divulgação científica dos EUA, fundada em 1848. (N.T.)

A viagem fantástica no ser humano. Era possível, até provável, que o estudo de nanociência e tecnologia de Jim Ferendelli nada tivesse a ver com seu desaparecimento, mas no momento Gabe estava sem nenhuma ideia, e também era um fato que havia vinte e quatro horas um homem — um assassino legítimo ou parte de uma engenhosa charada — tentara matá-lo.

Alison se ofereceu para tomar um táxi ou o metrô para ir para casa ao sair da *brownstone* de Ferendelli, e Gabe, ansioso para começar a ler e não querendo peneirar toda palavra que ela dissesse em busca de uma intenção subjacente, quase concordou. No final, porém, ele reconheceu sua ambivalência em relação a ela e sua relutância em terminarem a noite juntos, e a levou até a casa dela, embora quase em silêncio total.

Ela morava num edifício sofisticado de tijolinhos com jardim em Arlington, Virgínia, do outro lado do rio de Washington, embora tivesse dito a Gabe que agora desconfiava de que a residência não seria sua por muito tempo. Era muito possível que, ao expor sua identidade como fizera, ela pudesse ter abusado de sua utilidade e enfrentar a iminente deportação de volta para o trabalho burocrático em San Antonio. O Serviço Secreto era tão rígido quanto qualquer departamento militar, ela lhe disse, talvez ainda mais. Uma missão fracassada era uma missão fracassada, independentemente das razões.

Em certo momento, enquanto dirigia, ele havia arriscado olhá-la de relance. Ela olhava impassível para a frente, abordando os faróis dianteiros que cintilavam na umidade dos olhos escuros. Gabe reconheceu que ela realmente tinha uma beleza rara e expressiva, bem como uma energia que ele não conseguia esquecer. Ainda assim, mais uma coisa que não conseguia esquecer era que ela havia sido colocada na Unidade Médica da Casa Branca para extrair informações dele, possivelmente sobre a situação médica do presidente, e ela estava disposta — não, *exigiam* — a mentir e possivelmente roubar, além de cumprir sua missão.

Nesse momento, nenhum montante de beleza ou energia poderia compensar a falta de confiança de Gabe em relação a ela.

Que pena!

— Bem — ela disse quando abriu a porta do carro e parou em frente ao seu prédio —, a gente se vê.

— A gente se vê — ele respondeu, mal a encarando.

A moça deu um passo à frente e olhou por cima do ombro.

— Gabe?

— Sim?

— Não é o que você pensa.

Antes que pudesse perguntar o que ela queria dizer, Alison se virou e entrou no prédio. Horas depois, pensamentos sobre ela continuavam a interferir nos seus estudos.

Apesar de muita cafeína de um café colombiano muito saboroso, Gabe sentia a hora e a noite sem dormir começarem a dominá-lo. Entretanto, estava fascinado pelo material e relutava em deixar os livros de lado. Tratando de evitar a cama, e mantendo as luzes acesas ao máximo, saiu da escrivaninha, foi para uma cadeira de balanço pouco confortável, dali para a mesa da cozinha e depois voltou para a escrivaninha. Enquanto lia, fazendo anotações num bloco pautado, sentia uma ligação crescente com o Dr. Jim Ferendelli.

O que levara aquele homem a se interessar por um campo ainda tão misterioso? Qual era sua ligação com Lily Sexton? Gabe recordou a centelha de interesse que sentiu ao conhecê-la, mas as imagens, o perfume e o suave toque de Alison Cromartie eram recentes e suficientemente fortes para manter a distância quaisquer fantasias sobre Lily.

Ferendelli e Sexton.

Possível — ele ponderou. — *Muito possível.*

Gabe já ouvira o termo *nanotecnologia* antes e sabia que tinha algo a ver com a construção de diversos materiais, começando com partículas minúsculas. Mas até aquela noite era só isso o que sabia. Bem, ele percebeu ao continuar a ler, que não era bem assim. Havia deparado em algum lugar — um artigo, um romance ou possivelmente alguma coisa na rádio pública — com a possibilidade fantasmagórica de a nanotecnologia acabar criando uma nova forma de vida: nano-robôs submicroscópicos, capazes de se reproduzir várias vezes, até que o *grey goo*[33] resultante começasse a esmagar todas as matérias vivas da Terra.

Grey goo e nanobôs.

Gabe passou as mãos nos olhos que ardiam, voltou à internet e leu mais detalhadamente sobre o assunto. Os termos *grey goo* e *nanobôs*, possivelmente cunhados por K. Eric Drexler, conhecido como o pai da nanotecnologia, eram pura ficção científica, especulação que representa o objetivo básico da evolução da ciência, aliás, de *toda* a ciência, décadas ou até séculos no futuro. Interessante para refletir e para discutir enquanto se toma um café, mas não uma ameaça iminente.

De acordo com a teoria de Drexler, um nanobô autorreproduzível, um das centenas de bilhões criados para ajudar a sociedade em centenas ou mesmo milhares de maneiras, poderia sofrer uma alteração semelhante a uma mutação biológica. Essa única partícula mutante então criaria outra, depois elas duas se reproduziriam novamente. Duas se tornariam quatro, quatro, oito, oito, dezesseis — duas até

---

33 – Grey goo é uma espécie de apocalipse nanotecnológico.

o eventual poder infinito, desde que as matérias-primas, o substrato necessário para alimentar e sustentar o processo, permanecessem disponíveis. Em virtude da mutação, micróbios semelhantes subitamente impermeáveis a antibióticos, a tecnologia para deter o crescimento incontrolável dos novos nanobôs já não seria eficaz.

Grey goo.

"O presidente acredita que o governo federal precisa assumir uma posição pró-ativa em relação ao controle das pesquisas científicas e à criação: células-tronco, clonagem, nanotecnologia..."

Palavras de Lily Sexton.

Nanotecnologia ontem à noite no Salão Vermelho. *Nanotecnologia* esta noite na biblioteca de Jim Ferendelli. Em Wyoming, Gabe havia se deparado com essa palavra talvez uma vez a cada quatro anos. Agora, em Washington, duas vezes em mais ou menos um dia.

Gabe voltou aos livros.

Instado por Carol Stoddard, o presidente estava na iminência de nomear Lily Sexton para um novo cargo no Gabinete que, pelo menos em parte, supervisionaria a evolução da nanotecnologia, protegendo o mundo, pelo menos na teoria, do Armagedon de Drexler.

Duas da manhã.

Os músculos que sustentavam o pescoço de Gabe clamavam pelo alívio que apenas o sono poderia trazer. Ele havia tomado duas doses de codeína para minorar a dor, com pouco ou nenhum efeito, e jurou não usar mais, pelo menos não naquela noite. A cafeína ainda estava bombeando seu sistema nervoso, mas cada vez menos. O objetivo da nova ciência era hipnotizador, e, embora o futuro da nanotecnologia fosse, em muitos aspectos, tão vago e mal definido quanto o *grey goo*, o presente já era intensamente fascinante e, em alguns aspectos, também muito lucrativo.

Gabe analisou a foto de um computador dos primeiros tempos, ocupando quase todo o cômodo em que estava. Graças aos microprocessadores, seu *laptop* de tela ultraplana provavelmente era mais poderoso. Hoje em dia transistores de computador de tamanho microscópico faziam até mesmo os PCs mais sofisticados parecerem desajeitados. Desinfetantes para matar germes específicos sem gerar qualquer toxicidade humana, blindagem leve à prova de bala e cosméticos microscópicos não alérgicos eram apenas alguns dos produtos da nanotecnologia já existentes no mercado.

As pálpebras de Gabe se fecharam e se recusaram a abrir novamente, e ele precisou prometer-lhes que iriam para a cama, sem rodeios ou hesitações. Quando se viu debaixo das cobertas, caiu no sono e sonhou com imagens de Drew Stoddard e Magnus Lattimore, de Ellis Wright e Alison, de Tom Cooper e LeMar Stoddard e Jim Ferendelli que giravam sem parar e, finalmente, com o retrato a carvão da mulher com quem esperava passar, pelo menos, parte do dia seguinte: a elegante e excêntrica proprietária dos Estábulos Lily Pad, Lily Sexton, Ph.D.

CAPÍTULO 19

Mesmo durante os anos em que bebia muito, Gabe nunca dormia profundamente.

Com o passar do tempo, as enfermeiras do hospital e as telefonistas do serviço de atendimento da Tyler Connections sabiam que, independentemente da hora em que ligassem, ele atenderia antes do segundo toque e invariavelmente pareceria estar sentado à mesa da cozinha bebericando café. O Xanax que tomava ao dormir era incapaz de impedi-lo de se manter em alerta constante.

Nessa manhã, quando o telefone começou a tocar em seu apartamento no Watergate, Gabe estava enredado num sonho esquisito e sangrento, no qual se via encurralado num matadouro. A mulher encurralada ao seu lado podia ser sua ex, ou Alison, possivelmente até Lily Sexton. Era impossível distinguir. Os bramidos desesperados do gado condenado ao abatimento eram horripilantes e totalmente vívidos, e cederam apenas relutantemente ao telefone, que talvez tenha tocado três ou quatro vezes antes que seus dedos desajeitados localizassem o receptor.

O visor do alarme do relógio digital na mesinha de cabeceira mostrava cinco horas, talvez duas horas e meia desde que ele finalmente deixara de lado as anotações sobre nanotecnologia.

— Dr. Singleton, é Magnus Lattimore. Espero não o ter acordado.

Ao som da voz do homem, Gabe gelou. Tudo em que pôde pensar foi que pisara muito na bola ao permitir que Lattimore e o casal Stoddard o convencessem a não invocar a Vigésima Quinta Emenda. Por que outro motivo ele lhe telefonaria às cinco da manhã?

— Drew está com algum problema?

Eliminou a rouquidão ao beber a água que restava no copo na mesa de cabeceira.

— Não, não — respondeu rapidamente o chefe da Casa Civil. — Está tudo bem, ótimo. Acho que eu devia ter dito isso logo de cara. Desculpe. O presidente está muito bem. Está ótimo. Na verdade, acabou de malhar por quarenta e cinco minutos com seu treinador.

— Maravilha!

Gabe sentiu o tsunami de adrenalina começar a diminuir. Lembrou-se de que, na Academia, Drew, como vários outros — a maioria garotos de escolas particulares que tinham hábitos avançados de estudo —, preferia acordar às duas ou três da manhã para estudar, enquanto as distrações estavam num nível mínimo. Gabe também se viu perguntando exatamente o que tinha a ver o sonho com o gado sendo abatido.

— Pode acreditar, doutor, você está fazendo um ótimo trabalho — disse Lattimore.

— Se ele está bem, todo o resto é secundário — disse Gabe, visivelmente ignorando o elogio.

— Você está certo, meu amigo. Bem, estou ligando em nome dele, para lhe fazer um pedido.

— Diga.

— No fim da manhã vai haver uma grande reunião no Centro de Convenções de Baltimore na qual se espera que o presidente discurse. Alguns importantes aliados políticos e doadores financeiros são os organizadores da reunião, e um deles telefonou muito aborrecido porque o Secretário do Tesouro foi inscrito para substituir o PDEU. Você compreende; depois do ataque de gastroenterite daquela noite, você recomendou que ele permanecesse perto de casa, de modo que nós...

— Eu sei o que recomendei, Magnus. Continue.

— Certo... Bem, embora continuemos com uma vantagem considerável sobre Dunleavy, houve uma boa diminuição nos dois estados importantes. O presidente está se sentindo muito bem, e acha que deveria se dirigir a essa gente em pessoa. Poderia ser um discurso muito curto.

— O que você acha?

— Acho que fizemos um trato com você e vamos manter esse trato.

— Mas você quer que ele faça o discurso.

— Mais importante do que isso é que *ele* quer fazer esse discurso.

— A decisão pode esperar vinte minutos?

— Não muito mais do que isso. Nossas equipes precursoras estão a caminho de Baltimore para o caso de você nos dar o sinal verde, porque existem alguns outros problemas de logística que precisam ser resolvidos.

Gabe olhou de relance para os pulsos, quase esperando ver os cordões de uma marionete.

— Nesse caso, preciso de um tempinho para tomar uma chuveirada e chegar aí o mais depressa possível. Só vou decidir depois que o examinar.

— É isso o que queremos. Você é o dono da bola, doutor. O tempo todo.

— Tudo bem, obrigado, é bom que me lembre disso.

— Um carro vai estar esperando por você do lado de fora da entrada principal.

— Magnus, me diga uma coisa.

— O quê?

— Esse carro, onde é que está agora?

Houve hesitação suficiente para Gabe saber que o chefe do Gabinete estava resolvendo se havia algo a perder ao dizer a verdade. — O carro? Sei... Bem, na verdade, o carro já está esperando aí em frente ao prédio.

— Obrigado. Parece que eu vou precisar me esforçar para ser menos previsível — disse Gabe.

Recolocou o fone no gancho, perguntando-se se no sonho aquelas desditosas vacas que seguiam pelo corredor de abate se pareceriam com ele.

— Três conjuntos de quarenta flexões, Gabe. Cento e vinte no total. Você acha que o presidente da Coreia do Norte consegue fazer cento e vinte flexões?

— Qual a idade dele?

— Não sei, talvez tenha uns oitenta anos.

— É provável que você faça mais do que ele. Drew, pode acreditar: eu seria o homem mais feliz se todos os problemas políticos do mundo pudessem ser resolvidos pelo líder que fosse capaz de fazer o maior número de flexões. Vou examinar seus olhos de novo. Escolha um lugar na parede e olhe para ele.

— Para dilatar as pupilas, não é?

— Isso mesmo. Ótimo. Parece que está tudo bem. Agora, toque meu dedo com o seu dedo indicador direito, depois toque seu nariz. Faça isso cinco vezes. Tudo bem. Agora, use o indicador esquerdo. Ótimo.

O presidente, sentado ao lado da cama, parecendo um garotão sarado, submeteu-se a um exame físico e neurológico. Nada havia de errado com ele. Absolutamente nada. Gabe repetiu tudo, para comparar a assustadora exibição que havia testemunhado naquele mesmo lugar havia trinta e seis horas com alguns diagnósticos específicos: uma crise frenética, maníaca, desorientada, alucinante e hiperativa com aceleração cardiovascular, sem quaisquer efeitos residuais aparentes. Ressonância magnética negativa, tomografia computadorizada normal — pelo menos de acordo com os registros codificados do Hospital Naval de Bethesda. Funcionamento normal do coração, embora as amostras tivessem sido coletadas havia oito semanas, durante a breve internação do presidente, horas após seu ataque.

As amostras mais recentes, colhidas por Gabe *durante* um ataque... haviam desaparecido.

Era lógico que Jim Ferendelli também tivesse coletado sangue durante uma das crises observadas por ele, mas nem o presidente nem Magnus Lattimore se lembravam de nenhum tubo até a coleta de Gabe.

Rastreie os resultados químicos de todo o sangue previamente coletado.

Gabe fez uma anotação mental, e a arquivou junto com o que parecia uma quantidade infinita de outras anotações mentais.

— E então, doutor? Como me saí?

— Você está muito bem.

— Estou mesmo me sentindo muito bem.

— Se você for a Baltimore, também vou.

— Eu não permitiria que fosse de outra maneira. Você é

meu xamã[34], meu curandeiro. Gabe, sei que você quer me tratar da maneira mais prudente até saber o que está acontecendo, mas eu tenho um tipo de trabalho que exige muito de mim e...

— Eu sei disso, amigão, eu sei. Estou fazendo o possível para contornar esse trabalho que tanto exige, embora — vou ser sincero — seja mais ou menos como redecorar o banheiro com um elefante na banheira.

— Bela imagem. Gostei. Embora ache que devemos pensar em termos de jumentos e não de elefantes[35]...

— Então, de agora em diante, serão jumentos na banheira. Drew, havia um recado me esperando na clínica. O consultor que mandei vir — o psicanalista — vai estar aqui hoje à noite. Quero que ele entreviste você e realize uma bateria completa do que chamamos de testes neuropsiquiátricos — de inteligência — provavelmente a partir de amanhã.

— Como é mesmo o nome dele?

— Blackthorn, Dr. Kyle Blackthorn. Ele é meio... digamos, excêntrico, mas é também incrivelmente perspicaz.

— Admiro quem é excêntrico *e* perspicaz. Pode trazê-lo.

— Vou fazer isso — Gabe fixou o olhar no presidente. — Drew, lembra dos tubos de sangue que coletei de você naquela noite?

— Sinceramente, não.

— Bem, eu fiz isso. Coletei três tubos.

— Para quê?

— Para quaisquer exames que eu decidisse fazer.

---

34 – Sacerdote do xamanismo, antiquíssima filosofia indígena de vida que visa ao encontro do homem com os ensinamentos e o fluxo da natureza, e com seu próprio mundo interior. (N.T.)

35 – O jumento é o símbolo do Partido Democrata, e o elefante, o do Partido Republicano. (N.T.)

— Não vejo problema nisso.
— A não ser pelo fato de eles terem desaparecido.
— O quê?
— Desapareceram. Sumiram. Foram levados da geladeira do consultório no dia seguinte ao da coleta. Tem ideia de quem fez isso?

O presidente ficou obviamente perplexo.

— Não tenho noção do que possa ter acontecido, mas vou encarregar o Treat e o meu *staff* de começarem a investigar. Muita gente tem acesso ao consultório: os médicos, as enfermeiras, os médicos-assistentes...

— Além de uns dois paramédicos e um almirante — acrescentou Gabe.

— Ah, sim, o Almirante Ramrod. Bem, acho que, se surrupiar tubos de sangue não constar no Manual dos Oficiais das Coisas Certas e Adequadas a Fazer, não foi Ellis que os pegou.

— Tudo bem — disse Gabe, virtualmente convencido, pela reação do paciente, de que este não sabia que os frascos haviam desaparecido, muito menos de qualquer responsabilidade pelo roubo —, mas deixe apenas que eu mantenha os olhos e os ouvidos abertos. Não creio que ganharemos alguma coisa se fizermos um estardalhaço sobre o caso — pelo menos, ainda não.

— Talvez tenham sido jogados fora acidentalmente.

— Tudo é possível. Então, para onde e a que horas levo o Blackthorn até você?

— Lá pelas dez e meia. Uma pessoa vai passar pelo consultório e pegar você. O Almirante Wright e quem mais estiver de plantão hoje já reuniram a equipe médica. De agora em diante, quando estivermos a caminho, você resolve as coisas. De qualquer modo, todos vão saber que, enquanto você estiver presente, o comando será seu.

— Gostei de ouvir isso, Drew.
— Pois é, eu também.
— É bom ser o rei.

O presidente imediatamente percebeu que se tratava de uma fala do filme *A história do mundo*, de Mel Brooks.

— É isso aí — respondeu. — É bom ser o rei.

Os dois amigos apertaram as mãos e Gabe se dirigiu ao saguão para pegar o elevador. Estava quase lá quando seu rádio tocou.

— *Wrangler, Wrangler*[36]. Está me ouvindo? Câmbio.

Wrangler era o nome escolhido por ele com a ajuda do Serviço Secreto. Não era usado o tempo todo; na maioria das vezes se referiam a ele como "doutor", mas Gabe gostava quando o usavam. Acionou o interruptor do alto-falante preso à manga do paletó e falou:

— *Wrangler* falando. Câmbio.

— Wrangler, fala o Agente Lowell: o senhor está disponível para atender um paciente no seu consultório? Câmbio.

— Estou indo para lá; acabei de sair dos aposentos de *Maverick*[37]. Câmbio.

Maverick, personagem bombástico e intrépido de Tom Cruise em *Ases Indomáveis*, foi o nome dado ao presidente em honra de seu histórico na guerra como piloto. De acordo com o protocolo do Departamento de Comunicações da Casa Branca, todos os nomes em código da Família Número Um começavam com a mesma letra do presidente. Carol era Moondance[38], Andrew

---

36 – Tocador de gado. (N.T.)

37 – Nos EUA, uma pessoa indomável. Significa também gado não marcado a ferro. (N.T.)

38 – Sem equivalente em português, a tradução literal é "Dança da Lua". (N.T.)

Jr. havia escolhido Músculos e Rick, Mindmeld, da série *Jornada nas estrelas*. O nome do escocês Magnus Lattimore era *Piper*[39], baseado no instrumento que ele supostamente tocava muito bem, embora raramente, quando estava sóbrio.

— Chegaremos aí em dez minutos. O senhor me ouviu? Câmbio.

— Dez minutos. Ouvi. Qual o problema? Quem é o paciente? Câmbio.

— O problema é um corpo estranho no olho. O paciente é o Urso. Ele quer ser atendido especificamente pelo senhor. Sabe quem é o Urso? Câmbio.

— Sei. Diga-lhe que daqui a dez minutos estarei no consultório para atendê-lo. Câmbio

— Câmbio e desligo.

Curioso.

O Urso, Gabe deduziu que fosse, pelo físico ou talvez por seu estado natal de Montana[40], era o vice-presidente.

Ele quer ser atendido especificamente pelo senhor.

Gabe entrou no pequeno elevador recordando a conversa do almoço da véspera com LeMar Stoddard, e a advertência de Stoddard quanto a Thomas Cooper III.

E agora? — Gabe se perguntou quando o elevador se movimentou. — *E agora?*

---

39 – Tocador de gaita de fole. (N.T.)

40 – Região onde há muitos ursos. (N.T.)

CAPÍTULO 20

O consultório estava sob a responsabilidade de uma médica-assistente do Exército. Gabe liberou-a por uma hora e voltou a examinar a geladeira à procura dos tubos de sangue. Não encontrou nada, exceto uma marmita de almoço do Exército e um Dr. Pepper[41]. Só pode ter sido coisa de Alison. Motivo... oportunidade. Ele sabia que estava exagerando os fatos para enquadrar suas teorias sobre aquela mulher, mas sentia-se nervoso — em relação a ela e, na verdade, a quase todas as pessoas que conhecera desde sua chegada à capital.

Uma pergunta importante em relação aos tubos desaparecidos se recusava a sair de sua cabeça: se Alison era, na verdade, responsável pelo roubo, como soube que os frascos estavam lá? Ele havia planejado determinar, por meio de Lattimore e de um dos médicos seniores do *staff* da Casa Branca, a forma de envio do sangue para exames rotineiros e hematológicos, junto com alguma toxicologia, sem dar qualquer indício sobre sua fonte.

Como poderia Alison ter conhecimento das amostras?

---

41 – Refrigerante gaseificado, com corante de caramelo. (N.T.)

Se ela havia sido plantada no consultório para obter a confiança dele e saber as condições médicas do presidente, quem era a pessoa por trás disso? As perguntas eram maiores que as respostas.

"Gabe? Não é o que você pensa."

As palavras dela lhe martelavam a cabeça. A frieza dele em relação a ela não era nada sutil, mas será que a moça compreenderia por quê? Preveniu-se para não deixar que os comentários evasivos dela lhe afetassem o julgamento. Até onde sabia, ninguém — nem o presidente, nem a primeira-dama, nem o chefe da Casa Civil, nem Alison — havia sido totalmente sincero com ele desde que saltara do avião na Base Aérea de Andrews. Chegara a hora de verificar do que tratava a advertência de LeMar Stoddard.

"Tom Cooper é um Brutus e, do jeito que as coisas estão, só está esperando as eleições para começar a fazer valer seus direitos e a ser elogiado pelas realizações de Drew."

— Wrangler, Wrangler! O senhor está aí? Câmbio.

Com todas as coisas que Gabe achava difíceis sobre o novo cargo, uma das que absolutamente gostava era fazer parte do intrincado sistema de rádio do Serviço Secreto, com seus jargões, pseudônimos e palavras em código.

— Aqui fala Wrangler. Estou no meu consultório. Câmbio.

— Estaremos aí com seu paciente daqui a dois minutos. Câmbio e desligo.

Durante a primeira semana de trabalho, Gabe não trocara nem dez palavras com o homem cuja distância da presidência era mínima. O que Gabe sabia sobre ele era o que havia escutado na barbearia em Tyler e no rádio do carro ao se dirigir ao trabalho.

Cooper, outrora senador júnior de Montana, estava no segundo mandato quando Drew o selecionou entre mais ou menos uma dezena de possibilidades para ser seu parceiro de chapa. Segundo o que Gabe recordava, a seleção foi mais política do que ideológica. O noroeste se une ao sudeste; a criação empobrecida do interior se une aos privilégios e a uma grande riqueza: o músico de modas sertanejas de poucas palavras e que lembrava Lincoln se une ao elegante e carismático herói de guerra; o pragmatista moderado se une ao visionário intelectual.

Juntos, Drew e Cooper superaram uma desvantagem de dois dígitos e alcançaram Bradford Dunleavy e o Vice-Presidente Charles Christman na última hora. Agora, de acordo com o que Gabe sabia, Drew havia mantido a promessa de campanha de revitalizar o cargo de vice-presidente e usá-lo de maneira tal que todas as missões diárias preparassem Cooper para entrar e liderar o país. Os dois homens se reuniam periodicamente, e Cooper era incentivado a ser ativo e participante, especialmente nas áreas de preservação e destaque dos recursos naturais, aperfeiçoamento e atualização conscientes da infraestrutura do país, e nos problemas sobre imigração e estrangeiros ilegais.

De fato, em alguns círculos Cooper era considerado mais eficazmente conciliatório do que Drew, que às vezes se mostrava de pavio muito curto. Uma pesquisa recente chegou a indicar que o vice-presidente, que todos supunham tratar-se de uma indicação certa para ser o cabeça da chapa dali a quatro anos, poderia ser tão elegível quanto seu companheiro, já na atual campanha.

"*Tom Cooper é um Brutus...*"

— Dr. Singleton, seu paciente chegou — anunciou Heather pelo interfone, antes que Gabe concluísse seu pensamento.

— Faça-o entrar — disse Gabe, curioso pelo fato de um homem que tinha a própria equipe médica desejar ser tratado por ele.

O PACIENTE NÚMERO UM

O Vice-Presidente dos Estados Unidos bateu suavemente à porta e entrou no consultório. Tinha cerca de um metro e noventa e cinco de altura e devia pesar entre nove e quatorze quilos mais do que o adequado, mas não parecia estar tão acima do peso. Usava um tapa-olho preto do lado direito e carregava uma pasta fina de couro preto, que colocou no canto da mesa antes de apertar a mão de Gabe.

— Doutor, obrigado por me atender sem hora marcada.

Sua voz era baixa e a fala, moderada. Totalmente presidenciáveis, na opinião de Gabe.

— Seu *timing* foi perfeito — ele replicou. — Daqui a mais ou menos uma hora vou viajar para...

— Baltimore. Eu sei.

Claro. Aqui em Washington todo mundo sabe de tudo... exceto os que não sabem. — Gabe lembrou-se brevemente de uma coisa que LeMar dissera durante o almoço: *"Nesta cidade, você não é ninguém se não conhecer ninguém, mas se a única pessoa que conhecer for, por acaso, O Homem, ainda assim você será um grande ninguém".*

— Isso mesmo — Gabe confirmou, em tom mais seco do que pretendia —, Baltimore.

— O Presidente Stoddard chegou a me pedir para substituí-lo, mas eu já tinha um discurso agendado.

Cooper se sentou na cadeira em frente a Gabe. Havia uma suavidade no rosto de Cooper que provocava confiança, especialmente ratificada pela virilidade de aço do tapa-olho. Mesmo assim, fosse a advertência de LeMar quanto a ele ser igual a Brutus ou a inexplicada razão de Urso ter preferido Gabe em detrimento dos profissionais designados para tratar dele, havia tensão entre os dois.

— Bem — disse Cooper —, não tivemos muita oportunidade de conversar desde que você chegou. Está tudo bem?

— Ainda estou pisando em ovos, mas de maneira geral não houve ocorrências especiais.

Resposta politicamente correta. Lattimore se orgulharia.

— É bom saber. Você é de Wyoming, certo?

— Da cidade de Tyler.

— Fica no sudeste?

— Exatamente. Uns cento e trinta quilômetros ao noroeste de Cheyenne.

— Costuma ir a Montana?

— Às vezes. Os peixes de lá sempre pareceram maiores e um pouco mais ingênuos que os do lugar onde moro. — Gabe nunca teve muita paciência com intenções disfarçadas em papo-furado, e tinha certeza de estar diante de uma. Ainda precisava checar sua maleta para levar na viagem. — Então — pressionou —, qual é o problema com seu olho?

— Desde que acordei hoje, senti como se houvesse alguma coisa nele, talvez um cílio.

— Vamos até a sala de exames para eu dar uma olhada.

— Na verdade — disse Cooper, retirando o tapa-olho e não apresentando a vermelhidão que ocorreria rapidamente se um cílio ou outro corpo estranho tivesse feito contato com o olho —, acho que deve ter saído com as lágrimas.

— Entendo.

Gabe se viu compreendendo cada vez mais a preocupação manifestada por LeMar Stoddard. Thomas Cooper III era não apenas evasivo; era óbvio e evasivo, longe do que Gabe esperava.

— A verdade — prosseguiu Cooper — é que o cílio deve ter saído rápido, mas já tive problemas com abrasões da córnea e quis ter o olho examinado.

— Pois não.

— E — o vice-presidente continuou, como se Gabe não o tivesse interrompido — decidi procurá-lo porque há um outro assunto que quero discutir com você. Sabe como é, matar dois coelhos com uma só cajadada.

Finalmente caiu a máscara.

— Preciso arrumar umas coisas para a viagem a...

— O assunto não vai demorar, doutor.

Rapidamente, a suavidade que parecia haver no homem desapareceu. O alarme interno de Gabe soou como uma advertência estridente. Com a sua criação no interior e o ar afável e insinuante, Tom Cooper era na verdade um político astuto, que ascendera ao segundo cargo mais importante do mundo pouco depois de completar quarenta e seis anos. Era provável que nunca falasse — de modo evasivo ou não — sem saber exatamente o que estava dizendo. Não havia sentido em examinar-lhe o olho, embora num passado remoto possa realmente ter havido algum problema com esse órgão.

— Continue — disse Gabe.

— O Presidente Stoddard não compareceu ao jantar oficial.

— Houve uma coletiva de imprensa sobre isso.

— Eu sei: grave dor de cabeça e gastroenterite, complicadas pelo problema da asma.

Se havia gracejo na sua voz, Gabe não percebeu.

— Senhor, tenho permissão escrita do presidente para falar sobre esses aspectos do seu estado de saúde para o público. Eu jamais partilharia — com ninguém — alguma informação sobre ele se não fosse autorizado.

— Compreendo, e apoio totalmente sua posição. Entretanto, responda-me uma coisa: você sabia que pelo menos em duas ocasiões anteriores o Dr. Ferendelli e o presidente se retiraram da frente do público por um longo período de tempo?

— Não posso nem quero responder a essa pergunta.

— Para uma cidade de quase seiscentos mil habitantes, Washington é praticamente igual a um vilarejo. Os boatos começam. Os boatos se espalham. Os boatos desaparecem. Os boatos se recusam a morrer. Alguns são pura imaginação, alguns têm um fundo de verdade, e alguns muito mais do que isso. Os que vivem aqui há certo tempo sabem que, quando um boato surge e depois volta a surgir, é porque há fogo nessa fumaça.

— Sr. Vice-Presidente...

— Por favor, pode me chamar de Tom. Economiza tempo.

— Tom, preciso mesmo me preparar.

— Dr. Singleton, o atual boato quente nesta cidade — e que não vai embora — é que o presidente tem outros problemas além de severas dores de cabeça, gastroenterite e asma. Ninguém fala abertamente sobre o caso, pelo menos por enquanto. Magnus Lattimore e o resto dos marqueteiros do presidente fizeram um trabalho notável para abafar os boatos, mas eles continuam a vir à tona, e de todos os lados. Aprendi, com o passar dos anos, que vale a pena prestar atenção. Há quem acredite que o Presidente Stoddard tem algum problema mental. Por enquanto os boatos são apenas sussurros, mas lhe garanto, doutor, que os sussurros estão ficando mais altos.

Gabe tentou reagir com diversão atônita, mas não teve certeza se conseguiu.

— Como médico do presidente, não vou absolutamente discutir a saúde dele — reiterou —, nem comentar se ele tem ou não qualquer problema mental ou de outro tipo. Tenho certeza de que você espera essa mesma espécie de profissionalismo e respeito do seu médico. Se está tão preocupado assim com os boatos que ouviu, talvez deva discutir o assunto com Magnus, ou mesmo com o próprio presidente.

— Quando eu tiver comprovado que o boato é um fato, pretendo fazer isso mesmo. Nesse meio-tempo, Dr. Singleton, o senhor precisa saber que apoiei Drew sem hesitação nem reserva desde o dia em que ele me escolheu para concorrer ao seu lado. Depois que vencemos, ele poderia ter me enterrado na fossa política como tantos presidentes fizeram com seus vices, mas resolveu fazer de mim uma parte importante da sua administração. Ele é meu amigo, da mesma forma que eu sou amigo dele, e eu faria qualquer coisa para assegurar que o seu legado seja o de um dos líderes mais eficazes e importantes que nosso país já teve. Sua política e sua visão da América são as minhas também, e, quando eu tiver oportunidade, pretendo dar continuidade a elas.

— Muito bem — disse Gabe, sentindo-se constrangido com a manifestação emocionada de fidelidade de Cooper. — O que posso fazer por você?

O vice-presidente abriu a pasta de couro e deslizou um documento na mesa. Sem olhar, Gabe adivinhou o que era.

— Existe muita coisa em jogo, doutor, e o senhor desempenha um papel significativo num drama que talvez esteja iminente.

À medida que o episódio frenético e assustador do presidente começava a se resolver, Lattimore mencionara que, trancada na pasta O Futebol, junto com os elementos eletrônicos e os códigos necessários para desencadear o Armagedon, havia um acordo assinado por Drew e Thomas Cooper III definindo as situações nas quais deveria haver uma transferência de poder do presidente para o vice-presidente, segundo as provisões da Vigésima Quinta Emenda. Naquele momento, Gabe havia feito uma anotação mental de pedir uma cópia do documento ao chefe do Gabinete Civil, mas, com as horas e os dias caóticos que seguiram, ele simplesmente havia esquecido de fazê-lo.

Agora, na mesa à sua frente estava aquele acordo, com os quatro cabeçalhos sucintos que constituíam a excessivamente complexa Vigésima Quinta Emenda — a declaração que muitos acreditavam ser o mapa mais minucioso da sucessão política jamais escrito. Gabe havia lido a emenda pelo menos dez vezes durante as horas em que estava tratando do presidente na sua residência. Examinou o primeiro dos dois parágrafos que compunham a seção 4:

> Sempre que o Vice-Presidente e a maioria quer das principais autoridades do Executivo quer de qualquer outro organismo do Congresso previstos por lei possa transmitir ao Presidente *pro tempore* do Senado e ao Presidente da Câmara dos Deputados suas declarações por escrito de que o Presidente está incapacitado de desempenhar as atribuições e deveres do seu cargo, o Vice-Presidente deve assumir imediatamente as atribuições e deveres do cargo de Presidente em Exercício.

Após olhar de relance para o relógio, mais para lembrar a Cooper de seu compromisso do que a si mesmo, Gabe folheou as páginas. Listadas em linhas gerais, mais do que descritas em detalhe, estavam as situações nas quais o vice-presidente, o chefe do Gabinete Militar da Casa Branca, o chefe do Gabinete Civil, o consultor jurídico e o médico do presidente podiam agir em consenso ao decidir se deveriam dar andamento ao processo político de substituir o presidente contra a sua própria vontade.

A sexta situação da lista era "Enfermidade Mental". Gabe foi cuidadoso ao examinar todo o documento lenta e uniformemente, para que não parecesse a Cooper deter-se mais tempo naquela determinada situação. Embora não houvesse uma delimitação específica dos diagnósticos que poderiam causar a transferência de cargo, o acordo afirmava que o presidente deveria, se possível, ser avaliado por seu próprio médico e também por um especialista em psicologia ou psiquiatria. O parecer desses profissionais da saúde deveria determinar se o estado do PDEU estava afetando sua capacidade de realizar o trabalho sem prejuízo.

Gabe pôs as páginas de lado e ia perguntar o que o vice-presidente queria dele quando Cooper lhe poupou esse esforço.

— Ainda não lhe posso dar detalhes específicos, Dr. Singleton, mas, como já mencionei, correm sérios boatos de que o presidente está mentalmente perturbado. E, se eu soube desses boatos, pode apostar que a oposição nas próximas eleições certamente também já está a par. Nossa vantagem nas últimas pesquisas mostra uma redução significativa. Ninguém está culpando os boatos pela nossa queda; na verdade, isso era mais ou menos esperado a esta altura. Mas não acredito que Drew e eu estejamos com uma vantagem suficientemente forte para suportar qualquer desafio à nossa liderança.

Gabe voltou a olhar para o relógio.

— Sr. Vice... *Tom*, não quero ser grosseiro, mas acho que você deve ir direto ao ponto.

Cooper suspirou.

— O ponto é — ele disse — que nossas pesquisas sugerem que, do jeito em que estão as coisas, ainda estamos mais ou menos no início da campanha, de modo que, se Drew saísse agora por motivo de saúde e eu fosse o candidato, com um companheiro de chapa cuidadosamente escolhido, eu ainda teria uma ligeira mas importante vantagem sobre Dunleavy e Christman. Contudo, quanto mais perto chegarmos da eleição em novembro, menos tempo o povo americano terá para se acostumar a mim e para avaliar as semelhanças entre minha filosofia política e a de Drew. Em outras palavras: quanto mais tarde fizermos uma mudança na qual os democratas concorram com Brad Dunleavy, menores possibilidades de vitória teremos.

— Isso quer dizer que...?

— Isso quer dizer, doutor, que, se houver alguma coisa errada com o Presidente Stoddard, quanto antes ele enfrentar o problema e fizer o que é certo — quanto antes *o senhor* enfrentar o problema e fizer o que é certo — será melhor para o partido... e para o país.

CAPÍTULO 21

— Wrangler, Wrangler, está me ouvindo? Câmbio.

A voz áspera de Treat Griswold ecoou no fone de ouvido de Gabe, que apertou o botão do microfone preso à manga, levou-o aos lábios e falou no tom objetivo que aprendera a usar. Durante seu primeiro dia de instruções na Casa Branca, Griswold lhe dera um rádio e um minucioso folheto de instruções. Griswold havia dito que a Regra Número Um era nunca deixar ligado o botão de transmissão nem esquecê-lo na roupa por acaso. As humilhações resultantes de um "microfone aberto" já faziam parte do folclore do Serviço Secreto. A Regra Número Dois era nunca esquecer a quem o sistema devia proteger.

— Aqui fala Wrangler. Câmbio.

— Este aviso é para todos: Maverick está saindo do elevador da residência e se dirigindo à saída da Ala Oeste. Wrangler, o senhor está com sua maleta? Câmbio.

— Está comigo.

— O estojo de primeiros socorros com todo o equipamento necessário de ressuscitação e suprimentos estará no furgão com a equipe médica. Câmbio.

— Wrangler na escuta. O estojo de primeiros socorros vai estar no furgão.

— Tudo bem. Maverick pediu que Wrangler viaje com ele no Stagecoach[42]. Fique onde está e iremos apanhá-lo. Câmbio.

— Certo. Moondance vai nos acompanhar? Câmbio.

Gabe continuava meio confuso com a estranha conversa na qual a primeira-dama insinuou que ficaria satisfeita se o marido desistisse de concorrer. Ficaria mais à vontade nessa ocasião se ela não fosse com eles. Gabe estava ansioso para viajar pela primeira vez com o executivo principal, mas o encontro com Tom Cooper lhe havia arrefecido muito o entusiasmo. Cada vez mais se sentia como um homem sentado num barril de pólvora enquanto os passantes atiravam fósforos acesos na sua direção.

— Negativo — respondeu um agente que não era Griswold. — Moondance vai ficar aqui. Liberty também. Câmbio.

— Tudo bem. Estarei esperando por vocês. Câmbio.

Gabe verificou se havia desligado o rádio, depois deu um olhar de relance para a série de motocicletas que acompanhariam a comitiva. De onde estava, viu duas limusines pretas estacionadas ao pé dos degraus que levavam ao Pórtico Norte. Além delas, na Avenida Pensilvânia, conseguiu distinguir dois furgões dentre os que sabia serem muitos: de Comunicações, Contra-Ataque, imprensa, membros do *staff*, unidade médica, fotógrafos, assessores militares, Serviço Secreto. Lembrava-se de alguns dos grupos que Lattimore lhe havia contado que a frota de furgões levaria, mas não de todos.

— Atenção, todos os postos, Maverick está se dirigindo para a saída da Ala Oeste. Maverick a caminho. Câmbio.

---

42 – Carro presidencial. (N.T.)

Passos rápidos ecoaram no corredor em direção a Gabe pouco antes de aparecerem os primeiros dois agentes do Serviço Secreto do presidente, um deles empunhando habilidosamente uma submetralhadora. Segundos depois surgiu Drew, cercado por mais quatro agentes, cada um parecendo levar seu emprego muito a sério. Desde o momento em que apareceu a comitiva, a atenção de Gabe se fixou no seu paciente, e não sem motivo.

Embora sorrindo e acenando para os funcionários da Casa Branca encostados na parede, Drew Stoddard parecia fatigado e ligeiramente pálido. Gabe caminhou em direção a ele, mas no momento certo uma maquiadora baixinha surgiu e, com a habilidade de uma feiticeira-mestre, realizou uma extraordinária transformação em trinta segundos.

De um instante para outro, Drew era a imagem de bochechas coradas da saúde. Ao se encaminhar para Gabe, os agentes do Serviço Secreto recuaram para lhes dar espaço e algo próximo da privacidade.

— Olá, caubói! — disse Drew alegremente. — Pronto para se unir ao comboio Donner e dar uma voltinha num furgão?[43]

— Nem brinque! Você está bem?

— Você me examinou hoje de manhã; você é que tem de me dizer.

— Na verdade, achei sua aparência meio abatida, mas a maquiadora resolveu rapidinho esse problema.

— Notável, não é? Quando ela chega em casa e tira a própria maquiagem, revela-se na verdade um jogador de futebol de Samoa com cento e cinquenta quilos.

---

43 – Grupo de imigrantes americanos que, entre outros, se dirigiam à Califórnia em vagões cobertos na década de 1840, liderados por George Donner. Quando foram encurralados por uma tempestade de neve no inverno de 1846-47, seus componentes precisaram recorrer ao canibalismo. (N.T.)

— Depois de ter visto o trabalho dela, isso não me surpreenderia muito. E sua respiração? Está respirando mais rápido do que eu esperava.

— Estou tossindo há mais ou menos uma hora, mas a tosse está quase indo embora. Talvez seja um resfriado a caminho.

— Não no meu plantão.

— Nem mesmo você pode fazer muito contra um vírus. O Almirante Wright lhe falou sobre a equipe médica?

— Não me disse nada. Por quê?

— Acho que ele se adiantou e formou a equipe. De agora em diante, se você quiser escolher a equipe que vai nos acompanhar nas viagens no país ou no exterior, pode mandar brasa. Vou me certificar de que o velho Ramrod não atrapalhe você.

— Sr. Presidente — gritou Treat Griswold —, acho melhor irmos andando.

— Gabe, na viagem até Baltimore vou precisar revisar o discurso que está sendo redigido para mim. Pensei que talvez houvesse tempo para batermos um papo durante o trajeto, mas não vai ser possível. Mesmo assim, pode dividir o Stagecoach conosco, ou pode ir na Spare[44], que é a outra limusine, se preferir.

— Atenção, todos os postos — Gabe ouviu Griswold dizer perto dele e também no fone de ouvido —, Maverick se encaminhando para o Stagecoach. Partida iminente. Câmbio. Tudo bem, doutor? Pronto para rodar?

Quando Gabe sentiu a luz brilhante do sol, não conseguiu deixar de se assombrar com o grande número de fotógrafos e repórteres que lotavam o pequeno percurso até as motos que, exceto pelas duas limusines, estavam estacionadas no trecho recentemente reformado da Avenida Pensilvânia, sempre fechado

---

44 – Carro reserva do presidente. (N.T.)

ao tráfego de veículos, exceto em ocasiões como aquela. Dez ou mais furgões esperavam, junto com oito guardas em motocicletas Harley, com lâmpadas azuis piscando. No beisebol, costumava-se chamar o brilho, as multidões, os jatos particulares e as sedes elegantes dos principais clubes de *The Show*[45]. Naquele momento, essas palavras eram a única descrição em que Gabe pôde pensar.

The Show.

As duas limusines Cadillac pretas idênticas estavam estacionadas na entrada de carros que formavam um arco junto aos degraus da Casa Branca.

— O Stagecoach é o número um hoje — disse Griswold, apressando seu grupo de três pessoas — Gabe, o presidente e um jovem e magricela de óculos, redator de discursos, apresentado por Stoddard simplesmente como Martin — para entrar na limusine principal.

Quando chegaram ao último degrau da escada, por cima da capota Gabe avistou Tim Gerrity, assistente médico da Aeronáutica, a quem já conhecia bem no pouco tempo desde sua chegada à Casa Branca, e que sabia mais de medicina do que a maioria dos médicos, mas era despretensioso o bastante para não exibir seus conhecimentos. Gerrity estava em frente ao furgão que Gabe supôs fosse o dos médicos. Naquele dia a equipe de apoio havia sido selecionada pelo Almirante Ellis Wright, mas daquela data em diante, se Gabe assim desejasse, o presidente determinara que ele escolhesse a própria equipe.

Essa ideia levou incontrolavelmente a pensamentos sobre Alison Cromartie. Talvez dali a algum tempo, se ela conseguisse ficar por perto e se as coisas se acertassem, os dois pudessem

---

45 – O Espetáculo. (N.T.)

fazer juntos uma viagem. Naquele momento, como se tivesse sido combinado, Alison surgiu ao lado de Gerrity, conversando amistosamente e apontando para o furgão. Mesmo a distância, usando um discreto terninho azul-marinho, ela se destacava.

Desde o instante em que ela exibira sua identidade de agente do Serviço Secreto depois de aparentemente lhe salvar a vida, Gabe se acostumara a se sentir perplexo e irrequieto ao lado dessa moça. Agora, mesmo a distância, ele se sentia constrangido. Apesar de Ellis Wright haver sido ríspido com ela naquela noite no consultório médico, parecia que ele a considerava o suficiente para designá-la para *The Show*.

Curioso.

— Doutor, venha. Entre aqui — instruiu Griswold, de pé ao lado da porta aberta do Stagecoach.

O último som que Gabe ouviu antes de deslizar para o assento oposto a Martin foi a tosse baixa do presidente dos Estados Unidos.

A última coisa que viu ao se virar para dar uma última olhada na Casa Branca foi o Vice-Presidente Thomas Cooper III, ladeado por dois agentes do Serviço Secreto, olhando intensamente para o carro, de pé no pórtico.

CAPÍTULO 22

— Sinal de partida. Todos os postos: Maverick está partindo. Câmbio.

Treat Griswold baixou o transmissor da manga e virou-se para Gabe, sentado ao lado:

— O senhor está bem, doutor?

— A não ser pelo medo de esticar as pernas e meu pé explodir, está tudo beleza.

Apontou a submetralhadora no chão da limusine.

— Eu já disse ao pessoal que a gente precisa colocar uma prateleira para armas nas limusines — disse Griswold.

— Ou aumentar muito os coldres.

Martin Shapiro, o jovem redator de discursos, levantou os olhos do trecho em que ele e o presidente trabalhavam:

— Estou sempre à procura de falas animadas e de efeito, doutor. Tudo bem se eu usar essa que o senhor disse? Se não neste discurso, em outro qualquer.

— Quero ver a redação final — disse Gabe.

— Aqui está — disse Drew, apontando para um trecho do manuscrito. — Por que fazê-lo esperar? Bem, aqui eu estou falando sobre nosso amigo coreano, o Presidente Jong, e sua maldita obsessão por reatores nucleares. Podemos dizer alguma coisa no sentido de que o fato de ele sempre afirmar que as torres maciças que aparecem em nossas fotos de vigilância são para tratamento de esgoto e não para produção nuclear é mais ou menos a mesma coisa que nós garantirmos que os coldres de um metro e meio que acabamos de produzir para o Serviço Secreto...

— ...nada têm a ver com submetralhadoras. — Shapiro deu um risinho ao concluir o pensamento. — Dê-me um ou dois minutos para redigir a frase e encaixá-la no *timing* certo, e acho que a gente vai poder usá-la.

— Pronto, caubói! — Basta um segundo e você vira imortal.

— Basta um segundo — disse Gabe, verdadeiramente impressionado.

Apesar de sua longa amizade com o presidente, e dos segredos que sabia sobre o desequilíbrio mental e os ataques de irracionalidade de Drew, durante todo o trajeto entre a Casa Branca e o Centro de Convenções de Baltimore, Gabe não pôde deixar de admirar a verdadeira grandeza daquele homem.

Maverick.

Gabe sabia que o pseudônimo havia sido escolhido porque Drew fora um piloto excepcional, mas se viu pensando no significado original da palavra, o significado que todos em Wyoming compreendiam: um animal que vive ao ar livre, normalmente um bezerro ou novilho que abandona a manada e passa a pertencer à primeira pessoa que for capaz de capturá-lo e marcá-lo com ferro em brasa. Com o tempo, o significado havia se ampliado para incluir pessoas, especificamente um dissidente, que se recusava a seguir os ditames de um grupo.

Era um privilégio inigualável observar e escutar enquanto Drew e seu redator criavam um discurso que seria proferido para cerca de duzentos partidários endinheirados apenas, mas que seria ouvido, instantaneamente, no mundo inteiro. O principal foco naquele dia eram as relações exteriores, mas durante a apresentação de trinta minutos Drew abordaria várias realizações do seu primeiro mandato, o progresso de seu programa Visão da América e muitos fracassos da administração de Dunleavy, que precedera a sua. Ele chegaria mesmo a comentar os milagres da evolução do Baltimore Orioles e do Washington Nationals, equipes locais que lideravam suas respectivas divisões no beisebol e certamente com pouquíssimas possibilidades na Série Mundial.

Quando os batedores viraram na Rodovia 395 e se dirigiram a Baltimore, Gabe se sentiu mais comprometido do que nunca a chegar ao cerne das estranhas fugas de Drew e mantê-lo no cargo, se isso fosse realmente possível. Grande parte de sua decisão ainda dependia das descobertas e conclusões de Kyle Blackthorn, mas, na situação atual, invocar a Vigésima Quinta Emenda e efetivamente elevar Tom Cooper de companheiro de chapa a candidato presidencial não era atitude que ele fosse tomar.

Não porque o vice-presidente lhe tivesse causado uma impressão horrível, embora fosse meio ingênuo da parte de um homem de sua posição esperar que o médico do presidente partilhasse qualquer informação sobre o estado de saúde do seu paciente. O problema de Cooper era ser... ansioso. Essa era a melhor palavra em que Gabe conseguiu pensar no momento: *ansioso*.

A tosse seca de Drew Stoddard cessou por algum tempo, mas depois voltou, quando chegaram aos arredores de Baltimore. Era uma coisa mínima e não seria nada alarmante se tivesse ocorrido com outra pessoa que não o presidente dos Estados Unidos. Em virtude da maquiagem, era impossível para Gabe avaliar a cor do rosto de Stoddard, mas sua frequência respiratória estava apenas ligeiramente elevada, a dezoito por minuto, e as lâminas ungueais se mostravam razoavelmente rosadas, o que era um sinal seguro de que sua circulação estava recebendo oxigênio suficiente. Gabe se sentia à vontade falando da asma do presidente na frente de Griswold, mas não do redator de discursos.

— Você está bem? — perguntou Gabe, após um breve acesso de tosse seca.

— Estou. Só com um pouco de dificuldade para respirar, mas nada preocupante.

— O senhor tem asma? — perguntou Martin, resolvendo a preocupação de Gabe sobre se deveria revelar esse fato.

— Uma asma suave, há anos — respondeu Drew, objetivamente.

— Eu também tenho. Quando eu era garoto era séria, mas melhorou muito à medida que fui crescendo. Agora, acho que já não a tenho mais.

— O desaparecimento da asma infantil é muito comum — disse Gabe, sem tirar os olhos do paciente. — O senhor se sente em condições de fazer esse discurso, Sr. Presidente?

— Claro que sim. Estou ótimo. Você trouxe um inalador para mim, certo?

— Na verdade trouxe vários, broncodilatadores e com cortisona. Estão no estojo de primeiros socorros no furgão médico.

— Griz — perguntou Stoddard —, você está com um dos meus inaladores aí?

— Bem aqui, como sempre.

O agente do Serviço Secreto apalpou o bolso interno do paletó do terno.

— Certo. Se eu achar que preciso de uma baforada desse troço, eu o pego com você até o doutor abrir a caixa de remédios no furgão e me dar o que ele tiver lá. Concorda com isso, doutor?

— Eu... acho que sim — disse Gabe, refletindo sobre suas conversas com o pai do executivo principal e o vice-presidente e se perguntando se deveria avisar a Drew que fosse menos descuidado com as informações referentes ao seu estado de saúde. — Eu gostaria de auscultar seu peito antes de fazermos alguma coisa, mas este não é o lugar apropriado.

— Temos uma área atrás do palco separada por uma tela — disse Griswold. — É um lugar onde o presidente pode se sentar, retocar a maquiagem e se aprontar para o discurso.

— Muito bom — disse Gabe. — Vai ser ótimo. Sr. Presidente, pegue uma garrafa d'água lá na geladeira e beba pelo menos metade. O senhor precisa se hidratar.

— Entendi.

— Doutor, vou levar o senhor e o presidente para a área reservada logo que chegarmos. Enquanto isso, Sr. Presidente, se precisar desse inalador de Alupent, é só pedir.

— Certo. Sr. Shapiro, acho que já fizemos o que podíamos com este nosso amiguinho. O senhor fez um ótimo trabalho, como sempre. Formou-se em Stanford, certo? Qual foi sua área de especialização?

— Redação criativa.

Antes que alguém pudesse comentar, a limusine parou em frente a uma entrada lateral do Centro de Convenções de Baltimore.

— Atenção, todos os postos — disse Griswold para sua manga. — Maverick está caminhando para a entrada do CCB. Câmbio. Doutor, vamos passar por aquela porta e depois subir até o terceiro andar. Pela escada ou pelo elevador?

— Pode ser pela escada mesmo — respondeu Stoddard.

— Vamos de elevador — contrapôs Gabe antes de se dar conta do significado de invalidar o homem mais poderoso do planeta.

Houve um momento em que ninguém disse nada.

— Vamos diretamente para o elevador — anunciou Griswold pelo rádio, apontando a submetralhadora para o chão, com a mão livre. — Câmbio.

As portas da limusine foram abertas ao mesmo tempo, os quatro ocupantes saíram e foram imediatamente engolfados por um cordão protetor de vários agentes do Serviço Secreto. Griswold, sempre observando, permaneceu perto do presidente, a luz do sol reluzindo na área calva da parte superior da sua cabeça e o suor na dobra do pescoço atarracado. Gabe lembrou-se rapidamente de uma imagem do homem, que parecia um pouco com o herói mutante da revista cômica *The Thing*, explodindo através de um muro maciço de cimento e pedras naturais para chegar à fonte de perigo para o presidente.

Quando entraram, Gabe acionou seu transmissor, satisfeito por estar novamente jogando o jogo do rádio.

— Aqui é Wrangler para a equipe médica, Wrangler para a equipe médica. Câmbio.

— Estamos aqui, Wrangler — respondeu a voz acetinada de Alison. — Descarregando. Nos encontraremos daqui a três minutos. Câmbio.

— Certifique-se de trazer o estojo de primeiros socorros, um suporte de medicação intravenosa e um cilindro de oxigênio. Câmbio.

— Certo. Estojo de primeiros socorros, suporte de intravenosa e oxigênio. É isso? Câmbio.

— Melhor ter do que não ter e precisar — disse Gabe, sentindo a ajuda e a segurança de voltar a ser um clínico geral. — Vejo vocês em três minutos. Câmbio.

— Em três.

— Inale. Agora exale.

Encerrado atrás de uma barreira de 3m x 3m de cortinas de veludo azul-escuro, Gabe realizou o exame mais minucioso que pôde do seu paciente nos doze minutos que lhe foram concedidos. Não estava muito alarmado pelo que via e ouvia, mas também não estava totalmente tranquilo. O presidente respirava com um chiado, sintoma indiscutível de asma. O som, que não podia ser ouvido sem um estetoscópio, era causado pelo estreitamento dos brônquios, resultado de uma combinação do espasmo na parede muscular dos brônquios e da conexão dos próprios brônquios com o muco.

— Então, como é o ruído que estou fazendo? — perguntou Stoddard.

— A pergunta mais importante é: Como é que se sente?

— Não estou mal, não. Esse tipo de coisa acontece a cada dois dias. Acho que é mofo. Mofo nas limusines, mofo na residência, mofo em Camp David, mofo no meu gabinete.

— Como é que deixaram você voar em jatos com isso?

— Eu não tinha isso naquela época, mas, pelo que eu saiba, a maioria dos problemas de saúde, inclusive a asma, se tratada adequadamente, permite que um piloto obtenha licença para voar, e até ser piloto comercial. Mas não sei quanto aos pilotos militares.

— Tem sentido necessidade de inalar uma ou duas vezes?

— Na verdade, esse troço me deixa meio agitado. Prefiro não usar o inalador, se possível. Aí na plateia deve haver uns dois milhões de dólares em doações em potencial para a causa. Isso já me agita o suficiente.

Gabe considerou suas conclusões do exame e a situação.

— Nesse caso, vá lá e arrase, amigo!

CAPÍTULO 23

— É hora, amigos. É hora de nos unirmos para ter uma visão deste país e de seu povo. É hora de as crianças pobres e desamparadas pararem de buscar nas drogas a única maneira de suportar a desesperança percebida de suas situações. É hora de elas procurarem seus professores e conselheiros e, espera-se, até mesmo seus pais. É hora de aprenderem a usar os computadores que existirão em todas as carteiras das salas de aula, e superar seus medos, preocupações, curiosidade e sonhos, em turmas de tamanho adequado.

— É hora de haver leitos suficientes em todos os hospitais e casas de recuperação para os mentalmente enfermos e viciados, e programas governamentais de assistência médica para custear o tratamento dessas pessoas.

— É hora de haver empregos para todos os que precisem, assim como incentivos para evitar que as pessoas dependam da assistência pública.

— Sim, meus amigos, é hora de o povo deste país se unir com uma visão...

Gabe nunca se interessara muito por política nem acreditara nos políticos e suas promessas. Agora, porém, ele ficou na lateral do saguão do terceiro andar no lindamente reformado Centro de Convenções de Baltimore, maravilhado com a habilidade, o intelecto e o carisma do homem que outrora fora seu companheiro de farra e de estudo; na ocasião ele era pouco mais do que um dos alunos da Academia. Na limusine, Gabe havia ficado calado enquanto o presidente e seu brilhante e jovem redator de discursos analisavam as frases rápida e analiticamente. Ele agora ouvia de novo as palavras — anotações que ele havia visto escritas numa página, transformadas habilmente num concerto — mesmerizantes e muito especiais.

— Eu acredito nele.

Alison Cromartie surgiu junto do cotovelo de Gabe.

— Já assisti a vídeos de Kennedy discursando — sussurrou Gabe, ainda focalizado no pódio, mas percebendo integralmente o aroma da moça. — Aposto que as sensações das plateias de então eram iguais às desta daqui.

— Estamos todos preparados como você queria — ela murmurou.

— Ótimo. Obrigado. Parece que não seremos necessários.

— Tomara!

Ele e Alison haviam trocado algumas palavras durante os quinze minutos antes de o presidente chegar ao pódio, mas ele deixara os sentimentos de lado. Gabe ainda não podia, ou não queria, superar as mentiras que ela havia lhe contado na noite em que se conheceram, a ansiedade dela em saber da saúde do presidente, e, especialmente, o fato de que ela estava de plantão no consultório no dia em que desapareceram os frascos com o sangue do presidente.

Durante o tempo que Gabe passou com ela atrás do palco, não houve menção à visita à casa de Jim Ferendelli nem à declaração misteriosa dela de que as coisas não eram o que Gabe pensava, e esse claramente não era nem o lugar nem a hora de perguntar a ela sobre isso.

— Quero dizer algumas palavras — o presidente continuava — sobre nossa proposta de paz quanto à crise no Oriente Médio, que está sendo analisada pelo...

Um rápido acesso de tosse interrompeu a frase. Gabe ficou em total alerta. Stoddard bebeu água de um copo, e recomeçou a falar. Tossiu de novo. Gabe olhou para onde estava Treat Griswold, e no mesmo instante eles se ligaram.

— Isso pode dar problema — Gabe sussurrou a Alison. — Vá lá para trás e certifique-se de que o estojo de primeiros socorros está destrancado e o tubo de medicação intravenosa e o oxigênio estão prontos.

— Estou indo.

Stoddard desculpou-se, murmurando alguma coisa sobre um pequeno resfriado, e recomeçou a falar. Dessa vez Gabe quase podia ouvir o chiar da tosse sendo reprimida.

— Wrangler, Wrangler, o senhor está no controle disso? — Griswold sussurrou, aflito.

— Vou fazer alguma coisa antes que piore — respondeu Gabe.

Ele viu que vários dos participantes o observavam enquanto falava para dentro da manga, e percebeu uma alteração instantânea da disposição de ânimo na sala.

— Nosso enviado, Sr. Chudnofsky, está em Amã neste...

O presidente tomou mais um gole d'água e olhou de relance para Gabe. Sem hesitar, Gabe foi até ele e murmurou:

— Sr. Presidente, vamos para trás do palco nos sentar antes que o problema aumente. Com sua licença — disse à plateia mortalmente silenciosa.

— De repente — Stoddard sussurrou, com voz rouca, quando Gabe o tirou dali — meu peito ficou muito apertado.

Griswold fez um sinal para o assessor presidencial assumir e ajudou Gabe a conduzir Stoddard para fora do palco ligeiramente elevado e se sentar na cadeira atrás das cortinas de veludo. Quando o assessor começou a dizer aos participantes para continuarem sentados, um cordão de agentes do Serviço Secreto, de frente para fora, formou um círculo de três metros desde as beiras das cortinas. Dentro do círculo, Alison abriu o estojo de primeiros socorros e começou a preparar o equipamento. Gabe já havia começado sua avaliação. Com ajuda de Griswold, o presidente tirou a camisa.

— Máscara de oxigênio — ordenou Gabe, ajustando o estetoscópio — seis litros. Griz, você está com o inalador com Alupent?

— Estou.

O agente principal do Serviço Secreto de Stoddard entregou o inalador a Stoddard.

— Sr. Presidente, inale umas duas vezes — disse Gabe. — Aliás, três vezes. Alison, logo que você instalar o oxigênio, por favor, ligue o presidente ao oxímetro de pulso. Se for preciso, prenda com fita adesiva o pulso ao suporte de medicação intravenosa, para que eu possa ler as marcações, depois tire o inalador de cortisona do estojo de primeiros socorros. Temos Alupent aqui, de modo que não vamos precisar mais disso. Sr. Presidente, o senhor está indo muito bem. A situação não é muito ruim. Respire fundo e lentamente. Fundo e lentamente.

— Eu... lá em cima, houve uma hora em que eu não conseguia respirar.

— Você está respirando bem agora — disse Gabe, com firmeza. — Provavelmente o muco entupiu alguns de seus brônquios. Nada com que se preocupar. Eu entendo disso.

— Que bom!

— Toda aquela poeira da pradaria faz com que as pessoas em Wyoming respirem com dificuldade, chiando o tempo todo. Alison, logo que puder, aplique nele umas duas baforadas da cortisona, e depois empurre o tubo de medicação intravenosa até ele. Vamos usar um cateter de vinte. Eu vou colocá-lo, de modo que vou precisar de um torniquete, de Betadine e de fita adesiva. Se conseguirmos hidratá-lo e broncodilatá-lo rapidamente, esse pequeno acesso deve ser resolvido logo. Alison, está me ouvindo?

— Como? Ah, sim, desculpe. Aqui está o inalador de cortisona. Verifique o selo de segurança para ver se está intacto. E aqui está o suporte e o tubo de medicação intravenosa. Faça o mesmo com o selo nesse aí. Temos *backup* de tudo, se houver alguma pergunta. Vou preparar o cateter.

— Obrigado — respondeu Gabe, surpreso com o lapso de foco breve mas marcante da moça. Considerando quem era o paciente, era difícil acreditar que ela tivesse estado tão pouco atenta.

Bem, pensou, naquele momento *ele* estava prestando atenção por eles dois. Reconheceu a conhecida sensação de se confrontar com uma emergência médica. Sua visão e audição estavam mais aguçadas do que o habitual, e ele processava as informações rapidamente, correlacionando-as além da velocidade de computador com o que sabia sobre asma e sobre Drew Stoddard. Embora Gabe estivesse obviamente antenado, desconfiava que as pulsações tivessem diminuído.

Desde os primeiros dias na faculdade de medicina, esse era o tipo de situação que ele mais apreciava. Era disso que tratavam todas aquelas horas incontáveis de estudo e treinamento e exercício da profissão. Agora, se conseguisse manter a identidade do seu paciente fora de cena, não deveria haver nenhum problema.

À sua direita, Magnus Lattimore havia aberto caminho entre os agentes do Serviço Secreto e feito com os olhos as perguntas importantes a Gabe.

— Sr. Presidente — Gabe disse, falando tanto ao chefe da Casa Civil quanto a Stoddard —, o que vamos fazer é tentar interromper essa crise de asma aqui e agora. Isso quer dizer sem ambulância e sem ida ao hospital, embora estejamos totalmente preparados para as duas coisas.

— Dê um jeito, doutor. Não quero saber de hospital. Você sabe... como eles são. Tenho certeza de que vão me deixar mofando na sala de espera.

— É, pode ter certeza disso. Tudo bem, o negócio é o seguinte: você está confortável nessa cadeira? Se não estiver, podemos mandar os paramédicos trazer uma maca.

— Estou ótimo.

— Você sempre foi duro na queda. — Apertou um torniquete no braço do presidente, localizou uma veia adequada no seu pulso, e, depois das palavras de costume, "É só uma picadinha", enfiou o cateter facilmente.

— Não doeu nada — disse Stoddard. — Você é bom demais, cara.

— Eu lhe disse que era. Você dirige o país, e eu enfio agulhas nas pessoas.

— Na minha América, todo mundo tem de fazer alguma coisa.

— Estamos aplicando essa medicação intravenosa para melhorar sua hidratação e soltar parte do muco que está lhe causando esse problema. Assim que eu estiver seguro de que está tudo sob controle, eu tiro. Além disso, vamos lhe dar um broncodilatador e cortisona para alargar seus brônquios e deixar entrar mais ar, e reduzir alguma inflamação. Numa escala em que dez seria a pior das crises de asma, você está em três e meio.

— Acho que já estou respirando melhor.
— Ótimo — disse Gabe, confirmando que a frequência respiratória realmente não havia piorado. — Essa é uma possibilidade certa. Alison, vamos adiante, aplicando nele zero-ponto-três de epinefrina subcutânea.

Dessa vez ela estava totalmente atenta.

— *Epi*, zero-ponto-três. Verifique o selo de segurança da caixa, que eu vou abrir e aplicar nele a *epi* subcutânea.

Gabe verificou, como havia feito com o inalador de cortisona, que a embalagem estava intacta, depois a abriu e passou para Alison. Exceto pelo rápido episódio de desatenção, ela transmitia confiança e era tão prazeroso trabalhar com a moça quanto estar junto dela.

"*Gabe? Não é o que você pensa.*"

"*Que diabos ela quis dizer com isso?*" — ele se perguntou.

Cinco minutos se passaram. Gabe permaneceu concentrado, sempre verificando a pressão, as pulsações, a frequência respiratória, o nível de oxigênio e o movimento respiratório.

Pulmões livres de muco, frequência respiratória baixou de 26 para 18, pressão arterial 13 x 8,5, saturação de oxigênio subiu de 92 para 95.

Mais cinco minutos se passaram. Meio litro de soro... *Boa coloração... Quase sem chiado... saturação de O_2 96.*

Lattimore havia voltado à plateia. Gabe podia ouvi-lo falar pelo microfone, mas não conseguia distinguir as palavras. Fosse lá o que houvesse dito, provocou uma forte salva de palmas. Momentos depois, o chefe da Casa Civil reapareceu.

— Acabei de dizer a eles que o senhor estava bem — sussurrou a Stoddard. — Os abutres querem saber se vai voltar para lá.

— Não! — retrucou Gabe rapidamente. — Ele não vai.

— Estou respirando muito melhor — disse o presidente. — Depois dessa injeção... o que é, é como se fosse adrenalina?

— É exatamente adrenalina.

— Bem, realmente me deu uma levantada. Eu me sinto como se fosse decolar do convés de um porta-aviões.

— Sr. Presidente, o senhor precisa ficar quieto. Quase foi de ambulância para o Johns Hopkins.

— Se eu conseguir me aprumar e reaparecer, pense o que meus marqueteiros podem fazer com isso. O mundo vai adorar.

— O mundo vai pensar que você pirou de vez, que não dá a mínima para sua saúde e que tem um médico totalmente incompetente.

— Ouça, Gabe. Não posso fazer nada se você é um craque na sua profissão.

— Você está tomando soro.

— Melhor ainda. Eu levo esse treco comigo. Só por um ou dois minutos, para concluir meu discurso e tirarem umas fotos.

— Não!

— Gabe, estamos falando de uma eleição presidencial, minha única oportunidade de realmente mudar este país e o mundo. Sua cabeça de médico vai sempre optar por uma abordagem conservadora... bem, quase sempre, mas, por favor, tente considerar o panorama geral. Você deteve meu acesso de asma. Você conseguiu! Estou sentindo que conseguiu. Olhe, eu nem preciso ofegar entre as frases. Deixe que eu vá até lá, diga obrigado e me despeça e mostre ao povo que estou bem; depois eu volto para me sentar nesta cadeira. Um segundo.

Exasperado mas, ao mesmo tempo, exultante, Gabe virou-se para Lattimore e perguntou:

— Há quanto tempo você trabalha para este cara?

— Há tempo suficiente para saber qual vai ser o resultado desse papo — respondeu o chefe da Casa Civil de Stoddard.

CAPÍTULO 24

Foi um pesadelo.

Alison não parava de se dizer isso enquanto ela e os paramédicos arrumavam o estojo de primeiros socorros e se aprontavam para dirigir-se ao furgão médico.

O que ela testemunhara, as conclusões que estava analisando... tinham de ser apenas um pesadelo.

Mas sabia que não era bem assim.

Treat Griswold, o lendário Treat Griswold, o agente número um do Serviço Secreto do presidente dos Estados Unidos, tirou do bolso do paletó um inalador para asma, deixou que o presidente o utilizasse e devolveu o aparelho ao bolso. Era uma visão inocente e provavelmente não queria dizer grande coisa para quem estivesse observando o incidente, embora houvesse pouca gente, se é que havia, em posição de fazer isso.

O problema era que medicamentos de qualquer espécie, quando destinados ao presidente, precisavam seguir uma cadeia rígida e inflexível de retenção. A receita, na qual constava uma meia dúzia de nomes fictícios, era dada pelo médico ou pela enfermeira da Casa Branca ao administrador da unidade médica, que então recorria a um farmacêutico altamente qualificado para liberar remédios. O farmacêutico sabia que a droga se destinava à Casa Branca, mas não tinha ideia se era para o PDEU, para outro paciente ou até mesmo para o consultório médico do vizinho Eisenhower Building. O farmacêutico aviava a receita e, se necessário, preparava múltiplos recipientes lacrados, que eram apanhados por um motorista da Casa Branca. O motorista assinava o recibo e entregava o medicamento à enfermeira do consultório da Casa Branca, que também assinava o recibo e trancava tudo num armário de remédios. O médico do presidente então retirava a droga e a administrava ele mesmo.

No caso de um inalador, ele poderia ser dado ao presidente, para que o guardasse no banheiro de sua residência. Outros inaladores eram guardados no Air Force One, no Marine One, na maleta do médico pessoal e em Camp David. O presidente poderia usar ele mesmo o inalador mas, se assim não fosse, o conteúdo só poderia ser inutilizado por seu médico ou pelo médico de plantão.

A cadeia de custódia provavelmente não seria considerada válida num tribunal, mas, de qualquer forma, era baseada, na sua maior parte, na suposição de que nenhuma das pessoas íntimas do presidente o quisesse prejudicar.

Alison tomara conhecimento desse protocolo não escrito por meio de um médico, que estava não só se exibindo como tentando flertar com ela, mas, depois de apenas alguns dias em Washington, parecia que Gabe Singleton ainda precisava ser instruído quanto a esse código. O Almirante Wright não estava presente quando Gabe chegou, de modo que era possível que, durante as instruções que recebeu, quem estivesse no lugar de Wright tivesse simplesmente esquecido ou se descuidado de enfocar a forma de lidar com os remédios. Talvez os outros médicos do consultório não tivessem lembrado de mencionar o procedimento. Por isso, fazia sentido o fato de que Treat Griswold entregar um inalador ao presidente parecesse muito natural para Gabe, que ainda precisava saber que ninguém, exceto o médico do presidente, podia fornecer qualquer tipo de medicamento ao primeiro mandatário.

Alison pensou que talvez devesse romper a desconfiança de Gabe em relação a ela e lhe contar sobre o protocolo dos remédios, embora talvez fosse melhor que um dos outros médicos o instruísse.

— Anda logo, Alison — gritou Gerrity, o assistente médico. — Tenho de arrumar o resto destes materiais. Precisamos descer até onde estão os batedores ou vamos ser obrigados a chamar um táxi para chegar em casa e começar a procurar emprego.

Alison examinou a área uma última vez. Na parte inferior da alta cortina de veludo havia um saco plástico — lacrado e assinado por todos que nele haviam tocado, e que originalmente continha um inalador de cortisona, que também estava lacrado e assinado pelo protocolo de cadeia de custódia. A última etapa, que completava o circuito, era a seguinte: uma vez rompidos os lacres e após o medicamento ter sido usado no PDEU, independentemente do remédio que fosse, deveria ser destruído imediatamente e implementada uma nova cadeia de custódia.

Não era importante que Treat Griswold controlasse o inalador do presidente. Griswold era um guardião leal e até mesmo heroico do presidente havia pelo menos duas décadas. A melhor coisa que Alison podia fazer provavelmente era esquecer o assunto. Entretanto, o Dr. Jim Ferendelli havia desaparecido, e ela havia sido colocada sob disfarce na Unidade Médica da Casa Branca especificamente para ficar de olhos e ouvidos abertos e relatar ao chefe da Corregedoria qualquer coisa incomum, fosse o que fosse.

A ideia de denunciar alguém, quanto mais Griswold, era assustadora. Ela pensou em sua terrível experiência no hospital em Los Angeles. Na ocasião, estava com a razão, totalmente. O cirurgião incompetente havia matado um paciente e destruído uma enfermeira boa e compassiva. A prova era sólida, se não absoluta. Pelo menos era nisso que ela acreditava antes de sua vida ser metodicamente solapada e arruinada.

Mas não desta vez.

Mesmo que seu trabalho fosse observar e relatar, não haveria denúncia contra Treat Griswold sem uma prova irrefutável e inegável de que as normas haviam sido consciente e premeditadamente violadas. Em vez disso, aprenderia o que pudesse sobre esse homem, procurando uma fenda na sua armadura de competência e dedicação ao cargo, ou então se asseguraria de que ele estava além de qualquer censura e merecia o reconhecimento que vinha recebendo havia tantos anos.

— Alison, está mais do que na hora. Ou vamos agora ou não vai dar.

Ela se apressou até o elevador e desceu com o medidor de pressão. Os militares de carreira que trabalhavam na Casa Branca como parte do *staff* doméstico eram especialistas em refeições em grupo, e foram treinados para observar o preparo das refeições do PDEU e pessoalmente servir o prato que ele fosse comer. Vigiavam todos os pedacinhos de comida que lhe serviam, e de vez em quando também provavam dessa comida. Será que algum deles toleraria uma agente do Serviço Secreto na cozinha, servindo o jantar do presidente?

De jeito nenhum.

Ela deveria continuar a examinar essa situação, mas cautelosamente. Era provável que o próprio presidente houvesse escolhido tornar as regras mais flexíveis por conveniência, e que Griswold estivesse apenas cumprindo a vontade do seu chefe.

Quando chegaram ao furgão médico perto dos batedores, os agentes do Serviço Secreto estavam posicionados para partir. Alison olhou de relance para a limusine que ia à frente. Gabe estava acomodado ao lado do cara que fora seu companheiro de farra na faculdade e agora era a pessoa mais influente e poderosa da Terra. Ela se perguntou se os fundadores[46] do país tivessem tomado conhecimento das armas nucleares, do vício em drogas, da falta de moradias e de seguros de saúde, da exploração espacial e das pesquisas científicas, ainda assim teriam resolvido outorgar essa tremenda responsabilidade a uma única pessoa.

Para o presidente, o dia fora um enorme sucesso. Graças à rapidez, julgamento clínico e tranquila competência de Gabe Singleton, o ataque de asma havia sido controlado antes de evoluir para uma crise de grandes proporções. Uma vez interrompida, a produção de espasmo brônquico e de muco decaiu, e em menos de meia hora Stoddard arregaçou a camisa (deixando abertos o colarinho e os punhos), segurou o suporte de medicação intravenosa e corajosamente o empurrou até o palco. Ficou lá, segurando o suporte um pouco enquanto aplausos entusiásticos enchiam o salão. Ele então explicou que seu médico havia facilmente interrompido o que descreveu como um leve ataque de asma e que retiraria a medicação logo que o resto da solução terminasse. Em seguida Stoddard falou de improviso por dois minutos mais ou menos — mais do que

---

46 – Em inglês, "Founding Fathers", expressão cunhada em 1919 por Warren Harding, senador republicano de Ohio, referindo-se aos líderes que assinaram a Declaração da Independência em 1776 e/ou participaram da Revolução da Independência que libertou os EUA da Inglaterra, e da elaboração da Constituição do país. Foram eles: Benjamin Franklin, George Washington, John Adams, Thomas Jefferson, John Jay, James Madison e Alexander Hamilton. (N.T.)

suficiente para encerrar com êxito suas palavras aos doadores, expor-se para repórteres e câmeras e, segundo percebido por Alison, que sorriu para si mesma, assegurar pelo menos noventa por cento dos votos dos americanos com asma.

A ideia de voltar para se despedir dos partidários foi gritantemente teatral, quase circense, mas, em vista do perigo em potencial do acesso de asma, nada teve de falso. E, a julgar pela reação prolongada e entusiasmada da plateia, o que poderia ter sido um golpe mortal em sua campanha — a preocupação crescente com sua saúde — tinha se transformado num grito de guerra indicador de que ele estava pronto para ir adiante com sua Visão da América.

No futuro, Andrew Stoddard poderia ressaltar esse dia como um daqueles nos quais as muitas facetas de sua disputa pela reeleição foram triunfantemente reunidas.

Ainda assim, era possível — apenas possível — que nas fileiras de seus partidários, especificamente na pessoa de seu guardião favorito e em quem ele mais confiava — houvesse problemas em potencial.

CAPÍTULO 25

Não havia quem passasse pelo homem cego, abrindo caminho entre a multidão no Aeroporto Nacional Reagan, que não reparasse nele. Era alto e tinha ombros largos, e um comprido e negro rabo de cavalo se salientava sob um chapéu branco de caubói, que exibia uma faixa decorada com medalhões turquesa unidos por fios de prata trabalhados à mão. Ele dava largas passadas à frente com surpreendente confiança, batendo com a delgada bengala branca no chão azulejado, como a antena de um inseto. O rosto, de faces proeminentes e fortes, era do mesmo tom castanho-avermelhado do barro que há séculos era característico de seu povo, os arapahos.

Quando o homem saiu da zona de segurança, Gabe postou-se silenciosamente ao seu lado.

— Dr. Singleton, suponho — disse o Dr. Kyle Blackthorn após apenas um ou dois passos, embora não tivesse havido contato físico entre eles.

— Como é que adivinhou?

— Garanto-lhe que não foi adivinhação, meu amigo. E nem acho que você queira saber qual dos meus sentidos estava funcionando.

— Não, acho que não. E sua bagagem?
— Está bem aqui. Uma muda de roupas para uma noite e meus materiais de exames. Preciso estar de volta a Wind River depois de amanhã para dar aula.
— Você continua a ir à reserva toda semana?
— Essa é apenas uma das atribulações de ser exemplar.
— Esses guris são sortudos por terem um professor como você.
— Eu é que sou sortudo, da mesma forma que você, quando faz trabalhos que não precisa fazer.
— Falou e disse. Obrigado por largar tudo e vir tão depressa. Sei bem o quanto você é ocupado.

Gabe sorria à medida que um viajante após outro se virava para vê-los passar. Ele se perguntara se seria fácil entrar sorrateiramente com aquele indígena de um metro e noventa e quatro na residência do presidente na Casa Branca. Agora Gabe se viu imaginando um outro lugar onde os dois homens pudessem se reunir para uma avaliação de três ou quatro horas. Embora Blackthorn fosse difícil de esconder, o presidente dos Estados Unidos era mais ainda. A sessão simplesmente precisaria ser na residência na Casa Branca.

— Pronto para trabalhar? — perguntou Gabe.
— O paciente é o presidente? — perguntou Blackthorn, quase sussurrando.

Gabe concordou com a cabeça e disse:
— Palpite certeiro.
— Não foi muito difícil deduzir. Você foi notícia no tabloide local quando veio para cá. Todo mundo falou sobre o assunto. Antes disso, o povo tinha orgulho dos benefícios que você fazia com as crianças. Agora, estão todos em êxtase.

Sem ser conduzido por Gabe, Blackthorn encaminhou-se para a escada que levava ao estacionamento. Talvez por causa de algum som revelador vindo da rodovia acima, talvez pelo aumento no tráfego de pedestres indo naquela direção, ou talvez simplesmente por uma ligeira lufada de brisa. Fossem quais fossem os sentidos aos quais ele estivesse reagindo, o psicanalista respondia com segurança; sua bengala mais confirmava do que comandava.

Até onde Gabe sabia, Blackthorn era cego desde o nascimento. Ninguém em Tyler falava muito sobre isso. Era como se ninguém considerasse a cegueira uma incapacidade; pelo menos, não para ele. Certamente era uma deficiência a ser superada, porém mais exatamente um fato inescapável na vida daquele homem, algo a ser enfrentado e não evitado, quase como ser canhoto.

A caminho da cidade, saindo do aeroporto, Gabe contou em detalhes o estranho e notável episódio que observara em Drew Stoddard antes de saber, por sua mulher e pelo chefe da Casa Civil, que aquela era pelo menos a quarta vez em que acontecera. Blackthorn, com o chapéu que era sua marca registrada apoiado no colo e óculos escuros que escondiam o que havia com seus olhos, escutou silenciosamente, mas Gabe sabia que ele estava mentalmente anotando todas as palavras. No tribunal, O Chefe, como ele veio inevitavelmente a ser chamado pelas estenógrafas, era uma testemunha especializada em ciência forense. Era igualmente competente ao desmascarar réus que tentavam se ocultar sob a alegação de insanidade, e debatia com lógica irrefutável as alegações da defesa sobre a incapacidade do réu de discernir o certo do errado.

— Tem ideia de como começaram essas crises? — perguntou, quando Gabe concluiu sua minuciosa descrição do fato.

— Eu não estava presente, mas o chefe da Casa Civil me disse que aconteceram de repente. Ele me falou de uma contração ou espasmo no canto do olho do presidente, no olho direito, acho, seguido por frases desconexas e misturadas, e depois, subitamente, bum! Ele fica ensandecido, seriamente descontrolado, parece bipolar, tem alucinações, irritabilidade motora e fala frenética. Quando cheguei ao lado da sua cama, ele estava realmente enlouquecido, desorientado, hiperagitado, suando, com a pressão e as pulsações impossíveis de serem medidas.

— E aí, tão rapidamente quanto teve início, começou a se atenuar.

— Exatamente. Em vinte ou trinta minutos, a loucura e as alucinações se transformaram em uma fadiga profunda, e logo em um sono exaurido.

Houve um silêncio prolongado, que acabou interrompido pelo psicanalista quando cruzaram a Ponte George Mason para entrar na cidade.

— Vamos ver o que o teste de Rorschach[47] e a bateria de testes terão a nos informar — ele disse —, mas, pelo que você me contou, parece alguma substância tóxica.

— Uma reação a algum tipo de droga?

— Ou alguma coisa que está sendo segregada no corpo dele.

— Como de um tumor? Pensei nisso. Ele fez uma ressonância magnética e uma tomografia computadorizada com resultados normais, mas foram apenas da cabeça. Um tumor que segregue uma substância química pode estar em qualquer lugar.

— E então, o que resolveu fazer a respeito de tudo isso?

— Fazer?

— Bem, o cara tem uma grande — como posso dizer? — responsabilidade.

---

[47] – Teste psicológico projetivo desenvolvido pelo médico Hermann Rorschach. (N.E.)

— Ele tem sido um presidente espetacular.
— Concordo, e as minorias também concordam.
— E não há como prever as ótimas coisas que poderá fazer nos próximos quatro anos.
— Desde que não chegue ao extremo de apertar o grande e reluzente botão vermelho.
— Preciso descobrir o problema dele, Kyle.
— Não discordo de você. Tem certeza de que não é você que precisa de ajuda?

Gabe arriscou um olhar de esguelha para o amigo, mas O Chefe olhava firmemente para a frente.

— Eu queria estar de volta à minha casa — disse Gabe.

Blackthorn pôs a mão no ombro do amigo e disse:

— Quando chegar a hora, você vai voltar para casa. Enquanto isso, o presidente tem o médico certo para tratar dele. Tenho certeza disso.

Com a ajuda de Treat Griswold, foi surpreendentemente fácil para Gabe fazer Blackthorn entrar na Casa Branca e se dirigir à clínica médica, que estava fechada desde antes da viagem dos batedores a Baltimore. E então, certificando-se de que não havia repórteres nem outros visitantes-surpresa vagando por ali, Griswold montou guarda quando os dois médicos foram até o elevador e subiram à residência do presidente, onde o executivo principal esperava com sua mulher.

Depois de breves apresentações, Gabe aproveitou a situação para confirmar que os pulmões de Stoddard continuavam límpidos e que ele estava mesmo pronto para submeter-se a extensivos testes psicológicos e neurológicos.

Caso houvesse algum problema, Carol permaneceria perto, em outra sala, e Gabe estaria no consultório. Nem o presidente nem a primeira-dama demonstraram alguma reação diferente à aparência de Blackthorn nem à sua cegueira, embora Stoddard tenha perguntado ao médico se ele era democrata ou republicano.

— Sou arapaho — foi a resposta.

CAPÍTULO 26

De volta ao consultório, Gabe pegou o cartão de Lily Sexton e telefonou para ela, no Estábulo Lily Pad. A indicada para secretária atendeu ao primeiro toque, instigando Gabe a pensar como funcionaria o identificador de chamadas na Casa Branca.

— Lily falando.

Gabe lembrou-se rapidamente da mulher elegante, sedutora e altiva no seu *smoking*; era obviamente uma mulher única. Apesar do esboço na escrivaninha de Ferendelli e de ele pensar que Lily e aquele homem estivessem envolvidos, a ideia de passar algum tempo com ela, especialmente a cavalo, despertava uma atração evidente.

— Lily, é o Gabe, Gabe Singleton.

— Olá! Depois daquela noite, tinha a esperança de ter notícias suas. Está tudo bem com o presidente?

Gabe se concentrou no que ele e Lattimore haviam dito ao mundo depois que Stoddard não compareceu ao jantar oficial. Na verdade, não era surpresa, mas a lista das pessoas ansiosas por informações sobre a saúde de Drew continuava aumentando.

— Ele está ótimo.

— Excelente saber! Depois que conversamos naquela noite, você rapidamente desapareceu na sua missão de cuidar do presidente, e decidi que precisava de Séria Terapia, por isso tenho aguardado ansiosa para lhe falar.

— Você é tão perceptiva assim? Metade das pessoas que me conhecem acha que eu preciso mesmo de um bom psicanalista.

— *Séria Terapia* não é um psicanalista, doutor: é meu melhor cavalo de trilha, um animal especial.

— E eu aqui pensando que você tinha feito um diagnóstico brilhante a meu respeito após apenas alguns minutos juntos!

— Talvez eu tenha mesmo. Vamos ver do que você precisa depois que passar um tempo com o ST. Espero que concorde que esse cavalo é o máximo. O presidente já o montou duas vezes.

— Antes de ele se tornar o líder do mundo livre, Drew e eu cavalgamos várias vezes no meu rancho em Wyoming. Para um militar da Marinha, ele é excelente cavaleiro. *Séria Terapia* me parece perfeito.

— É só me dizer o dia.

— Amanhã, se possível. No final da manhã ou no começo da tarde.

— O *Séria Terapia* vai estar à sua disposição digamos, à uma hora. Você vai adorá-lo.

— Acho que vou mesmo.

— Que tal um chazinho e talvez um almoço leve antes?

— Seria perfeito. Mais uma coisa, madame. Você sabe bastante sobre nanotecnologia?

Houve uma hesitação antes que ela respondesse — mínima, porém clara.

— A esta altura, antes de responder, deveria lhe perguntar por que você quer saber, mas, em vez disso, vou lhe dizer que, em certos círculos, sou considerada especialista no assunto.

— Isso é ótimo! Você se importa se fizermos do nosso almoço e da cavalgada uma espécie de aula sobre nanotecnologia? Li alguma coisa a respeito, mas quero saber mais.

— Vou fazer o possível. Você pode me dizer a razão do súbito interesse?

— Claro. Não deve ser nada, mas um dos outros médicos daqui me disse que meu predecessor, Jim Ferendelli, tinha uma grande biblioteca médica na sua casa em Georgetown, e pensei que podia pegar emprestados alguns dos seus livros didáticos básicos para usar no consultório na Casa Branca. Sou conhecido lá no Wyoming por pesquisar informações na frente dos meus pacientes. Acredito que, se eles souberem que não tenho medo de reconhecer que não sei uma coisa, podem reduzir um pouco suas expectativas.

— Bem, mencionei esse negócio de livro para Drew, e ele tinha uma chave da casa de Ferendelli, então eu fui lá. Além de ter exatamente o tipo de livros de que eu preciso, a biblioteca do doutor contém vários volumes sobre nanotecnologia. Eu os levei para casa e comecei a leitura. É um tema muito fascinante, mas me instruir no assunto tem sido um processo lento. Achei que você talvez pudesse me dar um pouco mais de fundamentos.

— Terei prazer em tentar — disse Lily. — É impressionante que ele tivesse interesse por assunto tão complexo.

— Ele chegou a mencionar esse interesse a você?

— Muito pouco. Na verdade, exceto talvez por uma rápida apresentação, jamais conversei com ele.

Gabe gelou.

O desenho na gaveta da escrivaninha de Ferendelli, muito bem feito, com óbvio cuidado, retratava Lily, sem sombra de dúvida. Era possível, embora remotamente, que ele pudesse ter feito o desenho baseado em fotografias, mas por quê? Como poderiam os dois não terem se conhecido, e muito bem?

Gabe esforçou-se para ficar calmo e dizer sem demora as palavras certas.

— Bem — ele conseguiu dizer —, parece que você tinha algo em comum com ele.

— Provavelmente. Além da indústria e das comunicações, a medicina é talvez a área mais promissora da nanotecnologia.

A cabeça de Gabe rodopiou pensando nas possíveis razões pelas quais Lily negaria ter conhecido Ferendelli. Ele ficou desesperado para desligar o telefone antes que, de alguma forma, revelasse sua preocupação.

— Então está combinado — disse. — Amanhã os temas serão nanotecnologia e Séria Terapia.

— E chá — disse Lily Sexton —, nunca esqueça o chá.

CAPÍTULO 27

As sombras do final da tarde se espalhavam na esplanada quando Treat Griswold, dirigindo um jipe Grand Cherokee de dois anos, manobrou e ultrapassou o sinal de trânsito. À distância de cinco carros, Alison seguia cautelosamente. Não havia razão para Griswold desconfiar de estar sendo seguido, mas ele era um profissional e havia visto Alison em diversas ocasiões, inclusive naquela manhã mesmo, em Baltimore.

Depois de voltar com os batedores do Centro de Convenções, Alison falou com o diretor da Corregedoria do Serviço Secreto, Mark Fuller, o homem que a enviou sob disfarce para o consultório médico da Casa Branca. Tomando cuidado para não se referir a Griswold de jeito nenhum, ela explicou que, enquanto esperava que alguma coisa, *qualquer coisa*, acontecesse em relação ao desaparecimento de Ferendelli, resolvera verificar o histórico de alguns funcionários da Casa Branca, incluindo de vários agentes. Fuller analisou seu pedido de acesso aos arquivos pessoais e, meio relutante, passou-lhe as senhas de que ela precisava.

Alison tomou cuidado para analisar as pastas de uma dúzia de homens e mulheres escolhidos aleatoriamente. A única coisa que ela queria que alguém soubesse era do seu interesse especial por qualquer um deles, especificamente pelo protetor número um do presidente. Era assustador saber que ela estava lidando com a agência investigativa mais meticulosa, eficaz e eficiente do país. Se a haviam mandado ficar de olho aberto na Casa Branca, não havia razão para *não* desconfiar de que alguém recebera a tarefa de ficar de olho nela. Misturando os assuntos e mantendo registros detalhados sobre o tempo que passava com cada pasta, ela começou a juntar as peças da história do homem que havia sido condecorado três vezes por seus serviços a três presidentes, mas que também tinha pouquíssima vida social fora do emprego.

Griswold, campeão de luta livre de um ginásio estadual, nascido e criado no Kansas e formado em justiça criminal na Universidade Estadual do Kansas, havia completado cinquenta e um anos no mês anterior. Ele havia casado e se divorciado duas vezes antes dos trinta e dois anos: a primeira vez depois de quatro anos, a segunda depois de apenas dois. Não tinha filhos. Não voltara a se casar. Morava num conjunto habitacional em Dale City, na Virgínia, a cinquenta quilômetros ao sul da capital. Havia incrivelmente pouco mais a saber sobre esse homem.

Ele ganhava um ótimo salário, cerca de 175 mil dólares[48] por ano, com Serviço Executivo Sênior e SAIC — Special Agent in Charge of Detail[49] —, incluindo o salário, mas não vivia de acordo com seus recursos. Desfrutava totalmente do generoso período de férias a que fazia jus mas, segundo ela pôde investigar, nunca tirara um dia de licença médica. Nunca.

---

48 – Atualmente, mais ou menos 350 mil reais. (N.T.)

49 – Agente Especial Encarregado de Detalhes. (NT.)

Como parte do seu treinamento, Alison havia frequentado cursos sobre vigilância individual e de equipe. Manter-se ligeiramente à direita do carro à frente. Nada de trocar de faixa subitamente. Prever as movimentações do seu alvo e estar pronta para reagir tranquilamente. Empregando todas as normas de que conseguiu se lembrar, seguiu Griswold ao longo do Potomac e até a rodovia Interestadual 95, que levava ao sul da Virgínia. No papel, e mesmo na vida real, Treat Griswold era quase gente fina demais para ser verdade. Até então, além de não estar entre os homens mais atraentes do mundo, a única fenda em sua armadura altamente polida era o inalador que carregava, violando as regras, ou pelo menos violando a tradição e o protocolo não escrito.

A explicação provável, dificilmente empolgante, era que o presidente havia achado mais conveniente fazer as coisas daquela maneira em vez de requisitar o médico de plantão toda vez que sentia que a asma ia fazê-lo chiar e estivesse longe do armário de remédios da residência oficial.

Griswold dirigia sem pressa, mas agora, pela primeira vez, aconteceu uma coisa curiosa. Ele havia passado pela saída que levava a Dale City e continuava ao sul pela interestadual. Alison pegou o mapa rodoviário e o abriu sobre o volante. Não havia dúvida: Griswold não estava indo para casa. Oito quilômetros... dezesseis... trinta e dois...

Alison tirou da bolsa dois chicletes Trident e começou a mascá-los com vigor. Ela gostava muito de mascar chiclete desde a escola primária, tendo ido do Fleers Dubble Bubble até o Juicy Fruit, daí ao Wrigley's Spearmint e finalmente agora o Trident sem açúcar e, eventualmente, um Jawbreaker[50]. Sabia

---

50 – Chiclete com recheio de amendoim e castanha. (N. T.)

que não era o hábito mais atraente do mundo, mas era viciada. Com o passar dos anos, mascava mais quando ficava tensa, e, como um ventríloquo irritado, havia dominado a arte de mascar, quando necessário, sem mexer visivelmente os maxilares.

Estavam entrando em Fredericksburg quando Griswold reduziu a velocidade. Alison fez o mesmo e conseguiu manter um carro entre eles, mas a situação estava ficando arriscada. Entretanto, não houve nenhum indício de que ela fora reconhecida. Ela se arriscou e recuou meio quarteirão.

De acordo com seu mapa, a cidade estava localizada no Rio Rappahannock, a mais ou menos oitenta quilômetros ao sul de Washington e na mesma distância ao norte de Richmond. Se sua memória estivesse correta e Richmond, capital do estado[51], também tivesse sido a capital da Confederação, Fredericksburg deve ter ficado numa saia justa daquelas durante a Guerra Civil.

Atravessaram o rio e entraram num emaranhado de ruas com filas de prédios pessimamente conservados. Alison estava a um quarteirão de distância quando Griswold subitamente estacionou numa pequena entrada para carros em frente a uma garagem de blocos de concreto com duas vagas, e pares separados de portas. Ela se abaixou e espreitou por cima do painel do carro enquanto ele examinava a rua. Por fim, aparentemente convencido de que estava seguro, Griswold abriu as portas da vaga mais próxima com um puxão e rapidamente entrou com o carro.

A rua, totalmente deserta no momento, tinha alguns apartamentos duplex e triplex, mas não parecia um lugar onde as pessoas prestassem muita atenção à vida dos vizinhos. Cinco

---

51 – Da Virgínia. (N.T.)

minutos se passaram. Alison ia passar com o carro por lá para determinar aonde o homem poderia ter ido quando ele surgiu, depois de ter trocado o terno preto por um blusão esportivo de couro escuro e calça castanho-amarelada, e os sapatos de trabalho por um par elegante de mocassins; deduziu que europeus. Sua corpulência, na verdade, estava diferente, embora ele pudesse fazer pouco sobre o pescoço grosso e atarracado e a cabeça calva.

Ele trancou as portas e mais uma vez examinou, com cautela, a rua. Agachada atrás do volante, Alison respirou fundo e exalou lentamente, tentando acalmar-se.

Nesse momento, mais uma vez aparentemente satisfeito por não estar sendo observado, Griswold destrancou o segundo conjunto de portas. Dobradiças que precisavam muito ser lubrificadas rangeram quando ele abriu as portas com um giro e desapareceu de novo na garagem. Após alguns segundos, o som áspero e amortecido de um motor soou no ar imóvel. Alison deslizou ainda mais para baixo, até conseguir olhar apenas a frente pela parte superior do volante. O barulho do motor continuou: era um resmungo baixo, uniforme, forte. Finalmente, o agente saiu de ré da garagem ao volante de um conversível Porsche 911 Cabriolet prateado novo em folha, que custava oitenta ou noventa mil dólares no mínimo, segundo os cálculos de Alison.

Claramente ansioso para sair dali o mais depressa possível, com o topo da careca refletindo a luz do sol, Griswold trancou as portas da garagem, saiu de ré e voltou em alta velocidade pela rua na direção por onde haviam vindo, passando a apenas alguns metros de onde Alison estava abaixada sob o volante.

Quando ela se atreveu a se sentar e dar a volta no seu Camry, o Porsche já havia desaparecido. Pessimista sobre as possibilidades de encontrá-lo, ela supôs que Griswold tivesse se dirigido para a rodovia interestadual. A cento e trinta quilômetros, ela costurou entre o tráfego ao longo do Rappahannock. No último minuto possível, avistou o Porsche: um foguete rumando para a I-95, afastando-se ao sul de Washington em direção a Richmond. Ela demorou um pouco para alcançá-lo, mas teve a convicção de que não havia sido vista. Quando chegaram aos arredores da capital da Confederação, ela já havia anotado o número da placa.

O carro, as roupas, até mesmo sua aparência estavam diferentes. Era como se Treat Griswold tivesse entrado na garagem acanhada em Fredericksburg e de lá tivesse saído outro homem. Agora ele estava reduzindo a velocidade na interestadual para entrar no bairro de classe baixa de Richmond. Segura quanto ao estilo de dirigir do homem, e também quanto a sua falta de atenção à rodovia atrás de si, Alison estacionou quase a um quarteirão de onde o Porsche havia parado. Estavam numa rua de casas velhas e frontões irregulares que provavelmente haviam sido muito estilosos durante a Guerra Civil, mas todas agora precisavam de raspagem, pintura e carpintaria; todas menos uma.

Griswold virou à direita na entrada de carros dessa casa, uma construção vitoriana imaculadamente restaurada, pintada de cinza com remates marrons e caixilhos brancos nas janelas, que totalizavam no mínimo vinte e quatro. A casa era ao mesmo tempo sólida e elegante, pelo menos metade maior do que as outras casas da Beechtree Road. Os contornos do telhado das torres laterais eram graciosamente inclinados, e os dois andares mais baixos dos três tinham sacadas amplas e circulares. As cortinas da maioria das janelas estavam fechadas, embora, como na rua em Fredericksburg, em Beechtree parecia que os habitantes não se intrometiam na vida alheia.

Quando Alison se arriscou a passar lentamente pela entrada de carros, Griswold havia desaparecido, e o 911 estava trancado na garagem.

Do nada, de repente surgira alguma coisa.

Um inalador para asma a conduzira a cento e sessenta quilômetros da Casa Branca até... até o quê? Uma espécie de bordel? Seus instintos lhe diziam que não se tratava disso, mas a haviam desviado do caminho certo mais de uma vez durante os anos.

Ela anotou o endereço da casa junto ao número da chapa do Porsche. Não havia como pesquisar o proprietário de qualquer daqueles bens sem revelar qualquer informação que Alison precisava guardar para si mesma. Precisaria esperar até voltar a Washington. Podia ser que chegasse a hora em que teria de denunciar Treat Griswold por algo ilegal, mas, quando e *se* fizesse isso, seu caso seria muitíssimo mais bem documentado do que o do hospital em Los Angeles, e ela estaria muitíssimo mais bem preparada para o contra-ataque que certamente seguiria.

Por enquanto ela só precisava se acalmar, ser paciente e esperar que alguma coisa acontecesse.

Com o final da tarde preguiçosamente cedendo à chegada do crepúsculo, ela estacionou na rua, substituiu os chicletes Trident por dois novos, e sossegou. Decidiu esperar três horas, e colocou para tocar um CD com as melhores canções de Sting, procurando *Fields of Gold*[52] em primeiro lugar. Se não acontecesse nada naquelas três horas, ela voltaria à capital e continuaria sua vigilância outro dia.

Não foi surpresa que, à medida que o tempo passava, ela se visse pensando cada vez mais em Gabe Singleton. Havia

---

52 – *Campos de Ouro*. (N.T.)

uma doçura e uma vulnerabilidade latentes sob o exterior rude de caubói que a haviam atraído imediatamente. Ela reconhecia que os homens do seu passado eram inteligentes, autoconfiantes, ambiciosos e, coisa característica dos homens, não totalmente francos. Gabe havia perdido a confiança na sinceridade dela na noite em que se conheceram, quando a pegou na mentira que fora forçada a lhe contar que era uma agente disfarçada. Ainda assim, não permitiria de forma alguma que ele fosse morto para preservar sua condição de agente disfarçada, e não havia como lhe explicar seus atos no início da manhã a não ser falando a verdade.

Ele estava até imaginando se a história do tiro era uma armação para ganhar a confiança dele e levá-lo a partilhar alguns segredos médicos do presidente. Essas desconfianças não tinham o menor fundamento, mas se ela o confrontasse e negasse haver motivo para preocupações, isso apenas as reforçaria.

Ela também havia preferido não partilhar os boatos que ouvira de que o presidente não estava bem mentalmente. Não tinham nenhuma comprovação: eram perguntas do pessoal da unidade médica, sussurradas tarde da noite em tabernas escuras. Não era mesmo o tipo de coisa que ela esperava Gabe comentar com ela. Aonde sua atração por esse homem poderia conduzir, se é que isso aconteceria, era um mistério total àquela altura. O que ela sabia com certeza é que sentia algo especial quando estava perto dele, quase a reflexão de uma garotinha de como seria aconchegar-se com ele numa noite gelada de inverno, mas também se perguntava por que um homem brilhante, bonitão e afetuoso não era casado, nem tinha filhos.

Qual segredo você esconde, Gabe Singleton? — perguntou-se. — *Por que parece tão vulnerável?*

Passou-se uma hora.

Dentro da casa, surgiram luzes atrás de algumas das janelas não fechadas por cortinas. Os dois postes de luz que funcionavam na Beechtree Road, nenhum dos quais próximos de onde ela estava, cintilavam. Então, quando Alison pensava em reduzir seu tempo de três para duas horas, a luz da sacada fronteiriça se acendeu, abriu-se a porta da frente e apareceram duas pessoas. Alison pegou o binóculo e focalizou os rostos das duas. Uma delas tinha um corpo escultural e sua cor era igual à sua. "Deve ser latina", pensou Alison.

A outra pessoa era mais jovem, muito mais jovem, possivelmente teria dez ou onze anos. Como a mulher mais velha, sua pele era morena e os olhos, escuros e, também como a outra, era bonita. Não, Alison se deu conta de que não era apenas bonita: era deslumbrante, com traços perfeitos e suaves, boca incrivelmente sensual e corpo ágil, mais uma garota do que uma mulher, mas com seios que já eram bem mais do que pequenas saliências. Alison sabia que seios eram o tipo de coisa que dependiam mais do gosto pessoal, mas a menina era tão linda quanto qualquer moça que Alison já havia visto.

O que estaria Treat Griswold fazendo com aquela mulher tão atraente e a garota espetacularmente linda? Parecia que as únicas pessoas que poderiam fornecer a resposta a essa pergunta seriam mesmo a mulher e a menina. As duas, de braços dados, desceram os degraus e começaram a caminhar vagarosamente em direção ao lugar onde Alison estava estacionada.

Alison esperou, refletindo sobre suas opções. Então pôs o binóculo no assento do carona, desligou o CD e as seguiu.

CAPÍTULO 28

Mais uma mentirosa?

Uma hora se passara desde a conversa de Gabe com Lily Sexton, conversa na qual ela negou conhecer o homem que possuía na gaveta da escrivaninha um desenho a carvão lindo e competente que a retratava. As perguntas eram mais rápidas que as respostas. Seria possível que não fosse ela no desenho? Se fosse, poderia ter se baseado numa fotografia, talvez de uma revista? Em vista do estilo, da postura, da beleza incomum e do reconhecido intelecto, parecia que, se Jim Ferendelli era obcecado por ela de longe, não teria sido o primeiro.

Estaria ela simplesmente assustada por se ver ligada a qualquer tipo de escândalo quando estava tão perto de ser o tema de uma audiência importante no Congresso? Essa possibilidade fazia muito sentido.

Valeria a pena confrontá-la com o desenho e pedir alguma explicação?

Finalmente, seria possível acreditar em qualquer coisa que ela dissesse?

Perguntas sem respostas.

Gabe massageou o repentino latejar em suas têmporas, tirou o frasco de analgésicos da gaveta da mesa, mas rapidamente o devolveu ao lugar. Sua dor de cabeça era real, mas a solução estava em saber as causas: diagnosticar o presidente, encontrar Jim Ferendelli e se mandar de volta para Wyoming, onde, pelo menos na maior parte do tempo, programações secretas não eram um estilo de vida. Talvez a dor de cabeça ajudasse Gabe a se manter alerta. Ele podia supor com razoável certeza que a codeína não faria isso.

Um andar acima, na residência presidencial, seu amigo Kyle Blackthorn aplicava testes neuropsicológicos que ajudariam muito a determinar se o homem encarregado da segurança de todos os seres do planeta estava em condições de continuar nesse papel. Blackthorn era uma pessoa de grande caráter, entusiasmo e intelecto. Que fosse do conhecimento de Gabe, nunca chegara a uma conclusão errada sobre um paciente ou réu.

O Vice-Presidente Cooper, Magnus Lattimore, o Almirante Wright, LeMar Stoddard, Lily Sexton e, claro, Alison — seria qualquer um deles alguém em quem Gabe pudesse confiar? Provavelmente não, e certamente não da maneira como ele confiava em Blackthorn.

Gabe sentou-se à mesa, esperando o momento propício enquanto embaralhava papéis, perguntando-se se deveria ligar para Alison e combinar mais uma incursão à casa de Ferendelli. Resolveu que não, pelo menos não com ela. Alison estava ansiosa demais para saber sobre a saúde do presidente, pelo menos era assim que parecia a Gabe. Seria espetacular, absolutamente maravilhoso, se estivesse errado quanto à moça. Ela jamais saíra dos seus pensamentos desde que a deixou em seu prédio, após saírem da casa de Ferendelli.

Durante o ataque de asma do presidente, ela agira com rapidez, técnica e serenidade, exceto por um instante, quando parecera estranhamente distraída. Cinnie tinha as mesmas qualidades. Alison parecera estar dizendo a verdade quanto a seu papel como agente disfarçada do Serviço Secreto, mas talvez tivesse sido obrigada a improvisar, depois que seu raciocínio rápido salvara a vida dele ou, pelo menos, *parecera* ter salvado a vida dele. Se o tiro não foi uma coisa orquestrada por ela, a moça precisava de uma explicação imediata por estar na sua cola desde a Casa Branca no meio da madrugada. Se não fosse verdade, a história de sua designação como agente disfarçada foi brilhante, mas, brilhante improvisação ou não, continuaria sendo mentira.

Depois houve a questão dos frascos de sangue que desapareceram. Como Alison explicaria isso? Poderia o responsável ser outra pessoa que não ela?

Mais uma hora se passou. Parecia que o cérebro de Gabe estava sendo apertado num torno. Sua dor de cabeça — ele tinha certeza de que era tensão — não cedeu com alguns comprimidos de Tylenol, mas a codeína continuava na gaveta. *Nunca tomei nenhum remédio sem sentir dor*, ele ouvira certa vez de um viciado em processo de recuperação numa reunião do AA.

Nunca tomei nenhum remédio sem sentir dor.

Havia muito, muito tempo que não ia a uma reunião de recuperação de viciados, Gabe pensou. Pelo menos dois anos. Talvez fosse hora de voltar a frequentar as reuniões. O programa dos Alcoólicos Anônimos ensinava não apenas a ficar longe de uma bebida ou droga por um dia, mas também a fazer a coisa certa quando se tratava de tomar decisões difíceis. Talvez fosse a hora. Por que diabos deixara de assistir às reuniões?

Satisfeito por ter fechado o consultório naquele dia e desviado todo o movimento, exceto os chamados do presidente, para a clínica do Edifício Eisenhower, Gabe retornou algumas ligações de rotina e depois se reclinou na poltrona para tirar um cochilo, um dos benefícios de ter uma clínica tão cercada. O toque do telefone interrompeu uma cena nebulosa na qual ele e Alison cavalgavam juntos no deserto, montados em pelo num cavalo que parecia ser Condor. Os braços dela enlaçavam a cintura de Gabe, e seu rosto se comprimia contra as costas dele. Sonolento, ele olhou para o relógio. Blackthorn estava com o presidente havia quatro horas e meia.

— Dr. Singleton — ele atendeu, as palavras relembrando-lhe esse fato.

— Sim, doutor. Aqui fala o agente Blaisdell. Estou na residência. Seu amigo já terminou a reunião com o presidente, senhor. Vamos verificar se não há ninguém próximo, depois levaremos aquele senhor até aí.

— Está tudo bem?

— Pelo que eu saiba, sim, senhor. O agente Griswold saiu há algumas horas, e nos pediu para contatar o senhor no consultório somente quando o presidente já não estivesse com o visitante.

— Muito bem, pode trazê-lo para cá, mas muito cuidado para ele não ser visto por ninguém.

Gabe foi rapidamente ao lavabo e jogou água fria no rosto. Desde o momento em que Magnus Lattimore o levara ao quarto do presidente, desde o momento em que vira seu ex-companheiro de quarto agitado, suando muito e balbuciando coisas sem nexo, Gabe se sentia isolado, sozinho com sua sensibilidade e suas emoções, sozinho com o que *parecia* certo e o que *era* certo; sozinho com a tremenda pressão da Vigésima Quinta Emenda. Agora pelo menos teria um aliado em quem podia confiar na luta para esclarecer as coisas, um amigo sem nenhuma intenção escondida e nada em risco, exceto fazer o diagnóstico certo.

Gabe havia acabado de se enxugar quando, sem nenhuma batida, a porta externa do consultório médico se abriu e se fechou. De chapéu na mão, sem parecer cansado após a experiência demorada e penosa, Kyle Blackthorn estava de pé, sozinho, no centro da sala de espera. Pôs a valise com o material dos testes no chão, aos seus pés. Pareceu a Gabe que Blackthorn estava tranquilamente invocando os sentidos que lhe eram disponíveis, hiperatrofiados pelo uso excessivo, como os músculos de um levantador de peso, para avaliar a essência da situação. Após alguns segundos, virou-se para o lavabo.

— Quer dizer, doutor — ele falou —, que o senhor esteve cochilando na minha ausência.

Gabe entrou na sala de espera.

— Na verdade, eu... o que eu estava fazendo era... tudo bem, sim, eu estava mesmo, mas como você...

— Se não tivesse cochilado, estaria aqui para me receber, e não lá dentro enxugando o rosto.

— Bem, pelo menos você não começou a explanação com "Elementar, meu caro Singleton"...

— Pensei em dizer isso. Pronto para conversar?

— Quase cinco horas! Deve ter sido uma senhora sessão!

— Para um homem incrivelmente impaciente e energético, seu amigo, o Sr. Stoddard, exibiu um notável comedimento e uma vontade profunda de chegar ao cerne das coisas.

— Isso não me surpreende.

— Seu consultório é o melhor lugar para falarmos?

Gabe lembrou-se rapidamente de Alison trabalhando como agente disfarçada do Serviço Secreto. Seria possível que ela tivesse conseguido, de alguma forma, grampear o consultório médico? Era altamente improvável, mas sua confiança nas coisas e nas pessoas estava esparsa.

— Está com fome?

— Sempre tenho vontade de comer.

— E eu estou precisando de ar fresco. Vamos jantar cedo no Old Ebbitt Grill. Foi Magnus Lattimore, o chefe da Casa Civil, que me levou lá. A comida é excelente, e, quando está mais silencioso, o lugar é suficientemente barulhento, de modo que a única pessoa que se pode escutar é a que está sentada diretamente do outro lado da mesa ou ao seu lado.

— Sei bem que você está com pressa para definir essa situação — disse Blackthorn, mas suponho que saiba que minhas conclusões finais terão de esperar até eu analisar os resultados de todos os testes e minhas anotações, e correlacioná-los.

— Anotações?

— Não escrevi nada, mas usei uma máquina eletrônica de escrever em Braille.

— Não a perca de vista.

— No exato instante em que alguém tenta ler minhas observações sem usar a senha correta, a máquina apaga todo o seu conteúdo.

— Você quer analisar suas anotações e correlacioná-las com os resultados dos testes. Faz sentido, mas já formou uma opinião preliminar?

— Já.

— E vai dividi-la comigo?

— Vou.

Os dois homens saíram da Casa Branca pela Ala Leste e rumaram pela Rua Quinze ao sol vespertino que esmaecia.

— Obrigado mais uma vez por ter vindo até aqui — disse Gabe. — Sei que você é muito ocupado e que detesta sair de seu país, especialmente para fazer trabalho governamental.

— Nunca tive rancor de ninguém — disse Blackthorn. — Sempre que fico perturbado ao pensar no genocídio do meu povo, imagino aqueles cassinos grandes e reluzentes e em como é reconfortante ter o crime organizado disponível para ajudar a tomar conta de nós.

Num gesto solidário, Gabe deu-lhe umas pancadinhas nas costas. Já ouvira esse homem censurar eloquentemente o genocídio indígena em vários discursos e fóruns ao longo dos anos.

— Então — perguntou Gabe —, sem considerar os testes, o que achou do meu paciente?

— O que você quer que eu responda, Gabe?

— Não sei. Acho que quero que me diga que, como psiquiatra *e* psicanalista, você verificou que ele é um homem de caráter extraordinário, que tem o potencial de um verdadeiro grande líder.

Dessa vez foi Blackthorn que deu pancadinhas nas costas de Gabe.

— Meu caro amigo — ele disse —, para fazer essa declaração, eu precisaria ficar com a pessoa em questão muito mais tempo do que as poucas horas que passei com o seu amigo Stoddard esta tarde. Além disso, o momento é, no mínimo, de objetividade.

— Objetividade — repetiu Gabe quando os dois entraram no Old Ebbitt Grill.

O restaurante, que havia sido reformado a partir de um *saloon*[53] de meados do século XIX, mantinha a madeira escura, móveis com tampo de mármore e montados em bronze, e

---

53 – Bar do Oeste dos EUA, comum nos filmes tipo Western. (N. T.)

uma fachada inspirada nas *Beaux Arts*[54]. De acordo com fotografias e documentos emoldurados nas paredes, o local fora um dos favoritos dos Presidentes Grant, Cleveland, Harding e Teddy Roosevelt. Gabe se perguntou quantas vezes problemas que afetavam a presidência e o país teriam sido discutidos naquelas mesas. Certamente poucos imaginariam que o homem alto, cego e seu companheiro abatido pelo tempo estavam na iminência de se tornar parte dessa história.

O Old Ebbitt não estava nem tão cheio nem tão barulhento quanto provavelmente estaria em outra hora, mas os jovens e lindos formadores de opinião da capital, assim como os jovens e lindos que simulavam ser formadores de opinião, já ocupavam dois a três metros da extensão do bar.

— Acho que não temos um lugar parecido com este em Tyler — disse Gabe, enquanto esperavam ser conduzidos a uma cabine.

Blackthorn inspirou fundo pelo nariz.

— Cheiro de sucesso — disse.

Dobrou a bengala, sentou-se em frente a Gabe e só pediu água. Mais tarde, depois de conversarem sobre quase todas as pessoas que interessavam em Tyler e pedirem peixe, Gabe não conseguiu mais esperar.

— E então?

— É melhor não usarmos nenhum nome — sugeriu Blackthorn.

— Concordo.

— Em primeiro lugar, pelo menos na superfície, o sujeito estava se esforçando. Ele certamente tinha coisas importantes a fazer, mas em nenhum momento me fez sentir que eu

---

54 – Estilo arquitetônico neoclássico. (N. T.)

estava atrapalhando o seu dia de trabalho. Não foi lacônico nem condescendente e, como eu já disse, sinceramente quer chegar ao fundo do que está acontecendo.

— Além dos testes, perguntei a ele detalhes sobre o histórico dos ataques, ressaltando o que ele se lembrava de cada um deles, e fiz o mesmo em relação à esposa, realçando exatamente o que ela havia testemunhado. Considerando o fato de que o marido se lembra pouco dos detalhes, as descrições de ambos foram semelhantes, mas houve diferenças no que descreveram entre os episódios.

— Explique melhor.

— Ainda não posso, Gabe. Pelo menos não até analisar os resultados dos testes, mas esses eventos não estão ocorrendo com a consistência, digamos, de uma crise com um foco específico no cérebro, ou um tumor.

Gabe olhou em volta para certificar-se de que não havia ninguém que conhecesse ou que estivesse prestando atenção indevida a eles dois. O lugar estava ficando lotado, mas nenhum dos rostos era familiar.

— Então, a esta altura, qual é o seu palpite?

Blackthorn se inclinou para a frente e disse, num sussurro áspero:

— Envenenamento.

— Por drogas?

— De algum tipo.

— Mas...

— Não me pergunte, Gabe, porque não tenho as respostas. Neste momento, porém, é a única coisa que faz algum sentido na minha opinião. Esse homem está tomando alguma coisa que provoca isso, ou alguém está tentando encontrar uma forma de segregar algo no corpo dele.

Gabe suspirou e exalou lentamente o ar. As implicações do que o psicanalista estava sugerindo eram perturbadoras.

— Não tenho a mais leve ideia do que fazer a respeito.

— As amostras de sangue que você coletou seriam um bom começo. Eu localizaria o melhor químico forense disponível e mandaria as amostras serem testadas em relação a tudo que não seja normalmente encontrado no corpo humano, toda e qualquer coisa.

Gabe ficou perturbado por ter permitido que as amostras desaparecessem. Deveria ter tido a presença de espírito de levá-las para seu apartamento.

— Tudo bem — disse, perguntando-se se haveria algum benefício em coletar sangue de Drew entre as crises. Certamente um resultado negativo nada provaria.

— Tem mais coisa — disse Blackthorn, tirando da testa alguns fios longos de cabelo grisalho e preto.

— Diga.

— Não sei bem como contar isso, Gabe, portanto, vou começar dizendo que você pode aceitar ou rejeitar o que vem agora. E, a não ser por afirmar que acredito que minha falta de visão desde o nascimento tenha a ver com tudo o que vou dizer, não tenho uma explicação lógica, mas já tive experiência suficiente com minha habilidade incomum para acreditar firmemente que ela existe.

— Qual habilidade incomum?

O psicanalista hesitou, talvez para enfatizar que o que iria revelar era pessoal e confidencial.

— Na maioria das vezes, não o tempo todo — ele finalmente disse —, sou capaz de afirmar, com certa consistência, quando alguém está mentindo. Chame isso de sexto sentido, se quiser, embora no meu caso seja o quinto, mas tenho uma sensação estranha e quase indescritível nos meus pensamentos quando uma pessoa não está falando a verdade, ou mesmo quando está retendo informação e contando apenas meia verdade. Existe uma palavra, acho que é do zen-budismo — *shingan*. Significa "olho da mente" e se refere à habilidade de perceber os pensamentos ou sentimentos de uma pessoa. Acredito estar em contato com o meu *shingan*.

Com o passar dos anos, Gabe havia deparado com exemplos suficientes da conexão entre mente e corpo, e não se surpreendia com nada sobre o assunto, mas isso tinha a ver com a ligação entre mente e corpo dentro de uma pessoa. A ideia de existirem indivíduos capazes de ler a aura ou a mente alheia ainda não se havia firmado nele. Agora, um homem que ele respeitava a ponto de reverenciar afirmava ser uma espécie de polígrafo ambulante, um vidente de caráter.

Shingan.

— O que tem essa habilidade a ver com a pessoa de que estamos tratando? — Gabe conseguiu finalmente perguntar.

— Bem — respondeu Blackthorn —, não tenho certeza se posso responder totalmente à sua pergunta, mas lhe digo que essa pessoa está mentindo sobre alguma coisa, ou retendo informações.

— Mentindo sobre o quê?

— Não sei, mas, seja lá o que for, é coisa forte. Tive essa sensação quase todas as vezes em que ele falou, independentemente do assunto. Há mais alguma coisa sobre seu amigo do que sabemos, ou do que ele revela, talvez muito mais.

— Mas...

— Pode ser que, ao decodificar e interpretar os testes que administrei, alguma coisa fique mais clara. Por agora, o que lhe falei é tudo o que existe.

— E você tem certeza dessa *shingan*... dessa sua habilidade?

Kyle Blackthorn levantou a cabeça de modo a ficar diretamente de frente para Gabe. As luzes atrás de Gabe refletiram soturnamente nos óculos escuros de Blackthorn quando ele disse:

— Tenho tanta certeza dessa minha habilidade quanto do fato de que você preferiu não me contar que as amostras de sangue que coletou do seu paciente desapareceram.

CAPÍTULO 29

A mulher atraente e sua jovem e bela acompanhante percorriam Beechtree sem nenhuma pressa, falando sem parar e animadamente, acentuando frequentemente sua conversa com risadas. Alison havia sido criada com pessoas de origem hispânica e francesa crioula e sabia bem ambos os idiomas. Era quase fluente. A distância, sem conseguir ouvir distintamente mesmo com a janela do carro aberta, percebeu que elas falavam espanhol.

Na quarta ou quinta transversal a dupla virou à direita. Alison passou por elas por dois quarteirões, verificando o ritmo do seu andar pelo retrovisor, depois pegou uma rua lateral, dirigiu meio quarteirão e esperou. Se cometesse a asneira de supor que o par fosse continuar na Foster, teria de resolver se valia a pena dar a volta para encontrá-las de novo. Talvez devesse desistir da vigilância por enquanto, identificar o proprietário do Porsche e da elegante casa vitoriana na Beechtree e tentar de novo outra hora. Dois tensos minutos depois, as mulheres atravessaram a rua lateral onde Alison estava estacionada e continuaram a caminhar na Foster. Ela colocou as anotações e o binóculo no chão do seu Camry e foi atrás delas.

A Foster era uma rua comercial movimentada, embora desse a sensação de um bairro residencial. As fachadas dos bistrôs, especialmente das lojas e outros negócios, haviam sido reformadas em vários quarteirões, o que dava à área um encanto surpreendentemente exótico. Andando rapidamente, Alison seguiu a dupla na rua até elas entrarem num pequeno salão de manicure chamado *A Place for Nails*[55], a uma porta da esquina das ruas Foster e Coulter.

Meia hora para fazer e pintar as unhas — calculou Alison —, mais quinze ou vinte minutos para o secador ou fosse lá o que usassem. Cinquenta minutos — uma eternidade para alguém igual a ela, tão impaciente quanto uma criança quando queria sorvete. Era incerto se as duas iriam depois a algum lugar que esclarecesse quem eram e de que forma estavam ligadas ao protetor número um do presidente. A única opção seria falar diretamente com elas.

CLIENTES SEM HORA MARCADA SÃO BEM-VINDAS, incentivava um cartaz na vitrine. Alison examinou as unhas, que mantinha em forma para o trabalho, mas não se sentia à vontade para pintar com esmalte colorido.

Quando se aproximou da moça no balcão — do sudeste da Ásia, assim como todas as manicures do salão que Alison começou a frequentar logo depois de chegar a Washington —, percebeu que estava com sorte. Havia quatro manicures no A Place for Nails. Duas trabalhavam nas unhas da mulher e nas da adolescente, e uma batia papo em inglês rudimentar com uma senhora de cerca de oitenta anos e cabelo azul. A quarta estava ao balcão, e recepcionou Alison com um sorriso animado.

---

55 – *Um lugar para unhas* (N.E.)

— Você tem tempo para mim? — perguntou Alison, estendendo as unhas.

— Ih, *tão* feias, muito feias — disse a mulher, falando quase igual às moças do cabeleireiro em Washington. — O que é que você faz? Lava pratos? Trabalha em obras?

De seu lugar na primeira cadeira, a garota da Rua Beechtree olhou de cima abaixo a recém-chegada. Obviamente hispânica, ela era ainda mais deslumbrante do que Alison percebera pelo binóculo. Era difícil dizer se usava maquiagem, mas certamente não precisava. Seu rosto levemente moreno era suave e tranquilo, os olhos, escuros como os de uma corça, com longos cílios, e os lábios, carnudos e sensuais. Debaixo da blusa ocre sem mangas, os seios já chamavam a atenção, embora ainda não fossem — Alison supôs — tão excitantes para os homens como seriam dali a mais ou menos um ano.

A acompanhante da garota estava sentada de costas para o balcão, por isso não viu a breve ligação que se estabelecia. Seu alvo — o contato só lhe interessava se, de fato, houvesse uma relação entre elas — sorriu recatadamente, depois baixou os maravilhosos olhos e voltou novamente a atenção para a manicure.

— Na verdade — Alison dirigiu-se à manicure, sem ter noção do que iria dizer depois —, administro uma escolinha.

Alison percebeu, pela expressão da mulher, que ela não tinha o mínimo interesse no assunto.

— Escolhe cor — disse a mulher, apontando para uma armação de madeira onde havia cerca de oitenta vidros de esmalte. — Escolhe e depois volta aqui.

Alison reparou que a cadeira na qual faria as unhas ficava na diagonal da mais velha das fêmeas de Griswold. Engraçado, refletiu, pensar nelas daquela maneira, embora não tivesse ideia da ligação entre as duas e o lendário agente. Dirigiu-se rápido até a armação e logo escolheu o esmalte chamado *Marooned on a Desert Isle*[56]. Tinha um tempo limitado para se inserir nas vidas das duas mulheres, e, se escolhesse mal a cor, depois iria ao salão lá na capital.

— Molha... molha aqui — mandou a manicure de aparência humilde, mas claramente controladora. — Que você faz com suas unhas? — ela resmungou, sacudindo a cabeça, desalentada. — Que você faz?

Alison arriscou olhar de relance para a mulher à sua frente. Ela havia se concentrado demais na garota para reparar, mas aquela mulher, que teria vinte e poucos anos, era, segundo qualquer padrão, quase tão linda quanto a menina. Magra e extrovertida de comportamento e expressão, tinha a pele um pouco mais morena que a da menina. Seus olhos eram grandes e inocentes, e as maçãs proeminentes e a boca sensual pareciam com as de uma modelo de capa de revista.

Tudo bem — pensou Alison. — *Seja cautelosa, mas não demais... Está na hora do show.*

— Que cor você escolheu? — arriscou, para quebrar o gelo.

A mulher estava claramente habituada a ver as pessoas puxando papo com ela e não se importou.

— Eu sempre uso o *Red*[57] *Anything Good Lately?*

Seu inglês era excelente, com um leve sotaque latino que deixava claro ser o espanhol a sua primeira língua. Alison leu o rótulo do esmalte e disse:

---

56 – *Abandonada numa Ilha Deserta*. (N.T.)

57 – Ela pronunciou mal "Read"; o nome do esmalte é *Leu Alguma Coisa Boa Recentemente?* (N.T.)

— Grande nome, grande cor! Eu trabalho com crianças, então fico feliz quando meu esmalte dura uma semana.

— Unhas ruins — murmurou a manicure. — Muito ruins.

— Você tem uma escolinha. Eu ouvi você dizer quando estava lá perto do balcão. É perto daqui?

— Não, na verdade é fora de Fredericksburg. Vim aqui encontrar alguns amigos para jantar, mas cheguei muito cedo.

Na verdade. Alison deduziu que, na maioria das vezes, essa palavra precedia uma mentira — pelo menos no mundo em que vivia.

Na verdade eu sou astronauta. É isso mesmo, astronauta.

Nunca lhe agradara mentir, e, de fato, nunca soubera mentir bem, mas, ao se preparar para trabalhar como agente secreto disfarçada, fora treinada nessa arte, e comprovou que poderia vir a aprender a mentir bem. Ela se perguntava se, quando sua tarefa tivesse sido cumprida, poderia submeter-se a uma espécie de curso para voltar a se ligar à sinceridade que havia deixado de lado.

— Ah, eu adoro crianças — disse a mulher. — Quero muito ter filhos um dia.

— Tenho certeza de que você vai ter. Meu nome é Suzanne.

Erro! Percebeu Alison. *Fredericksburg... jardim de infância... Suzanne.* Ela já dera informações demais. Com a mesma facilidade com que aprendera a falsificar e até criticar a verdade, Alison não se dera conta de que, se a mulher contasse sua pequena aventura no A Place for Nails, Griswold tinha todos os recursos de que precisava para assegurar que, com toda a certeza, essa relação de dados não existia. Depois de determinar esse fato, ele ficaria muito mais alerta do que teria razão para ficar de outra maneira. No mínimo, de agora em diante ele prestaria muito mais atenção em seu espelho retrovisor.

— E o meu é Constanza... Connie.
— Prazer em conhecê-la, Connie. Vocês duas estão juntas?
Ela apontou para a garota.
— Estamos.
— Ela é sua irmã?
A expressão alegre da mulher ficou ligeiramente anuviada, depois voltou ao que era.
— Não — ela respondeu afavelmente. — Beatriz é... só uma amiga. Eu sou a... — Ela fez uma pausa, procurando a palavra certa — professora particular dela.
Não antecedeu sua explicação com as palavras *na verdade*, mas foi o mesmo que tivesse.
Alison resolveu forçar um pouco as coisas.
— Olá, Beatriz! — disse à menina. — Eu sou Suzanne.
A beleza notável sorriu para ela.
— Olá, prazer em conhecer — ela disse, com forte sotaque inglês. Depois baixou os olhos de novo para se concentrar nas unhas. Sua resposta foi meio artificial, como se a tivesse aprendido em um vídeo... ou com a professora particular.
Olá!
Olá, prazer em te conhecer.
— Minha nossa, como essa menina é linda! — comentou Alison.
— É verdade — disse Connie. — O inglês dela está melhorando, mas a menina ainda se sente constrangida em falar.
— O seu é quase perfeito. Vocês duas são do mesmo lugar?
Continue futucando! Alison exortou a si mesma. *Continue procurando uma abertura para começar a sondar.*
— Sim, do México — respondeu Connie —, mas não da mesma cidade.
— Poxa, eu deveria saber. Morei anos em Chihuahua com minha avó. — *¿Beatriz, donde vas a clase?*

Onde estuda?

A menina levantou os olhos, desnorteada.

— Ela tem aulas particulares — disse Connie, rapidamente e meio sem jeito.

A senhora de cabelo azul encaminhou-se para a pequena área de secagem, e a dupla estava quase terminando de fazer as unhas. As duas poderiam escolher se sentar na área de secar ou simplesmente ir embora. Não pareciam do tipo que se arriscaria a borrar as unhas, mas Alison se preocupou que sua pergunta sobre a escola talvez tivesse feito a professora particular disposta a se arriscar. Ela poderia recuar e esperar saber mais em outra ocasião por meio da vigilância, ou poderia continuar a forçar a barra e se arriscar a deixar a mulher desconfiada ou, pior, fazê-la, sem querer, alertar Griswold. Do jeito que as coisas caminhavam, a manicure de Alison já estava quase alcançando as outras.

Uma jovem entrou no salão com um carrinho onde seu bebê dormia e começou uma animada conversa com a manicure disponível. Alison decidiu sondar mais um pouco.

— *¿Vives con familia?* — perguntou, esperando que Beatriz se animasse e entrasse na conversa. — *Você mora com parentes?*

— Não, quer dizer, mora — respondeu a mulher em inglês conciso. — Com um tio.

Beatriz levantou-se nesse momento, estendendo as unhas reluzentes e molhadas à sua frente e encaminhando-se para os secadores. Alison se deu conta de que era surpreendentemente alta e, sem se dar conta, tinha uma postura de rainha. O corpo ágil, ressaltado pelo *jeans* de grife e a blusa sem mangas, era absolutamente impressionante. Tratava-se de uma encantadora adolescente mexicana, de uma linda e jovem professora particular, sem parentes em Richmond, exceto talvez um falso tio, e com residência numa casa antiga maravilhosa que quase com certeza pertencia a uma encarnação secreta de Treat Griswold. Alison sentiu o estômago embrulhar quando sua mente começou a imaginar as possibilidades.

Mais informações; ela pensou. *Tente obter mais.*

— Em que trabalha o tio dela aqui em Richmond? — perguntou, em inglês.

— Beatriz, só uns minutinhos para secar e a gente vai embora — disse Connie em espanhol, cautelosamente levando o celular até o assento ao lado da garota. — Ele é vendedor — respondeu a Alison por cima do ombro.

— Pronto, as unhas estavam *feia*, agora *tão* perfeitas — anunciou a agressiva manicure. — Agora vai secar.

Os postos de secagem eram seis, três em frente a três. Alison ficou com um à frente de Beatriz e Connie, tentando preparar uma pergunta que esclareceria mais o relacionamento de Griswold com as duas enquanto calculava quando poderia perguntar isso sem parecer muito curiosa.

— Acabei de terminar meu namoro — disse, em inglês. — Ele se mostrou um grandessíssimo panaca; só se importava consigo mesmo. Por acaso seu tio é solteiro?

Beatriz obviamente compreendeu a pergunta, porque olhou para baixo e não conseguiu reprimir um risinho malicioso.

— Ele é solteiro — disse Connie —, mas trabalha muito e não tem tempo para mulher, exceto para sua sobrinha.

Mais uma vez, Beatriz sorriu maliciosamente.

O enjoo no estômago de Alison aumentou. Estava acontecendo alguma coisa entre Griswold e a garota. As intuições mais profundas de Alison lhe diziam isso.

— Bem, deixa pra lá — disse Alison. — Um homem que só pensa em trabalho não é exatamente o que eu quero. Quero um que só pense em mim.

Estava na hora de parar. Ela tivera mais sorte do que sonhara. Agora podia dirigir de volta até Washington e refletir sobre a grande pergunta: haveria alguma possível conexão entre o que ela soubera hoje sobre aquele homem e a má utilização do inalador do presidente?

O toque do celular de Connie — "La Vida Loca" — interrompeu os pensamentos de Alison.

Com habilidoso cuidado com as unhas, Connie atendeu e falou num meio sussurro suave, mas impossível de Alison não ouvir.

— Pois não... Estamos ótimas... Ela está perfeita. Muito feliz... Ela escolheu Scarlet O'Hara, a favorita do senhor... Sim, ela sente sua falta... Bem, daqui a pouquinho estamos em casa... Ainda é cedo. Se o senhor quiser dar uma volta de carro com ela no campo, tudo bem. O senhor sabe que ela adora viajar de capota arriada.

De novo, Beatriz deu um pequeno sorriso.

— *Dígale que venga buscarme* — disse a menina suavemente. *Diga a ele para vir me buscar.*

CAPÍTULO 30

Shingan.

Blackthorn estava se registrando na recepção do hotel do aeroporto quando se deu conta do homem à sua direita. Foram seus batimentos cardíacos que primeiro chamaram a atenção de Blackthorn — eram inferiores a quarenta por minuto, com um vigor surpreendente em cada contração. O homem estava de pé, virtualmente imóvel, e emitia oito ou até dez fôlegos por minuto.

Vigor — pensou Blackthorn. — *Vigor e perigo.*

Blackthorn pegou a maleta para o pernoite e a pasta, e dirigiu-se para o elevador. O homem o seguiu, mas parou quando Blackthorn se ajoelhou e manuseou desajeitadamente a lingueta da pasta até que um homem obeso e sua mulher também obesa passaram por ele, ambos respirando com dificuldade por estarem se movimentando.

— Como vai? — o grandalhão murmurou para o homem perigoso, que resmungou, irritado, em resposta.

Os quatro entraram no elevador, e o homem se posicionou a distância suficiente, à direita de Blackthorn, para evitar o contato. Teria um metro e setenta e seis e não usava colônia nem outro cheiro. O olho da mente de Blackthorn evocou uma imagem de olhos e cabelos escuros, constantemente focalizados nele.

No terceiro andar, as portas se abriram para o casal volumoso sair. Blackthorn esperou até o último instante e seguiu os dois, embora seu quarto fosse o 419, um andar acima. As portas se fecharam completamente e não reabriram. Evitando usar a bengala, Blackthorn seguiu o casal até o quarto deles e então os ultrapassou e encontrou a escada no final do corredor. Pensou então que talvez tivesse interpretado mal o homem e a situação: seus instintos não eram sempre perfeitos.

Tentando visualizar onde seu quarto podia estar localizado, entrou no corredor do quarto andar e apalpou os números dos dois primeiros quartos: 430 e 428. Tirou a chave eletrônica do bolso e atravessou o saguão. 425... 423... 421.

— Falta um — disse a voz do homem, baixa e calmamente, num forte sotaque arrastado do sul. — Quatrocentos e dezenove, foi isso que a moça da recepção disse. Quatrocentos e dezenove. Caminhe naturalmente ou morre. Você sabe que sou capaz disso, não sabe?

— Sei.

A alma do homem era tão fria quanto a morte.

Blackthorn sentiu o cano de uma arma comprimir-se no lado do seu corpo. Ficou atônito por não haver detectado o homem de algum modo quando abriu a porta da escada. Era como se o sujeito fosse feito de gelo.

— Enfie a chave na fechadura, abra a porta e entre. Rapidinho.

A fala mansa do homem mascarava seu poder. Blackthorn percebeu que, a não ser que agisse, não sobreviveria a esse encontro.

Pôs a pasta no chão, aumentou sua distância da porta e começou nervosamente a tentar inserir a chave na ranhura. O homem era profissional; tinha certeza disso. Não um ladrão profissional, mas um matador profissional.

— Por favor, por favor — choramingou Blackthorn ao posicionar a chave. — Não tenho muito dinheiro, mas você pode levar o que tenho. E também meu relógio. Pegue meu relógio.

— A porta, abre logo!

Blackthorn sabia que, no quarto do hotel tumultuado, ficaria totalmente à mercê do pistoleiro. Precisava fazer qualquer coisa agora, naquele instante, no corredor. Tivera anos de aulas de artes marciais: caratê durante algum tempo, depois aikidô, um estilo de harmonia espiritual. Tinha habilidade para reverter a situação contra a maioria dos homens, mas esse, esse homem de gelo, era diferente.

A única vantagem da qual tinha certeza era que esse homem de fala arrastada e comedida não podia saber que Blackthorn não tinha intenção de permitir que ambos entrassem no quarto. Antes de encaixar a chave, o psicanalista endureceu o corpo. Então, ao sentir o cano da arma se afastar levemente do lado do seu corpo, girou e brandiu a maleta numa curva acentuada e feroz contra o local em que a mão e o pulso do pistoleiro deviam estar. A arma chocou-se ruidosamente contra a parede, e Blackthorn percebeu que o homem se arremessou para pegá-la.

Em um movimento, Blackthorn comprimiu a chave na fechadura, abriu a porta e, logo que entrou no quarto, fechou-a. Duas balas bateram na madeira ao lado da maçaneta da porta, mas o ferrolho aguentou.

— Ei, o que está havendo? — gritou a voz de um homem no saguão. — Bárbara, o cara está com uma porra de uma arma! Volta para o quarto e liga para a recepção!

Blackthorn engatinhou do vão da porta até o banheiro e trancou a porta. Se o assassino conseguisse entrar no quarto, levaria alguns segundos para ir até o banheiro. De outra forma, não havia muito o que pudesse fazer.

Mas os tiros cessaram.

Blackthorn permaneceu onde estava. Passou um minuto, depois outro. Finalmente ele ouviu batidas na porta, e vozes. Logo que abriu a porta do banheiro, dois seguranças, ambos segurando armas, irromperam.

— O senhor está bem?

— Estou ótimo. Onde está minha pasta?

— Nossa, ele é cego.

— Onde estão minha pasta e meus óculos? — perguntou rapidamente.

— Seus óculos estão bem aqui — respondeu um dos guardas, colocando-os na mão de Blackthorn —, mas não tem pasta nenhuma.

— Droga!

— A polícia está chegando.

— Mas o que é que ele vai poder dizer a eles? — perguntou o outro. — Não consegue ver nada.

CAPÍTULO 31

— Um metro e setenta e seis, talvez um e setenta e oito. Forte sotaque sulista, eu diria que do Alabama ou do Mississipi. Parece que nos seguiu quando saímos de carro da Casa Branca para o hotel.

Perplexo, Gabe escutou o relato de Blackthorn.

— Um assassino profissional? Como poderia saber quem você era?

— Acho que essa sua Casa Branca não é um bastião de segredos seguros.

— Estou satisfeito por você não se ter ferido. E lamento quanto à sua pasta.

— Dela, não vão conseguir nenhuma informação útil. A sorte é que minha memória é muito melhor do que minha visão. Vou procurar você muito em breve com minhas conclusões, embora você já possa começar a agir com o que conversamos.

— Lamento muito, Kyle. Quer passar a noite aqui?

— O hotel me deu uma suíte VIP, e, como o cara não me atingiu, acho que é uma troca justa. Vou lhe dizer uma coisa: o tal sujeito é o ser humano mais frio que já vi fora de uma mesa de necrotério. Se você precisar lutar com ele, terá um sério problema. Mas eu não. Cedinho amanhã, parto para Cheyenne.

— Queria muito ir com você, Kyle. Sinto muita falta das planícies. Nem acabei de desempacotar tudo e já quero voltar para casa.

— Você vai se dar bem, mas tome cuidado, doutor. Não existe muita coisa que me assuste, mas esse cara conseguiu.

— Fique sossegado, Chefe.

Gabe desligou o telefone e começou a andar para cima e para baixo no apartamento. O círculo era maior do que ele jamais poderia ter imaginado. Agora existia um assassino profissional envolvido na história. Todos pareciam saber ou perceber que havia alguma coisa errada com o presidente, mas felizmente — pelo menos até então — ninguém tinha indício do que era ou da gravidade do caso. Nesse meio tempo, o próprio PDEU estava indo muito bem.

Depois de deixar Kyle no hotel do aeroporto, Gabe dirigiu de volta à Casa Branca e deu uma passada na residência. Em grande parte como resultado da atitude heroica de Drew no Centro de Convenções de Baltimore, seus números nas pesquisas haviam dado um salto para cima pela primeira vez em semanas. Stoddard se sentia muito bem, e Magnus Lattimore assegurou a Gabe que o comandante-chefe nunca esteve em melhor forma.

Ainda assim, não era realista acreditar que os episódios de raciocínio alterado e comportamento estranho tivessem terminado de vez, ou que haveria maneiras de encobri-los. Gabe precisava de respostas, e precisava delas antes que a Vigésima Quinta Emenda uma vez mais se tornasse um problema.

Uma coisa de cada vez... Um dia de cada vez... Aceitar as coisas que você não pode mudar; e mudar as coisas que você pode...

Engraçado como nas ocasiões difíceis os velhos lemas do AA continuavam a se insinuar na cabeça dele. Recentemente, com frequência sempre maior. "Talvez" — pensou — "fosse bom eu assistir a umas duas reuniões."

Fez café descafeinado e se dirigiu silenciosamente até a mesa da sala de jantar, onde a biblioteca de nanotecnologia de Ferendelli estava espalhada. Um pouco de estudo o faria esquecer o ataque a Blackthorn. De alguma forma, alguém sabia quem ele era e o que tinha ido fazer em Washington. Era questão de tempo antes que os boatos e as especulações se transformassem em manchetes.

Puxou uma cadeira e concentrou a atenção no preparo para lidar com a mulher que afirmava mal conhecer um homem que tinha um esboço bem feito dela na gaveta da escrivaninha. De manhã Gabe iria de carro ao haras de Lily Sexton, perto de Flint Hill e do Parque Nacional de Shenandoah, a cerca de cento e trinta quilômetros a oeste da cidade. No mínimo ela o ajudaria a compreender a fascinação de Ferendelli pela ciência de construções de tamanho atômico e as nanomáquinas.

O café sem cafeína que ele escolhera da pilha de LeMar Stoddard era de marca brasileira, tão saboroso e aromático que era difícil acreditar que não fosse de padrão elevado. Provavelmente, como tudo naquela cidade, deduziu Gabe, o café era falsificado, e tinha muita cafeína.

Nanotubos[58] *e fulerenos*[59].

Demorou para Gabe afugentar pensamentos assustadores de um assassino profissional e do ataque a Blackthorn para

---

58 – Alótropos de carbono. (N.T.)

59 – Moléculas de carbono. (N.T.)

conseguir concentrar-se no material à sua frente, mas finalmente começou a fazer anotações e desenhos.

Nano vinha da palavra grega para "anão, nanico", e em termos científicos significava um bilionésimo, como em um bilionésimo de um metro, 1/75.000 do diâmetro de um fio de cabelo humano. Uma coisa quase incompreensível para um leigo, mesmo alguém, como ele, com formação científica.

Nanotubos e fulerenos.

O cerne da nanotecnologia eram os átomos de carbono, a base da vida, encontrados ao mesmo tempo em milhões de moléculas diferentes: sólidos, líquidos e gases. Os componentes fundamentais do processo de nanofabricação eram átomos de carbono reunidos em tubos submicroscópicos de vários comprimentos e espessuras, e também em moléculas semelhantes às bolas de futebol, contendo precisamente sessenta átomos de carbono. Essas moléculas, esferas perfeitas, receberam o nome de fulerenos e foram apelidadas de *buckyballs*, por causa do arquiteto Buckminster Fuller, projetista da cúpula geodésica, com a qual os fulerenos se pareciam. Notável. Absolutamente notável.

A maior parte dessa ciência constituía algo maior do que Gabe queria ou com o qual saberia lidar, mas o potencial da nanotecnologia era tão evidente quanto ilimitado, possibilitado, em grande proporção, pela capacidade química do carbono de se ligar com outros átomos e pela invenção de máquinas futurísticas como o microscópio de tunelamento com varredura e o microscópio de transmissão de elétrons, capazes de visualizar nanotubos e fulerenos. Notável.

Já existiam mais de setecentos produtos disponíveis no mercado, diversificados em cosméticos, hastes de tacos de golfe e camisas à prova de bala, todos desenvolvidos com nanomateriais. A nanopasta de dente com hidroxiapatita nanocristalina pode ligar-se à proteína da placa, tornando-a mais fácil de soltar e remover, e, ao mesmo tempo, preencher sulcos em superfícies dentárias. Revestimentos de nanoprata em talheres de prata, maçanetas, curativos para feridas, torneiras, artigos de maquiagem e meias impediam ou eliminavam o crescimento de bactérias. A lista e a variedade de produtos eram assombrosas.

Não era a ficção científica de *grey goo*. Era a realidade, abrindo caminho na estrutura da sociedade numa quantidade incrível de áreas, e em velocidade assombrosa até mesmo para os brilhantes e visionários laureados do Nobel que inventaram esse campo.

Por volta da uma da manhã, Gabe adormeceu em cima das anotações. À uma e meia, ainda sentado, com o rosto encostado na mesa, foi despertado pelo toque do telefone.

— Dr. Singleton?

— Sim.

— Desculpe ligar a esta hora, senhor. É o agente McCabe, do térreo. Um mensageiro acabou de entregar um envelope para o senhor. Diz que é para lhe ser entregue imediatamente. O senhor quer que eu mande subir?

Gabe esfregou os olhos e passou a mão pelo cabelo.

— Não, pode deixar. Já vou descer. Foi um mensageiro que entregou?

— Foi sim, senhor. Nenhum de nós conseguiu ver o nome da companhia dele, e o envelope não tem nenhuma indicação, só instruções para entregá-lo ao senhor imediatamente.

— Estou descendo em um minuto.

A cabeça, a conhecida dor elétrica atrás dos olhos, despertou com ele. Antes de se inteirar totalmente do que fazia, abriu a gaveta da cômoda e pegou o frasco plástico que continha comprimidos de codeína e de outros medicamentos.

"Eu nunca tomei nenhum comprimido sem sentir dor."

Esse pensamento o deteve. Desde que seu ex-companheiro de quarto saltou do Marine One no rancho, sua vida simples e tranquila se transformou num emaranhado de meias verdades e mentiras deslavadas. Agora, pelo menos de acordo com Kyle Blackthorn, parecia que ocultar a doença mental de Drew não era sua única farsa. Se o sentido de *shingan* do psicanalista estava certo ou não, com alguma sorte o tempo diria.

Ficava cada vez mais claro para Gabe que havia pouco a fazer sobre os que o rodeavam, exceto desconfiar de todos eles. Havia, porém, uma coisa que ele podia fazer sobre a trapaça a respeito da qual estivera refletindo. Milhares de pessoas estavam em recuperação no AA, talvez dezenas de milhares, que conseguiam lidar com dores de cabeça rotineiras sem recorrer imediatamente a um analgésico que alterava a mente.

Durante anos a consequência das mortes em Fairhaven foi uma depressão latente que cobrou um preço alto sob muitos aspectos, inclusive seu casamento. Ele tentou driblar os sentimentos ao começar o Lariat e participar de missões médicas na América Central, e teve êxito em se livrar da bebida. Mas a confiança nos comprimidos, se não a dependência, era um lembrete constante de que a depressão estava sempre à espreita e nunca muito distante da superfície.

Jogou o frasco de volta à gaveta e tomou uns comprimidos de Tylenol extraforte. Por enquanto o problema de desistir dos comprimidos havia sido permanentemente resolvido. Mas pelo menos ele poderia se vigiar mais cautelosamente. Como o livro dos doze passos[60] declarava eloquentemente, a recuperação era um caso de progresso, não de perfeição.

---

60 – Publicação original do AA, que determina os doze passos necessários para se recuperar do alcoolismo. (N.T.)

O envelope pardo de 12,5cm x 17,5cm não tinha outra informação que não **DR. GABE SINGLETON** em caprichada letra de imprensa preta, e a instrução de que devia ser imediatamente entregue, escrita também em letra de imprensa debaixo do nome. Mais curioso do que apreensivo, Gabe interrogou o homem que havia recebido a entrega e se certificou de que não tinha nenhuma informação que pudesse ser útil. Depois levou o envelope de volta ao condomínio e o abriu na mesa.

>Precisamos nos encontrar.
>Não comente com ninguém.
>Venha sozinho.
>Vá à sala que nós dois já ocupamos.
>A hora da reunião está marcada para daqui
>a exatamente vinte e quatro horas.
>Na sala há quatro fotos emolduradas tiradas por mim.
>Examine a terceira foto a partir da direita. Eu irei
>ao seu encontro debaixo dessa estrutura.
>O pesadelo precisa terminar.
>J.F.

CAPÍTULO 32

Donald Greenfield.
A cada hora que passava, graças na maior parte à internet e a cursos sobre sua utilização a que ela assistiu durante o treinamento, Alison conhecia mais sobre aquele homem.

Donald Greenfield, proprietário de um Porsche 911 fabricado havia um ano, com placa de matrícula da Virgínia, DG911, mantido na garagem do Edifício Lido Court, em Fredericksburg. Pagamento quitado.

Donald Greenfield, proprietário da casa vitoriana de mais de cento e oitenta metros quadrados em Beechtree Road, 317, Richmond. Comprada há dez anos por 321 mil dólares e recentemente avaliada em 591 mil. Hipotecada há cinco anos. Compartilhada com pelo menos uma linda mexicana, Constanza, e uma deslumbrante menina mexicana, Beatriz. Residência anterior: Collins Avenue, 14, Salina, Kansas; proprietário de casas nessa cidade por quatorze anos.

Donald Greenfield, profissão: autônomo; número de Previdência Social 013-32-0875; hipoteca: 2.139 dólares mensais; única hipoteca; nenhum débito de cartão de crédito; sem ex-mulher como dependente; sem filhos; sem ficha criminal.

Conta corrente: Bank of America, Richmond. Avaliação de crédito: 650. (*Por que tão baixa?* Ela escreveu ao lado do número.)

Alison folheou as anotações, ao mesmo tempo satisfeita e desanimada com os resultados do seu primeiro dia de investigações. De passagem, perguntou-se quem teria sido Donald Greenfield antes que Treat Griswold se apropriasse do seu nome e identidade. De todas as centenas — provavelmente milhares — de órgãos federais, nenhuma coordenava nascimentos e mortes. Griswold provavelmente havia procurado em cemitérios uma criança que tivesse nascido mais ou menos no ano em que ele nasceu. Para uma pessoa com seu conhecimento dos meandros do governo federal, obter um número de Previdência Social em nome da criança morta seria fácil, e a partir daí obter uma identidade seria ainda mais fácil.

As perguntas que faltavam ser respondidas incluíam onde Griswold conseguia o dinheiro para sustentar sua vida dupla e se havia alguma ligação entre o que havia descoberto e seu hábito de carregar sempre um inalador, usado periodicamente pelo presidente.

Outra pergunta que a corroía e precisava ser logo resolvida era quando iria compartilhar o ônus do que estava sabendo e com quem. Essa era a pergunta que mais a atormentava.

Passava da uma da manhã. Seus maxilares doíam depois de horas mascando chicletes vigorosamente. A tensão do dia a deixou mais antenada do que cansada, mas uma taça de Merlot era habitualmente o que precisava para ser levada a dormir. Abriu uma garrafa de preço aceitável, e da marca de que gostava, de um vinhedo na Califórnia de que nunca ouvira falar. Serviu uma taça, bebeu-a devagar, depois decidiu beber uma segunda, que tomou bem mais rapidamente.

St. Boniface's Winery. Bom rótulo, bom vinho.

Anotou o nome e a concisa avaliação no pequeno caderno em espiral que sempre levava na bolsa. Não era preciso especificar Merlot. Ela bebia raramente, porque era uma criatura sistemática, e seria ainda mais raro se arriscar a beber de outro vinhedo.

— Griswold... Griswold... Griswold — murmurou, recostando-se na cadeira da escrivaninha. — Qual é a sua, Griswold? Será que você está mesmo metido no que eu acho que está?

Sequestro? Tráfico ilegal de estrangeiros? Pedofilia? Estupro consensual?

Ela estendeu o braço até o canto da escrivaninha e tirou uma carta do envelope. Era a segunda vez que a lia naquela noite, mas possivelmente a vigésima desde que a recebera, havia cerca de um ano.

Querida Cro:

Ainda te chamam de Cro? Sempre achei que esse era o apelido mais legal do mundo.

Surpresa! Sou eu, Janie, desta vez te escrevendo da linda cidade de Bakersfield, onde fica a Driller Diner, onde trabalho como garçonete. A única coisa menos apetitosa do que os frequentadores aqui é a comida.

Já se passaram alguns anos, por isso espero que esse endereço no Texas continue valendo para chegar a você. Quanto a mim, esta deve ser a décima cidade em que moro desde que me expulsaram do emprego no CTI do Hospital Geral de Shitcan e me largaram na rua apesar de eu não ter feito nada errado. Não preciso dizer que desde a decisão da Justiça não consegui reaver minha licença de enfermagem. Já tive uma porção de empregos ruins como o atual, mas tudo bem, porque não consegui ficar muito tempo em nenhum deles. Você sabe como é, depressão, remédios, mais depressão, mais remédios.

O PACIENTE NÚMERO UM

A razão por eu estar escrevendo é que minha irmã me mandou o obituário do Dr. Numbnuts Corcoran, o desgraçado incompetente que começou aquilo tudo. A notícia saiu com duas colunas e uma foto no "L.A. Times", e não citou nada sobre as vidas que ele tirou ou a que ele e seus cupinchas no Cognac e Cuban Cigar Club arruinaram — a minha. Bem, pelo menos ele morreu de câncer. Espero que tenha sido do tipo lento e doloroso. Espero que sim, em nome de nós todas.

Obrigada por tentar lutar contra eles, Cro. Pelo menos você tentou. Isso é mais do que qualquer outra pessoa pode dizer, e muita gente além de você sabia que não fiz nada errado. Obrigada por tentar. Eu não a culpo por desistir no fim. Jamais culpei. Espero que saiba disso. Você tentou.

Cuide-se. Espero que, seja lá o que estiver fazendo, esteja feliz. Eu? Eu sempre vou a Los Angeles em intervalos de alguns meses para ver como meus meninos cresceram. Sempre fui boa mãe e continuo a amar meus filhos, independentemente de qualquer coisa.

Continue a lutar pelas boas causas.

Janie.

Continue a lutar pelas boas causas.

Quando Alison terminou de ler, o Merlot já estava fazendo efeito. Ótimo! O sono viria com facilidade. Agora, enquanto se encaminhava, cambaleante, para a cama, sentiu-se aliviada porque em poucos minutos estaria sossegada no escuro.

Estava preocupada, talvez exageradamente. No fim, se continuasse a forçar a barra, talvez acabasse como Janie, servindo mesas ou trabalhando no Wal-Mart e se perguntando que diabos havia acontecido na sua vida. Se Treat Griswold fosse cirurgião em Los Angeles, certamente seria membro dos Quatro Cês. No Serviço Secreto, ele era O Homem — respeitado e até mesmo reverenciado. Agora, ela estava pensando em acabar com ele.

Ainda havia tempo de deixar tudo para lá, sair quietinha da cidade e voltar a um trabalho burocrático em San Antonio. Ainda havia tempo.
.
— Meu bem, quero ficar um pouco lá em cima com a Beatriz.

— Donnie, querido, é uma hora da madrugada. Ela está dormindo.

— Não faz mal; ela acorda. Amanhã vou ficar fora o dia inteiro. Ela então vai ter muito tempo para dormir. Ultimamente tenho trabalhado muito, e preciso de uma massagem nas costas.

— Eu faço a massagem em você. Sei bem como você gosta.

— Quero que ela saiba o jeito que eu gosto das massagens. Quero que ela saiba o jeito que eu gosto de tudo. Você conhece as normas. Seu tempo comigo está chegando ao fim. Seu trabalho é me ajudar a fazer com que ela fique pronta. Então é também seu trabalho arranjar as coisas até Beatriz estar pronta para assumir o seu lugar, com quem quer que venha depois dela.

— É isso que eu estou fazendo, não é?

— É, meu bem. Você está fazendo um bom trabalho, contanto que compreenda a maneira como as coisas funcionam aqui.

— Eu compreendo. Quando chegar a hora, vou estar pronta para partir.

— Essa hora ainda demora muito. Agora vá acordar Beatriz e a leve para o quarto lá em cima. Vou tomar banho, depois subo. Quero que ela também tome banho.

— E lave a cabeça?

— Você que sabe.

— Entendo.

— Excelente! Adoro quando você entende.

— Fiz bem em lhe contar sobre a mulher lá no salão, não fiz?

— Fez, talvez até muito bem, dependendo das impressões digitais que a gente encontrar no vidro de esmalte que comprei de Viang.

— "Abandonada numa Ilha Deserta." Foi esse o que ela escolheu. As mulheres reparam em coisas assim.

— "Abandonada numa Ilha Deserta" — repetiu Donald Greenfield, passando a mão nos seios firmes de Constanza e baixando-a pelo corpo esbelto cor de cacau até o monte harmoniosamente depilado entre suas coxas. — Veremos que histórias o nosso vidrinho tem para contar.

CAPÍTULO 33

O pesadelo precisa terminar.

Era tudo que Gabe podia fazer para não ir correndo até a Casa Branca às duas da manhã examinar a terceira foto a partir da direita na sua parede do consultório. Ele gostara de olhar para as fotografias em preto e branco, mas ficou constrangido agora por não as ter examinado minuciosamente nem por ter ideia de que Jim Ferendelli fosse o fotógrafo. Dada a qualidade do esboço de Lily Sexton e a paisagem que se avistava da janela do segundo andar da casa do médico, pouco havia de surpreendente nas habilidades criativas desse homem.

Mais empolgante do que ser contatado por Ferendelli, entretanto, era o fato de ele estar vivo. Seria difícil não dar ao presidente essa notícia tão boa.

Basicamente, Gabe reconhecia que, depois de mais um dia longo e emocionalmente extenuante, o que ele precisava mais do que tudo naquele momento era dormir. Embora animado por estar se aproximando do fim do mistério de Ferendelli, saber o lugar do encontro escolhido por seu predecessor poderia esperar até de manhã. Gabe já tinha planos de examinar o presidente logo cedo, e de aprovar ou rejeitar, item por item, a agenda tipicamente lotada do comandante-chefe. Ele também precisava designar o médico de plantão e obter a aprovação de Drew para sair "fora de alcance" e ir aos Estábulos Lily Pad, do fim da manhã até o que provavelmente seria o início da noite.

Com as pálpebras pesadas de sono, Gabe leu o bilhete urgente de Ferendelli mais uma vez.

> Precisamos nos encontrar.
> Não comente com ninguém.
> Venha sozinho.
> Vá à sala que nós dois já ocupamos.
> A hora da reunião está marcada para daqui
> a exatamente vinte e quatro horas.
> Na sala há quatro fotos emolduradas tiradas por mim.
> Examine a terceira foto a partir da direita. Eu irei
> ao seu encontro debaixo dessa estrutura.
> O pesadelo precisa terminar.
> J.F.

Gabe conseguiu dormir quatro horas sem sonhar, após as quais parecia que não havia mudado de posição. Acordou se perguntando se o homem que havia tentado matá-lo e o que atacara Kyle eram a mesma pessoa. Essa ideia não fazia muito sentido, mas, até ele e Jim Ferendelli ficarem cara a cara, Gabe sabia que nada de importante estava acontecendo.

Dois conjuntos de trinta flexões, cem abdominais, seguidos por um suco fresco de laranja, um banho demorado e uma caneca térmica de um café surpreendentemente saboroso da Sumatra, e ele estava totalmente preparado para o dia.

Alguma coisa ia acontecer, disse para si mesmo ao se dirigir à garagem. Fosse sob a forma de notícias transmitidas por Kyle Blackthorn, ou um *insight* de Lily, ou a resolução do mistério do desaparecimento de Ferendelli, ou mesmo algum indício quanto ao que o presidente poderia estar escondendo durante seus testes neuropsicanalíticos, dali a algum tempo as coisas iam começar a fazer sentido.

Antes de ser convocado a trabalhar no coração da Casa Branca, Gabe nunca havia sequer visitado o lugar, nem como turista, nem como estudante, nem como aspirante da Marinha. Perguntou-se quanto tempo levaria — se é que isso iria acontecer — para ele se acostumar a dirigir-se à guarita de segurança, ser reconhecido pelos guardas e, após a breve verificação de suas credenciais, encaminhar-se à sede do poder executivo do país. Sorriu internamente à ideia de que, com Jim Ferendelli vivo e pelo menos entrando em contato, talvez estivesse de volta no seu rancho antes de descobrir a resposta.

Surpreendentemente, a porta externa da clínica estava destrancada. Ele a abriu com facilidade e entrou na área da recepção. Por trás da porta fechada do banheiro e da sala de exames uma mulher cantava *blues* sensuais:

"*This world ain't always tasty like candy...*"[61]

Seu tom de voz era aveludado, cheio e rouco — uma voz cativante, feita para cantar *blues*. Gabe respirou mais devagar e prestou atenção:

"*That's what my mama once told me...*"[62]

As fotografias de Ferendelli eram visíveis da porta do seu consultório, mas Gabe permaneceu parado, atônito pela incongruência de ouvir aquela voz naquele lugar.

---

61 – "Este mundo nunca é gostoso como um doce..." (N.T.)

62 – "Foi isso que minha mamãe me disse uma vez..." (N.T.)

"*Sometimes it'll shake you and bend you, try to upend you...*"[63]

Devia ser alguém da faxina, deduziu. Alguém que havia se livrado de trilhar o mau caminho e fazia serviço de limpeza para sustentar a família. Essa mulher teria feito sucesso no *American Idol* se o programa já existisse quando ela era mais nova. Talvez mesmo agora amigos e família a incentivassem a fazer um teste, porém ela só sorria e sacudia a cabeça. Aqueles eram os *blues* dela, não alguma coisa que quisesse compartilhar com o mundo.

"*Knock you right off your feet...*"[64]

Gabe atravessou lentamente o vão da porta de seu consultório. À sua esquerda estavam as fotografias. À direita, o ângulo o impossibilitava de ver a mulher, que devia estar limpando o banheiro, os armários ou a bancada. A canção era muito especial e ele não quis interrompê-la, de modo que se moveu silenciosamente para a parede e a arte de Jim Ferendelli. Gabe não entendia de fotografia, mas esse conjunto, com cada foto etiquetada na moldura com uma plaquinha de bronze, era agradável e, em alguns aspectos, fascinante: eram estudos de luz e sombra, de ângulos, formas e sombreados. Uma cena numa bacia com reflexos. Um espetacular close de um lugar no Capitólio. O *blues* que ele ouvia se enquadrava perfeitamente no conjunto.

"*So when those hard times come a calling, remember you've got to take the biter with the sweet*".[65]

---

63 – "Às vezes ele vai te sacudir e derrubar, depois te levantar..." (N.T.)

64 – "E te arrebatar..." (N.T.)

65 – "Então, quando os tempos difíceis chegarem, lembra que tu tens que fazer de um limão uma limonada." (N.T.)

A terceira foto, mais sombria do que as outras, intitulava-se "*Anacostia from the Benning Street Bridge*".[66]

Anacóstia.

Ele já ouvira falar nesse bairro de Washington, e acreditava se lembrar de que se situava na parte pobre da cidade, onde vivia a maioria de negros e hispânicos, mas não sabia direito onde ficava. Havia um mapa na sua mesa. Se ele tivesse tempo depois de examinar Drew, talvez fosse até lá se familiarizar com a ponte e a área embaixo dela. Deu um último olhar para a fotografia e se virou para a sala de exames.

Alison Cromartie, pronta para trabalhar, vestia calça comprida, uma blusa azul-claro e um blazer azul-marinho. Estava encostada no marco da porta, usando luvas de borracha.

— Olá! — exclamou.

Até ouvir sua própria voz, Gabe não sabia se poderia falar: era como se seu coração houvesse parado.

— Olá você também! — conseguiu dizer. — Adorei sua canção.

— Obrigada. Quando eu era mais nova e pensava em seguir carreira no *show business*, fazia bicos cantando em lugares de péssima reputação — eu era uma espécie de garota de programa barata. Hoje ainda adoro cantar, mas na maioria das vezes é debaixo do chuveiro.

Essa imagem chegou perto de sair do controle de Gabe. Ele se esforçou para se lembrar de que essa mulher havia sido colocada na unidade médica para espionar e enganar, e quase certamente havia roubado os frascos de sangue que ele coletou.

— Você chega cedo — disse.

---

66 – "Anacóstia Visto da Ponte da Rua Benning" (Anacóstia é um bairro histórico de Washington). (N.T.)

— Não é bem assim. Eu sempre chego mais ou menos a esta hora para dar um jeito nas coisas e ver se precisamos pedir algo ao almoxarifado. — Foi até ele na ponta dos pés e lhe endireitou a gravata. — Meu paizinho usava gravata o tempo todo, de todos os tipos.

— Bem, é óbvio que eu não tenho esse hábito — ele comentou, tão atordoado com sua proximidade quanto na noite em que a conheceu.

Ela recuou para examinar o modo como endireitou a gravata, mas deu apenas meio passo.

— Achei que você não estava de plantão hoje — ela disse.

— E não estou mesmo. Tenho um compromisso que vai tomar a maior parte do dia. Só vim aqui para... pegar uns papéis, examinar o Número Um e a primeira-dama antes de ir embora.

Alison levantou as mãos entre eles, tirou as luvas lentamente e as jogou na cesta de couro ao lado da mesa. Embora nada indicasse que ela tenha tido essa intenção, o gesto banal foi sensual, incrivelmente *sexy*. Ainda mais sensuais eram seus olhos escuros, encarando os dele o tempo todo.

Gabe sentiu um sufoco desagradável na garganta. Essa ocasião não era como as outras em que haviam estado juntos, nem mesmo a primeira vez. A ligação que sentia entre eles era muito mais intensa e magnética. Viu-se instantaneamente consumido pela necessidade de tocá-la, segurá-la, e tão constrangido quanto um adolescente no primeiro baile.

— Quer cantar mais um pouco? — arriscou-se a perguntar.

— Talvez numa outra ocasião eu faça um *show* particular para você.

Gabe ocupou o pequeno espaço que restava entre eles, passou os braços em torno dela e encostou a face da moça no seu peito. O cabelo de Alison cheirava a verão. Ele enterrou o rosto em seu cabelo, e seus lábios comprimiram os dela.

Pensamentos de que ela fosse uma espiã ou até mesmo uma ladra desapareceram: tudo o que queria era agarrá-la.

Pôs as mãos dentro do blazer dela e lhe segurou os ombros. Ela colou seu corpo ao dele e passou os dedos pelos músculos das costas de Gabe.

— Não consegui deixar de pensar em você — ela sussurrou.

Ele enfiou a mão debaixo da blusa dela e passou as pontas dos dedos na curva sedosa das suas costas. Nesse momento nada mais importava; só o toque de Alison e a sua pele.

Há muito tempo fazer sexo não era tão especial assim, ele pensou, há muito tempo um beijo não tinha tanta importância quanto agora.

— Gabe — ela sussurrou —, diga que vai ter tempo para nós.

Ele beijou a nuca de Alison e disse:

— Nem acredito que isto está acontecendo. Vai haver tempo para nós, prometo que vai; o tempo de que você precise, o tempo que você queira.

Ela se afastou e disse, sem tirar os olhos dele:

— Eu sabia que existia um homem como você, Gabe: inteligente, gentil, engraçado. Eu sabia.

— Não quero que pare de tocar em mim.

— Pretendo redefinir esse termo, mas a qualquer momento o médico de plantão vai entrar e acho que não queremos que ele nos encontre deste jeito...

— Estou adorando o que está acontecendo — disse Gabe, apertando-a uma última vez. — E prometo de verdade que vai haver tempo para nós, mas o fulano lá da residência e sua mulher estão me esperando, e acho que é melhor eu aparecer, porque eles são meus únicos pacientes...

Alison se aprumou e pôs a blusa para dentro.

— Você não tem mais medo de mim?

— Você quer dizer medo ou desconfiança? Porque medo eu nunca tive.

Ela o beijou debaixo do queixo, ajustou-lhe a gravata mais uma vez e lhe alisou o paletó.

— Então, o que quer saber? — ela perguntou de repente.

Ele a olhou fixamente:

— Você me salvou de verdade naquela noite ou aquela história toda com o carro foi uma armação para ganhar minha confiança?

— Não foi armação, Gabe. Foi tudo verdade, como está sendo isto entre nós.

Ela ficou nas pontas dos pés e o beijou levemente nos lábios.

Ele a afastou de maneira delicada, mantendo os braços nos seus ombros, sabendo que, se estava mentindo, ele não se achava em condição de perceber. Não obstante, queria desesperadamente fazer-lhe mais uma pergunta, desde que conseguisse não revelar qualquer informação privilegiada.

— O sangue que coletei do presidente — ele se ouviu subitamente perguntar — por que você tirou os tubos da geladeira? Você foi uma das poucas pessoas, além de mim, que tinha acesso a eles.

Alison mostrou-se completamente desapontada, e de repente inclinou a cabeça, compreendendo.

— Gabe, preciso que confie em mim nessa questão. Preciso que você não me pergunte mais nada sobre o sangue.

— Mas por quê? — insistiu. — Você pegou os frascos ou não?

— Preciso que me prometa não fazer mais perguntas sobre isso. Pelo menos não por enquanto.

— A esta altura não confio em ninguém, mas, se nossa história vai ser longa como espero, vou prometer, desde que você me dê sua palavra de que não vai mais mentir para mim.

— Chega de mentiras, amor — ela sussurrou.

— Nesse caso, parei com as perguntas.

— Tudo bem, então — ela disse. — Eu absolutamente não tirei os frascos, mas acredito que sei quem tirou.

CAPÍTULO 34

O trajeto até o Estábulo Lily Pad, na Rota 66 a oeste da 647, levou noventa minutos. O CEP do lugar era provavelmente o mesmo de Flint Hill, mas, de acordo com Lily, a sede, o celeiro, outras construções e os pastos de cerca branca ficavam separados, aninhados nos contrafortes das montanhas Blue Ridge, a vários quilômetros da cidade.

Depois de examinar cuidadosamente o presidente e, para desagrado de Magnus Lattimore, reduzir sua agenda de consultas à metade para os demais pacientes, Gabe trocou de roupa no Quarto de Lincoln, passou sua incumbência para o médico de plantão do dia, estendeu o mapa no assento do Buick e saiu da Avenida Pensilvânia até Anacóstia. Em algum lugar Jim Ferendelli estava mentalmente se preparando para se encontrar com ele.

Sem perguntar o motivo de ele querer saber, Lattimore e o presidente instruíram Gabe sobre Anacóstia, que compreendia as regiões leste e sudeste da cidade, e basicamente ocupavam a área a leste do rio que inspirou seu nome.

Anacóstia era, de acordo com ambos, uma área que precisava muito ser reformada, o que em breve aconteceria, se a comissão mista federal/municipal realizasse seu desejo. Por enquanto, disseram, como em qualquer cidade do interior, era melhor ser cauteloso ao caminhar pelas ruas do bairro à noite.

Gabe estava praticamente certo, segundo a foto e a geografia, de que Ferendelli planejava encontrá-lo sob a extremidade leste da ponte. Sua missão, antes de se dirigir a Flint Hill, era se familiarizar com a área e encontrar uma vaga para estacionar razoavelmente próxima à base da ponte, e também razoavelmente próxima de um poste iluminado.

Demorou alguns minutos para localizar uma vaga conveniente. O meio da manhã certamente não era uma hora da madrugada, mas ele verificou que o bairro de Anacóstia tinha um encanto agradável e vibrante. O estacionamento que escolheu, na Rua Clay, parecia bastante seguro. Após uma rápida parada para reconhecer a vaga debaixo da ponte, voltou pela cidade para pegar a Rota 66 na Ponte do Memorial de Roosevelt e se dirigiu para oeste.

Não foi preciso ligar o rádio no percurso até os Estábulos Lily Pad. A lembrança da voz de Alison era companhia suficiente. Fazia muito tempo que uma mulher não o fazia sentir-se tão fascinado, otimista e excitado, o que era um antidepressivo natural, bem além dos equivalentes a todos os comprimidos de Prozac e Welbutrin que havia tomado durante todos esses anos.

As instruções de Lily foram perfeitas. E tinham de ser, porque as rodovias rapidamente ficavam mais estreitas, ventosas e com muito menos informações. Se ela já não tivesse um *pied-à-terre* em Washington, certamente precisaria de um após sua nomeação para o Gabinete de Drew. Gabe verificou o odômetro. O estábulo de Lily devia estar perto. A terra ao longo da rodovia tinha vegetação densa, com amplos pastos ocasionais e estreitas estradas de terra assinaladas apenas por uma caixa de correio ou um cartaz feito à mão que imediatamente desapareciam na floresta de árvores frondosas.

"Então, quando os tempos difíceis chegarem, lembra que tu tens de fazer de um limão..."

Gabe parou de cantar e diminuiu a velocidade, completamente assombrado pela linda vista aberta à sua frente. Os bosques deram vez a vastas e sucessivas pastagens, atravessadas por imaculadas cercas caiadas com duas traves horizontais. Espalhados nos prados havia cavalos, pelo menos duas dúzias deles, pastando, satisfeitos. À esquerda do carro, um cartaz dizia:

ESTÁBULO LILY PAD
ENTRADA PRINCIPAL

Uma seta mandava seguir em frente. Do outro lado do caminho asfaltado havia um segundo cartaz, com uma seta apontando para a direita e os dizeres

ESTÁBULO LILY PAD
ENTRADA DE SERVIÇO
ESTÁBULOS A 800 METROS
ENTREGAS DEVEM SER FEITAS AQUI

Gabe girou o Buick para a esquerda, dirigiu por uma curta elevação e parou. Abrigado num vale verdejante, de frente para as montanhas deslumbrantes ainda a distância, ficava a sede principal do Estábulo Lily Pad, uma ampla casa branca de fazenda com persianas pretas, que merecia ser chamada até de *mansão*.

Mas não foi a incrível beleza do local por si só que o deteve. Ele já havia visto aquele mesmo panorama — montanhas, anexos à sede, pastagens e a própria sede. Demorou um momento para que percebesse, mas apenas um momento. Era a cena apresentada no esboço de óleo sobre tela que aguardava ser terminado no cavalete perto da janela do andar de cima da *brownstone* de Jim Ferendelli em Georgetown.

Gabe agarrou o volante até as juntas se esbranquiçarem, então permaneceu estacionado na elevação do terreno por vários minutos, recompondo-se e se perguntando como poderia abordar o assunto da ligação de Lily com seu antecessor sem que ela desconfiasse de que ele sabia mais do que estava revelando. Finalmente, não conseguindo criar um plano específico que não fosse o de improvisar, diminuiu a pressão no freio e foi descendo devagar o primeiro dos vários suaves declives.

A entrada de carros até a sede tinha mais de quatrocentos metros. Quando ele se aproximou da rotatória ampla e lindamente ornamentada, o Taurus azul-escuro que o seguia desde que saíra da garagem do Watergate passou pela entrada principal de carros e se dirigiu à entrada de serviço da fazenda.

CAPÍTULO 35

Alison passou a manhã indolente na clínica da Casa Branca, perguntando-se se era metafísica e psicologicamente possível estar absolutamente obcecada por dois homens ao mesmo tempo.

Sua atração por Gabe tinha permanecido ardente desde o momento em que se conheceram. Ela agora tinha dificuldade para concentrar seus pensamentos em outro assunto, exceto se tivesse a ver com Treat Griswold ou Don Greenfield, ou fosse lá quem fosse o ícone do Serviço Secreto naquele dia.

Na verdade, era dia de Griswold, ou pelo menos a manhã de Griswold. Ela o vira tomar o elevador para subir à residência e voltar em seguida com o cachorro amado do presidente, um pitbull terrier bonito e forte que o seguiu obedientemente. Os dois ficaram algum tempo no Jardim de Rosas e depois voltaram. Tudo parecia tipicamente normal, mas nada ligado àquele homem jamais seria normal novamente.

Inquieta e sentindo-se dispersa e distraída, Alison executou pequenas incumbências e foi por duas vezes visitar amigos na clínica do primeiro andar do vizinho Edifício Eisenhower. Era uma bênção que, pelo menos até aquela altura da manhã, nada que necessitasse de atendimento médico tivesse acontecido ao presidente ou a qualquer dos visitantes da Casa Branca. Não havia como prever a maneira como teria se comportado.

O médico que dava plantão junto com ela, um major rabugento do Exército, parecia jovem demais para ser médico, quanto mais médico da Casa Branca. Ele manteve o nariz enfiado em publicações científicas a maior parte da manhã.

Os pensamentos dela quanto a Griswold inevitavelmente incluíam lembranças de Los Angeles, de sua amiga Janie e dos cirurgiões Quatro Cês. Ela ainda não estava nem de longe preparada para as consequências que certamente acompanhariam qualquer tentativa de desmascarar o agente. E, de fato, sua perversão, supondo que fosse isso que Beatriz representava, possivelmente nada teria a ver com o presidente ou o inalador broncodilatador; nesse caso, não haveria o que revelar. Mas, de qualquer forma, devido à sua recusa em aceitar o que parecia uma pequena quebra de protocolo, um caminho se abrira. Agora seria uma tolice não seguir esse caminho até o fim.

À proporção que a manhã avançava, Alison ficava cada vez mais cismada com a ideia de que, embora isso fosse uma remota suposição, o inalador que Griswold carregava tinha mais do que simplesmente Alupent. A essa altura, a teoria fazia pouco sentido, mas se fixara na sua cabeça. Boatos — os mesmos boatos que haviam levado seu chefe a colocá-la sob disfarce na Casa Branca — sussurravam que Drew Stoddard estava mentalmente instável. Verdade ou não, era tarefa sua, silenciosa mas rapidamente, investigar qualquer coisa relacionada a essa possibilidade. Ela decidiu que, no mínimo, além de expor Donald Greenfield e seu relacionamento com as mulheres da Rua Beechtree, precisava examinar o conteúdo do inalador que Griswold levava no bolso do paletó.

Mamão com açúcar, ela pensou, rindo ironicamente ao verificar os suprimentos e se certificar de que o desfibrilador estava pronto e à espera. Se Treat Griswold não era o mais durão e esperto dos protetores do presidente, estava perto disso. A não ser que investisse contra ele de uma forma que repudiava totalmente, não havia meio de ela se aproximar daquele inalador, quanto mais trocá-lo por uma cópia.

Na sua transformação de Treat Griswold para Donald Greenfield, ele ou deixara o paletó do terno trancado no carro de Griswold na garagem em Fredericksburg, ou o guardara na mala do Porsche de Greenfield. Talvez em um momento da transformação pudesse haver uma possibilidade, mas não sabia como fazer a abordagem. Ela considerou e desprezou várias outras possibilidades, mas todas as vezes chegava a um cenário que rejeitava completamente, tipo ou tudo ou nada, ao ponto de fazer com que Griswold tirasse o paletó.

De jeito nenhum! Decidiu, enfaticamente. Como agente do Serviço Secreto, ela havia prometido solenemente sacrificar tudo pelo presidente e pelo país, mas permitir que um animal como Treat Griswold...

Seus pensamentos foram interrompidos de súbito pelo germe de uma ideia. Durante vários minutos, como um enólogo com um novo vinho, ela se dedicou exclusivamente a explorar a possibilidade sob todos os aspectos. Depois começou a saboreá-la. Nesse momento, a ideia era ainda uma conjectura remota e nada mais. Fazê-la funcionar exigiria que várias peças se encaixassem, além de muita sorte. Mas a melhor alternativa que ela havia elaborado até esse ponto era inaceitável.

Alison se aproximou do jovem médico estudioso em seu consultório e pediu para tirar uma folga durante o resto do dia, a fim de cuidar de uma enxaqueca insuportável.

— Você precisa de algum remédio para a dor? — ele perguntou, mal levantando os olhos do *New England Journal of Medicine*[67].

— Não, obrigada. Tenho exatamente o que preciso em casa.

Na verdade, tudo de que ela precisava estava bem na sua bolsa, na agenda telefônica e no bolso do jaleco: o celular. Em algum lugar da agenda estava o primeiro passo para transformar uma possibilidade remota em plano: o número de telefone de Seth Owens, em San Antonio. O agente do FBI Seth Owens.

---

67 – Prestigiado semanário científico dos EUA. (N. T.)

CAPÍTULO 36

— Bem, doutor — disse Lily —, é um enorme prazer tomar chá e partilhar uma refeição com o homem mais comentado de Washington.

— O homem mais comentado de Washington? Desculpe, mas é meio difícil acreditar nisso.

— Bem, é verdade, não há como contestar. Em Washington o que importa é a proximidade com o presidente e o acesso a ele. Nada mais, nada menos. Proximidade e acesso. Nos casos menos importantes, trata-se de proximidade e acesso aos que têm proximidade e acesso. Você não é apenas o homem que está na moda, mas também é bonitão, despretensioso e tem total acesso ao chefão. Se isso não o faz ser alvo de comentários, não sei o que faria.

Ela deu de ombros objetivamente e estendeu as mãos como se dissesse: *É isso que acontece.*

Não — Gabe pensou —, *o que acontece é que você tem um relacionamento com Jim Ferendelli sobre o qual está disposta a mentir para se proteger.*

Os dois estavam sentados um em frente ao outro em sofás de excelente qualidade no gabinete de leitura, lindamente decorado com painéis de madeira escura, bebericando chá em grandes canecas orientais e saboreando uma variedade de tortinhas e *wafers*.

— Lembre-se de que atum grelhado e salada nos esperam — disse Lily. — Deixe espaço para eles.

— Sem problemas. Estou pronto para almoçar e ansioso para sentir uma sela debaixo do traseiro. Agradeço a você por este dia, Lily. Não me sinto tão à vontade assim desde que o presidente apareceu na minha casa com a sugestão de que eu viesse para a capital.

— Ora, doutor, que gentileza sua dizer isso!

— Muito bem, chega de "doutor", a não ser que você queira que eu comece a chamá-la assim também. Você deve saber que um Ph.D. em praticamente qualquer área é muito mais difícil de obter do que um diploma em medicina. Se alguém merece ser chamado de doutor aqui, é você.

— Quer mais chá... Gabe?

— Mais uma xícara. Não sou um grande fã de chá, exceto chá gelado, e assim mesmo ao ar livre, nos dias mais quentes, mas este aqui é realmente delicioso.

— Este chá me fez abandonar o café. Eu o descobri numa viagem ao oeste da China, e agora o encomendo periodicamente. Segundo me disseram, é uma variedade de *Camellia sinensis* que só é cultivada naquela região do país, e talvez do mundo. O mais próximo que já encontrei desse tipo é o chá preto Keemun, mas os sabores dos dois realmente não são muito parecidos.

Apanhou uma campainha na mesa de centro e a balançou uma vez. Em segundos, a negra sorridente e robusta que os servia apareceu com mais uma xícara da notável infusão. Tinha intenso tom castanho-ferrugem translúcido, que lembrou a Gabe... o quê? Canela? Mel? Um tipo de noz? Ele achou que os três palpites eram válidos, mas nenhum deles era exatamente certo.

Ele inspirou, depois exalou, deliciado; quase suspirou. Sua intenção era fazer com que a conversa enfocasse os dois assuntos que lhe interessavam: Jim Ferendelli e a nanotecnologia, mas agora se deu conta de que seu agudo sentido de urgência desaparecera.

Tomou mais um gole do chá. Depois se obrigou a sentar mais ereto e a refrear a euforia e a complacência que tomaram conta dele. Algo que o ajudou a se concentrar na sua tarefa foi perceber que o incomparável colar de turquesa que Lily usava era precisamente o que Ferendelli desenhara no esboço a carvão que a retratava. Por que ela estava mentindo?

— Pronto para almoçar? — ela perguntou, pegando a campainha.

— Daqui a pouquinho.

— Você está bem? Seus olhos estão meio desorientados.

— Não, não, estou ótimo, só um pouco cansado.

— Quer adiar nossa cavalgada para outro dia?

— De jeito nenhum. Estou louco para montar. Qual é mesmo o nome do cavalo? "Cuidados Intensos"?

— Chegou perto. É Séria Terapia. Você vai adorá-lo.

Gabe começou a sentir-se mais firme.

— Bem, eis o que aconteceu — conseguiu dizer. — Desde que cheguei à Casa Branca, estou tentando reconstituir a vida de Jim Ferendelli, tentar obter alguma pista do que pode ter acontecido com ele. Sabia que não foi só Ferendelli que desapareceu, mas a filha também? Ela fazia faculdade em Nova York.

— Não, eu não sabia. É muito assustador.

— Você me disse que o conhecia, não é?

— Só nos vimos uma vez. Não tivemos tempo de nos conhecer.

— Pelo que sei, ele parece ser um grande sujeito, tipo renascentista, que aprecia arte, fotografia, medicina, música.

— Fascinante.

— Pois é. Bem, sei que os investigadores do FBI e do Serviço Secreto estão procurando por ele, mas resolvi ir à sua casa em busca de alguma coisa que tivesse algum significado para mim como médico, mas talvez não tivesse sido percebida pelos investigadores. E, acredite se quiser, encontrei uma coisa na estante dele; pelo menos acho que sim.

— Continue.

— Jim Ferendelli estava fascinado pela nanotecnologia, especialmente pelos aspectos médicos da nanotecnologia. Ele tem uma coleção de livros sobre esse assunto na biblioteca, desde *Nanotecnologia para leigos* até alguns textos científicos muito complexos. Lembrei-me de que você citou esse tema quando conversamos, por isso pensei em matar três coelhos com uma só cajadada: estar com você, cavalgar e ter alguns esclarecimentos sobre o assunto.

— Bem, eu lhe garanto, Gabe, que, embora eu possa ter mencionado a nanotecnologia como um dos interesses da atual administração, estou longe de ser uma especialista acadêmica no tema. — Lily surpreendeu Gabe nesse momento ao tocar novamente a campainha, como se quisesse evitar o assunto. — Maddy — perguntou à criada —, o almoço está pronto?

— Está tudo pronto, Sra. Lily.

— Ótimo, já estamos indo. Sei que você tem assuntos a tratar na cidade. Pode ir embora depois que lavar a louça.

— Obrigada, Sra. Lily.

— Maddy, faça o favor de ligar para William no estábulo e dizer a ele que vamos estar prontos para cavalgar daqui a trinta e cinco minutos.

— Sim, senhora.

Gabe tentou, sem conseguir, imaginar-se tão à vontade ao tratar com criados. Ele só sabia tratar com seus cavalos numa base estritamente no mesmo nível. Se Lily Sexton não nasceu já no papel de senhora da propriedade, certamente se adaptou muito bem.

Somente quando estavam sentados numa das extremidades da impressionante mesa da sala de jantar Lily abordaria de novo o tema da nanotecnologia.

— Suponho que tenha estudado. Você tem uma base na área — disse.

— Bem, estou a par da palestra de Eric Drexler que parece ter dado início à história toda. E tenho conhecimentos básicos de química e do potencial dessa ciência, e da maneira como ela pode impactar nossas vidas, mas na verdade ainda não sei onde terminam a especulação e o potencial e começa a realidade.

— Bem, nem o presidente sabe, nem, aliás, qualquer outro órgão do governo, desde o Capitol Hill até a menor cidadezinha. Uma coisa é ficar empolgado porque os desinfetantes nanoprata para sapatos estão se tornando uma nova indústria. Outra coisa é tentar determinar qual seria o efeito sobre os órgãos humanos das partículas nanoprata aerossolizadas ou ingeridas.

— Então você acha que são necessárias novas leis de saúde pública?

— O presidente acha, e é isso que importa.

— Mas o que acontecerá se todos os órgãos governamentais, desde o Congresso até o Conselho Municipal de uma cidadezinha qualquer, começarem a determinar uma legislação de controle, especialmente quando estão funcionando com informações ultrapassadas, poucas ou nenhuma?

— É exatamente o que o presidente tentará fazer, se for aprovada a criação desse novo cargo do Gabinete, que vai centralizar o controle das novas ciências e elaborar uma legislação bem definida e minuciosa, com restrições às pesquisas desenfreadas. Sabemos que a indústria e especialmente os grandes laboratórios farmacêuticos preferem pedir perdão em lugar de permissão. Vamos tentar contornar isso sem sufocar a criatividade nem o que provavelmente vai ser o invento mais importante da nossa civilização desde a fibra óptica, e pode acabar sendo o núcleo da ciência nos próximos séculos.

— A capacidade de construir baseada nos átomos. Isso é poderoso — disse Gabe, para si mesmo e para sua anfitriã.

— Uma verdade é que não desejo especificamente esse tipo de influência e responsabilidade, inerentes ao fato de ser a secretária de Ciência e Tecnologia — disse Lily —, mas outra verdade é que não quero tampouco que outra pessoa as tenha.

— Você tem ideia do motivo por que Jim Ferendelli desenvolveu um interesse tão intenso por essa área?

Lily sacudiu a cabeça.

— Ele nunca me falou sobre isso, mas você deve saber que, exceto por compreender a química orgânica referente aos fulerenos e nanotubos, não sou nenhuma especialista. E, se o Dr. Ferendelli estudou tanto o assunto quanto você diz, eu talvez nem saiba tanto quanto ele sabia, isto é, sabe.

— Eu certamente espero que "sabe" seja a palavra certa — disse Gabe.

Teria sido ótimo ter Kyle Blackthorn lá para ajudá-lo a determinar quanto do que Lily disse era mentira. A reunião daquela noite em Anacóstia certamente ajudaria a esclarecer as coisas, mas, à medida que sua euforia diminuía gradativamente e seu foco se aguçava, Gabe se viu querendo muito uma ou duas horas livres para procurar na mansão de Lily uma prova de que ela conhecia Jim Ferendelli mais intimamente do que afirmava.

— Quer repetir? — Lily perguntou, indicando o prato vazio de Gabe.

— Não, obrigado. Estou satisfeito.

Ela tocou uma das campainhas que estavam em todo lugar e Maddy apareceu para tirar a mesa.

— Vou lhe dizer uma coisa: vou responder às perguntas que lhe ocorrerem durante ou após nossa cavalgada. Maddy, deixe a casa aberta quando sair. Vamos voltar em uma hora, no máximo duas.

A criada sorriu, alegre, inclinou a cabeça para sua patroa, depois para Gabe, e silenciosamente voltou à cozinha.

Gabe se perguntou brevemente se Maddy estava tão satisfeita com sua vida quanto parecia. Ele desconfiava que a mulher não teria condições de se lembrar da última vez em que pegara alguém numa mentira tão monumental quanto aquela em que Lily Sexton tinha sido pega.

De acordo com as instruções de Lily, os cavalos estavam prontos e à espera. Séria Terapia era um vigoroso quarto de milha baio, com uma mancha característica ao longo do nariz que ia do alto da testa até o focinho.

— Já gostei dele — disse Gabe, verificando a firmeza da sela e o comprimento dos estribos antes de se sentar muito à vontade numa sela feita à mão que deve ter custado tanto quanto o seu carro.

Lily recusou a oferta de William, o cavalariço, para colocá-la na sela, mas usou um banquinho baixo para montar Belle Starr, uma elegante égua cinza-metálico. Lado a lado, Lily e Gabe começaram a trotar depois dos currais e por uma trilha ligeiramente sombreada em direção a uma vegetação mais densa e às montanhas. Durante cinco minutos, talvez mais, pouco falaram.

Como anunciado, Séria Terapia era especial: forte, alerta, reagia prontamente aos comandos. Depois, quando Gabe teve oportunidade de refletir sobre essas qualidades, concluiu que talvez tenham sido responsáveis por lhe salvar a vida.

Perdido na perfeição do momento e em pensamentos sobre a mulher misteriosa e insondável que cavalgava alguns metros à esquerda e à frente, ele não estava certo de ter visto qualquer movimento à frente deles à direita, no bosque. A possibilidade provocou uma pequena descarga de adrenalina, suficiente para que, quando a ameaça se evidenciou, sua reação fosse rápida.

Os cavalos diminuíram a marcha quando se dirigiam a uma pequena elevação do terreno. O homem vestido de preto e usando máscara preta de esquiador se materializou, saindo de trás de uma árvore, a mais ou menos vinte e cinco metros à direita do casal. Seu rifle, com o que poderia ser uma mira de caça, apontou diretamente para Gabe.

— Lily! — rosnou Gabe.

Num reflexo, ele puxou as rédeas para trás e fortemente para a esquerda. Séria Terapia ficou de pé nas patas traseiras e fez uma pirueta como um dançarino de balé, rodopiando para a esquerda.

No mesmo instante, o rifle fez um disparo, depois outro. Gabe ouviu a segunda bala se cravar numa árvore à sua esquerda.

Belle Starr recuou, como fizera o cavalo de Gabe, mas Lily estava totalmente desprevenida. Ela caiu da sela e foi atirada para o ar antes de conseguir reagir, deu uma volta pouco harmoniosa e caiu pesadamente no chão com o lado esquerdo, gritando de dor quando atingiu o terreno duro de terra.

Gabe escalou a elevação, pensando que ela havia levado um tiro. Agachado e serpenteando, correu até onde ela estava, gemendo e obviamente com muita dor. Belle Starr permaneceu por perto, disciplinada. O pistoleiro desapareceu. Longe à sua direita, Gabe julgou haver visto movimento nas árvores distantes, mas depois não houve mais nada. Cautelosamente, os olhos ainda fixos na floresta, ele se virou para Lily.

Ela estava consciente, mas com muita dor.

— Você foi atingida?

— Eu... acho que não. Meu ombro. Acho que está quebrado ou...

— Calma, Lily. Seu pescoço dói?

— Não, só um pouquinho.

Seu rosto estava pálido, e ela já mostrava os primeiros sinais de choque. Cuidando para manter o ombro esquerdo da mulher tão estável quanto possível, Gabe verificou rapidamente se ela estava com algum ferimento de bala, depois mandou que mexesse as pernas e finalmente concentrou a atenção no ombro, que, se ela tivesse sorte, estava fraturado logo acima da cabeça do úmero, e, se ela tivesse muito azar, estava fraturado e deslocado. De qualquer forma, ela se encontrava em estado de choque e precisava de atenção.

Ele soltou a sela de Belle Starr e a usou para elevar as pernas de Lily, depois estabilizou seu ombro com a coberta da sela. Finalmente, tirou-lhe as botas e as fez deslizar, primeiro pelos dedões, até debaixo do pescoço. Quando se certificou de que havia pelo menos alguma ação imobilizadora das botas, preveniu-a para não virar a cabeça nem se mexer, a não ser que fosse absolutamente necessário.

Depois subiu de novo na sela, com Séria Terapia galopando, no momento em que seus pés estavam firmes nos estribos, e disparou de volta pela trilha.

CAPÍTULO 37

Alison estava na calçada na base do Memorial de Lincoln, subindo e descendo a ampla escada e olhando fixo para a estátua emocionante do Grande Emancipador. De ascendência mista, ela sempre reverenciara aquele homem, suas realizações e as decisões dilacerantes que precisou tomar.

O colega de Seth Owen estava atrasado — quinze minutos, para ser exata.

Na maioria dos dias Treat Griswold saía do plantão às quatro horas; outros dias, às três. Logo, mesmo a possibilidade remota de segui-lo hoje não adiantaria.

Mais um grupo de crianças, de mais um acampamento de verão, empurrou-a e subiu os degraus, seguido por outro trio de instrutores cansados e suados. Alison olhou para o relógio, voltou a andar e resolveu esperar mais cinco minutos antes de ligar para Seth. Havia três anos, os dois tinham conseguido fazer a difícil transição de amantes para amigos. Na ocasião, Seth estava se recuperando de um casamento fracassado e continuava muito apaixonado pela ex-mulher, embora não admitisse. Alison, ainda sofrendo com o fracasso de um relacionamento em Los Angeles, havia esperado uma relação física descomplicada, sem outra expectativa além de momentos agradáveis e ótimo sexo. Em pouco tempo, entretanto, se deu conta de que, por mais terapêutico e adulto que esse relacionamento pudesse parecer a princípio, na prática simplesmente não tinha nada a ver com ela.

Alison esperava que as coisas com Gabe tivessem mais substância. Nesse meio tempo, era bom saber que o espirituoso, inteligente e criativo Owens estava ao seu lado, especialmente em situações como a daquele dia, quando a única pessoa que poderia rapidamente atender às suas necessidades era um agente do FBI. Owens ficou feliz de ter notícias dela, mas inicialmente não fez nenhuma promessa. Meia hora depois ele ligou de volta e só disse "Lester", duas e meia e um lugar, onde ela estava agora. Alison pôs a mão no bolso do casaco para pegar o celular no momento em que começou a tocar.

— Alô.
— Alison, é Seth. Tudo bem?
— Não muito. Deve estar uns trinta e oito graus aqui em frente do monumento, e qualquer centímetro de simpatia que eu pudesse ter pelos estudantes me foi arrancado por uma horda após a outra em debandada, e seu amigo Lester não apareceu.
— Tem certeza?
— Claro que tenho.
— Absoluta?
— O que você acha?
— Eu mencionei que o Lester adora fazer um teatrinho, não?
— Acho que você disse alguma coisa a respeito, sim.
— Então, Alison, minha flor, para que você me ligou e o que foi que me pediu?

— Eu lhe pedi para conseguir o melhor batedor de carteiras do planeta, o cara que vocês mandariam para filar o discurso do bolso de um primeiro-ministro antes que pudesse discursar.

— Foi exatamente isso que você disse. Então, por que não olha na sua bolsa?

— Na minha...

No momento em que tocou em sua bolsa a tiracolo, percebeu que algo estava errado. Ela abriu a bolsa. A carteira sumira. Assim como sua agenda, seu batom, pelo menos quatro pacotinhos de Trident e um miniexemplar de *A Walker's Guide to Washington*. Na verdade, sua bolsa estava vazia, completamente vazia. Bem, não exatamente. Lester — ela precisava supor que fora ele — substituíra o peso do que havia tirado dela por sacos plásticos de Tic Tac, pelo menos doze deles.

— E o seu brinco direito?

— Sumiu — ela respondeu, percebendo que o brinco desaparecera antes mesmo de apalpar a orelha.

— Como você, o Lester é muito competente no que faz.

— Acho que é. Tudo bem, Owen. Já acredito no que você me disse. Onde está ele?

— Está vendo o grupo de crianças na ponta dos degraus?

— Estou.

— Está vendo o sujeito divertindo os guris?

— O que está fazendo malabarismos para eles?

— Lester.

— Ele acabou de acenar para mim sem deixar cair nem uma bola. Eu fico devendo muito a você, Owens. Quando eu voltar a San Antonio, o jantar no Palma Blanca é por minha conta.

— Pensei que não quisesse voltar — disse Seth.

— Se eu fizer merda com esse caso, talvez me mandem de volta para limpar os mictórios. Preciso ir. Lester acabou de acenar para mim de novo, com um objeto, enquanto faz malabares com outros dois. Acho que ele e eu vamos chegar a um acordo, desde que não seja preso pelo guarda florestal que está se encaminhando para ele. Obrigada por tudo, amigo.

CAPÍTULO 38

William, o cavalariço de poucas palavras, era alto, macilento, e, com seus setenta anos, recebeu a notícia sobre o pistoleiro e o ferimento de Lily com ansiosa serenidade. Ligou para o 911[68] e chamou a polícia e a ambulância para o Estábulo Lily Pad, enquanto Gabe se abastecia de água, ataduras, qualquer coisa que servisse como talas e cobertores.

— Existe alguma maneira fácil de um homem com um rifle penetrar tão fundo na vegetação como ele? — Gabe perguntou, girando de volta no Séria Terapia.

— Na verdade, tem muitas *maneira*. Esses *morro* são atravessados por velhas *estrada* de cascalho e de mineração e até antigas *estrada militar* que *existe* desde a guerra civil. Esse desgraçado pode ter apanhado a estrada que fica no sopé daquela montanha lá longe. Ela termina numa mina de carvão abandonada a uns dez *quilômetro* daqui, e acompanha a Estrada de Tijolo Amarelo, que é essa trilha em que o senhor *tava*, por uns cinco ou seis *quilômetro*, antes de acabar.

---

68 – Telefone para casos de emergência nos EUA. (N.T.)

— Mande o pessoal do resgate levar logo a senhora — disse Gabe, instigando seu cavalo a galopar a toda com um simples toque dos saltos das botas.

Lily estava basicamente como ele a havia deixado: olhos fechados, gemendo de dor e parecendo estar com baixíssima pressão arterial. Por mais de meia hora Gabe cuidou dela, substituindo as talas que lhe protegiam os ombros e o pescoço, mantendo-a aquecida e tão hidratada quanto ela permitia, e sussurrando palavras constantes de incentivo. O ferimento era grave, provavelmente um deslocamento com fratura e muita hemorragia, e era bastante provável que ela fosse operada antes do fim da noite.

Depois de fazer tudo em que pôde pensar, Gabe ajoelhou-se ao lado dela e espreitou a vegetação no lugar onde o atirador havia ficado. Valeria a pena levar a polícia até lá, na possibilidade remota de que o homem tivesse deixado algum indício. Quanto mais Gabe pensava no episódio, mais se convencia de que o pistoleiro que quase o havia matado na rua perto da Casa Branca e o agressor daquele dia eram o mesmo ou, pelo menos, trabalhavam para as mesmas pessoas. Era quase impossível acreditar em outra possibilidade.

Mas por que seria ele o alvo? Tentar chegar a uma explicação que se enquadrasse nos fatos era o atalho para uma enxaqueca.

— Aguente firme, Lily — disse. — O socorro deve chegar em poucos minutos.

— Será que eu aguento chegar a um hospital em Washington? — ela perguntou, com voz fraca e irritada.

— Nas suas condições, eu não arriscaria. Você deve ter perdido muito sangue no braço e no peito. É quase certo que vá precisar de anestesia e de uma operação para reparar seu ombro. Talvez quando estiver estabilizada possamos providenciar seu transporte para um centro médico universitário.

— Obrigada, doutor.

Seus olhos se fecharam e mais uma vez ela sonhou acordada, respirando ruidosamente. Instantes depois Gabe ouviu uma sirene se aproximando, e um minuto depois dois *trailers* chegaram sacolejando pela esburacada Estrada de Tijolos Amarelos, seguidos por uma ambulância.

Os paramédicos, como quase sempre havia sido o caso quando Gabe observava seus colegas trabalharem, eram confiantes, eficientes e muito competentes. Os dois — um rapaz e uma mulher mais velha — foram gentis e cumprimentaram Gabe pelos primeiros socorros improvisados enquanto imobilizavam o pescoço de Lily, começavam a lhe aplicar soro, instalavam um cilindro de oxigênio e verificavam rápida e competentemente se havia outros ferimentos, imobilizando seu ombro. Gabe se recordou do que já sabia bem. Se ele alguma vez se lesionasse fora de um centro médico, só não preferiria ser tratado por um paramédico se a outra opção fosse um especialista excepcional em lidar com traumatismos.

Quando chegou, a equipe reparou que havia um lugar onde dar a volta e, após carregar Lily para o fundo da ambulância e voltar a elogiar Gabe pelo trabalho bem feito, deram marcha à ré, seguidos por um dos *trailers* de Flint Hill.

Não foi surpresa que nada tivesse sido encontrado no mato ou na estrada à frente que sugerisse a identidade do atirador, embora houvesse alguns galhos quebrados na área onde Gabe achou que o homem esteve. Gabe sentiu-se obrigado a revelar aos policiais a natureza de sua ligação com o presidente, mas preferiu não falar sobre o atentado anterior contra sua vida. Ligaria para Alison logo que chegasse à capital e então, exceto se ela se opusesse frontalmente, falaria com Magnus Lattimore e talvez com o próprio presidente. Depois de dois atentados contra sua vida em menos de uma semana, pareceu-lhe que era hora de obter a proteção do Serviço Secreto.

Em primeiro lugar, porém, ele tinha uma tarefa a cumprir: vasculhar a casa de Lily Sexton. Ela deixara a casa aberta. Se sua governanta tinha mesmo ido embora, como parecia, ele teria tempo para procurar alguma informação sobre Jim Ferendelli e depois ir ao hospital ver como Lily estava.

Gabe levou o cavalo de Lily para o lugar onde o cavalariço esperava. Então, depois de murmurar algo sobre pegar sua pasta na sala de leitura, voltou à casa.

Começou pela suíte principal, um grande quarto maciçamente acarpetado com um elegante banheiro, na parte traseira da casa. Havia uma pequena escrivaninha, mas sem nenhum documento de interesse em cima ou nas gavetas. Os *closets*, entretanto, eram mais interessantes. Havia dois deles, um embutido e outro muito menor. O embutido estava repleto de vestidos de noite e roupas para o dia a dia de uma mulher que se esforçava em se vestir bem. O *closet* menor estava cheio de roupas masculinas de um homem que se vestia com tão bom gosto quanto a dona da propriedade. Ternos, vários *smokings*, roupas de trabalho usadas, vestuário de montaria, camisas e calças do cotidiano. Cintura oitenta e três centímetros, comprimento de perna oitenta e dois, camisas de tamanho médio. Gabe calculou que o homem tinha um metro e setenta e oito, setenta e sete quilos, e estava em forma. Não tinha ideia se essas roupas eram de Jim Ferendelli, mas não se surpreenderia nem um pouco se depois descobrisse que eram.

A escada dos fundos conduzia a três quartos de hóspedes, cada um confortavelmente equipado com banheiro. Com o entusiasmo minguando rapidamente, Gabe percorreu os quartos, puxando uma gaveta aqui, outra ali, e examinando os *closets*, todos vazios mas prontos para receber ocupantes, com cobertores e toalhas extras.

Estava quase subindo a escada para pegar sua pasta quando se deteve no meio do quarto de hóspedes mais distante da escada dos fundos, que ficava bem embaixo da sala de leitura. Atrás da cômoda antiga de carvalho e de um grande espelho havia uma porta na parede, visível de qualquer dos lados da cômoda, mas somente em um ângulo agudo. Cautelosamente, Gabe fez a cômoda deslizar. Meia página datilografada estava guardada num plástico e pregada com tachas na porta, a menos de um metro e meio do chão.

A FAZENDA DE LILY PAD E A FERROVIA SUBTERRÂNEA

A construção da sede do Estábulo Lily Pad realizou-se entre 1835 e 1837. O rancheiro de ovelhas Thaddeus Boxley e seus filhos foram os primeiros proprietários. Não se sabe se a família morreu ou se foi embora. Em meados de 1840, a fazenda passou à propriedade do abolicionista James Sugarman. Ela também se tornou um elemento importante na Ferrovia Subterrânea, uma série de pousos para os escravos que tentavam escapar do cativeiro para a liberdade, nas cidades do Norte e no Canadá.

O pequeno cômodo atrás desta porta chegava a acomodar dez homens, mulheres e crianças por um dia inteiro. Fique à vontade para examinar o cômodo mas, por favor, não toque em nada.

A porta baixa e estreita, construída com três tábuas habilidosamente unidas, estava embutida na parede sobre dois trilhos. Gabe perguntou-se se a cômoda esteve lá desde o começo. Fazia sentido, especialmente em vista do fato de quase não haver espaço para móveis em qualquer outra disposição. A ocultação da porta sobreviveria apenas a um exame superficial, mas ele conseguiu imaginar situações em que ela pudesse passar despercebida.

Gabe abriu as cortinas para clarear o cômodo e acendeu o abajur de cabeceira. Então, com extremo cuidado, enfiou dois dedos numa ranhura norte-sul que havia sido entalhada na margem direita da porta e puxou. A porta deslizou na parede com uma facilidade surpreendente, revelando um espaço escuro e empoeirado de cerca de oito metros e meio, com piso de barro vermelho batido. Havia três bancos toscamente esculpidos encostados nas paredes, uma antiga vassoura de palha, um balde d'água de madeira com uma concha e um segundo balde maior com tampa, que Gabe deduziu fosse para ajudar na remoção de excrementos humanos.

Não havia nenhuma fonte de luz, mas, se alguém se postasse no vão da porta, a luz do quarto de hóspedes fluiria e iluminaria suficientemente a maior parte do espaço. Três das quatro paredes eram construídas com o mesmo barro vermelho do piso. A quarta, à esquerda de Gabe, era um tipo de painel de madeira toscamente entalhado. Isso era tudo que havia no cômodo: uma parada de fuga para escravos, virtualmente intocado havia mais de 160 anos.

Frustrado, Gabe virou-se para sair, e então olhou para trás para se certificar de não ter deixado nenhuma pegada reveladora. Os saltos de suas botas haviam, de fato, deixado várias marcas no chão de terra. O resto do chão havia sido caprichosamente varrido, possivelmente com a velha vassoura.

Cauteloso para não levar marcas de barro ao pequeno quarto de hóspedes, tirou as botas e as pôs de lado. Depois se ajoelhou e estava alisando as imperfeições quando observou pedacinhos de barro solto em torno das bases das pernas do banco encostado na parede de painéis. Parecia que o banco havia sido arrastado para a frente e depois empurrado de volta.

Ele engatinhou com cuidado até o banco e o puxou em sua direção. Estava preso à parede, com espaço suficiente em uma das extremidades para permitir a entrada dos seus dedos. Com um puxão mais forte, abriu um pequeno vão da porta com dobradiças quase invisíveis, revelando um túnel parecido com o próprio cômodo, sustentado a cada dez metros mais ou menos por dormentes verticais de ferrovia e uma viga mestra. O túnel era muito escuro, mas havia luz em um ponto distante. Gabe resolveu não calçar as botas. Atravessou a pequena câmera com um passo e entrou no túnel com o outro.

Em silêncio total, com os sentidos aguçados, ele se movimentou na escuridão profunda na direção do brilho tênue. Percorreu talvez cem metros quando começou a ouvir o tamborilar de maquinaria, dando-se conta de que a luz vinha sob algum tipo de cortina encorpada. Cautelosamente, puxou a cortina de lado alguns centímetros. Logo depois dela, uma porta de aço escovado, com vidro na parte superior, separava-o de um corredor reluzente, azulejado e brilhantemente iluminado. Ao longo do corredor do lado direito havia cinco portas idênticas à que estava à frente dele. Cada uma estava identificada por uma letra e um número pintados logo acima do vidro. Além disso, havia placas de bronze com nomes logo abaixo dos vários painéis.

Gabe inalou, reteve a respiração, abriu a porta e entrou. O zumbido constante e mecânico se fazia ouvir da extremidade do fundo do corredor. A não ser por isso, não havia som ou nenhum movimento. Ele se posicionou para conseguir enxergar através do vidro da primeira porta, etiquetada com B-10. Abaixo do vidro, uma placa de bronze dizia: DR. K. RAWDON.

O compartimento, reluzindo sob luzes fluorescentes brancas, era obviamente uma espécie de laboratório, sem ninguém no momento. Havia muitos terminais de computador ao longo de uma aparelhagem complexa que consistia em uma disposição emaranhada de tubos metálicos grossos e finos muito lustrosos, ligada por rebites e parafusos e construída ao redor de uma série de lentes e visores ópticos. Era como se ele estivesse olhando para o mecanismo interno de um submarino nuclear.

Mas Gabe sabia que não era bem assim.

Seu estudo dos materiais retirados por empréstimo da biblioteca de Jim Ferendelli lhe havia revelado várias imagens de equipamentos quase idênticos aos da aparelhagem da Sala B-10. Ele tinha certeza de que o instrumento era um microscópio de tunelagem com varredura, capaz de mapear a superfície dos materiais átomo por átomo. Esse instrumento, mais do que qualquer outro, era fundamental para o *design* e a construção dos sistemas de nanoescala. Ele se havia tornado, na essência, a base do campo inteiro da nanotecnologia.

CAPÍTULO 39

— Lester, como é que vai?

Grata por não precisar usar as mãos para utilizar seu fone de ouvido, Alison tirou a embalagem de um chiclete Trident e o pôs na boca para se reunir aos dois que já estavam lá. Desde o momento em que avistou Treat Griswold se dirigindo para seu carro, ela sabia que essa operação ia mesmo requerer três chicletes. Pelo menos três.

— Estou de passagem por Dale City — disse Lester. — Ele já saiu?

— Já, está entrando no carro. Escute, Lester, tem certeza de que quer ir adiante com isso?

Ela já sabia a resposta. Todas as informações sobre o sujeito diziam que, quanto maior o desafio, mais ele apreciava. O homem era magro, com olhos escuros e brilhantes que sugeriam que estava aprontando alguma, mesmo quando estava sentado imóvel. Depois de se conectar com ele no Memorial de Lincoln, Alison lhe ofereceu café de um quiosque e encontrou um banco onde puderam conversar. O trato de ir adiante foi consumado em minutos.

Lester disse a ela que não se preocupasse com seu sobrenome, só com a remuneração de trezentos dólares que combinaram

— isso depois que ela lhe ofereceu quinhentos. Ele disse que era um *busker* — um artista performático de rua, com gostos simples. Nada mais, nada menos. Alison percebeu instintivamente que Lester era muito mais do que isso, mas ele admitiu ser apenas um *entertainer*, que de vez em quando fazia serviços terceirizados para o FBI para se manter a todo o vapor.

— Por que eu haveria de não querer ir adiante com isso? — ele perguntou.

Alison esperou dois carros se meterem entre ela e o jipe de Griswold, depois entrou no fluxo do tráfego.

— Lester, esse homem não é normal. É forte como um touro, é treinado para matar e anda armado. Sei que você é que está se metendo numa situação de perigo, mas estou ficando com medo.

— Nesse caso — disse Lester —, você vai me pagar trezentos e vinte e cinco.

— Tudo bem, tudo bem, que seja. Bem, o trânsito não está ruim, estamos quase fora da cidade. Logo que o cara passar pela saída que leva à casa dele, a gente vai saber que ele se dirige a Fredericksburg. Está com a roupa adequada?

— Do jeito que você pediu, além de uma colônia Jack Daniel para ressaltar o efeito. Sei reconhecer uma boa ideia quando ouço uma. Vai dar certo, Alison. Mamão com açúcar.

— Lester, quem *é* você?

Pôde perceber que ele deu um risinho.

— Como eu lhe disse no parque, sou apenas uma pessoa que precisa de perigo e animação na vida de vez em quando, e que deve um favor a seu amigo Owen, aliás *alguns* favores. Ele disse que você era legal pra caramba e que não estaria de acordo com essa armação se não fosse importante. Isso é tudo de que preciso saber.

— Você é quem manda.

— Agora, sim!

— Nesse caso, acho que a entusiástica recomendação do Seth a meu respeito me dá o direito de saber como é que você fez aquele truque com os Tic Tacs.

— Você só teria esse direito se recebesse uma Medalha de Honra do Congresso. Como é que vai o nosso alvo?

— Estamos chegando à saída que ele tomaria se fosse para casa, mas... mas ele passou direto. O jogo vai começar, amigo.

— Ótimo. Estou com o mapa das ruas de Fredericksburg aberto bem aqui. Vou encontrar um lugar seguro pra deixar este meu calhambeque não muito longe da garagem. Depois vou andar até lá e fingir que estou trancando o cadeado até ele chegar.

— A porta é do lado direito. Ele não deve reparar em você por tentar abrir a porta e não a que tem o Porsche atrás dela. Tome cuidado para nenhum guarda te flagrar. Eu ligo e informo quando ele estiver saindo da 95.

— Tudo bem, então vou deixar meu celular debaixo do assento. Você se acalme e chupe um Tic Tac.

Apesar do chiclete, Alison tinha a boca seca enquanto ela seguia o jipe três carros atrás. O trânsito estava perfeito: nem muito denso, nem muito leve. Quando chegaram à saída Dumfries, Griswold subitamente rompeu o padrão que Alison previu que seguiria. No último instante possível, ele girou o jipe para a direita e para a rampa de saída. Ela quase podia vê-lo examinando o espelho retrovisor para verificar qualquer movimento repentino de algum dos carros que vinham atrás dele. Se ela fizesse o mesmo que ele fez, estaria se denunciando. Impotente, ela freou, continuou na rodovia e discou o número de Lester para avisá-lo de que alguma coisa estava errada e de que eles deviam desistir para tentar outro dia.

Não houve resposta.

Com um frio no estômago, ela acelerou e passou para a faixa central da rodovia.

CAPÍTULO 40

Treat Griswold não tinha ideia de por que subitamente entrou na saída Dumfries, exceto que se sentia inquieto desde que certa mulher desconhecida de aparência exótica, com a pele levemente acobreada, iniciou uma conversa com Constanza e Beatriz no salão de manicure. As duas tinham rígidas instruções para evitar conversas prolongadas com qualquer pessoa, e para relatar-lhe quaisquer contatos incomuns, o que haviam feito.

Ele se lançou na rampa de saída muito rapidamente, e sentiu o centro de gravidade do jipe dar uma guinada para a direita, mas, embora os anos não tivessem sido generosos quando se tratava dos "pneus" que sobressaíam sobre seu cinto, sua frieza nos momentos de crise e seus reflexos estavam mais aguçados do que nunca. O jipe não capotou, e, de acordo com o que ele viu pelo espelho retrovisor, tampouco alguém o estava seguindo.

Ele achou que estava paranoico, só isso, só meio paranoico... embora tivesse todas as razões para estar.

Quem quer que o tivesse seguido no ano anterior — calculou que a porra de um detetive, ou talvez alguém de um dos outros órgãos do governo —, havia mapeado sua vida secreta em Richmond com detalhes perturbadores, com fotos e vídeo. Na noite em que o telefone tocou na casa da Rua Beechtree, o homem do outro lado da linha conhecia em minúcias sua vida dupla.

A voz disse que não queria saber de bate-boca, de discussão, de negativa nem de protesto. Griswold devia obedecer ao que lhe estava sendo exigido ou seria o seu fim: revelariam tudo sobre ele, ele seria suspenso do emprego no Serviço Secreto e, muito provavelmente, processado. Por outro lado, se fizesse o que lhe mandavam fazer, teria recursos financeiros mais do que suficientes para assegurar que, dali a alguns anos, quando Beatriz envelhecesse e se tornasse cansativa, ele teria meios para recrutar e desenvolver sua substituta.

Griswold manobrou o jipe por ruas secundárias que conhecia bem e voltou à I-95 em Garrisonville.

Estava apenas um pouco paranoico, nada mais.

O laboratório lhe havia prometido para aquele dia um relatório sobre as impressões digitais deixadas no vidrinho de esmalte *Abandonada numa Ilha Deserta*. Suzanne, jardim de infância, Fredericksburg. Eram essas as informações de que dispunha para descobrir alguma coisa. Já havia começado a investigar discretamente a tal mulher, mas até então nenhuma das fontes lhe havia fornecido qualquer pista sobre a tal mulher que se enquadrasse na descrição. Mas isso iria acontecer, afirmou para si mesmo. Se ela existisse, eles descobririam.

Era bem provável, entretanto, que estivesse fazendo tempestade em copo d'água, nada mais do que isso.

Griswold recostou-se no assento e relaxou, relembrando as imagens vívidas de sua noite com Beatriz. Ela aprendia rápido, e era facílimo programá-la com o uso de drogas selecionadas, técnicas de lavagem cerebral da CIA e, claro, Constanza. Mais uns seis meses e a menina seria para ele a companhia mais sensual, dedicada e feita sob encomenda possível de imaginar. De fato, sob muitos aspectos, ela já era.

Um último olhar de relance nos espelhos não indicou nada incomum. Griswold introduziu rapidamente um CD do Grateful Dead[69] e selecionou "Truckin'", sua faixa favorita. Quando a canção terminou, ele se aproximava da garagem. Lambeu os lábios à perspectiva de estar atrás do volante do Porsche de novo. O jipe era útil e confiável, mas o Porsche era... bem, Beatriz.

Entrou na Rua Lunt e imediatamente localizou um homem com um pé de cabra tentando abrir o cadeado no lado direito vazio de sua garagem. O homem, de aparência nada excepcional, parecia um vagabundo, de tênis, calça maltrapilha, blusão castanho-amarelado usado e um inclassificável boné de beisebol azul.

Durante os anos, o governo havia feito Griswold frequentar cursos sobre diversos assuntos e de reciclagem em direção defensiva e ofensiva, a maioria ministrada juntamente com treinamento de armas de fogo num hipódromo reformado no interior da Virgínia, a que as pessoas se referiam informalmente como *Crash and Bang*[70].

Ele havia treinado umas dez vezes a manobra que escolheu por reflexo, e acelerou sem hesitar rumo à garagem. Com o motor rugindo, dirigiu-se em alta velocidade diretamente para o homem, que ficou paralisado, olhando de olhos

---

69 – Banda de *rock*. (N.T.)

70 – Expressão intraduzível; significa algo como Cursos de Operações Especiais. (N.T.)

arregalados para o veículo que se aproximava velozmente. No último momento possível, Griswold pisou no freio e girou o volante fortemente para a direita. Se fizesse a manobra corretamente, a traseira do jipe giraria e o ladrão ficaria virtualmente preso à porta da garagem. Se errasse, mesmo que por pouco, a parte inferior do corpo do homem e a pesada porta de madeira se transformariam numa coisa só.

O giro foi perfeito. Com os pneus cantando e fazendo fumaça, o Cherokee rodopiou pouco mais de 180 graus e parou suavemente à frente da garagem, impedindo o vagabundo de escapulir, exceto à esquerda. Essa possibilidade desapareceu antes que o homem pudesse reagir quando Griswold, de pistola em punho, saltou do jipe, correu para onde o intruso encardido permanecia, agarrou-o pelo blusão e bateu-lhe com força contra a porta da garagem. O pé de cabra caiu com estrondo na calçada.

A expressão dos olhos do homem era de indiscutível pânico. Ele fedia muito e desagradavelmente a álcool e aos perrengues por que passava.

— Por... por favor, não me machuque.

— Que porra você está fazendo?

— Está tudo bem? — perguntou uma voz feminina de algum lugar na rua. — Quer que eu chame a polícia? Eu vi tudo.

— Não! — retrucou Griswold por cima do ombro. — Eu posso tratar disso. E então, cara?

— Eu... eu estava só procurando um treco pra vender — gaguejou o homem, com a fala enrolada e desajeitada. — Os tempos *tão* difíceis, né?

Griswold futucou as costelas do intruso com o cano da pistola.

— Você *tá* mentindo pra mim? Se estiver, cara, juro que acabo com a sua raça. Por que escolheu este lugar?

— Eu... eu *num* consegui entrar naquela ali. Eu só *tava* dando uma geral na rua. Juro, moço. Eu só *tava* dando uma geral na rua.

Nesse instante, o celular de Griswold tocou. Com a arma ainda comprimindo a barriga do homem, Griswold largou o blusão dele, verificou quem estava ligando e colocou o fone perto do ouvido.

— Griswold falando.

— Griz, aqui é o Harper, do laboratório. Acho que a gente encontrou um jogo de impressões que combina com o do vidro de esmalte.

— Dá pra você esperar um instante?

— Tudo bem, mas não demore. Acho que você vai querer ouvir o que tenho a dizer.

— É só um instante.

Griswold voltou sua atenção de novo para o maltrapilho, que começou a chorar.

— Por... por favor, eu sou um sem-teto. Desculpe, desculpe mesmo. *Num* vai acontecer de novo.

— Se eu te pegar aqui de novo, você é um homem morto. Entendeu? Morto!

Griswold recuou, dando abertura para o homem escapar. Timidamente, o vagabundo deu uns passos à frente e depois, aos tropeços, foi indo pela rua, esperando até dobrar a esquina antes de abrir um sorriso.

— Tudo bem — disse Griswold, voltando a pressionar o fone na orelha. — Qual é?

— Qual é — disse o especialista criminal do laboratório —, é que as impressões são iguais às de uma agente do FBI.

— De uma o quê?

— De uma agente do FBI. Na verdade, se eu não estiver enganado, ela é do Serviço Secreto. Como você.

CAPÍTULO 41

Atônito e atordoado com o que havia descoberto, Gabe permaneceu ao lado do vão do recesso da porta do Laboratório B-10, desejando que suas pulsações diminuíssem e ele pudesse saber o que fazer.

Volte à casa, volte à casa e se reorganize!

Estava sozinho no corredor muito iluminado de um laboratório subterrâneo que tinha pelo menos um microscópio de tunelagem com varredura, a peça principal e indispensável das pesquisas de nanotecnologia. Chegava-se à instalação, esculpida nas encostas das montanhas Blue Ridge, pouco distante do Vale do Shenandoah, por uma entrada escondida e pouco usada na ala de hóspedes da opulenta casa de campo de Lily Sexton. Devia haver mais uma ou outras entradas, mas não era possível saber a que distância ficavam daquela.

Volte!

Duas coisas absolutamente evidentes àquela altura: a brilhante, elegante e sedutora Sra. Sexton tinha muito mais que um interesse passageiro por nanotecnologia, uma das ciências que ela estava designada para colocar sob o controle do governo, caso se tornasse a primeira secretária de Ciência e Tecnologia do país. Além disso, ao contrário do que ela afirmava, seu relacionamento com o Dr. Jim Ferendelli era muito provavelmente mais do que superficial.

Gabe estava na mesma distância entre a porta dos fundos da casa de Lily e a próxima porta no corredor, a qual, segundo podia ver, era o laboratório B-9. Sua melhor abordagem seria recuar e, tão logo possível, verificar alguns cadastros de imobiliárias e mapas relativos à área. Mas a parte dele que sempre lhe causara problemas o instava a prosseguir, pelo menos até a próxima sala.

Isso é pouco inteligente e arriscado, ele se advertiu à medida que se dirigia, pouco a pouco, para a B-9.

Pouco inteligente e arriscado.

Sentiu o ímpeto da adrenalina, que, já fazia muito tempo, deixara de ser parte importante de sua vida, mas que o havia levado a tomar várias decisões perigosas na vida. A última coisa de que precisava, apenas sete horas antes do encontro programado com Ferendelli, era ser flagrado ali.

Adiantou alguns metros.

A porta B-9 localizada na reentrância, idêntica em todos os aspectos à B-10, era de aço escovado e alta tecnologia, com uma camada de vidro grosso na parte superior. Ele espiou para dentro do cômodo muito iluminado, que era mais um laboratório deserto, com mais aparelhagem para pesquisas que ele reconheceu dos livros de nanotecnologia: um microscópio de varredura de elétrons. Esse MVE era capaz de criar imagens notavelmente nítidas de nanotubos e fulerenos invisivelmente minúsculos ao lançar sobre eles um fluxo de elétrons.

A placa de bronze sob o vidro dizia apenas: MICROSCÓPIO DE ELÉTRONS. Não havia nenhum nome na placa. Gabe refletiu que o Dr. K. Rawdon, do laboratório de microscópio de tunelagem, provavelmente era também o chefe daquela unidade.

Distraído, Gabe estava a um passo além do que poderia estar ao reagir às vozes e passos que ecoaram no corredor de algum lugar acima e à direita. Susteve a respiração e se enfiou no vão da reentrância da porta B-9 quando dois homens com uniforme de guardas surgiram de um corredor, batendo papo e rindo. Os dois usavam armas na cintura.

— Você compreendeu alguma palavra do que estavam falando lá dentro? — perguntou um deles.

— Eu não, mas é por isso que eles são "crânios" e ganham uma grana preta, e a gente não ganha.

— Mas eu me amarrei naquele troço que o Dr. Rosenberg estava mostrando. Eram cérebros vivos de verdade, sem corpos. Dá pra acreditar? Ouvi dizer que ele guarda eles no laboratório na Ala A, mas essa foi a primeira vez que eu vi.

— Pois é, cara, que será que eles estão pensando? Vai ver que alguma coisa como "Poxa, tá escuro aqui".

— É, e também "Ei, não consigo escutar porra nenhuma aqui. Poxa, onde está todo mundo?"

Os dois homens deram gargalhadas. Se um deles tivesse virado à esquerda, encararia diretamente Gabe, que estava a nove metros de distância, sem conseguir se esconder totalmente na reentrância da porta. Em vez disso, porém, viraram à direita, longe dele, e saíram do Corredor B por portas de aço giratórias.

A necessidade desesperada de Gabe por respostas recomeçou a lutar com seu bom senso.

O silêncio que seguiu à saída dos guardas não foi completo. Gabe ainda conseguia escutar o zunido baixo, semelhante ao de uma máquina, e também algumas vozes.

Cérebros vivos de verdade, sem corpos.

Fascinante.

Ele não se conteve: não podia ir embora sem tentar obter mais informações. Seu bom senso tinha um caminho determinado. Só um pouco mais de informação... só um pouco mais.

Pendurados em cabides perto do microscópio de varredura de elétrons havia dois jalecos de laboratório, compridos até os joelhos. Gabe testou a maçaneta do cômodo e a pesada porta se abriu. Segundos depois, ele surgiu usando um dos jalecos brancos. Com as botas novamente no começo do túnel, as meias escuras apareciam debaixo do *jeans* e davam-lhe aparência tola, mas ao mesmo tempo facilitavam seu caminhar silencioso pelo corredor. Ainda assim, tinha a impressão de que alguém poderia ouvir seu coração disparando dentro do peito.

A sala B-8, feudo de um tal Dr. P. Wilansky, era mais um laboratório vazio cheio de equipamentos sofisticados. Havia uma ramificação de corredor à frente e à direita, o saguão de onde os guardas haviam vindo. O zunido baixo de máquina estava mais pronunciado, assim como a voz de um homem, alta o bastante para que Gabe distinguisse algumas palavras:

— Observem... cérebro... manchado... imunofluorescência...

Gabe avançou pouco a pouco pelo canto e espreitou o corredor. No final havia mais duas portas, idênticas às outras. A direita estava fechada, e a esquerda, aberta. Comprimido contra a parede, com todos os músculos tensionados, ele foi em frente. Se alguém atravessasse as portas atrás dele, não haveria como recuar e era quase certo que não se encontraria com Ferendelli. Mesmo assim, ele precisava ver.

— Este *slide* é de uma foto tirada dois meses depois que os indivíduos receberam uma dose de dez microgramas de fulerenos revestidos de anticorpos especificamente codificados com neuroproteínas do hipotálamo. A administração da droga nesse caso foi oral, mas os resultados da administração de fulerenos intravenosos e aerossolizados foram virtualmente os mesmos. Como podem ver, não houve praticamente nenhuma mudança na localização ou na concentração da imunofluorescência, mesmo depois de trinta dias. Quando esses carinhas se fixam, eles se prendem de verdade, embora se desliguem muito gradualmente.

Gabe achou que a expressão "esses carinhas" e a maneira como Rosenberg falou provocaria pelo menos um ou dois risinhos, mas a plateia permaneceu num silêncio petrificante.

Mais um metro e meio.

Gabe agora estava a apenas alguns passos da porta fechada. Pelo vidro ele pôde ver sete cientistas de jaleco branco — cinco homens e duas mulheres — de costas para ele, de pé ombro a ombro na extremidade de uma sala acarpetada de cerca de vinte metros, provavelmente uma sala de reuniões sem cadeiras.

Dê a volta e vá embora! Vá embora enquanto pode!

Um *slide* estava sendo projetado numa tela para o pequeno grupo. Pelo que Gabe pôde ver, a imagem era o corte transversal de um cérebro, com o brilho da tinta verde jade de um marcador imunofluorescente espalhado numa área que parecia ser o hipotálamo. Quando ele estava no age de seu conhecimento de neuroanatomia, o que ocorreu alguns minutos depois de terminar a faculdade, poderia ter identificado facilmente as estruturas naquela região do cérebro. Agora, porém, ele teria de aceitar a palavra do Dr. Rosenberg.

O *slide* granulado com um marcador fluorescente não trazia exatamente os cérebros vivos de verdade, mas sem corpos, a que os guardas de segurança se haviam referido. Gabe se aproximou pouco a pouco. Nesse instante, como se por acordo, uma das cientistas no centro da fila recuou, virou-se para a esquerda e tossiu fortemente várias vezes.

Pela abertura que ela deixou, Gabe viu três grandes cilindros de vidro de um metro e vinte de altura e trinta centímetros de diâmetro. Encontravam-se cheios até quase o topo de um líquido translúcido dourado — Gabe supôs que fosse um soro ou qualquer outra forma de nutriente — que estava sendo aerado por um borbulhador, a fonte do zumbido mecânico. Um grande número de fios de monitoração enroscava-se nas bordas de cada cilindro, conectando-se do lado de fora deles com sofisticados equipamentos de monitoração, e pelo menos um deles era um EEG — um eletroencefalograma — que mostrava atividade contínua de ondas cerebrais.

As outras extremidades dos fios estavam implantadas em cérebros — uma em cada cilindro, suspensa por um tipo de quadro de acrílico. Cada uma daquelas formas incluía não apenas o cérebro e o cerebelo, mas também o tronco cerebral e vinte centímetros da medula espinhal.

Nossa, aqui dentro é escuro mesmo!

Cérebros funcionando, metabolizando! *Cérebros vivos e pensantes!*

Eles poderiam ter sido humanos, mas a avaliação automática de Gabe foi a de que, se isso era verdade, os cérebros não eram de humanos totalmente adultos. Antes de conseguir avaliar mais plenamente a natureza desses cérebros ou qualquer outro aspecto dessa visão macabra, a mulher parou de tossir e recuou para seu lugar na fila dos cientistas de jaleco branco.

Agora vá!

Dessa vez ele começou a recuar lenta e deliberadamente até o corredor B para sair do laboratório. Haveria tempo para meditar sobre o que acabara de ver e ouvir, mas agora seu foco precisava ser ir embora do laboratório e voltar a Washington.

Com a atenção ainda concentrada na porta da sala de conferências, Gabe recuou, olhando por cima do ombro a cada passo que dava, prevendo a volta dos guardas. Em vez disso, porém, o perigo veio da própria sala. Com breves e superficiais aplausos os cientistas se viraram e, sem muita conversa, saíram em fila pela porta já aberta, encaminhando-se diretamente para onde ele estava, a não mais de sete metros e meio de distância.

Gabe tinha alguns segundos para reagir. Seu instinto foi o de simplesmente se virar e correr, mas, mesmo que ele conseguisse percorrer o túnel até a casa de Lily Sexton, havia boa possibilidade de que os guardas armados o alcançassem antes que fosse muito longe. Se conseguisse escapar, certamente haveria repercussões quando Lily soubesse do que ele havia feito.

Ainda assim, fugir era sua única opção, e ele estava determinado a fazer isso quando se lembrou do primeiro colega da cadeia na prisão do ICM em Hagerstown: Danny James, um astuto ladrão de joias que penetrou em certa mansão usando *smoking*, durante uma festa suntuosa, foi ao quarto principal, localizou o cofre da família atrás de um espelho, arrombou-o, embolsou as joias que a anfitriã não estava usando e ainda saboreou canapés antes de se dirigir ao seu carro. Ele teria escapado sem problemas se não tivesse tirado as joias do bolso e as colocado no banco do carona para admirá-las momentos antes de o carro ser acidentalmente atingido na traseira por uma viatura policial.

— Todo mundo que leva uma vida sem graça está sempre envolvido nos próprios assuntos — disse James uma noite, após o toque final de recolher. — O truque é ser ousado e dar a impressão de saber o que está fazendo, para que possam continuar a pensar nos seus dois assuntos favoritos: eles mesmos e seus empregos.

No dia seguinte, vestido como lixeiro e, Gabe reconheceu, agindo como um, James conseguiu sair escondido num caminhão de coleta de lixo e recuperar a liberdade. Quando Gabe foi solto no fim do ano, Danny James ainda não fora capturado.

O truque é ser ousado e dar a impressão de saber o que está fazendo.

Quase instintivamente, ignorando os pés com meias, deixou de se preparar para correr. Em vez disso, deu largas passadas em direção ao primeiro do grupo, um professor desengonçado de ombros caídos com lentes grossas e um topete rebelde de cabelo branco que parecia o resultado de um choque elétrico.

— O senhor já terminou o assunto com o Dr. Rosenberg? — perguntou Gabe alegremente.

O homem, talvez com sessenta anos, olhou-o de relance por um instante, resmungou alguma coisa sobre o fato de a reunião ter demorado tanto e passou por ele, seguido cegamente pelos outros. Não estava absolutamente claro se ele ou qualquer um dos demais observou que o homem que ameaçava se intrometer nos seus pensamentos e suas preocupações sobre a demorada reunião não estava usando sapatos e não tinha crachá de identificação pendurado no pescoço.

Era tudo o que Gabe podia fazer para evitar dar continuidade a seu desempenho espontâneo ao entrar na sala de conferências para perguntar ao Dr. Rosenberg sobre suas pesquisas e se os crânios eram, de fato, humanos. Mas era improvável que algum membro da equipe de segurança fosse tão egocêntrico quanto os cientistas ou tão confiante de que qualquer um usando um jaleco devia ser um dos mocinhos, com ou sem sapatos.

O amplo laboratório subterrâneo, dedicado pelo menos em parte a pesquisas nanotecnológicas e neurobiológicas, ainda não fazia sentido, mas certamente devia ter ligações com os livros que ele havia retirado da biblioteca de Jim Ferendelli. Durante dias, as perguntas haviam se empilhado como folhas outonais. Agora, em apenas algumas horas, finalmente haveria respostas, desde que, evidentemente, ele conseguisse escapar.

Cautelosamente, Gabe foi até o Corredor B, depois atravessou a porta giratória de volta ao Estábulo Lily Pad. Ao passar pelo Laboratório B-10, pôde ver o Dr. K. Rawdon debruçado nas lentes do microscópio de tunelagem com varredura. Na parede acima do cientista havia uma tabuleta escrita com letras floreadas, numa moldura de laca preta simples que Gabe não havia percebido na primeira passagem pelo laboratório.

PENSE PEQUENO — dizia a tabuleta, em letras minúsculas.
PENSE PEQUENO.

CAPÍTULO 42

— Quem fala é o farmacêutico.
— Qual é seu nome? — perguntou Alison.
— McCarthy. Duncan McCarthy.

Alison consultou a lista de farmacêuticos qualificados colada discretamente no verso dos registros de pacientes da clínica da Casa Branca. O nome de McCarthy constava da relação.

— Por favor, avie a receita de inalador inteiramente com Alupent que está no seu arquivo em nome de Alexander May.

May era o nome em código de qualquer receita destinada à Casa Branca e *inteiramente* significava sete inaladores idênticos.

— Qual é o nome do portador que vem pegar o inalador?
— Cromartie — Alison soletrou o sobrenome. — Alison Cromartie. Quando chegar, eu mostro minha identidade.
— Vem a que horas?
— Hoje à noite. Não, não, espere. Amanhã. Passo no hospital para pegá-lo amanhã de manhã.
— Tudo bem — disse o farmacêutico. — Eu vou estar aqui.

Alison desligou o telefone da sala de exames e entrou no consultório do médico, o consultório de Gabe. Eram quase sete da noite e nenhum sinal dele. Ela desejou ter pensado em anotar o número do celular dele. Os dois tinham muito que conversar. Ainda assim, talvez fosse melhor ela não ter ligado ainda: assim, tinha tempo para refletir sobre o quanto queria revelar — a ele ou ao chefe da Corregedoria, Mark Fuller. Alison podia comprovar que Treat Griswold estava provavelmente envolvido numa perversão com meninas ou, pelo menos, com uma determinada menina. Isso, por si só, fazia dele um alvo fácil de extorsão.

Além disso, tinha uma prova irrefutável de que Griswold havia infringido uma lei não escrita da Casa Branca ao repetidamente manusear remédios do presidente, especificamente o inalador. Se havia ou não ligação entre o inalador e os problemas psiquiátricos de que o presidente poderia estar acometido, dependeria do que uma análise rigorosa do conteúdo do inalador revelasse.

As informações que ela possuía àquela altura poderiam ser suficientes para apresentar a Fuller, mas não havia como arriscar sua carreira e atacar o agente mais poderoso e respeitado do Serviço Secreto sem provas e especulações mais do que indiretas. Ela precisava comprovar seu relacionamento com as moças da Rua Beechtree, e também de uma análise positiva do conteúdo do inalador que ele repetidas vezes dera ao presidente. Lester havia feito bem seu trabalho, embora, de acordo com ele, sua vida possa ter sido poupada por um chamado acidental para o celular de Griswold.

Se Alison fosse realmente investir contra o homem número um do Serviço Secreto do presidente, tinha de ter provas irrefutáveis das infrações. Los Angeles lhe ensinara que ter conhecimento não fundamentado, boas intenções e a disposição de se empenhar num confronto tipo ela disse/ele disse simplesmente não era o bastante para abrir o bico contra qualquer pessoa influente.

Seu plano era mandar analisar o conteúdo de vários inaladores com Alupent, incluindo o que Lester tirou de Griswold, mas não iria, de jeito nenhum, arriscar-se a recorrer a Mark Fuller ou a qualquer outra pessoa ligada ao Serviço Secreto para fazer isso. Fuller estava fazendo um bom trabalho ao proteger sua identidade até agora, mas, apesar do que havia dito a ela, era difícil acreditar que ninguém a não ser Fuller soubesse que ela trabalhava com identidade secreta na Casa Branca. O Serviço era um grupo muito unido, e, com um homem da estatura de Griswold metido na história, antes do que se imaginasse haveria um vazamento da identidade.

Lester havia sido muito cauteloso com suas palavras quando se falaram pela primeira vez. Se ele era um agente do FBI, ela o faria abandonar o emprego ao lhe pedir que abrisse o jogo e falasse com Fuller? Usar um agente do FBI não iria cair bem, independentemente do assunto. Haveria alguma forma de contornar isso?

No momento, o inalador estava enfiado debaixo do banco do seu carro. Existiria um laboratório fora do governo com sofisticada capacidade analítica no qual ela pudesse confiar também quanto à discrição? A resposta era obviamente afirmativa, mas Alison não tinha ideia de como localizar esse laboratório, nem como abordar os funcionários que trabalhavam lá.

E a internet? — ela se perguntou.

Possivelmente. Ela poderia ter uma ideia sobre a confiabilidade de um lugar com um telefonema para o encarregado, mas, com tanta coisa em jogo e apenas uma amostra, queria ter certeza de que o laboratório que escolhesse seria o mais indicado.

Gabe seria uma ideia melhor.

Era hora de ela confiar em alguém, e ele era a escolha óbvia. Ela já lhe revelara seu disfarce. Partilhar suas preocupações sobre Griswold provavelmente seria seguro, e, com sorte, Gabe teria tido experiência na sua clínica com o tipo de laboratório de hematologia de que ela precisava.

Alison pegou um envelope e uma folha de papel de carta na escrivaninha e escreveu:

> Tenho um assunto importante para falar com você, bonitão.
> Ligue pra mim, por favor. A qualquer hora do dia ou da noite.
>
> A.

Acrescentou o número dos telefones de casa e do celular, fechou o envelope, escreveu nele o nome e o cargo de Gabe e o deixou no canto do seu mata-borrão, sobre a mesa. Nesse momento, ouviu a porta da área da recepção abrir e fechar silenciosamente.

— Gabe? — gritou.

Nada.

Alison verificou o lugar do envelope uma vez mais e deu vários passos em direção à sala. Pelo vão da porta, o cômodo parecia vazio. Teria realmente ouvido alguma coisa? Sentiu o pulso acelerar.

— Gabe? Alguém está aí?

Ela saiu do consultório e entrou na área da recepção. Diretamente à sua frente, a porta para o corredor externo estava fechada. Nesse instante ela percebeu um movimento à sua direita. Começou a se virar, mas era tarde demais. Um braço grosso e forte lhe prendeu a garganta, apertando-a com força atordoante, sustando-lhe a respiração e impedindo-a de gritar.

Um pano impregnado de um líquido qualquer foi comprimido contra sua boca. O braço no pescoço dela se afrouxou o suficiente para ela respirar.

— Griswold! — tentou dizer, batendo em vão no corpo volumoso, atacando-o de costas, com os punhos e os pés. — Griswold, não!

— O que você acha disso, hein, Cromartie? — perguntou Griswold num sussurro rouco. — Anestesia líquida inalada: insípida, inodora e faz logo um efeito que demora para acabar. Inventada por seus colegas apenas para nós, agentes operacionais. Se a gente pusesse esse pano na boca e no focinho de um búfalo, ele cairia no chão em meio minuto. Você não tinha conhecimento dessa anestesia? Ah, lamento. Acho que não contam as coisas a enfermeiras dedo-duro, só aos *verdadeiros* agentes. Nós ficamos sabendo de todas as novas drogas. Como você verá.

Rapidamente o terror de Alison cedeu lugar à impotência e depois a um distanciamento estranho do que estava acontecendo. Ela tentou sustar a respiração, continuar a chutar para trás a canela de Griswold e cutucou com os cotovelos seu peito desproporcional. Tentou morder a mão que apertava o pano cada vez mais contra sua boca, espremendo-lhe os lábios contra os dentes.

Ondas de tonteira e náusea a impossibilitaram de continuar lutando. Ela ia vomitar, vomitar, aspirar e morrer sufocada. Ela ia...

O medo, a impotência e a náusea intensa cederam lugar à vertigem e ao enjoo e, instantes depois, à escuridão. As últimas coisas que ouviu dos lábios atrás dela foram a respiração como um grunhido e a fala gutural.

— Eles te entregaram, Alison. Só precisei dar um telefonema e eles te entregaram. Viu como te *respeitam*?

CAPÍTULO 43

— Muito bem, que entre o herói.

O Presidente dos Estados Unidos, usando um roupão branco felpudo e sandálias havaianas combinando, cumprimentou Gabe na sala de estar da residência da Casa Branca. Embora fossem apenas dez da noite, duas ou três horas antes da hora de dormir de Stoddard, o cansaço nos seus olhos estava mais pronunciado do que de hábito.

— Herói? — repetiu Gabe.

— Evon Mayo, assistente de Lily Sexton, telefonou e nos contou o que aconteceu. Ela disse que o tratamento com as talas pode ter salvado a vida de Lily. Parece que, além do ombro fraturado, ela teve um pulmão perfurado e correu o risco de perder sangue até morrer.

— Não havia muito que eu pudesse fazer no local, mas é um princípio meu dissuadir as pessoas de achar que sou um herói.

— Não sei por que não acredito em nenhuma parte dessa sua declaração — disse Stoddard.

— Fiquei com ela no Hospital Fauquier, em Warrenton, até inserirem um tubo no seu peito, lhe fazerem uma transfusão e o estado dela se estabilizar. Para uma cidade pequena — ou até mesmo para uma cidade grande, aliás —, aquele hospital é espetacular; ele me lembra do que temos lá na minha terra. Se você pudesse mandar-lhes um memorando ou algo como presidente, sei que adorariam.

— Combinado — disse o presidente, sem anotar nada.

Mas Gabe não teve dúvida de que o memorando seria enviado.

— Hospital bom ou não — ele disse —, Lily quer que o pessoal já formado cuide do seu ombro, e eles têm um heliporto bem perto da emergência, de modo que amanhã de manhã, se ela estiver bem para viajar, vai ser transportada até Georgetown.

— Quero que você me conte o que aconteceu lá. Lily é uma amazona muito experiente. Eu mesmo já percorri aquelas trilhas com ela, e ela já cavalgou comigo e com Carol nos estábulos perto de Camp David umas duas vezes. Lily me faz parecer um principiante.

Gabe tinha se preparado para esse momento durante todo o percurso de Warrenton à capital. Era hora de Drew tomar conhecimento de parte do que estava acontecendo ao seu redor. Não de tudo ainda, mas de parte.

— Um homem que estava no bosque atirou em nós. De rifle. Usava uma máscara preta de esqui, e roupa também preta. Não era um atirador exímio, certamente não pelos padrões de Wyoming. Da distância que o separava de nós, ele deveria ter acertado pelo menos um dos cavalos, mas não atingiu nada, exceto um tronco de árvore a mais ou menos dois metros e meio da gente. O cavalo de Lily empinou e a jogou no chão. Suponho que o meu já estivesse exausto de me arrastar na trilha, porque ficou no mesmo lugar.

— Máscara preta de esqui, roupa preta, bem lá no bosque onde vocês dois estavam... não me parece ser um maluco.

— Acho que não era mesmo.

— Quer dizer que ele tentou matar Lily?

— Matar a mim — disse Gabe, sem rodeios.

A expressão de surpresa de Stoddard foi fugaz.

— Você parece estar certo de que foi um homem — ele disse. — Tive a sensação de que tem mais a me contar.

Gabe fez uma pausa ao se preparar para ir direto ao ponto. Dizer que seu ex-companheiro de quarto já tinha bastantes preocupações era simplificar muito a verdade, mas chegara a hora de acrescentar mais um problema.

— Essa foi a segunda vez desde que cheguei a Washington que alguém tentou me matar — disse Gabe finalmente. — E acho que foi o mesmo sujeito.

Com os olhos apertados, Stoddard escutou, impassível, a narrativa do tiro que não dera certo na Rua G. Conteve as perguntas até Gabe terminar.

— Você disse que esse homem teria matado você se seu carro não tivesse sido colidido atrás no momento exato?

— Isso mesmo. Supondo que seja o mesmo homem, depois de vê-lo manejar um rifle não acho que se trate de um assassino de aluguel, mas mesmo ele não teria errado à distância de um metro e meio.

— E a colisão foi por acaso?

Stoddard, como sempre, enxergava as coisas de longe. Gabe estava preparado para a pergunta. Primeiro Alison, depois o telefonema de Ferendelli, e finalmente a estranha descoberta no nível inferior da casa de Lily Sexton. Ele estava começando a fraquejar sob o peso dos segredos que escondia do homem que o trouxera para Washington. Durante o percurso de volta do hospital de Warrenton, definira o que iria contar ao presidente e onde estabeleceria um limite, pelo menos até obter mais informações.

— A pessoa que bateu com o carro no meu e provavelmente salvou minha vida estava me seguindo deliberadamente — disse. — Estava na minha cola.
— Para pegar você?
— Não, acho que para me proteger.
— Você não quer me dizer quem era?
— Não, Drew; prometi pensar muito antes de contar a alguém, mas agora estou preparado.

Mais uma vez, Gabe percebeu o raciocínio de Stoddard processando rapidamente as informações que lhe haviam sido apresentadas até então.

— Fosse lá quem fosse essa pessoa, estava seguindo você desde a Casa Branca às duas da manhã?
— Estava.
— Alguém do Serviço Secreto?

Gabe não se surpreendeu com a velocidade com que o presidente somou dois e dois. Esse homem, após o acidente de Fairhaven, deixou de ser um estudante medíocre em Anápolis para chegar ao primeiro lugar de sua turma, depois à governança e, finalmente, à presidência.

— É, trabalhando sob disfarce — respondeu Gabe.
— Com que objetivo? Por ordem de quem?
— Tenho condições de responder à segunda pergunta, mas não tenho certeza quanto à primeira. Foi o chefe da Corregedoria que enviou a pessoa. Acho que o objetivo era saber quanto de verdade havia...
— No boato de que eu estava pirando — completou Stoddard.
— Sim, senhor, e talvez também captar informações que pudessem lançar alguma luz sobre o que aconteceu com Jim Ferendelli.

Mais uma vez, Gabe quase podia sentir as deduções do presidente em relação aos fatos, racionalizando todas as possibilidades.

— É aquela mulher, não é? — ele disse de repente. — A enfermeira sobre quem meu amigo Mike Posnick, da Califórnia, me telefonou pedindo para colocá-la no Serviço Secreto.

— Alison Cromartie. Sim, Sr. Presidente, é ela mesma.

— E ela foi a Baltimore conosco, certo? Achei que a conhecia de algum lugar. Só a vi uma vez, há uns dois anos. Ela tem uma aparência interessante.

— Tenho de concordar com isso.

Stoddard olhou de relance para Gabe, com um lampejo nos olhos, e deu um breve sorriso, mas rapidamente sua expressão se obscureceu.

— Estão apertando o cerco, Gabe — disse. — Como malditas hienas sentindo cheiro de carniça, estão apertando o cerco.

Pegou do chão um impresso de computador que estava ao seu lado e o passou a Gabe. Era uma coluna que saía em grandes jornais do país; essa fora publicada pelo *Montgomery Mirror*, baseada nas últimas pesquisas de opinião realizadas pelo Gallup, que indicavam uma queda na liderança democrata, de doze para oito por cento — a menor diferença desde pouco depois que se realizou a Convenção Republicana.

ONDE HÁ SCHMUCK[71], HÁ FOGO

Pergunta: Qual foi o principal executivo que arriscou sua saúde e a liderança deste país ao "jogar para a arquibancada" numa reunião de partidários liberais que possuem uma grana preta? Ocorre que o executivo principal em questão estava no

---

71 – Trocadilho com "smoke" (fumaça); quer dizer uma pessoa burra, idiota. (N.T.)

meio de um severo acesso de asma, suficiente para interromper seu discurso na metade.

E todos sabemos que esse ataque deve ter sido sério. A conduta de um homem sensato seria voltar ao palco após apenas alguns minutos de tratamento?

Acho que não.

Talvez os boatos que estão circulando na capital da nação tenham alguma verdade, talvez muita verdade. Os boatos dizem que em grande parte do tempo o homem na cadeira de ouro, com aparência de bom menino e a filosofia liberal de sugar o sangue do trabalhador, está demonstrando uma irracionalidade que só pode ser chamada de semelhante à de Nixon. É isso aí, é isso aí; Tricky Dick[72] era republicano e aqui estou eu, arrasando com ele de forma indecente, ao incluí-lo na mesma categoria daquele cujo nome não deve ser citado.

Bem, a loucura não tem partido e é apolítica, e se nosso executivo principal, o homem que tem o dedo indicador no GRANDE BOTÃO, está perdendo a sanidade, não me importa a que partido pertence. Por isso, Sr. *Presi*, recomendo que tenha medo dos mais recentes números das pesquisas. Tenha muito medo.

O público americano está ficando preocupado com o que eu sei há muito tempo, isto é, que o senhor não está no pleno domínio de suas faculdades mentais. O senhor não é o primeiro executivo principal a tentar esconder segredos importantes de nós, assalariados cumpridores da lei, e certamente não será o último. Desconfio de que, quando se cruzarem nas pesquisas os seus números e os de Brad Dunleavy pela última vez, saberemos a verdade.

---

72 – Alcunha dada ao ex-presidente Richard Nixon, que significa "Dick Trapaceiro" ou "Astuto". (N.T.)

Gabe soltou o impresso e respirou audivelmente.

— *Hienas* é mesmo a palavra adequada — disse.

— Precisamos chegar ao cerne desse assunto antes que ele acabe conosco.

— Estou agindo, Drew, estou mesmo.

— E então?

— Preciso de mais um dia, depois a gente conversa.

— Já teve notícias do seu amigo psicanalista?

Gabe enrijeceu ao ouvir a pergunta. Entre as muitas coisas que decidira não contar a Drew, pelo menos por enquanto, estava o ataque a Blackthorn no hotel do aeroporto, especialmente a pasta perdida. Com alguma sorte, segundo garantira Blackthorn, não existiam informações acessíveis na pasta.

— Não falei com Blackthorn desde que ele voltou a Tyler — disse Gabe —, mas sua impressão inicial era que, de alguma forma, uma substância tóxica estava intermitentemente entrando no seu corpo.

— Alguma coisa parecida com veneno?

— Não necessariamente. Há outras explicações. Drew, você é o chefe, mas eu realmente prefiro reunir mais dados antes de lhe contar o que consegui saber.

— Você é o médico, mas seja rápido. Você leu aquela coluna.

— Compreendo, pode crer.

— Quero só que me diga umas coisinhas. Acha que o sujeito que tentou matar você matou Jim?

Gabe havia decidido que no dia seguinte contaria a ele. No dia seguinte, depois que ele e Ferendelli tivessem se reunido, ele poria Drew a par, para acelerar a situação. Por enquanto, como solicitado por Ferendelli, não contaria a ninguém.

— É possível — respondeu. — Mas, se ele foi tão incompetente com o assassinato de Jim quanto foi com o meu, há uma boa probabilidade de Jim ainda estar vivo.

— E essa mulher, Alison?

— Espero falar com ela hoje ou amanhã. Até onde eu sei, ela não descobriu nada.

— Mas me diga: ela é inteligente?

— Muito.

— Você está se apaixonando por ela?

— É cedo para dizer.

A expressão de Stoddard foi severa.

— Lembre-se para quem você trabalha, está bem? Preciso saber que venho em primeiro lugar.

— Você vem em primeiro lugar, meu amigo — disse Gabe. — Mas eu tenho uma pergunta.

— Vá em frente.

— Há alguma coisa importante que você não me contou? *Qualquer* coisa?

Stoddard olhou um instante para ele com um jeito estranho, depois sacudiu a cabeça.

— O que é que está havendo? — perguntou.

— Kyle Blackthorn me falou que tem uma espécie de sexto sentido em relação às pessoas, e percebe quando elas estão sendo totalmente verdadeiras ou não. Ele se perguntou se você estaria escondendo alguma coisa ou talvez não estivesse contando toda a verdade sobre um assunto. Lembre-se de que a primeira vez em que nos falamos em Wyoming, você escondeu uma coisa muito importante de mim.

Mais uma vez, o olhar vacilante e estranho do presidente.

— Bem, dessa vez ele se enganou — disse Stoddard. — Se eu souber alguma coisa importante, você também vai saber. Mantenha-me informado, e, se precisar de recursos que estejam à minha disposição, é só dizer, e eles serão seus.

— Quanto mais sigilo mantivermos sobre isso, melhor — respondeu Gabe.

— A gente se vê amanhã, então.

Os dois amigos se levantaram e apertaram as mãos.

— Amanhã — disse Gabe, antes de se encaminhar ao consultório e se preparar para o encontro com Ferendelli.

Ao descer no pequeno elevador, admitiu duas coisas. Uma: era muito improvável que ele tivesse algum sentido aguçado ou adicional, como Blackthorn. A outra era que quase certamente, apesar da afirmação contrária de Stoddard, o presidente estava ocultando alguma coisa dele, ou mentindo deslavadamente.

CAPÍTULO 44

Tenho um assunto importante pra falar com você, bonitão.
Ligue pra mim, por favor. A qualquer hora do dia ou da noite.

A.

Alguma coisa estava errada.

Com o bilhete de Alison encostado no abajur de sua mesa, Gabe discou para a casa e para o celular dela mais uma vez. Não houve resposta.

Fazia quanto tempo que ela estivera no consultório? A que tipo de assunto importante se referia? *Bonitão* dava a entender que ela estava entusiasmada e de bom humor. Por que ele não conseguia contatá-la agora?

Eram quase onze e quinze da noite. Com sorte, em uma hora e quarenta e cinco minutos, o mistério do desaparecimento de Jim Ferendelli e seu relacionamento com Lily Sexton seria esclarecido a Gabe.

Entre os fatos acontecidos naquele dia no Estábulo Lily Pad e agora sua forte sensação de que o presidente estava mentindo para ele ou ocultando alguma coisa, o dia havia sido extremamente cansativo. Agora Alison não atendia nenhum dos seus telefones.

Onde diabos estava ela naquela hora da noite?

Como acontecia nas situações estressantes, as têmporas de Gabe começaram a latejar — um canhão explodia para cada batimento cardíaco. Qual poderia ser a explicação otimista para Alison deixar aquele bilhete e depois não estar disponível no telefone de casa nem no celular? Devia ser alguma coisa simples como bateria descarregada ou um defeito qualquer no maldito telefone. Em Wyoming ele andava sempre com um celular, porque se esperava que todos os médicos do hospital o fizessem. Mas não confiava em celulares — nem em Tyler, nem em Washington. Devia ser isso, tentou se convencer: era um problema com o celular dela.

Seus maxilares se cerraram, de frustração e preocupação.

Sem se dar conta de estar vasculhando a gaveta da mesa, de repente o vidro de comprimidos diversos estava na sua mão. Era como vários pacientes com problemas de peso lhe diziam ao longo dos anos: a história triste e recorrente de se ver na frente da geladeira aberta, sem absolutamente se lembrar como chegaram lá.

Que merda estava fazendo, um alcoólatra supostamente sóbrio, com pílulas na mão sempre que as coisas ficavam pretas? Precisava enfrentar o fato de que, da mesma forma que alguns alcoólatras ativos operantes conseguiam manter seu emprego e talvez seu casamento, apesar do vício, ele estava operante, apesar da depressão latente que havia décadas lhe tolhia o espírito, desde o pesadelo de Fairhaven e do horror inestimável de ter tirado a vida de uma mulher e de seu bebê por nascer.

Um Valium. Cinco miligramas acabariam com o nervosismo. Não era uma dosagem alta, afinal de contas. Havia Valium de malditos dez miligramas.

Discou os dois números de Alison pela terceira vez, deixando em cada um deles um recado preocupado. Tinha sido bem ali onde ele estava sentado que ela amarrara sua gravata, tinha sido bem ali que ela ficara na ponta dos pés e o beijara suavemente, e implorara que houvesse tempo para eles dois. Agora ela havia desaparecido e ele estava se preparando para reagir à crise ao tomar mais um comprimido.

Ela merecia coisa melhor. Ela merecia coisa melhor, e ele também.

Gabe levou o punhado secreto para o banheiro, despejou os comprimidos no vaso e deu descarga.

Escuridão, fita adesiva e ratos.

Por algum tempo depois que recuperou a consciência, tudo de que Alison tomou conhecimento foi da fita adesiva comprimida contra sua boca e que lhe prendia os pulsos, cotovelos, tornozelos e pernas a uma cadeira pesada. Então, à medida que o nevoeiro de sentidos se dissipou, ela percebeu seus pés, e começou a arrastá-los de um lado para outro do espaço onde estava confinada, e pelo menos duas vezes teve certeza de que roçaram nela.

Com o passar do tempo, sua visão foi capaz de se valer de uma pequena quantidade de luz que penetrava debaixo de uma porta. Estava num cômodo desordenado, que parecia um depósito. O ar, que precisava se esforçar para inalar, era frio e cheirava levemente a mofo. À sua frente, ela podia discernir o nítido contorno de uma harpa, depois de um porta-chapéus e por último, atrás dele, uma grande tabuleta que dizia: FELIZ ANIVERSÁRIO, SR. PRESIDENTE.

Ainda estava na Casa Branca, prisioneira num almoxarifado no porão ou até mesmo no subsolo, se é que existe, mantida lá pelo guardião número um do presidente.

Estar desconfortavelmente amarrada e precisar se esforçar para respirar eram distrações suficientes para evitar que ficasse tão amedrontada como poderia ter ficado, mesmo com os ratos. Censurou-se por não ter escrito mais informações no bilhete para Gabe; pelo menos mencionar que havia problemas com Treat Griswold, mas na ocasião estava muito paranoica para fazer isso.

Uma por uma, Alison testou suas limitações. Não tinha a menor possibilidade de se livrar. Mesmo a fita adesiva sobre a boca foi presa com força em torno da sua cabeça e depois reforçada na frente para impedir que mordesse. No momento apenas duas coisas eram claras: encontrava-se completamente impotente, e não estava morta.

Perguntou-se como Griswold havia tomado conhecimento dela. A resposta era de difícil compreensão. Entretanto, era claro que, a não ser que Griswold estivesse convencido de que ela havia lhe contado tudo que sabia e por que tinha bisbilhotado sua vida, era muito provável que fosse receber uma lição sobre o volume de dor a que seria capaz de resistir.

Será que Griswold se arriscaria a mantê-la presa na Casa Branca? Embora improvável, era imprevisível quando alguém poderia precisar de alguma coisa daquele cômodo. Havia luz do lado de fora da porta. Isso queria dizer que seu cativeiro não era muito isolado.

Mais ou menos uma hora depois, suas perguntas foram respondidas. Com um suave estalido, a porta se abriu, inundando o cômodo de luz que vinha de um corredor de concreto do lado de fora. Treat Griswold entrou furtivamente, acendeu a única lâmpada do teto e fechou silenciosamente a porta atrás de si.

— Hora de botar o pé na estrada, moça — disse, em tom áspero, atrás da orelha dela. — Mas antes vou lhe dar um presentinho para evitar que você enjoe no carro.

Sem mais uma palavra, ele se posicionou atrás dela, enfiou-lhe uma agulha inteira na nuca e injetou o conteúdo de uma seringa no seu músculo. Depois de apenas um minuto, o cômodo começou a rodar impiedosamente.

CAPÍTULO 45

Saindo do hospital em Warrenton para voltar a Washington, Gabe havia tomado um desvio de meia hora, rumado para Anacóstia uma segunda vez, depois atravessado a ponte da Rua Benning. Outrora um dos mais procurados bairros de classe média da cidade, segundo fontes do Google e, claro, da Wikipedia, Anacóstia começou sua evolução de noventa por cento de brancos para mais de noventa por cento de negros em meados dos anos cinquenta. Mesmo que partes da área já tivessem conhecido dias muito melhores, certos quarteirões ainda apresentavam casas e jardins harmoniosamente conservados e um encanto diferenciado da virada do século XX.

O Dr. John Torrence, um major negro do Exército e membro da equipe médica da Casa Branca, cresceu em Anacóstia e ainda tinha família lá.

— Negro ou branco — ele disse a Gabe —, caminhar em Anacóstia depois da meia-noite não é coisa que eu recomende fazer com frequência. Mas se, por alguma razão, eu não pudesse deixar de fazer isso, eu o faria. Como a maioria das cidades do interior, existem quadrilhas e viciados doidões, mas no geral as pessoas são gente fina.

O PACIENTE NÚMERO UM

A noite não tinha lua e estava atipicamente fria para a época. No reconhecimento que fizera da região, Gabe havia identificado um local para estacionar que era o mais perto possível da área debaixo da ponte da Rua Benning. Quando chegou ao lugar, eram vinte para a uma. Tratava-se de uma rua estreita ao longo da Reserva Florestal da Anacóstia, um amplo campo que havia algumas horas estava cheio de pessoas desfrutando piqueniques, jogando *softball*[73] e *touch football*[74], pipas voando a grande altura e *frisbees*[75]. A iluminação do parque estava longe da ideal, e deve ter sido pelo menos uma das razões pelas quais Ferendelli escolhera esse lugar para se encontrarem.

Passaram-se dez minutos.

Gabe baixou a janela do Buick. Não havia quase ninguém no lugar. Por duas vezes ele ouviu vozes, e uma vez viu a sombra de três ou quatro pessoas — meninos, pareciam — atravessando o parque. Lá em cima, na ponte, havia um ruído constante de tráfego.

À proporção que seus olhos se adaptavam, ele conseguiu facilmente distinguir o rio, um afluente do Potomac, e o centro do que deveria ser uma reforma daquela parte da cidade. A mais ou menos um quilômetro e meio ao sul, a Rua Capitol Leste atravessava o rio, suas ruelas a oeste rumando para o Capitol Hill, o Mall e, é claro, a Casa Branca.

Cerca de um quilômetro e meio.

---

73 – Esporte que é um subproduto do beisebol, sendo a bola maior do que a deste último. (N.T.)

74 – Versão do futebol americano jogada por amadores. (N.T.)

75 – Objetos em forma de discos de 20 a 25cm, geralmente de plástico, que voam quando lançados em rotação. (N.T.)

Gabe esboçou um sorriso pela ironia. Uma reunião que estava na iminência de acontecer naqueles arredores pobres poderia afetar o mundo tanto quanto qualquer uma que já houvesse acontecido naqueles prédios sóbrios e antigos. Não faltava muito para o encontro.

Durante certo tempo, o ataque a Blackthorn o atormentara. Como poderia o matador ter sabido onde Blackthorn estava hospedado? Instado pelo psicanalista, Gabe havia pedido a Treat Griswold que mandasse seu apartamento ser vistoriado em busca de "grampos". Segundo lhe foi relatado, nenhum havia sido encontrado.

Mais dois minutos.

O campo continuava deserto. Segundo Gabe pôde perceber, não havia movimento em lugar algum debaixo da ponte. Ele se perguntou o que faria se Ferendelli não aparecesse. Talvez fosse visitar Lily Sexton e se oferecer para endireitar o ombro fraturado sem anestesia, se ela continuasse a lhe esconder informações.

Parecia que Ferendelli havia escolhido cuidadosamente a fotografia no consultório médico para garantir que Gabe soubesse com segurança que a reunião era com ele. Mesmo assim, Gabe lamentava estar aprendendo a não confiar em nada nem ninguém quando se tratasse do presidente.

Cauteloso para manter a luz interna apagada e se perguntando se fora insensato não trazer algum tipo de arma branca, Gabe saiu do Buick, trancou-o e atravessou o campo rumo à escuridão sob a ponte. Acima, o movimento ruidoso dos carros aumentou à medida que ele se aproximou. Faróis cintilavam. À sua esquerda, o cheiro do rio ficou mais forte.

Quando se aproximou da ponte, de repente se imaginou visualizando o deserto, com Condor a todo o galope, carregando-o sem qualquer esforço pelo terreno crestado em direção ao pôr do sol.

Logo, ele pensou, *logo vai terminar.*

O próprio campo estava em excelente estado e razoavelmente livre de dejetos, mas o lado abaixo da ponte da Rua Benning fedia a cerveja rançosa, esterco do rio e urina. As botas de Gabe esmigalharam vidro quebrado. Gabe penetrou nas sombras densas logo abaixo da beira da ponte. Então se virou para o campo e esperou o homem a quem havia sucedido na Casa Branca, o renascentista que muitos julgavam morto.

— Estou armado — disse uma voz suave e refinada atrás dele. — Levante as mãos onde eu possa vê-las. Não se vire. Qual é o seu nome?

— Singleton, Dr. Gabe Singleton.

— Como se sobe até a residência ao sair do consultório?

— Pelo elevador do saguão.

— Será que você foi seguido?

— Não vi ninguém, mas também não tomei nenhuma precaução para despistar.

— Deveria ter tomado.

— Desculpe.

— Caminhe até aquele poste, com as mãos levantadas.

Mais uma vez, fez como solicitado. O homem macilento e barbado que o encarou não tinha arma alguma. Em vez disso, estendeu a mão ossuda e agarrou a de Gabe com uma força surpreendente. Seu cabelo estava despenteado, e naquele momento ele parecia muito mais velho do que cinquenta e seis anos, a idade que Gabe havia lido na sua pasta pessoal. O que Gabe pôde discernir de sua expressão era soturno. Ele estava agitado e precisava muito de um banho. Sua tensão era quase palpável.

— O senhor não imagina como estou aliviado por saber que está vivo, Dr. Ferendelli.

— Estamos numa crise de enormes proporções, Dr. Singleton. Nosso presidente está sofrendo um ataque. Sua vida está em perigo todos os dias.

— Então suas crises psiquiátricas são...

— Se por *psiquiátricas* o senhor se refere a uma enfermidade de algum tipo, a um mau funcionamento espontâneo do cérebro, os problemas dele não são absolutamente psiquiátricos.

— Mas...

Mesmo na escuridão, Gabe pôde perceber a intensidade brilhando nos olhos de Ferendelli.

— O Presidente Stoddard não está maluco — disse Ferendelli. — Ele está sendo envenenado, recebendo doses de uma droga psicoativa, aliás, várias drogas psicoativas.

— Eu me perguntei sobre isso quando testemunhei uma das crises — disse Gabe —, por isso coletei sangue para análise, mas os frascos foram roubados da geladeira do nosso consultório.

— Roubados? O senhor sabe por quem?

— Não, e o senhor?

— Tenho algumas ideias.

— Dr. Ferendelli — Jim —, você está bem agora? Quero dizer, você está doente?

— Há semanas não durmo mais do que duas horas seguidas. Corro tanto perigo quanto o presidente. Poderiam me matar da mesma forma que poderiam matá-lo, apenas... apenas apertando um botão. — Ferendelli olhou furtivamente ao redor. — Tem certeza de que não foi seguido?

Alguma coisa sobre essa pergunta incomodou Gabe, mas ele não soube definir precisamente o quê.

— Não, não tenho — respondeu. — Já disse. Ouça, estou com meu carro logo ali. Deixe-me levá-lo a um hospital ou... ou para minha casa.

— Só quero que você fale comigo — disse Ferendelli. — Fale comigo e me escute. Fui envenenado, doutor. Assim como ao presidente, me envenenaram. Não voltei a trabalhar porque não sei exatamente quem são eles, e não fugi porque devo isso ao meu presidente e ao meu país.

— Sua filha está bem?

— Está, até onde eu sei. Quando tudo isso começou a acontecer, receei que pudessem usá-la para chegar até mim, por isso precisei fugir para ficar com amigos. Desde que ela continue onde está, ninguém a encontrará. Agora, por favor, escute o que tenho a dizer.

— Vou escutar, Dr. Ferendelli, mas tente se concentrar. Quem são eles? Um deles é Lily Sexton?

A menção ao nome dessa mulher atingiu Ferendelli como um soco na cara. Por alguns minutos ele não disse nada. Quando finalmente falou, havia um tremor perceptível na sua voz.

— Peço a Deus que você não tenha tido contato com essa mulher.

— Vou lhe contar sobre minha ligação com ela quando você terminar de falar. Por favor, Jim, por favor, conte-me tudo, desde o começo.

— Ah, isso é ruim — disse Ferendelli —, isso é muito ruim. Você já a viu, não é? Já esteve com ela?

— Já, mas, por favor, se controle e me conte o que está acontecendo.

Inventor, médico, artista, intelectual. O homem renascentista do qual Gabe tanto ouvira falar estava uma pilha de nervos.

Como se lesse os pensamentos de Gabe, Ferendelli respirou calmamente:

— Tenho um amigo chamado Wysocki, Zeke Wysocki. Ele é químico analítico e tem um pequeno laboratório perto de Durham. É um homem solitário, sem nenhuma habilidade social, mas é um excelente químico e ótimo jogador de pôquer. Foi assim que nos conhecemos: jogando pôquer em particular. Ele gostava de falar sobre casos em que foi contratado pela polícia e pelo FBI, casos que nenhum laboratório comum poderia resolver. Então, despreocupado, quando a análise do sangue do presidente deu negativo, mandei para Wysocki uma das amostras divididas que eu havia guardado.

— E ele encontrou alguma coisa.

— Na verdade, encontrou várias coisas. Eu coletei sangue depois de duas crises do presidente. Continha traços de diversos alucinógenos em cada amostra, só que não eram os mesmos.

— Continue, Jim. Você está indo muito bem.

Ferendelli estava recomeçando a ficar irrequieto. Tirou do bolso do paletó uma garrafinha de água mineral e deu um gole trêmulo e demorado. Gabe se perguntou se a garrafa conteria vodca. Ferendelli não estava envenenado, apenas amedrontado — amedrontado e totalmente exaurido.

— Tem certeza de que não foi seguido? Estou sentindo vibrações negativas neste lugar desde que você chegou.

Gabe olhou de relance para o campo vazio.

— Não vejo como, mas se quiser ir a outro lugar, ou apenas andar de carro e conversar, podemos fazer isso.

— Acho... acho que podemos ficar aqui mesmo.

— Prossiga, Jim. Conte o que seu amigo descobriu. Tudo isso está começando a fazer sentido para mim. Nós vamos chegar ao cerne das coisas, garanto que vamos. E, seja lá do que você e o presidente precisarem para ficar bem, vamos conseguir para vocês. Tenho uma amiga no Serviço Secreto em quem podemos confiar.

Se conseguirmos encontrá-la.

— Eu... eu espero que sim.

— Você fez bem em me contatar, Jim. Agora você está a salvo, e lhe afirmo que não está sozinho. Agora, por favor, continue.

— Não estou sozinho — repetiu Ferendelli, ligeiramente mais calmo. — Gostei de ouvir isso.

A uma esquina dali, um furgão comum, de luzes apagadas, percorreu a rua, a antena do teto girando lentamente.

CAPÍTULO 46

Alison sabia que a dor estava vindo, mas não tinha como impedi-la. Deitou-se de costas, o olhar atônito fixado na seringa na mão de Treat Griswold. Horrorizada, ela o viu, mais uma vez, colocar a agulha dentro do orifício de borracha no tubo de medicação intravenosa.

— Sei que você não gosta muito deste troço, enfermeira Alison — disse Griswold —, mas preciso mesmo saber o que está acontecendo e, francamente, a esta altura, não estou muito satisfeito com suas respostas.

— Mas eu lhe contei tudo — ela implorou, percebendo o súbito aparecimento de suor nas axilas e no lábio superior —, *tudo*. Por favor, não tenho mais nada a contar. Por favor, não faça isso de novo.

Ela estava deitada num catre militar metálico que rangia, com os pulsos e tornozelos desconfortavelmente presos à armação. O colchão fino e sem lençol fedia a mofo. O cômodo — claramente um depósito — era brilhantemente iluminado por uma lâmpada a descoberto e estava menos entulhado do que o da Casa Branca. Em algum momento ela havia sido vestida com uma bata cirúrgica azul-claro, possivelmente furtada da clínica. Suas roupas estavam caprichosamente dobradas por perto, o sutiã e a calcinha postos com cuidado em cima delas, um lembrete pouco sutil de Griswold de que ela nada podia fazer. Alison deduziu que quase certamente os dois estavam no porão da casa da Rua Beechtree em Richmond. Na casa de Donald Greenfield.

Essa era a terceira injeção que Griswold havia lhe aplicado num período que poderia ser de duas horas... ou dois dias. A ideia de ter de suportar os espasmos e a dor mais uma vez lhe encheu a garganta de bile. Ele lhe havia dito o nome do elemento químico na seringa, porém ela não o conhecia. De fato, ele havia dito que era uma coisa ainda experimental, desenvolvida por amigos dele da CIA.

Depois que ela teve licença para acordar do anestésico que lhe haviam dado na Casa Branca, Griswold relacionou as perguntas que iria fazer e então, sem esperar as respostas, injetou-lhe no braço o que afirmou ser um quarto da droga no orifício de borracha do tubo. Em menos de um minuto os músculos do corpo de Alison começaram a se contorcer. Rapidamente foram atacados por cãibras, todos os músculos, as mais brutais que ela já havia sentido.

Com os movimentos restritos, não havia posição que ela pudesse assumir para que os espasmos desaparecessem. Os músculos dos quadríceps se contraíram e se transformaram em bolas duras como pedras. Os tendões dos jarretes[76] puxavam impiedosamente na direção oposta. As contrações nos abdominais eram especialmente cruéis. Seu maxilar estava tão cerrado que ela não tinha condição de abrir a boca para gritar.

---

76 – Os três músculos posteriores das coxas. (N.T.)

Era possível, e até provável, que depois da segunda injeção ela tivesse desmaiado com a dor incessante. Acordou, gelada com o suor que se evaporou, sentindo-se como se tivesse sido espancada por um porrete. Agora Griswold ia drogá-la pela terceira vez.

— Griswold, Treat, escute. Droga, por favor, me escute! — ela suplicou, com a fala rápida e tensa. — Fui designada para a Casa Branca porque o Mark Fuller, da Corregedoria, queria saber o que poderia ter acontecido com o Dr. Ferendelli. Ele também me pediu para investigar se os boatos que havia escutado sobre a saúde mental do presidente tinham algum fundo de verdade. Além disso, eu também deveria manter os olhos bem abertos e acompanhar qualquer coisa incomum que encontrasse. Fuller nunca mencionou nenhum agente do Serviço Secreto especificamente, muito menos seu nome. Agora, por favor, não use esse treco em mim de novo, eu lhe imploro!

— Por que você me seguiu?

— Já lhe disse. Você foi o único agente que encontrei que cometeu uma infração mínima, mas incomum.

— Carregar o inalador, mesmo contra as normas.

— Exatamente. A norma pode ou não estar especificada por escrito, mas na clínica todos sabemos que ninguém, exceto nós e o próprio presidente, deve carregar os medicamentos dele, e é claro que você trabalha na Casa Branca tempo suficiente para também saber disso.

Alison não disse nada sobre o batedor de carteiras, Lester, nem sobre ter conseguido trocar os inaladores. Se Griswold tivesse a menor desconfiança da verdade sobre isso, e se de fato houvesse alguma coisa incomum a respeito do inalador que ele carregava, aí sim ela sofreria mais dor do que poderia suportar.

Alison olhou fixamente para a cabeça maciça do homem, emoldurada pelo halo da luz do teto, e para a dobra profunda do pescoço truncado, e o odiou ainda mais do que odiara os cirurgiões em Los Angeles. Silenciosamente, censurou-se por ser cautelosa demais e ter ficado traumatizada pela experiência com aqueles médicos, e por não ter comentado nada sobre esse agente lendário com Gabe ou mesmo com o próprio Fuller.

Durante algum tempo, nenhum dos dois falou. Griswold continuou de pé, olhando para ela sem nenhuma emoção específica. Alison sentiu um vislumbre de esperança: pareceu-lhe que ele estava analisando as respostas dela.

Por favor — ela pensou —, *por favor, não faça mais isso.*

Alison tentou, em vão, interpretar melhor as intenções dele. Na sua vida, ela demonstrara coragem e certa tolerância à dor, mas acreditava que não muito mais do que a média das pessoas.

Por favor, por favor, não faça isso.

Finalmente, Griswold sacudiu a cabeça maciça, os ombros de touro e disse:

— Não sei por quê, enfermeira Alison, mas, embora eu me esforce, não consigo deixar de acreditar que você está escondendo coisas de mim.

Ele ergueu o tubo de medicação intravenosa e olhou fixo para o orifício de injeção de borracha como se fosse uma espécie de flor preciosa e delicada, suspirou e rapidamente esvaziou o conteúdo da seringa no corpo de Alison.

À primeira vista do polegar do homem apertando o êmbolo, Alison começou a gritar.

CAPÍTULO 47

Cetamina, psilocibina, LSD, metanfetamina, diisopropiltriptamina, atropina, mescalina e fenciclidina.

O químico amigo de Jim Ferendelli havia encontrado traços de oito drogas alucinógenas no sangue do Presidente Andrew Stoddard.

Oito!

— Zeke costuma dizer que executar química analítica é como fazer o diagnóstico diferencial de um paciente — disse Ferendelli. — Se não se procura por ele, nunca é encontrado.

— Concordo inteiramente com isso — respondeu Gabe. — Pressuposições e suposições são tão perigosas num médico quanto arrogância e ignorância.

— Bem, Zeke levou o assunto adiante. Quando começou a ter resultados positivos, previu a resposta óbvia sobre como essas drogas poderiam ter penetrado o sangue do presidente em concentrações tão mínimas. Ele concluiu que as quantidades administradas seriam muito pequenas para ter algum efeito neurológico, a não ser que fossem aplicadas à parte específica do cérebro onde fossem mais eficazes. A melhor teoria que ele elaborou foi resumida em vários artigos que me entregou.

— Nanotecnologia — disse Gabe, quase sem fôlego por causa da maneira como as peças finalmente começavam a se encaixar. — Não encontrei nenhum artigo, mas vi os livros sobre o assunto enquanto estava esquadrinhando suas coisas à procura de indícios sobre o que poderia ter acontecido com você, e estou lendo esses livros. Ainda sou um amador no tema, mas sei bem mais do que quando comecei.

Pela primeira vez Ferendelli esboçou um sorriso. Estendeu a mão e deu umas pancadinhas de aprovação no ombro de Gabe.

— Aposto que você é um excelente médico — disse.

— Penso o mesmo de você. A princípio você esteve com Lily Sexton para aprender sobre nanotecnologia, não foi?

Dessa vez, pelo menos, a menção do nome da mulher não provocou muita agitação.

— Segundo li — disse Ferendelli —, parecia que usar nanobôs do tamanho de moléculas carregados de drogas para tratar de cânceres ou em locais específicos do corpo ainda estava em grande parte nas pranchetas de projetos e nas mentes dos futuristas. Recorri a Lily para ver se havia alguma coisa que eu não soubesse sobre o *status* do assunto. Eu também precisava elaborar algum tipo de explanação possível, uma hipótese, para responder a esta pergunta: se o presidente estava recebendo microdoses de alucinógenos, como é que as drogas eram introduzidas no corpo dele? Como podiam ser capazes de localizar a área do cérebro onde seriam mais eficazes? Talvez mais urgente e assustador era saber de que maneira elas eram ministradas na hora adequada.

Isso não é o futuro!, Gabe quis gritar, visualizando os cérebros sem corpos nos cilindros de vidro do Dr. Rosenberg e os depósitos imunofluorescentes nos *slides* mostrados por ele. *Está acontecendo agora!* Primeiro, porém, ele precisava saber como seu predecessor — e Drew — havia se exposto a tamanho perigo.

Já estava claro para Gabe que Jim Ferendelli era um verdadeiro herói. Num período incrivelmente curto, ele havia acumulado uma quantidade surpreendente de informações para tentar salvar o cargo do seu paciente e amigo de longo tempo. Nesse processo, Jim colocara a própria vida em jogo. A essa altura, esse homem deveria estar num pedestal de ouro à frente do Congresso e do povo americano, aguardando para receber as maiores honrarias que o país poderia conceder, em vez de se esconder nas sombras daquele lugar, entre garrafas de cerveja quebradas e odores fétidos, e emaciado, desgrenhado e temeroso.

— O que aconteceu, Jim? — Gabe perguntou gentilmente, imaginando o retrato desenhado na mesa daquele homem. — O que aconteceu com Lily Sexton?

— Quando procurei Lily atrás de informações sobre a nanotecnologia, ela me convidou para cavalgar no seu estábulo. Na verdade, fui lá várias vezes. Era difícil, porque eu tinha de falar com ela sobre generalidades, e não mencionar o presidente de forma alguma, embora desconfiasse de que ela já havia deduzido meu objetivo. Nós dois sabemos que meus únicos pacientes são o presidente e sua família. Nos últimos meses têm crescido os boatos sobre o estado da saúde mental de Drew, e Lily é uma pessoa muito perceptiva.

— Não posso discordar de você quanto a isso — disse Gabe.

— Bem, ela não tinha muito a acrescentar ao que eu já sabia no campo da nanotecnologia. Essa ciência está avançando a um ritmo incrível, e os grandes apostadores estão começando a especular, arriscando enormes quantias nas possibilidades, mas a área ainda é muito mais teórica e potencial do que efetiva. Lily providenciou uma visita para mim a um local de pesquisas e fabricação em New Jersey e também que eu falasse com vários dos cientistas e até com dois grandes investidores.

— Local da fabricação?

— É uma empresa que fabrica nanotubos de diversos diâmetros e comprimentos, e vários tamanhos de fulerenos. Já existe enorme demanda deles em indústrias e laboratórios do mundo inteiro. O pessoal de New Jersey os vende a quilo, como bananas.

— Está indo muito bem, Jim. Continue.

Ferendelli saiu da sombra da ponte e examinou furtivamente os arredores na escuridão.

— Eles podem me matar, Dr. Singleton — disse; sua voz voltou a expressar um tom agudo. — Basta apertar um botão, e podem me matar na hora que quiserem. E podem matar o presidente, também, na hora que desejarem matá-lo, basta apertar um botão.

Gabe foi até Ferendelli e suavemente o levou de volta à escuridão.

— Quem são eles? — indagou.

— Tenho algumas teorias, mas não passam disso. Eu... eu continuei a visitar a Lily na casa dela. Nunca nos encontrávamos na capital, só no Estábulo Lily Pad.

Gabe sabia o que viria em seguida.

— Você se apaixonou por ela, não foi? — perguntou.

— Eu me sinto um idiota.

— Bobagem. Sinceramente, não sei se algum dia conheci mulher mais interessante e atraente.

— Nada aconteceu entre nós. Sexualmente, quero dizer. Ela me incentivava a visitá-la e a cavalgar com ela, mas, cada vez que eu tentava dar um passo à frente em nosso relacionamento, ela alegava estar mantendo uma relação que precisava ser resolvida antes que pudesse se comprometer com outro. Nesse meio tempo, eu continuava com minhas pesquisas, falava com especialistas e secretamente fazia exames com o sangue de Drew. Eu me recusava a acreditar que meu relacionamento com Lily não tivesse futuro, e ela continuava a querer minha companhia. Agora sei que era *ela* que queria *me* forçar a obter informações, e não o contrário.

— Lamento, Jim — disse Gabe —, muito mesmo.

— Fui um idiota por não ter percebido a verdade bem antes. Minha capacidade de julgamento e minha ética foram deformadas pelos sentimentos que eu tinha por ela. Eu estava tão solitário desde que minha mulher morreu... Eu...

Gabe pôs as mãos nos ombros do homem.

— Tudo bem, Jim. Você fez o que era melhor para seu paciente. Ninguém pode culpá-lo por isso.

— Bem, finalmente, num último esforço para conquistá-la, resolvi fazê-la minha confidente. Afinal, ela era amiga de Drew, e ele ia nomeá-la para trabalhar no Gabinete. Por isso, contei-lhe o que sabia, qual era minha teoria e o que eu planejava fazer a respeito.

Mais uma vez Ferendelli foi até a extremidade da sombra da ponte e esquadrinhou o panorama que havia fotografado tão sensivelmente. O ruído e a vibração do tráfego veloz acima de suas cabeças eram um contraste saliente com o vazio do campo e o silêncio do rio. Sentindo que a ligação entre eles estava mais forte, Gabe deu alguns passos à frente e ficou ombro a ombro com seu antecessor; as silhuetas dos dois eram ressaltadas pelas luzes dos faróis.

— Qual foi a reação dela? — perguntou.

Ferendelli olhou de relance para ele; seu medo e seu pesar eram quase palpáveis.

— Ela me disse que eu não iria fazer nada daquilo, e que eu iria fazer exatamente o que ela me mandasse, nada mais, nada menos. Acrescentou que as coisas estavam no chá que ela servia todas as vezes antes de andarmos a cavalo, e que agora estavam em mim, em algum lugar do meu cérebro.

Gabe se sentiu paralisado. *No chá.* Lily tinha tanto orgulho do seu chá, e ficou tão animada quando ele quis mais uma xícara!...

— O que você quer dizer com *as coisas?* — ele perguntou, mal conseguindo pronunciar as palavras.

— Os fulerenos, moléculas ocas de nanobolas com drogas. Ela me disse que seu chá tinha narcótico suficiente para que eu o apreciasse muito, relaxasse e quisesse tomar mais.

— Meu Deus! — murmurou Gabe, quase inaudivelmente.

— Foi assim que ela transmitiu os fulerenos para o meu corpo. Não sei de que jeito ela fez isso com Drew, nem sei como os fulerenos, com suas microdoses de drogas, alojam-se exatamente onde provocam o efeito mais devastador.

— Acho que eu posso responder a isso — disse Gabe, sem se importar àquela altura de narrar sua experiência com os cientistas no laboratório nanotecnológico de Lily. — Os fulerenos são revestidos de anticorpos específicos de neuroproteínas ou neurotransmissores, talvez os do tálamo, dos gânglios basais e do tronco encefálico. Talvez também em outras regiões do cérebro. Os fulerenos flutuam pela corrente sanguínea até encontrar as proteínas específicas, quando então se fecham até que outro sinal lhes avise para se abrir ao romper os vínculos químicos que os tinham mantido perfeitamente redondos.

— Mas o estado da ciência não está nem remotamente próximo a esse nível de biotecnologia sofisticada — disse Ferendelli.

— Está, sim, confie no que estou dizendo, está, sim. Escute, Jim, você tem ideia de como os fulerenos são instruídos a se abrir?

— Pelo som. Eles têm um transmissor de algum tipo que deve enviar uma frequência específica, que é o sinal para que os fulerenos se abram. Talvez os transmissores enviem diferentes frequências para diferentes drogas. Lily disse que elementos químicos tinham sido transmitidos ao meu tronco cerebral com o passar do tempo e também ao do presidente, e eram capazes de parar nosso coração ou nossa respiração, ou ambos, com o apertar do botão de um transmissor. Igual a abrir uma porta de garagem ou... ou zapear um canal de televisão. Ela chegou a me mostrar um. Então disse que eu devia apenas continuar a fazer o meu trabalho, e ninguém se machucaria, especialmente o presidente.

— Mas você não se convenceu.

— Quando comecei a perceber o que ela queria, não pude acreditar que o presidente não seria mais prejudicado, por isso desapareci. No mínimo eu sabia o que ela havia feito. Achei que Lily e sua quadrilha não fariam nada para causar dano ao presidente, desde que eu continuasse desaparecido e não tivesse contado nada a ninguém.

— O que ela queria que você fizesse?

— Não sei bem, mas, de acordo com certas frases dela, tive a sensação de que, dali a algum tempo, iriam pedir que eu invocasse a Vigésima Quinta Emenda e liderasse o movimento para substituir Drew com base em sua doença mental.

— Puxa vida! Mas por quê? Você acha que Bradford Dunleavy possa estar por trás disso?

— Suponho que seja possível.

— E Tom Cooper?

— Não sei. Ele parece sincero, e tem sido um vice-presidente leal, mas também sei que é muito ambicioso, e estamos falando da presidência dos Estados Unidos...

— Ele é muito sociável e muito inteligente, concordo. Há uns dois dias foi ao consultório e me bombardeou com perguntas sobre a saúde mental de Drew.

— Você contou alguma coisa a ele?

— Não, claro que não. Jim, por que você ficou perto da capital?

— Eu estava esperando.

— O quê?

— Você, este nosso encontro. Não confio em mais ninguém, Dr. Singleton, em ninguém, exceto você.

— Explique por quê.

— Uma pessoa íntima do presidente está metida nessa história. Eu me refiro a alguém muito próximo, mais do que Lily. Não tenho razão para acreditar que Drew tenha tomado chá com ela, certamente não o suficiente para justificar todos os ataques que ele teve. De acordo com Lily, as substâncias químicas precisam ser dadas com o passar do tempo, em doses múltiplas. Isso quer dizer que alguém tem continuamente dado a Drew fulerenos carregados de doses, e também tem feito com que eles se abram e se integrem ao corpo dele, provavelmente nas horas certas. Alguém precisa acionar o transmissor para fazer isso.

Gabe não conseguiu contar ao homem que havia todas as razões para crer que, como Ferendelli e o presidente, ele também era agora uma bomba ambulante, pelo menos na extensão do que duas xícaras do chá de Lily pudessem provocar.

— De que pessoas você está falando? Quem poderia estar em posição de fazer isso ao Drew? — perguntou.

— A lista é grande: a mulher e os filhos do presidente, as cerca de vinte e cinco pessoas que trabalham na cozinha, o chefe da Casa Civil e seus subordinados, o gabinete do secretário e seu pessoal, o Gabinete, a Casa Militar.

— Esse seria meu amigão Ellis Wright.

— Ah, é, o almirante — disse Ferendelli. — Espero que seu relacionamento com ele seja mais afável do que o meu.

— De jeito nenhum — disse Gabe. — Ele claramente não suporta ninguém que não possa controlar. Essa sua lista está ficando muito grande.

— E eu estou só começando. Há mais ou menos trinta funcionários no consultório, dezenas de governantas e outros empregados, gente que vem e vai praticamente sem ser notada.

— E o Serviço Secreto.

— Não sei exatamente quantos agentes são, mas deve haver algumas centenas que têm acesso direto ao presidente em uma ou outra ocasião.

— E, de todas as pessoas que você relacionou, basta uma para fazer um estrago.

— Basta uma — repetiu Ferendelli tristemente. — E acho que ele ou ela deve ser alguém muito próximo para que o transmissor possa funcionar.

— Como é que você sabe?

— Um homem está me perseguindo. Um matador de aluguel.

Gabe gelou.

— Como sabe que é um matador de aluguel?

— Ele usa um silenciador. Há uma semana, dez dias, fui à minha casa em Georgetown pegar uns papéis. Estava lá havia menos de vinte minutos quando o ouvi abrir a porta da frente com uma maldita chave, provavelmente que Lily mandou fazer. Consegui sair pelo porão e fui até o Potomac, onde me escondi na margem. Depois, faz só uns dois dias, ele apareceu num abrigo de mendigos onde me escondi enquanto pensava numa forma de me encontrar com você e matou um dos sujeitos de lá. Deu-lhe um tiro no rosto, à toa. Mais uma vez consegui me escafeder antes que ele me encontrasse. Depois voltei lá. Os caras me contaram que ele usou um transmissor. Eu não devia estar a mais de cinquenta ou setenta e cinco metros quando fez isso, mas nada aconteceu.

— Cinquenta metros — repetiu Gabe, consumido por uma sensação de pressentimento. — Jim, há mais alguma coisa que você possa me falar sobre esse homem? *Qualquer coisa*?

— Eu só o vi no túnel dos sem-teto, não na minha casa, e lá é muito escuro, mas me lembro de uma coisa: ele era do sul. Sem nenhuma dúvida. Tinha um sotaque acentuado, talvez da Geórgia, talvez do Alabama. Não sou bom nessas coisas.

Problema. O mesmo homem havia ido atrás de Ferendelli e Blackthorn.

Instintivamente, Gabe esquadrinhou o espaço, do rio do outro lado do campo até a rua, depois inverteu a varredura.

Nesse instante, de algum lugar distante, ouviu-se um esmagar de vidro baixo, quase inaudível.

Um dispositivo de localização! — Gabe pensou de repente. O assassino devia ter prendido um tipo de dispositivo de localização no seu carro.

— Jim — sussurrou com premência —, ele está aqui, em algum lugar atrás de nós. Prepare-se para correr para o meu carro. Está lá à esquerda, perto daquele poste.

— Mas...

Gabe não pôde esperar mais. Agarrou Ferendelli pelo braço e o puxou até o campo.

— Eles estão ali! — gritou atrás deles uma voz com sotaque sulista. — Ali! Logo ali!

CAPÍTULO 48

Eles estão ali! Ali! Logo ali!
Eram pelo menos dois, Gabe pensou ao meio guiar, meio arrastar Ferendelli pelo campo da bacia do Rio Anacóstia. *Um dispositivo de localização no Buick!* Só podia ser. Isso explicava como o assassino descobriu o hotel de Blackthorn. E, se o atirador na trilha do estábulo de Lily não o seguiu diretamente até Flint Hill, poderia facilmente ter seguido Gabe usando um tipo de dispositivo GPS.

Gabe não conseguia tirar da cabeça o pensamento da confusão que provocou por não ser mais vigilante.

Embora Ferendelli fosse apenas alguns anos mais velho do que Gabe, as semanas em que passou escondido o haviam abatido fisicamente. Seu tempo de reação estava lento, e ele mostrava-se ofegante após algumas passadas largas.

— Estou *vendo eles*! — berrou a voz sulista. — Eles *tão* atravessando o campo na sua direção!

Na sua direção!

Gabe espreitou à frente, até onde o Buick estava estacionado. Dando a volta pela traseira do carro havia um homem, com uma arma na mão direita, ou talvez, percebeu Gabe, fosse o transmissor ultrassônico do qual Ferendelli lhe falara, o transmissor que poderia terminar com a vida de um deles ou de ambos. Olhou de relance por cima do ombro. Surgindo da escuridão debaixo da ponte estava o assassino profissional ao qual Ferendelli se referira, também empunhando alguma coisa na mão direita.

— Meu Deus! — murmurou Gabe. — Jim, vamos por este caminho, em direção ao rio. É nossa melhor possibilidade.

— Eu não consigo.

— Claro que *consegue*! Você tem de conseguir!

Ferendelli cambaleava, era quase um peso morto, gemendo e trocando as pernas de um lado para outro. Gabe se arriscou a olhar para seus perseguidores. Os dois homens estavam ganhando terreno. Começou a esmorecer e a se apavorar. Sentiu uma pontada aguda no lado direito do corpo, e cada respiração começou a doer-lhe como se fosse um golpe de adaga.

— Vá! — arfou Ferendelli. — Eu... não... consigo... mais.

— Venha, Jim. Droga, ande logo!

Faltavam uns cinquenta metros para alcançarem o rio. *E depois?*, Gabe se perguntou. *E se fossem alcançados?* Olhou de relance para trás mais uma vez. Ainda havia alguma distância entre eles e os homens, mas o que vinha de debaixo da ponte, o matador de aluguel, estava bem mais perto que o outro e se aproximando rápido. Se aquilo na mão do homem era uma pistola, Ferendelli e ele estavam quase ao seu alcance. Ou os homens tinham instruções para não chamar a atenção com o barulho de tiros, ou pretendiam capturá-los vivos.

É claro que havia outra possibilidade. Se o alcance dos transmissores fosse de trinta metros ou menos, os dois perseguidores logo estariam nessa extensão.

Ferendelli tropeçou, tentou levantar-se com o braço estendido mas caiu de joelhos, totalmente exaurido.

Gabe, agindo num ímpeto de adrenalina, agarrou o outro braço do homem e o sacudiu sem cerimônia aos seus pés. Sua corrida era desajeitada e sem coordenação, mas eles estavam chegando ao rio. De repente Ferendelli pôs as mãos nas têmporas, gritou, caiu para a frente e desabou pesadamente no terreno, de rosto para baixo, emitindo um horrendo gorgolejar.

Gabe se abaixou e lhe examinou a pulsação da carótida. Se havia alguma, estava tão fraca que era quase imperceptível. Ferendelli ainda respirava, mas não eficazmente. Em qualquer outra circunstância, Gabe daria início a uma ressuscitação cardiopulmonar, mas só dispunha de um ou dois segundos para tomar uma decisão.

O matador de aluguel que vinha da ponte, o que por duas vezes errara por pouco nas tentativas de matar Ferendelli, parou a cerca de vinte metros de distância. Ele mirava com uma coisa que claramente não era uma arma, e então abaixou o braço. Apesar da escuridão, Gabe teve certeza de ver o homem sorrir.

— Pare, canalha! — berrou Gabe. — Pare com isso!

Não havia o que parar. A arma letal, sem dúvida um transmissor, já havia feito o que se esperava dela.

Ferendelli, de bruços no capim do verão, se contorcia. Sua respiração agônica e semifluida cessou totalmente. A pulsação no pescoço já não existia. De quatro, sabendo que poderia estar morto dali a momentos, Gabe se arrastou por alguns metros de distância, depois se esforçou desajeitadamente para ficar de pé. À esquerda, enxergou o segundo homem, calvo como uma bola de bilhar, correndo a toda velocidade no campo, partindo do Buick. Era mais alto e mais atlético do que o outro.

— Anda logo! — gritou o homem mais alto. — Anda logo e termina o serviço!

O matador levantou o transmissor mais uma vez.

Gabe rodopiou e, meio agachado, arremessou-se em direção ao rio, em ziguezague da direita para a esquerda e voltando à direita de novo, como o atacante de futebol americano que fora outrora.

— Conseguiu atirar? — ouviu o homem gritar atrás dele.

— Consegui — respondeu o homem com o sotaque sulista.

— O transmissor pode precisar ser recarregado, ou... o sujeito pode estar fora do alcance.

— Acho que não.

Nesse instante, Gabe sentiu um cheiro estranho, não totalmente desagradável, que parecia sair do fundo do seu nariz, e um sabor semelhante da parte de trás da língua. Seu corpo ficou mais leve e receptivo. Com a cabeça baixa, arremeteu à frente, serpenteando quando se lembrava de fazê-lo. As duas vozes estavam distantes, e o som, distorcido e confuso. À frente as luzes do outro lado do rio estavam embaçadas e em movimento.

Ele era um atleta olímpico, correndo à frente mais rapidamente do que jamais julgara possível; os pés mal tocavam o chão. O terror com a morte de Ferendelli, e seu próprio medo de morrer, haviam quase desaparecido. Ele se sentia eufórico e essa sensação aumentava a cada segundo.

De súbito, a noite sem lua explodiu em cores, em listras vermelhas e douradas, alaranjadas, verdes e brancas no céu, depois caíram no rio como fogos de artifício. Cata-ventos de luz, agora sonoros, deslizavam na superfície da água.

Agora não havia vozes, apenas os sons penetrantes e uniformes da sua respiração, para dentro e para fora, para dentro e para fora. Ele estava voando, correndo no ar. Era invencível.

Era Hércules, Batman, Indiana Jones, chapinhando na água escura e gelada e depois mergulhando.

Mesmo com os olhos fechados firmemente, as cores resplandeciam, banhando o interior de suas pálpebras e as aquecendo. Arremessando-se na sua garganta até a alma, a água era sua casa. Ele se distendia nela facilmente, inalando pelo nariz e cuspindo pela boca. Ele era um peixe, um tubarão, um Aquaman. Ele era imortal.

Ele era um deus.

CAPÍTULO 49

— Moço! Ei, moço!

As palavras o incomodaram, penetrando o vazio da consciência de Gabe até que finalmente reagiu.

— Ei, moço! Acorda! O senhor *tá* machucado? O senhor bebeu? O senhor quer que minha mãe *chama* a ambulância?

Com as pálpebras pesadas, Gabe resmungou, rodou de costas e piscou até que sua visão começou a clarear. A primeira coisa que viu foi o céu azul-acinzentado do começo da manhã. A segunda foi a expressão preocupada do menino negro ajoelhado ao seu lado. Fragmento por fragmento, restos do pesadelo com Ferendelli se encaixaram no lugar.

— Onde... onde é que eu estou?

O menino, de seus dez anos, tinha um rosto expressivo, com enormes olhos escuros. Usava um blusão fino azul-marinho e um boné dos Redskins[77] com a aba virada uns quarenta e cinco graus para o lado.

— Tu *tá* encostado numa cerca no terreno baldio no fim da minha rua.

---

77 – Time de futebol de Washington. (N.T.)

Gabe se apoiou num cotovelo e começou a avaliar a situação. Suas roupas estavam encharcadas e os sapatos haviam desaparecido, bem como seu rádio, o celular e a carteira. O terreno que o menino descreveu como baldio não era bem assim. Era mais o "antes" num comercial de recuperação de bairros urbanos: cheio de sucata e lixo. Mais ou menos na metade de uma fila de casas desmanteladas de dois andares, Gabe viu um rato do tamanho de um esquilo indo desordenadamente de um esconderijo para outro.

— Aqui é o bairro Anacóstia?

Ele se sentou, tonto e com enjoo, um terrível sabor de terra na boca e uma sensação de que lhe socavam os olhos.

— *Craro* que é Anacóstia — disse o menino. — Que tu pensou que era? Cara, teve uma hora que eu achei que tu *tava* morto. Eu vim por aqui pra cortar caminho no fim da minha entrega de jornal na casa das *pessoa*. Eu *tô* acostumado a umas coisas muito *pirada* a esta hora do dia, mas não com um branquela morto encostado numa cerca.

— Mas eu não estou morto!

— Agora não, tu num tá, mas como é que eu podia saber?

Gabe passou a mão nos olhos, irritados com a sujeira.

— Qual é o seu nome?

— Louis. E o seu?

— Gabe. Louis, você sabe que horas são?

— Deve ser umas cinco. Pode ser que um pouco mais. Ó, eu num devo falar com estranhos. Tu tá bebum ou o quê?

— Boa pergunta — disse Gabe. — Acho que a resposta é "ou o quê".

Suspirou profundamente, cheio de remorso, à medida que mais detalhes do ataque perto da ponte da Rua Benning iam se encaixando. Era quase certo que Jim Ferendelli estivesse morto, assassinado da exata maneira como o presidente seria assassinado, dependendo da veneta de quem estivesse segurando o transmissor adequado; assassinado por Lily Sexton e por dois bandidos que nunca os teriam encontrado se o Dr. Gabe Singleton tivesse sido mais cauteloso e alerta, se houvesse passado algum tempo determinando uma explicação para um fato — o ataque a Kyle Blackthorn — que certamente exigia essa explanação.

Ocorre que outra pergunta precisava de resposta: por que Gabe não estava morto também?

De acordo com o que conseguia recordar, a reação psicodélica feroz que sentiu ao ter disparada a bomba-relógio química na sua cabeça era muito diferente da morte cardíaca virtualmente instantânea induzida em Ferendelli. Era muito mais parecida com o que Drew provavelmente vinha sentindo. Uma explicação era a de que, como o presidente, Ferendelli havia sido drogado muitas vezes, enquanto Gabe fora inoculado apenas uma vez com fulerenos contendo drogas. Outras possibilidades lhe ocorreram: maior concentração química; mais variedade de substâncias farmacêuticas; diferentes órgãos-alvo nos diferentes cérebros; talvez os controles sofisticados embutidos nos fulerenos e os transmissores, que, em frequências distintas, iniciavam a liberação específica de diferentes drogas.

Desgraçados!

Gabe tentou ficar de pé, mas uma onda de tontura e náusea o levou de volta à terra. Empurrou as mãos e os pés de novo e então, sem aviso, vomitou uma mistura de água do rio, bile e pedaços de comida não digerida.

Baseado na reação de Louis, ficou evidente que já vira coisa pior.

— Isso é um nojo, cara — disse, clinicamente. — Meu tio Robbie vomita o tempo todo. Minha mãe diz que é porque ele bebe muito.

— Louis, a que distância a gente está do rio?

— Poucas *esquina*, umas três.

— E da sua casa?

— Fica logo ali no fim da rua.

— Você pode me levar lá?

— Minha mãe vai me matar! Levar um estranho pra casa e logo um vagabundo, pô! E eu preciso acabar de entregar os jornais. Eu já ganho pouco dindin com os *cliente* que eu tenho...

— Você tem razão, Louis. Vá em frente e termine de entregar os jornais. Eu estou ótimo. Se eu ainda estiver aqui quando você terminar a entrega, a gente conversa.

O garoto virou as costas e retomou seu caminho, mas logo voltou.

— Ah, deixa pra lá! Eu *num* tenho escola hoje mesmo. Meu amigo Omar só começa a entrega dele às sete *hora*.

Louis evitou pisar na pequena poça de vômito, ajudou Gabe a se levantar e o deixou apoiar-se na cerca até estar pronto para dar um passo. Finalmente, de braço dado, Louis aguentando um pouco do peso de Gabe, percorreram o quarteirão.

— Acho que minha mãe ainda tá na cama — sussurrou Louis quando entraram na ponta dos pés numa casa de ripa de madeira de dois pavimentos, com tinta cinza descascada e um jardim de terra na frente.

— Vou tentar não acordar sua mãe — disse Gabe, falando baixinho e seguindo Louis até uma cozinha pequena mas arrumada, com cortinas de chita e mesa de fórmica. — Só preciso lavar as mãos e o rosto na pia, e depois quero ter um minuto para pensar.

— Pensar em quê?
— Como conseguir falar com meu chefe.
— Tu *tem* um chefe?
— É uma forma de falar.

Sem identidade e nenhum número de telefone de que se lembrasse, falar com o presidente dos Estados Unidos não seria fácil. Era possível fazer um trato com o Louis para pegar um táxi, mas ele não ficaria orgulhoso do menino se ele concordasse em abrir mão do dinheiro da entrega dos jornais, mesmo que o trato fosse vantajoso. Além disso, o melhor que podia fazer era, imundo e encharcado, abordar um dos agentes uniformizados do Serviço Secreto numa das guaritas de controle de Casa Branca e suplicar que o deixasse entrar.

Tirou o telefone da parede e discou para o serviço de informações. Logo que pudesse, pagaria o custo do telefonema e acrescentaria algum dinheiro.

— Cidade e estado, por favor? — perguntou a telefonista eletrônica.

— Washington, D.C.

— Diga o nome da empresa que o senhor deseja, ou apenas diga "Residência".

— Casa Branca.

Gabe viu os olhos de Louis se arregalarem quando foi transferido para uma mesa telefônica automatizada com uma telefonista automatizada, que relacionou seis escolhas, nenhuma das quais seria para falar com uma telefonista de carne e osso, muito menos com o presidente.

— Que é que *tá* acontecendo aqui?

Espantado, Gabe deu um giro de corpo. A mãe de Louis, de pés descalços, usando um roupão fino e mulambento, os braços cruzados no peito, olhava-o atentamente da porta do corredor. Era uma negra gorda, que deveria parecer bem atraente quando sorrisse, o que nesse momento ela obviamente não fazia.

— Ele *tá* ligando pro chefe dele na Casa Branca — disse Louis, entusiasmado. — Na Casa Branca!

— E o senhor conseguiu falar com ele, Sr....?

— Singleton — respondeu Gabe, sorrindo, constrangido. — *Dr.* Gabe Singleton.

A mulher já tinha ouvido o suficiente. Olhou ferozmente para o filho e disse:

— Louis, são cinco e meia da manhã e você não terminou sua entrega. E quantas vezes eu já te disse...

— Pra nunca falar com estranhos. Eu sei, mãe, eu sei, mas é que ele *tava* deitado perto da cerca no terreno lá na rua e... eu achei que ele *tava* morto ou que tinha tomado umas e *outra*. Ele *num* é nenhuma dessas *coisa*, é só um cara que vomitou e precisa de ajuda pra ligar pro chefe dele.

— Sei, na Casa Branca.

Gabe percebeu que a mulher estava menos aborrecida e entendeu que provavelmente não conseguia ficar zangada com o filho por muito tempo.

— É, na Casa Branca — repetiu Gabe. — Posso explicar?

A mulher o analisou durante alguns minutos e depois, sem dizer palavra, virou-se e andou pelo corredor, voltando com uma calça de moletom, uma toalha e uma camiseta preta de manga comprida.

— Isto aqui é de Shaun, irmão do Louis — ela disse. — Ele trabalha de noite reabastecendo prateleiras até ir embora para a escola no outono. As roupas devem dar, mesmo o Shaun sendo mais alto do que o senhor. Desculpe, mas a gente *num* tem sapatos *extra*. O senhor pode se trocar no banheiro no fim do corredor. *Bota* suas roupas neste saco plástico. Depois a gente conversa sobre quem é o senhor e como a gente pode ajudar.

Uma vez no banheiro, Gabe dirigiu-se à pia, mas, ao se ver de relance no espelho, preferiu tomar banho. Precisava desesperadamente falar com Drew. Estava claro que, a alguma altura, Lily Sexton ou fosse lá a pessoa com quem estivesse tramando, empregando técnicas científicas que Drew planejava submeter a rígidos controles governamentais, iria dar fim à vida do presidente ou destruir sua carreira.

Irônico.

A questão agora era se a morte de Ferendelli e a fuga de Gabe alterariam algum tipo de cronograma. Nesse caso, Drew podia estar em perigo imediato, muito possivelmente nas mãos de alguém próximo a ele. Gabe, depois de trocar informações com Ferendelli antes de ele ser assassinado, era agora certamente uma grave ameaça.

Enxugou-se e vestiu as roupas de Shun, que lhe couberam muito melhor do que o previsto pela mãe do rapaz. Provavelmente despenteado, imundo e encharcado, Gabe dera a impressão de ser menor do que era.

— Ah, agora está muito melhor — disse a mãe de Louis, avaliando Gabe.

Ela lhe deu uma caneca de café, que decidiu que ele deveria tomar puro, e se apresentou como Sharon Turner.

— Sra. Turner — disse Gabe —, sou muito grato ao Louis e não tenho palavras para lhe dizer como aprecio sua confiança e tudo o que a senhora fez. Deve ter sido um choque me ver como eu estava. Agora me diga: o que a senhora quer saber?

— Quero saber o nome do homem que o senhor substituiu recentemente na Casa Branca — ela disse, expressando certo divertimento ao ver a expressão dele.

— Ferendelli, Dr. James Ferendelli.

— Herman, marido da minha irmã, trabalha na lavanderia da Casa Branca. Eu liguei pra ele e perguntei sobre o senhor. Ele disse que não conhecia o senhor, mas que tinha começado a trabalhar lá tem pouco tempo. Ele não conseguiu se lembrar do nome do médico que o senhor substituiu, mas o senhor me respondeu tão depressa que acho que é verdade.

Imediatamente a mente de Gabe começou a funcionar rápido.

— Ele está em casa agora? — perguntou.

— O Herman? Está se aprontando para ir trabalhar.

Gabe mal conseguiu ocultar sua animação.

— A senhora acha que posso falar com ele?

Sharon Turner pegou o telefone, discou e o passou para ele.

— Herman — disse Gabe, após se apresentar —, você pode apanhar um pedaço de papel e uma caneta ou um lápis? Ótimo! Preciso que entregue um bilhete ao presidente. Acha que pode resolver isso?

— Na lavanderia tem gente que leva a roupa lavada para o presidente. Às vezes eu ajudo a fazer isso.

— Prefiro que você entregue o bilhete pessoalmente, se possível. Muito bem, está pronto? Escreva no bilhete: "O homem que cavalga o Condor precisa que o senhor ligue para ele". Depois, quero que anote o telefone da Sharon na parte de baixo do bilhete. Se, por alguma razão, seu supervisor não deixar que suba até a residência, veja se você consegue fazer com que um dos agentes do Serviço Secreto entregue o bilhete, mas seria muito melhor se você entregasse. Alguma pergunta?

Herman disse que não, e Gabe devolveu o telefone de volta à parede. Depois se recostou na cadeira com seu café, tentando imaginar uma forma de separar o presidente de todos que pudessem ser uma ameaça a ele, incluindo os protetores do

Serviço Secreto. Quando o telefone tocou, apenas quarenta e cinco minutos depois, uma ideia germinara e começara a crescer. Era uma ideia que exigiria planejamento rápido e muita sorte, mas, em virtude do que estava em jogo, essa ideia tinha de dar certo.

Sharon atendeu ao telefone, ouviu durante poucos momentos e então, trêmula, entregou-o a Gabe.

— É para o senhor — disse ela. — O homem do outro lado da linha diz que é...

— É isso mesmo que ele é — disse Gabe, sorrindo à relutância dela em dar um nome ou um título a quem estava ligando.

— Qual é o endereço aqui? — perguntou Gabe.

Sharon pegou um pedaço de papel e escreveu.

— É você mesmo, Gabe? — perguntou o presidente.

— Em carne e osso.

— Passei a noite tentando falar com você. Com os diabos, onde se meteu?

— É uma longa história. Eu conto quando nós estivermos juntos.

— Entendido. Jogada esperta essa do bilhete citando o Condor. Nunca me esqueço de um cavalo.

— Sr. Presidente, preciso que mande alguém me buscar.

— Vou mandar um carro imediatamente.

— Ótimo!

Gabe leu o endereço para ele, e Stoddard disse:

— Vai estar aí em vinte minutos.

— E mande também duas fotos: uma autografada para os Turners e outra com uma dedicatória de agradecimento para Louis Turner. Gostaria que você convidasse a Sra. Turner e sua família para ir jantar aí, sem demora.

— Combinado. Amigos seus são amigos dos Stoddards.
— Beleza! Ei, para que você tentou me contatar ontem à noite?
— Para dar uma má notícia — respondeu Stoddard. — Aliás, péssima. Há algumas horas fomos avisados de que sua paciente Lily Sexton foi encontrada morta no seu leito de hospital.

CAPÍTULO 50

Os dois amigos sentaram-se frente a frente, envoltos num silêncio sombrio. Há vinte e cinco anos talvez estivessem no seu quarto no Bancroft Hall, na Academia Naval, batendo papo sobre mulheres ou uma prova que estava por vir. Agora estavam sozinhos no estúdio presidencial na Casa Branca, ponderando sobre a importância de notícias assustadoras e desanimadoras: a morte do ex-médico da Casa Branca Jim Ferendelli e da secretária nomeada de Ciência e Tecnologia, Lily Sexton.

— A polícia e os investigadores do Serviço Secreto não relataram nenhuma descoberta incomum ou suspeita embaixo da ponte da Rua Benning — disse Stoddard, afinal.

— Isso não me surpreende. Essas pessoas, sejam quem forem, são organizadas e profissionais.

— Você tem certeza de que Jim está morto?

— Tão certo quanto posso sem ter um corpo para examinar. Não sei muito, mas depois de tantos anos como médico, reconheço quem está morto. Foi uma coisa pavorosa. Estávamos correndo, e de repente ele agarrou o lado da cabeça, deu um grito horripilante que parecia saído da uma história de Edgar Allan

Poe e caiu duro. Quando me abaixei para verificar, já não reagia. Não respirava bem, nem tinha qualquer pulsação que eu notasse. Tudo se passou em dez ou quinze segundos. Acho que eles pararam o coração dele diretamente ou através das ligações no seu cérebro. Os dois homens se aproximavam rápido de nós; foi aí que eu me mandei. Fugir de Jim como eu fiz foi uma reação de reflexo, mas tenho certeza de que, se eu não tivesse feito isso, estaria morto agora, ou por uma substância química que eles me transmitiram, ou por uma bala. Lamento, Drew. De verdade.

— Eu também. O Jim era excelente pessoa. Deve ter comido o pão que o diabo amassou nas últimas semanas. Ele disse que Jennifer estava em lugar seguro, não?

— Ele não me disse onde, mas afirmou que sim. Foi isso que ele disse.

— Espero que encontremos o corpo dele. À exceção de Jennifer, ele não tinha família, mas especialmente em nome dela, quero encontrá-lo.

— Uma autópsia pode nos ajudar a responder algumas perguntas sobre você também.

Autópsia. A palavra atingiu Stoddard como uma bofetada.

— Isso é terrível, Gabe — ele disse —, simplesmente terrível. Escute, quero que você repita os fatos mais uma vez, só para ter certeza de que entendi tudo direito.

Pacientemente, Gabe voltou a relatar os acontecimentos que levaram à reunião com Ferendelli, em Anacóstia, começando pelo bilhete que havia sido deixado para ele no apartamento em Watergate. Por enquanto só se referiu à infeliz cavalgada com Lily Sexton e à minuciosa procura que executara na casa dela. Completaria com os detalhes quando ficasse claro que o presidente aceitava a certeza da morte surpreendente e terrível de Ferendelli.

À medida que Gabe prosseguia, Stoddard o interrompia frequentemente, pedindo esclarecimentos sobre a cerca de meia hora que Gabe passara com Ferendelli e o amor não correspondido desse homem por Lily. Quando Stoddard se certificou de que sabia tudo que havia por saber, escutou atentamente o relato da chegada dos dois assassinos, da perseguição perto do rio, da perda de consciência de Ferendelli, da explosão das drogas alucinógenas no cérebro de Gabe e finalmente, do momento em que Louis Turner o encontrou inconsciente no terreno baldio.

Quando Gabe teve certeza de que o presidente havia aceitado a morte do seu amigo e médico, contou a Stoddard, passo a passo, a descoberta da passagem subterrânea e do laboratório de nanotecnologia. Levou quase uma hora, alguns diagramas de fulerenos cheios de droga e esboços cerebrais para pôr Stoddard a par de como suas crises irracionais, as fortes alucinações de Gabe e a morte de Ferendelli se relacionavam.

Afinal, o presidente afundou na sua cadeira de balanço com espaldar alto de couro e fixou a vista fora da janela, respirando fundo e lentamente pelo nariz, o que era um exercício tranquilizante de que Gabe se lembrava da época da Academia.

— Lamento sobre o carro — disse Gabe. — Quando voltamos para cá hoje, passamos pelo lugar onde o deixei, mas tinha desaparecido.

— Acho que meu pai tem seguro — observou Stoddard, sarcasticamente. — Gabe, quem poderia ser? Quem está fazendo isso comigo? E por quê?

— Como você e todos os outros presidentes e médicos dos presidentes sabem, não há limites para a quantidade de "por quês". Tudo que posso lhe dizer, Drew, é que Ferendelli achou que, para injetar em você fulerenos cheios de droga e depois acionar o transmissor que faz com que eles se abram, pelo menos uma das pessoas responsáveis tem de ser alguém próximo a você, possivelmente alguém no segundo plano da sua vida, como um ajudante de ordens, um criado ou uma secretária, possivelmente alguém muito visível, como um dos seus assessores, um agente do Serviço Secreto ou até mesmo um membro do Gabinete.

— Estou ficando com uma droga de enxaqueca só de pensar nisso.

— Falando em agentes do Serviço Secreto, há outro problema que me está preocupando e assustando muito. Alison Cromartie, a agente disfarçada que trabalha na clínica médica, pode ter desaparecido. Ela me deixou um bilhete pedindo que a contatasse em um dos seus dois telefones, mas não estava atendendo nenhum deles antes de eu ir a Anacóstia.

— Nossa! Você pode tentar de novo?

— Receio que o bilhete dela estivesse no meu bolso quando fui nadar um pouco no rio debaixo da ponte... Talvez quem me atacou o tenha levado, mas tenho uma relação de telefones do *staff* no consultório. Posso pegar os números dela.

— Ótimo! Vou contatar o Mark Fuller, do Serviço Secreto, agora mesmo e mandar gente investigar o caso.

— Obrigado, muito obrigado.

— Lamento, Gabe. Espero que ela esteja bem. Primeiro Jim, agora Lily.

— E Alison sumiu. Pensei a mesma coisa. O que aconteceu com Lily no hospital?

— Não tenho muito que contar. Em alguma hora ontem à noite ela foi transferida para o centro médico aqui em Washington. Pelo que me foi informado, estava perfeitamente estável. O ombro ia ser operado hoje, mas, poucas horas depois de internada, ela foi encontrada morta no leito. Até agora ninguém disse ter visto coisa alguma.

— Eu já disse que esses caras são profissionais.

— Você acha que ela foi assassinada? Os médicos disseram a Magnus que estavam pensando em embolia, o tipo de coisa que acontece às vezes quando os ossos estão fraturados ou são operados.

— Embolia gordurosa — disse Gabe. — É a gordura na medula óssea. Desculpe meu ceticismo, mas duas pessoas ligadas a você e que se conheciam foram assassinadas em um pequeno período de tempo. Eu simplesmente não acredito em coincidência. Com um tubo de medicação intravenosa e um dreno torácico no corpo dela, havia muitas maneiras de providenciar para que não dissesse o que não convinha.

— Uma autópsia deve ser realizada ainda hoje.

— Não se fie totalmente nas conclusões dessa autópsia. Essa turma sabe como deturpar as coisas.

— Não posso acreditar. Gabe, o que devo fazer?

Por algum tempo, Gabe analisou suas mãos. A sujeira do rio e do terreno baldio, ainda incrustada debaixo de algumas de suas unhas, ressaltava o pavor da situação. Alguém fisicamente próximo do presidente, pelo menos intermitentemente, tinha a capacidade quase impossível de ser detido, antes que o levasse à loucura ou o matasse.

— O problema — disse Gabe — é que não sabemos se a morte de Ferendelli alterou as normas, se fez quem está por trás disso mudar seus objetivos ou seu cronograma.

— Acha que pode ser Tom Cooper? Ele tem muito a ganhar se eu pirar, ou me acontecer algo pior ainda.

— Podem ser Dunleavy, ou os coreanos, ou os psicoterroristas, ou os barões das drogas, ou... ou...

— Se estiver certo, Gabe, então você também pode estar em perigo.

— É possível, mas não sou o presidente dos Estados Unidos e, para ser sincero, Drew, mesmo correndo o risco de magoar você, nem gostaria de ser.

— O cargo exige um tipo especial de loucura.

— Você está fazendo a diferença, meu amigo. Existe um espírito de otimismo na maior parte deste país. Temos de mantê-lo saudável e capaz.

— Eu sabia que trouxe você para cá por uma razão: para me lembrar de coisas assim.

— Na minha maneira de ver, precisamos começar a apertar os cientistas e administradores daquele laboratório subterrâneo da casa da Lily: descobrir para quem trabalham além da Lily, e o que podem saber que nos ajude a neutralizar ou eliminar os fulerenos dentro de você. Mas, antes de fazer isso, acho que devemos encontrar um lugar para esconder você de qualquer um que possa estar por trás disso tudo.

— O que quer dizer com *qualquer um?*

— Exatamente isso que as palavras significam.

— Minha mulher? Minha proteção do Serviço Secreto? Meu *staff*? O país?

— Drew, morto, você não terá nenhuma utilidade para nós. Neste momento, praticamente todo mundo ligado a você de alguma forma é suspeito.

— Desculpe, meu amigo, mas você não viu como já é a vida para mim? Exceto por este lugar aqui, nosso apartamentozinho temporário, não posso ir ao banheiro sem uma falange de agentes por perto. Esse é o trabalho deles, e eles o cumprem com competência.

Gabe tamborilou de leve com os dedos e continuou com a ideia que se fixara na sua cabeça.

— Tenho uma ideia para uma trama pela qual podemos fazer com que você fique separado de todo o mundo, menos de mim.

— Desculpe *meu* ceticismo, mas já vi o Serviço Secreto em ação. Não acredito que você possa fazer isso.

— Eu não disse que seria fácil.

Gabe olhou para fora da janela e mais uma vez refletiu na solução que havia elaborado.

— Você já bolou um esquema para sequestrar o presidente dos Estados Unidos? — perguntou Drew.

— Não é sequestro se o presidente concordar com ele; seria mais uma espécie de empréstimo. Precisamos de um lugar para ir, um lugar onde você possa ficar escondido por alguns dias.

— Teríamos de comunicar ao Tom Cooper que ele está na iminência de se tornar presidente.

— Nada disso. O cargo dele é estar pronto para se tornar presidente. Foi por isso que você o escolheu. Além disso, como você sugeriu, ele talvez seja a última pessoa a quem queremos contar alguma coisa. Drew, a Constituição e as leis do país foram elaboradas para tratar de situações nas quais você precisaria ter uma folga da liderança.

— É, suponho que sim. Não posso crer que meu velho amigo caubói de pavio curto esteja me ensinando direito constitucional.

— Pode crer, senhor, seu velho amigo caubói de pavio curto está ficando um especialista nisso. Tem só uma coisa: se vamos conseguir isolar você do mundo, isso precisa ser feito logo. Devia ser hoje, mas ainda preciso de tempo para detalhar umas coisas, de modo que fica para amanhã.

— Vou tentar ficar aqui sozinho ou com Carol o maior tempo possível até chegar a hora.

Gabe lembrou-se brevemente do diálogo inquietante com a primeira-dama, na noite do episódio psicótico de Drew.

— Com Carol seria melhor — conseguiu dizer. — Não quero que você fique sozinho. Se possível, gostaria que priorizasse a designação de um pessoal para ajudar a encontrar Alison. Estou muito preocupado com ela.

— Pode contar com isso.

— Apenas mantenha o resto do mundo o mais longe possível. E, por favor, só conte a Carol o indispensável.

— Gabe, nosso casamento não funciona dessa maneira.

— Compreendo. Faça o que achar certo. Lembre-se de que a pessoa que devemos temer pode muito bem estar relacionada a Carol ou a você. Precisamos mesmo de um lugar para o qual possamos fugir, onde o menor número de pessoas, de preferência nenhuma, veja você. Especificamente, procuro um local, digamos, a uns cento e sessenta quilômetros de Camp David.

— O quê???

— Camp David. Amanhã à tarde ou talvez à noite vamos fugir de Camp David.

— É impossível.

— Talvez não, talvez sim. Vou discutir os detalhes com você e depois ver o que acha, mas primeiro precisamos de um lugar.

— A cento e sessenta quilômetros de Camp David.

— Mais ou menos. Para ser sincero, estou pensando se a casa de Sharon Turner seria um bom local, bem aqui em Washington.

— Não quero expô-la, nem à sua família, a perigo — disse Stoddard —, e, por mais legal que ela possa parecer, não há muitas mulheres que deixariam de comentar com alguma amiga ou parente: "Ah, sabe de uma coisa? Adivinha quem está se hospedando na minha casa por uns dias?".

— Que tal a *brownstone* de Ferendelli?

— Esse seria um dos primeiros lugares onde o pessoal do Serviço Secreto procuraria. Como investigadores, esses caras são os melhores. Com sorte você vai comprovar isso quando se dedicarem a encontrar Alison. — Stoddard hesitou; uma expressão resignada lhe surgiu no rosto. — Conheço um lugar para onde podemos ir — disse, quase com relutância — Fica no Condado de Berkeley, na Virgínia Ocidental, a mais ou menos cinquenta quilômetros a oeste de...

— Hagerstown — completou Gabe. — Conheço a área. Passei lá um ano da minha vida, a maior parte do tempo estudando mapas e pensando no dia em que não aguentaria mais e resolveria tentar fugir.

— Puxa, desculpe por não ser mais sensível, Gabe. Desculpe mesmo.

— Não é necessário. Por acaso o lugar tinha uma cadeia, onde por acaso eu estava preso. Em que lugar está pensando?

— O local se chama "The Aerie"[78]. É um castelo, um castelo medieval de verdade, com fosso e tudo, no topo de um morro elevado, ou talvez se possa dizer que é uma montanha de baixa altitude, bem no meio da floresta mais agreste e densa deste país. Foi construído pelo meu avô, pai do meu pai.

— Então é ermo.

— Ninguém vai mais lá, mas continua a pertencer à nossa família. Faz parte de uma espécie de fundo fiduciário, mas só há reuniões a cada dois anos e quase ninguém comparece. Acho que uma pessoa vai ao castelo a cada mês ou dois, para limpar as teias de aranha e tirar a poeira da coleção de armaduras e armas do meu avô. Não sei bem, mas sou membro do conselho, e tenho uma chave do castelo.

— O lugar tem eletricidade?

— Que eu saiba, sim, mas, de qualquer forma, tem um gerador.

---

78 – The Aerie equivale ao ninho-de-águia (castelo construído a grande altura). (N.R.)

O PACIENTE NÚMERO UM

— Parece promissor.
— Gabe, tem certeza de que isso é necessário?
— Tem certeza que não é?
— Tudo bem, tudo bem, e tente não se preocupar com Alison. Estou certo de que existe uma explicação simples e lógica sobre por que vocês não conseguiram se falar.

CAPÍTULO 51

Ódio.

Não havia janelas na prisão de Alison, só as paredes de concreto sem enfeites, peças espalhadas de rebotalhos e a lâmpada a descoberto pendurada diretamente sobre sua cabeça, o que tornava desagradável abrir os olhos. Depois de quatro sessões de interrogatórios monótonos de Griswold, cada uma das quais seguida por uma dose da droga insuportável e dilaceradora, ele foi embora e não voltou. Alison deduziu, baseada no seu próprio sentido de tempo e numa observação que ele casualmente fez ao sair, que era de manhã.

Agora ela percebia que era noite mais uma vez. Trinta e seis horas, talvez mais, naquela situação. Ela permanecia com as costas amarradas, oscilando entre estar acordada e adormecida. Os pulsos e tornozelos estavam habilmente presos por uma corda à armação metálica do catre. Ela estava impotente e com dor latejante em todo o corpo. Com os olhos estirados acima da cabeça e mal conseguindo se mexer, os ombros estavam especialmente desconfortáveis. Quando — *se* — finalmente conseguisse abaixar os braços, perguntava-se se eles poderiam simplesmente cair.

A certa altura durante as horas infindáveis, ou talvez durante a tortura que as precedeu, ela havia urinado. Griswold, se tomou conhecimento desse fato, não fez qualquer tentativa de deixá-la se trocar, nem de ajudá-la a fazer isso.

Ao lado dela, duas garrafas plásticas com soro fisiológico intravenoso, presas em paralelo, pingavam-lhe o líquido, uma gota cristalina a cada vez. Por que Griswold iria querer que ela se desidratasse até a morte e o privasse de seu esporte?

Nos períodos em que ficava consciente, Alison era consumida por um ódio por Treat Griswold mais forte do que qualquer outra emoção que já sentira. Sendo um quarto negra, ela deparava ocasionalmente com racismo, mas nunca sob a forma de ódio escancarado. Em Los Angeles, não havia dúvida, enquanto ela via sua amiga Janie ter a vida arruinada, que Alison abominava os cirurgiões arrogantes e egocêntricos que eram os cabeças do massacre.

Mas nunca esse ódio fora suficiente para ter vontade de matá-los.

Desta vez ela não tinha certeza.

O protetor número um do presidente era um torturador mestre; ele destruía sua vítima até se certificar de que cada afirmativa, cada revelação era verdadeira. Claramente, achava que ainda não alcançara esse ponto com ela. As doses eram progressivamente mais altas e mais martirizantes. No final da sessão que durara a noite inteira, os músculos de todo o seu corpo já não conseguiam relaxar plenamente entre as injeções. Os persistentes espasmos de seus maxilares ameaçavam pulverizar-lhe os dentes, e os músculos do couro cabeludo, esmagar-lhe o crânio.

"*Quem mais está sabendo disso?... Por que você me seguiu?... Alguém especificamente mandou que você me investigasse?... Fale de novo sobre o* inalador. *Que foi que eu fiz que causou sua desconfiança?... Que foi que Constanza e Beatriz lhe contaram?... Quem mais está sabendo disso?... Quem mais está sabendo disso?"*

Mesmo agora, no silêncio denso, a voz dele era sal na ferida crua e exposta de sua mente.

Não obstante, a cada palavra dita, a cada minuto agônico, ela sentia crescer seu poder de resistência.

Se, como estava parecendo, ela ia morrer, morreria vitoriosa, com seu segredo e sua autoestima intactos. Talvez algum tempo depois que ela morresse Lester se apresentasse e o FBI encontraria e revistaria minuciosamente seu carro. Talvez encontrassem o inalador... Talvez o testassem e determinassem que ele continha alguma coisa incomum... Talvez...

Alison sorriu selvagemente à ideia de que era o próprio ódio que Griswold provocava nela que a impedia de revelar o que ele queria saber. Era a dor que ele causava que a fazia ter disposição para lutar. Era o fato de saber que provavelmente não havia como ele a deixasse viver que a impedia de lhe contar a verdade sobre Lester e a pouca mas preciosa verdade que ela sabia sobre o inalador enfiado debaixo do assento do carona do seu carro.

Ainda assim, ela temia a dor.

Quando precisava, passava as horas concentrando seu ódio no rosto de Griswold, na sua cabeça de bola de basquete, na área calva no alto da cabeça, no rosto marcado e nos olhos pequenos e asquerosos.

Tentou levantar a cabeça do travesseiro militar ralo. Os músculos na sua nuca permitiram esse movimento, mas o preço foi doloroso.

Como pode um ser humano fazer isso a outro?

Pergunta estúpida. Os humanos sempre torturaram uns aos outros desde que tivessem os meios para fazê-lo.

E Deus fez o homem à sua imagem... e Deus viu que era uma boa imagem.
Não desta vez.

Piedosamente, seus olhos se fecharam e o sono tomou conta. Ao ser levada por isso, viu-se concentrada no motivo por que Griswold insistia tanto em perguntar repetidamente sobre o inalador. Ela havia respondido às perguntas dele não apenas plausivelmente, mas com a verdade. Além do fato de que Griswold entregava o inalador ao presidente, ela não sabia de outra coisa que ele tivesse feito de errado. Entretanto, a persistência dele em não acreditar nela a deixou curiosa.

Quando conseguiu ceder e cochilar, Alison resolveu que, independentemente do que dissesse sobre o inalador, Griswold dificilmente acreditaria nela. Mais cedo ou mais tarde, sem considerar o que ela lhe havia revelado — verdade ou mentira —, ia matá-la. Ao torturá-la como estava fazendo, tinha exagerado e ficado sem outra opção. No mínimo, ela deduziu, sem ter nada a perder, ela deveria fazer o que pudesse para desestabilizá-lo: fornecer-lhe mais informações e fazê-lo se perguntar se ela seria a única pessoa a saber a verdade sobre ele.

Quando abriu os olhos de novo, o monstro estava lá, olhando-a fixamente, ainda vestido com a camisa, gravata e terno preto do Serviço Secreto.

— O dia demorou a passar? — perguntou.

— Vá à merda!

— Não sei por quê, mas sinto que você não gosta de mim.

— Ser um pedófilo pervertido e um sádico bastaria para isso, mas você também é um traidor.

Quase submersos sob as dobras gordas de suas sobrancelhas, os olhos de Griswold olharam furiosos para ela.

— Por que você diz isso?

— Você sabe por quê.
— Me conte.
— Vá à merda.

Griswold encheu a grande seringa com sua droga de tortura.

— Me conte — disse suavemente, injetando a agulha no orifício de borracha no tubo de medicação intravenosa.

— *Trabalhei na ferrovia*[79] *o dia inteiro* — ela cantou o mais alto que suas cordas vocais estressadas conseguiram — *Trabalhei...*

Sorrindo de maneira muito intranquila, Griswold puxou a agulha e pôs a seringa de lado.

— Tive uma ideia melhor — ele disse, subitamente se achando o dono da bola.

Teatralmente, enfiou a mão no bolso do peito do paletó e de lá retirou um inalador com Alupent.

O inalador com Alupent — Alison, nervosamente, esperou que fosse.

Ela comprimiu os lábios, testando se teria o vigor de resistir.

— Acho que é hora — disse Griswold — de você e o nosso intrépido líder criarem um vínculo. Eu não tenho tempo nem, francamente, interesse em explicar esta belezinha a você, mas vai ser divertido ver como você reage a ela — agora e no futuro próximo.

Eu sabia! — pensou Alison. *O inalador! Eu sabia, sabia, sabia.*

— Você é mesmo um verme.

— Na verdade — disse Griswold —, eu até que gosto do mais poderoso. Votei nele, e nunca teria concordado em fazer o que estou fazendo se não tivesse sido ameaçado...

— Ameaçado de ser desmascarado por causa desse seu pecadinho de gostar de menininhas. Esse foi o seu maior pecado:

---

79 – Trecho de canção afro-americana intitulada "I've been working on the railroad". (N.T.)

permitir-se ser alvo de chantagem e extorsão. Griswold, você é *muito burro!*

— É por isso que *eu* estou aqui de pé e *você* está deitada aí — disse ele, meio irritado.

— Tudo que sobe desce. O que é seu está guardado. Quem está chantageando você? Esse inalador contém o quê?

— Você pode chamá-la de cápsula de liberação de tempo de alta tecnologia. Certas substâncias químicas aí dentro entram na sua corrente sanguínea e se instalam em todo o seu cérebro, onde eu posso ativá-las com o simples acionar de qualquer um desses botões. Algumas delas vão fazer você se comportar como se estivesse chapada, de várias maneiras divertidas; um deles vai fazê-la agir como doida; e dois deles podem matá-la.

Ele mostrou um controle remoto preto pequeno e sólido, e o levantou para mostrá-lo a ela. O dispositivo lembrou Alison de um sanduíche de sorvete[80] com sete ou oito botões de controle na cor creme e em formato de diamante, enfileirados em duas colunas ao longo de uma superfície.

Finalmente Griswold abriu a boca. Ela afinal sabia com certeza o que estava acontecendo, mesmo que não tivesse ideia de como as substâncias químicas alcançavam os locais pretendidos, nem quem chantageava aquele homem para administrá-las, nem por quê. Procurou desesperadamente uma forma — qualquer forma — de se libertar, pelo menos o tempo suficiente para informar Gabe sobre o que estava acontecendo.

— Treat, desista, cara. Desista e ninguém vai se dar mal com o que você fez. Desista e eu posso dizer às pessoas que você colaborou. Você...

---

80 – Sobremesa gelada formada por uma camada de sorvete entre duas fatias de biscoitos ou bolo. (N.T.)

— Chega, moça — ele disse, beliscando as narinas dela até elas doerem. — Já escutei demais. Agora, vamos respirar forte.

Ele pôs a mão enorme no queixo dela, abriu-lhe a boca e meteu a extremidade do inalador entre os dentes da moça. Depois vedou a abertura com a mão e esperou até ela respirar para então jogar-lhe um jato de névoa na garganta e nos pulmões.

Alison não estava em condições de resistir muito.

O primeiro jato do estimulante teve gosto de água enferrujada, o segundo a deixou tonta, e o terceiro, mais tonta ainda. Griswold fechou-lhe a boca ainda com mais força. Mais um borrifo, depois outro. O coração de Alison batia forte, transmitindo ondas de choque pela cabeça. Um ácido inundou sua garganta e ela se esforçou para engoli-lo de novo, em vez de aspirá-lo e fazer com que lhe escaldasse o interior dos pulmões.

Em vez de abrir os brônquios, os borrifos repetidos lhe estavam causando espasmos, sufocando-a. Mais uma dose e ela sabia que seu sistema nervoso explodiria num ataque desproporcional e epilético. Ela conseguiu dar um último olhar furioso para seu torturador, esperando que a imagem do rosto dele pudesse permanecer com ela até o além. Então fechou os olhos com força e esperou a morte.

CAPÍTULO 52

— Alguma notícia dela? — perguntou Gabe.

Stoddard sacudiu a cabeça.

— Mark Fuller, da Corregedoria, disse que é muito cedo para se preocupar.

— Isso é besteira! Alguma coisa aconteceu a ela.

— Ele disse que amanhã de manhã vai botar gente atrás dela.

— Não quero esperar mais do que isso.

— Vai ser a primeira coisa a ser feita amanhã. Eu mesmo vou verificar.

— Ótimo. Eu sei que você tem alguma influência por aqui...

— Conto com você para que continue assim. Agora me conte: contra o que estamos lutando?

Levou mais de duas horas para que Gabe e Stoddard elaborassem os detalhes do plano que, em pouco mais de vinte e quatro horas, separaria o presidente dos Estados Unidos de uma grave ameaça à sua saúde e, possivelmente, à sua vida. Nesse processo, ele também ficaria separado de sua mulher e da própria presidência. O Vice-Presidente Tom Cooper, um dos principais suspeitos na opinião de Gabe, assumiria os deveres do cargo, embora, com sorte, não por muito tempo.

Quando Stoddard estivesse escondido num lugar totalmente seguro, Gabe falaria com a primeira-dama e lhe diria onde seu marido se encontrava. Gabe também pediria sua ajuda para mobilizar rapidamente o grupo que faria uma vistoria no laboratório de nanotecnologia anexo ao Estábulo Lily Pad, o laboratório indiretamente responsável pela morte do seu médico e pelos episódios esporádicos de insanidade que estavam ameaçando destruir seu marido.

Com sorte, os cientistas do laboratório, uma vez isolados e interrogados por profissionais, colaborariam. Com sorte, os investigadores rapidamente determinariam quem os havia contratado e quem estava lhes pagando. Com sorte, quem quer que estivesse envenenando Stoddard e controlando o transmissor seria preso. E finalmente, com sorte, os responsáveis seriam derrotados.

— Dois dias — disse Gabe. — Talvez menos. Com o mundo inteiro procurando por você, precisamos que não seja visto durante dois dias. Será que o castelo The Aerie pode realizar esse feito?

— Você talvez tenha lido alguma coisa ou ouvido falar de meu avô Bedard Joe Stoddard. Ele fez fortuna com mineração, todos os tipos de patentes e fabricação ao ser intransigente com suas práticas comerciais e sua oposição aos sindicatos. Alguns diriam e chegaram mesmo a dizer *oposição sem piedade*. Como muitos gênios, B. J. era mais do que um pouco excêntrico. E, também como muitos gênios, houve detratores que achavam que ele ultrapassava essa linha invisível entre excentricidade e loucura.

— A maior parte da minha família simplesmente pulou a etapa excêntrica — disse Gabe.

— Bem, a certa altura B. J. resolveu que precisava de um refúgio que fosse isolado e seguro. Por isso construiu The Aerie, modelado pedra a pedra como um castelo medieval ao norte da Inglaterra que ele certa vez visitara e fotografara. Ele importou comboios de operários estrangeiros, a maioria chineses que haviam trabalhado nas rodovias. Ele próprio projetou o labirinto de estradas de terra que levavam à floresta. A maioria delas simplesmente parava num determinado local, ou se transformava em círculos sem fim. As estradas que conduziam ao castelo eram e são um segredo estritamente guardado.

— Mas estão marcadas no mapa que você me deu.

— Acho que não há mais de meia dúzia de exemplares desse mapa, portanto cuide bem dele.

— Se a imprensa descobrir que você está escondido no castelo, vai haver mais babacas indo até lá do que ao Grand Canyon.

— Com sorte, todos eles vão se perder na floresta. O projeto do castelo demorou oito anos para ser concluído — prosseguiu Stoddard. — Décadas depois, meu pai passou muitos anos aprimorando o lugar, aumentando a estranha coleção de armas medievais e instrumentos de tortura e reforçando a segurança. Certa vez ele me disse que, caso acontecesse um ataque nuclear, eu devia evitar o *bunker* aqui da Casa Branca e me refugiar rapidinho no Aerie, que ele afirmava ser o lugar mais seguro do mundo.

— É isso exatamente o que o médico prescreveu — disse Gabe, só se dando conta depois de invocar a banalidade da frase de que, na verdade, ela era engraçada. — Com que frequência seu pai usa aquele lugar?

— Praticamente nunca. Ele é muito mais chegado a divertimentos e safadezas no seu iate. Faz muito tempo que fui ao castelo pela última vez, mas mesmo naquela época o local estava em total abandono.

— Parece perfeito para nós — disse Gabe.

— O local *é* perfeito, especialmente quando se apreciam teias de aranha e um ar misterioso e macabro. Espere até perceber no que se meteu.

— Pretendo fazer isso mesmo antes de escurecer, mas preciso de duas coisas de você.

— É só dizer.

— Quero que prometa que vai se esconder aqui com Carol. Por enquanto, peço-lhe o grande favor de contar a ela o mínimo possível. Pode ser que ela não acredite que o assunto seja tão sério quanto é, mas acontece que ela não viu Jim Ferendelli morrer como eu vi. Além disso, Lily Sexton era amiga dela. Pode ser difícil para ela aceitar o envolvimento de Lily nessa história toda. Não sei qual o alcance desses transmissores, mas não quero me arriscar a perder meu único paciente. Tampouco sei o que matou Lily, mas, se alguém quer que você morra, ser um paciente num hospital é apenas ligeiramente mais seguro do que dormir na linha de fogo.

— Você acha que a morte dela foi queima de arquivo?

— Logo que Ferendelli me procurou e eu escapei, acho que as normas podem ter mudado de "façam Drew parecer maluco" para "façam Drew morrer". Por isso estou tão preocupado com você.

— Sei bem disso.

— Tudo bem, voltemos a Carol. Mande todo mundo sair deste apartamento. Nada de empregados domésticos, nem mordomo, nem agentes do Serviço Secreto. Recomende a Carol que intercepte qualquer pessoa que consiga passar pelos agentes lá embaixo e os observe quando descerem no elevador. Se houver alguma restrição por parte de qualquer um, mesmo de alguém como Magnus, ela deve ligar imediatamente para a Guarda do Palácio.

— Você tem minha palavra. Qual é a segunda coisa?

— Dinheiro. Em espécie. Preciso de muito, e talvez de algumas carteiras para guardar o dinheiro. É possível?

— Tenho um banqueiro de confiança no First Washington Trust. Vou dar um cheque a você e telefonar para ele.

— Só não lhe diga por que precisa de tanto dinheiro.

— Acho que isso não será necessário. O Walter é um banqueiro típico dos bancos da Suíça ou das Ilhas Cayman. Ele adora a oportunidade de ser discreto quase tanto quanto adora que as pessoas saibam que é discreto.

— Então você vai providenciar nosso trajeto de final de tarde, certo?

— Logo que você for embora, vou providenciar tudo. Temos ótimos cavalos no estábulo perto de Camp David.

— Quero que escureça mais ou menos uma hora depois que a gente desaparecer. A princípio, vamos precisar saber o que estamos fazendo, mas quero dificultar ao máximo a ação das pessoas que estão procurando você.

— Me diga por que elas querem fazer isso.

— Não tenho a mínima ideia. Você é apenas o presidente... Drew, sei que é difícil para você. É duro receber ordens quando se está habituado a ser o *capo dei capi* mas por favor acredite em mim: estamos fazendo a coisa certa — a única coisa a fazer.

— Por que nós simplesmente não...

— Simplesmente não o quê? Prendemos todo o mundo? Foi horrível ver Jim cair e parar de respirar daquela maneira. Ele poderia ter cem agentes do Serviço Secreto ao seu redor, *mil* agentes, e o resultado teria sido o mesmo.

Stoddard tamborilou as pontas dos dedos, e Gabe percebeu que estava analisando todas as possibilidades sobre a forma de lidar com a ameaça à sua saúde e à sua vida e continuar sendo o presidente.

— Você está com o mapa que desenhei marcando onde deve deixar o quadriciclo? — perguntou finalmente.

— Está bem aqui.

— Lembre-se de que há anos não vou lá, por isso não posso garantir a exatidão dos dados.

— Hoje ainda pretendo dar uma volta para experimentar o caminho até lá.

— Basta ligar se você se perder.

— Isso me lembra uma coisa: tem um celular para me emprestar? O meu estava no bolso junto com minha carteira quando mergulhei no rio.

Drew foi até o quarto e voltou com um cheque e um celular.

— Tenha cuidado — ele disse, entregando o celular. — Se apertar por engano o botão escondido, você tira Moscou do mapa.

Os dois amigos ficaram calados por algum tempo, depois apertaram as mãos e finalmente se abraçaram.

— Por onde vai começar? — perguntou Stoddard.

— Tenho de resolver umas pequenas incumbências, mas primeiro vou ver se é fácil comprar um carro e botá-lo na estrada quando só se tem dinheiro e nenhum documento.

— Aposto que vai conseguir. Acabei de falar com Carol e lhe contei o que nos espera. Ela disse que confia que você fará o que for melhor para o marido dela.

— Agradeça a ela por mim, Drew.

— Eu sabia ter feito a coisa certa ao trazer você de Wyoming.

— E eu sabia ter feito a coisa certa ao votar em você.

CAPÍTULO 53

BIG AL, THE CAR BUYER'S PAL[81].

O lema, junto com uma caricatura do próprio Al, estava pintado numa placa no alto de um escritório semelhante a um barracão, e dava para um lote de cerca de quarenta carros usados, decorado com balões de borracha vermelhos, brancos e azuis.

Enquanto Gabe repassava muitas vezes os elementos do plano que visava a salvar a presidência de Andrew Stoddard e possivelmente também sua vida, o Big Al Kagan repetia todos os chavões do seu Manual de Dicas sobre Compradores de Carros Usados, num esforço de vender a Gabe um modelo recente de Chevrolet Impala vermelho-vinho, com toca-CD, teto solar, rodas de alumínio de fábrica e controle automático de velocidade.

— Tudo que o senhor precisa fazer — Big Al dizia — é dar uma volta com esta belezura, só uma volta rápida no quarteirão, e pegar a Rota 66 durante alguns quilômetros, e prender o cinto para percorrer grandes distâncias.

— De que documentos o senhor precisa?

---

81 – O grande Al, o amigo do comprador de carro. (N.T.)

— Só de sua carteira de motorista. Eu então prendo uma placa no possante e o senhor já pode mandar brasa.

— Mas é que eu... estou sem minha carteira de motorista, porque fui roubado.

— Está com sua identidade?

Gabe pensou no bilhete de apresentação escrito à mão pelo presidente para o banqueiro Walter Immelman e dobrado no seu bolso, bilhete que Gabe nem precisou usar para obter vinte mil dólares em espécie.

— Não.

— O senhor tem um carro para dar de entrada?

— Não, vendi meu outro carro.

— Bem, então o senhor deve ter as placas.

— Eu... bem, tenho, sim, tenho uma.

— Uma é suficiente.

— Se eu pegar a placa, posso levar o carro?

— Claro, logo que eu preparar a papelada. Mas o senhor não quer levar ele para dar uma...

O celular de Stoddard interrompeu o perplexo revendedor: o telefone estava tocando "Hail to the Chief"[82].

— Me dê dois minutinhos, Big Al — disse Gabe, afastando-se dez metros e se encostando num Infiniti prateado com ar-condicionado, toca-CD, pouco rodado, Bridgestone Turanzas[83] e um balão vermelho.

— Ellen?

— Olá, caubói!

— Obrigado por retornar tão depressa.

---

82 – "Viva o Chefe", marcha tocada em cerimônias públicas que se refere ao presidente. (N.T.)

83 – Pneus imponentes e de alta tração. (N. T.)

Gabe visualizou a veterinária garbosa e experiente sentada no consultório de painéis de pinheiro, nos arredores de Tyler, cercado por fotos e desenhos infantis e quadros de cavalos. Dezenas e dezenas de cavalos. De fato, a cadeira do consultório e as que ficavam na sua modesta sala de espera eram selas feitas à mão, transformadas com espaldares e pernas pelo proprietário agradecido de um paciente.

— Em pouquíssimo tempo você se transformou numa lenda por aqui, Gabe.

— Garanto que vou desfazer essa ideia errada logo que voltar.

— Antes que você cometa esse ato insensato, meus filhos vão querer seu autógrafo, e uma foto autografada do seu chefe.

— Diga-lhes que, se querem uma lenda, é só olhar para a mamãe deles... Tudo bem, tudo bem. Os nomes deles são Harry e...

— Sarah, com *h*. Uma foto para cada um, sim?

— Combinado. Você também quer uma?

— Só se ele estiver montado num cavalo. Nesse caso, a dedicatória deve ser para Dra. Ellen K. e Gilbert F. Williams. Gilbert detesta ser deixado de fora. A inicial do meio vai garantir às pessoas que não se trata apenas de quaisquer Ellen e Gilbert Williams.

— Feito.

— Você disse que sua ligação tinha alguma coisa a ver com seu paciente. Desculpe por dizer, mas isso é meio intrigante. O que uma velha cirurgiã veterinária pode fazer por você e nosso estimado presidente?

— Preciso que crie uma poção para mim e a envie para cá de modo que esteja nas minhas mãos até o meio-dia de amanhã. Depois disso, provavelmente não vai adiantar mais.

— Que efeito essa poção deve causar?

Observando Big Al Kagan dar largas passadas pelo lote de carros deserto, Gabe informou os detalhes do que precisava. A pouco mais de dois mil e setecentos quilômetros a oeste, a Dra. Ellen K. Williams ouviu atentamente.

— É isso aí — disse ele. — Isso é tudo de que preciso.

— Só isso, hein? Bem, doutor, quero lhe fazer uma pergunta: o que você me diria se eu lhe desse um telefonema interurbano e perguntasse se poderia fazer isso com um grupo de humanos?

Gabe sentiu-se esmorecer. Estivera tão imerso na logística e no potencial do seu plano que não havia pensado nem por um momento que Ellen Williams, que conhecia profissional e socialmente havia anos, e que era membro da diretoria do Lariat, não estivesse moralmente disposta a concordar com um esquema que poderia terminar matando cavalos.

Desesperadamente, ele vasculhou a mente em busca de opções. O melhor em que pôde pensar na hora foi encontrar um especialista em grandes animais e abrir uma das carteiras cheias de dinheiro que carregava. Sabia que nenhum suborno funcionaria com Williams.

— Você está certa, Ellen — acabou dizendo. — Se eu fosse sequer considerar um pedido desses, ia querer saber detalhes, detalhes e exatamente o que estava em jogo. Bem, lamentavelmente, não posso lhe contar todas as minúcias, mas posso dizer que a vida do homem de quem trato no momento pode estar em jogo, e estou desesperado o suficiente para implorar, mas não desesperado o suficiente para lhe pedir que comprometa seu profissionalismo e seu amor pelos animais. Como médico, compreendo inteiramente por que você tem apreensões.

Seguiu-se um longo silêncio.

— Você vai tomar cuidado?

— Prometo que sim. Você já esteve na minha casa, já cavalgamos juntos; você sabe do meu amor pelos cavalos.

— Está certo, Gabe — ela disse finalmente. — Eu mesma vou preparar a poção e providenciar para que a mistura esteja no seu endereço em Washington até o meio-dia. Será uma combinação de cetamina, Nembutal e talvez algum fentanil, embora eu ainda não saiba a quantidade de cada substância. Vou me empenhar ao máximo para que cada droga possa fazer o que faz, e saber de que forma elas vão funcionar juntas. Aqui temos uns dois animais que foram salvos nos quais eu posso testar diversas combinações. Eles precisam mesmo descansar um pouco.

— Eu te devo isso, doutora — disse Gabe —, e acho que o país também.

Ele lhe deu seu endereço em Watergate, guardou no bolso do *jeans* o celular emprestado por Stoddard e dedicou sua atenção novamente a Big Al, não se sentindo à vontade com o que havia acabado de coagir uma excelente médica a fazer.

— Ouça, B. A. — disse —, vou dar uma corrida até minha casa para pegar minha antiga placa e depois volto. Ainda bem que não a joguei fora.

— Ainda bem mesmo — gritou Big Al quando Gabe estava saindo do local.

Ao chegar à rua, Gabe olhou ao redor casualmente. Depois começou a atitude evasiva que adotara no momento em que saíra da Casa Branca. A lição aprendida em Anacóstia foi indescritivelmente dolorosa, mas, de qualquer forma, foi uma lição.

Exceto pelo que vira no cinema e lera em alguns romances policiais, ele se enquadrava na categoria amador quando se tratava de assuntos de capa e espada. Mas era racional e, na maioria das vezes, não era burro. Andou por calçadas pouco movimentadas, por lojas e restaurantes com saída pelos fundos, entrou em um táxi, depois em outro. A cada movimentação ele lutava contra a complacência e contra permitir que a pressão do tempo o fizesse menos cauteloso. Do jeito como iam as coisas, com o que ele sabia podia muito bem ser um alvo, assim como Stoddard era.

Ao sair do Big Al, caminhou prudentemente, esquivando-se num vão de porta de vez em quando e chamando um táxi para um trajeto de cinco minutos em ziguezague sem destino definido. Depois de caminhar por dois quarteirões, parou numa loja de ferragens, surgindo da entrada no beco carregando uma chave Philips. Estacionado contra um dos muros do beco, parecendo sem uso havia algum tempo, estava um velho Chevrolet. Não combinava exatamente com o carro que estava na iminência de comprar, mas era, de qualquer forma, uma escolha razoável. Abaixou-se atrás do calhambeque e em um minuto surgiu com a placa do veículo.

No mínimo, ele ganhou o dia para Big Al.

Finalmente, depois de voltar à revendedora, aparafusar a placa no Impala, pagar Al e soltar o balão, era hora de usar mais um pouco do dinheiro suado do presidente para animar o dia de mais uma pessoa; desta vez, William, o cavalariço de Lily Sexton.

CAPÍTULO 54

Gabe logo percebeu o lamacento quadriciclo estacionado do lado de fora do celeiro no Estábulo Lily Pad. Seria perfeito para percorrer os barrancos sulcados das Montanhas Flat Top até o castelo The Aerie, onde poderia ser facilmente escondido na floresta. Primeiro, porém, o veículo precisaria ser rebocado de Flint Hill até a montanha, a mais ou menos oitenta quilômetros de distância.

Depois de uma explicação que incluiu a certeza de que emprestar a Gabe o quadriciclo era o que Lily Sexton teria desejado, ele estava em seu Impala recém-comprado, levando William, o cavalariço de Lily, pela Interestadual 81 em direção à divisa da Virgínia Ocidental. Preso à traseira da picape Ford de William estava o quadriciclo: um Honda muito semelhante ao que Gabe usava no seu rancho.

Se tudo acontecesse no dia seguinte da maneira planejada por ele e Drew, os dois iriam a cavalo até o Chevrolet e, depois de um trajeto de uma hora, deixariam o carro escondido no sopé da montanha e se dirigiriam no quadriciclo até o castelo. No mínimo, quando se divulgasse que o presidente havia desaparecido, o céu ficaria pontilhado de helicópteros e aeronaves, e as estradas, congestionadas de carros. Mais cedo ou mais tarde, um investigador arguto poderia deparar com uma referência ao castelo The Aerie em algum lugar, e entrar em contato com LeMar Stoddard, mas a essa altura, com sorte, Drew já estaria pronto para reaparecer.

Drew sugeriu que a melhor alternativa seria evitar ao máximo as estradas, mesmo do emaranhado de becos sem saída e de outras estradas de terra que seu avô construíra ao redor do castelo. Desde criança, Drew possuíra motocicletas para esportes radicais, e depois quadriciclos, e, embora não visitasse o castelo desde antes da eleição, mantinha-se confiante quanto a poder percorrer as estreitas trilhas que serpenteavam pela floresta e se escondiam sob a densa cobertura da folhagem.

William, um lacônico septuagenário, nasceu e se criou no Vale do Shenandoah e trabalhava no estábulo desde que Lily se tornou a proprietária, havia dez anos. Não sabia se devia ou não cobrar Gabe pelo quadriciclo, que Gabe prometeu devolver quando não precisasse mais. O homem acabou concordando com mil dólares, que disse que mandaria para sua sobrinha em Harrisonburg. Gabe acrescentou duzentos dólares do dinheiro do presidente depois que William prometeu ficar com esse dinheiro.

Logo depois de Winchester, passaram da Virgínia para a Virgínia Ocidental. Gabe começou a usar seu odômetro de viagem e a consultar o mapa traçado por Stoddard. Em algum lugar à esquerda, numa alta montanha chamada Flat Top, ficava The Aerie. Gabe diminuiu a velocidade e pegou a Saída Treze. William o seguiu. Depois de dois quilômetros, a estreita rodovia de duas faixas fez uma curva à direita. À esquerda, mal se podia ver uma estrada sulcada de barrancos que levava à floresta.

— A quinze ou trinta metros à direita — Stoddard dissera — fica uma das estradas sem saída que lhe disse que meu avô construiu. É lá que você vai deixar o quadriciclo, e cobri-lo de galhos. Depois, deixamos seu carro lá e o cobrimos de galhos também.

Sem revelar suas intenções a William, Gabe se deteve antes de chegar à estada sem saída. Juntos, descarregaram o quadriciclo. Gabe ligou a ignição e, com William espremido atrás dele, fizeram um teste de quatrocentos metros na rodovia pavimentada e voltaram. A princípio, a máquina foi meio lenta, mas depois se recuperou. Gabe resolveu que, dependendo de quão íngremes fossem as trilhas até The Aerie, ele e Drew teriam uma razoável probabilidade de chegar até o castelo.

Depois de mais uma vez manifestar seu pesar pela morte súbita e trágica de Lily, e de William recusar sua oferta de mais cem dólares, Gabe ficou ao lado do quadriciclo e observou o veículo chacoalhar na estrada em direção à Virgínia. Então, entre sombras alongadas, usou a lâmina de quatorze centímetros de uma faca de caça para cortar os galhos que esconderiam o Impala naquela noite e no dia seguinte. Finalmente, meio cansado do esforço, encostou-se no tronco de uma antiga nogueira e prestou atenção ao sossego barulhento da mata da Virgínia Ocidental. Era hora de se familiarizar com The Aerie.

No dia seguinte ele compraria um par de botas de caubói e depois providenciaria um serviço de *courier* para apanhar no Watergate o pacote enviado por Ellen Williams e entregá-lo a ele no consultório. Assim evitaria a Casa Branca e seu condomínio. Então, na próxima vez em que ele apareceria seria em Camp David, nas Montanhas Catoctin de Maryland, a noventa quilômetros de onde estava agora.

Na noite que se aproximava, Gabe prendeu o mapa de Drew ao guidão, enquanto o quadriciclo prosseguia aos solavancos nas trilhas de terra dos barrancos cuja largura mal dava para um carro. A mata dos dois lados da estrada era verdadeiramente a Floresta Virgem de poetas e compositores, tão densa quanto qualquer uma de que ele se recordava, com o telhado de folhas bloqueando a pouca luz do dia que restava.

Seu gosto pela pesca o levara a adquirir um sólido conhecimento da vida ao ar livre, especificamente de árvores. Ao passar ruidosamente, Gabe identificava cedros e carvalhos negros, fraxinos, faias, cerejeiras, tílias, choupos e bétulas. Por duas vezes os arredores e o ambiente superaram sua impaciência para alcançar o cume, e ele desligou o motor, parou no acostamento e se deteve para prestar atenção, inalando o ar fresco e cheiroso.

No dia seguinte Drew os instruiria a chegar ao The Aerie não naquelas estradas, mas ao longo de trilhas cheias de raízes através da espessa folhagem e da vegetação rasteira. Isso seria facílimo — acreditava Gabe — comparado com fazer um jato de vinte milhões aterrar no convés de um porta-aviões balançante.

A floresta começou a rarear à medida que se aproximava o cume. As formações rochosas aumentavam e se mostravam cada vez mais espetaculares. De repente a vegetação desapareceu completamente e, como se tivesse surgido da própria terra, The Aerie apareceu: uma sólida fortaleza gótica de aparência ameaçadora feita de pedras cinzentas, elevando-se bem acima das árvores que a cercavam. A área ocupada pelo castelo era quase quadrada, com torres em cada canto e ameias ao longo do comprimento dos muros. A estrutura inteira era rodeada por um fosso de três metros de largura, atravessado por uma ponte levadiça que levava a uma enorme grade corrediça.

Realmente excêntrico!

Gabe deixou o quadriciclo perto do limite florestal e atravessou a ponte levadiça. Por uma das janelas estreitas, pôde ver luz. Como prometido pelo presidente, havia energia elétrica no castelo, e luzes nos temporizadores. Gabe usou a chave de Drew e entrou num grande vestíbulo bolorento e sólido, sustentado por estruturas treliçadas de colunas e vigas. As paredes eram forradas por galhardetes roídos pelas traças e por manequins em armaduras embaciadas, uma delas sentada com uma perna de cada lado de um cavalo modelo de quatro metros ou quatro metros e vinte de altura, também usando armadura, coberta por espessas teias de aranha. Se, como disse Drew, um zelador vinha mais ou menos a cada mês, o ciclo estava prestes a se encerrar.

Gabe percorreu rapidamente o lugar, usando uma lanterna que encontrara na cozinha. Quando conseguia localizar facilmente um interruptor, ele o usava. Inspecionou o antigo órgão no grande vestíbulo e depois se encaminhou para a ampla sala de jantar, com uma comprida mesa coberta de poeira que outrora deve ter comportado até vinte pessoas sentadas. Do lado de fora da extremidade do cômodo, subindo um pequeno lance de degraus, havia uma piscina vazia talhada de pedra, com pelo menos três metros de profundidade. O musgo crescia nas paredes internas.

As pisadas das botas de Gabe ecoaram lugubremente nas paredes de pedra e concreto.

Sem explorar muito o ambiente, ele desceu por uma escada escura para os níveis subterrâneos. No porão havia uma sala de segurança com telas de monitores, nenhuma das quais com aparência de estar sendo usada. Havia também um saguão assustador, com sete ou oito máquinas medievais de tortura, muitas das quais decoradas com teias de aranha.

Mas foi no nível abaixo desse primeiro que encontrou o que havia descido lá para ver: o *bunker* que ele pretendia que fosse o lar do presidente enquanto necessário.

Era um cômodo de pouco mais de trinta metros que tinha apenas uma pequena camada de poeira e algumas teias de aranha. Havia duas camas rústicas de solteiro e uma prateleira com várias centenas de livros, um televisor embutido, dezenas de filmes, a maioria velhos videoteipes, alguns DVDs e um console de estéreo. Ao longo do rodapé das paredes havia garrafões de água e, numa pequena copa, enlatados suficientes para alimentar uma família durante semanas. A geladeira estava ligada, mas vazia, e o espaçoso banheiro era azulejado e surpreendentemente aconchegante.

Gabe encontrou a chave do ar-condicionado e ligou o aparelho, como Drew havia sugerido.

— Paredes reforçadas, com um metro e oitenta de espessura — ele havia dito — e filtro de ar. Construídas originalmente pelo próprio Bedard Stoddard e modernizadas por LeMar, na década de 1980. Fomos informados de que qualquer pessoa que esteja aqui dentro durante uma explosão nuclear pode sobreviver, desde que os geradores continuem a funcionar, mesmo se o míssil atingir um local tão próximo quanto Washington.

Gabe passou vinte minutos limpando o local. Drew reclamou do fato de aquele cômodo precisar ser o seu quarto mas acabou concordando que a segurança dele era o cerne da missão dos dois.

Antes de voltar para cima, Gabe fez uma última inspeção do lugar, a três andares abaixo do térreo, cercado de granito sólido e de um metro e oitenta de concreto reforçado. Sua reação automática foi a de que, apesar dos sérios esforços para tornar o local confortável e aconchegante, o espaço lhe dava um nervosismo claustrofóbico. Reconhecia, contudo, que seria o santuário perfeito para o presidente... ou o caixão perfeito.

CAPÍTULO 55

O ruído vindo da escada atrás de Alison era débil: a porta se abrindo. Um passo no degrau de cima.

O som era importante. Significava, com toda a probabilidade, que ela não estava morta.

Alison não tinha ideia de quantas horas levara para seus sistemas cardíaco, respiratório e nervoso se recuperarem da *overdose* de metaproteranol, a droga farmacoativa do Alupent. Ainda se sentia irrequieta, com o estômago nauseado, embora não tivesse se alimentado por trinta e seis horas ou mais, e sentisse um profundo mal-estar.

Seus músculos doíam terrivelmente, embora ela não conseguisse lembrar de haverem lhe injetado algo mais depois da *overdose* do inalador. Era duvidoso que Griswold tivesse alguma ideia da dosagem de metaproteranol a que uma pessoa poderia sobreviver. Era mais provável que ele apenas continuasse a forçar a medicação nos seus pulmões e corrente sanguínea até que a carga do dispositivo tivesse acabado. Era um milagre que seu corpo não tivesse simplesmente cedido, os pulmões explodido, o coração deixado de bater e o cérebro parado completamente.

O PACIENTE NÚMERO UM

Ela precisava encontrar uma solução, fazer Griswold cometer qualquer tipo de erro.

Os passos continuaram a descer os degraus.

O monstro estava de volta para mais uma sessão. Ela o havia derrotado até aquele instante, e conseguido mesmo que ele se vangloriasse de que, na verdade, havia diversas drogas alterando o Alupent do presidente, e de alguma forma ela garantiu que voltaria a derrotá-lo.

Ou morreria.

Ela começou a cantarolar baixinho, imaginando as palavras na sua mente e preparando-se para o que quer que a esperasse.

"Este mundo num é sempre gostoso como doce... Foi isso que minha mamãe me disse uma vez..."

Mais um passo, depois outro. Alison fechou os olhos com força e agarrou os pulsos.

"Às vezes ela vai te sacudir e dobrar..."

— *Ay, Dios mío!*

Alison enxergou Constanza.

— Não posso acreditar que ele deixou você aqui — pronunciou Constanza, os lábios ressecados entreabertos.

Constanza levantou a cabeça de Alison por trás e lhe deu um gole de uma garrafa de água mineral. O *jeans* e o suéter de contas pretas que usava estavam elegantes nela, mas seu rosto suave e exótico se escureceu de angústia e preocupação.

— Donald não sabe que estou aqui — ela disse. — Ele proibiu que eu viesse, mas sei onde fica a chave. Moro nesta casa há dez anos. Há muito pouco que desconheço. Beatriz e eu ouvimos você gritar ontem e anteontem à noite lá de cima, embora este cômodo fique abaixo do porão. Foi muito assustador.

— Ele tem me provocado dores terríveis — comentou Alison. — E pretende continuar me torturando até se convencer de que eu lhe contei tudo que ele quer saber.

— Então, por que você não lhe conta?

— Porque aí ele vai me matar. Mais cedo ou mais tarde, ele planeja me matar mesmo.

— Não posso acreditar que Donald seja assim.

— Constanza, por favor, me escute. Você deve escutar e me ajudar. Se você não me ajudar, eu vou morrer. Donald trabalha para o governo.

— Não, ele é empresário.

— Isso parece coisa que um empresário faria?

— Quem é você? Eu me lembro de você lá do salão. Qual é o seu nome?

— Por favor, eu não vou aguentar muito mais. Meu nome é Alison. Eu também trabalho para o governo, como Donald.

— Lamento que ele tenha feito isto com você.

Alison analisou o rosto da mulher mas não viu nenhum sinal de que estivesse mentindo, de que tivesse sido mandada por Griswold para conseguir o que suas substâncias químicas que dilaceravam músculos e a *overdose* de Alupent não conseguiram.

— Ele não *precisava* fazer isso comigo, Constanza; ele *quis* fazer. Por favor, me desamarre. Estou morrendo de dor.

— Donald nos mandou embora — disse a linda moça, ignorando, obviamente, a súplica de Alison.

— Você e Beatriz?

— É. Ele conhece uma mulher na Cidade do México. Devemos ir embora para lá daqui a alguns minutos, e esperar que ele mande nos buscar. Já fizemos as malas. Temos dinheiro. Ele vai mandar um carro nos levar ao aeroporto.

Nem tenha o trabalho de voltar para esta casa — Alison estava pensando. — *Já não vai existir. Logo — talvez já esta noite — o seu Donald vai providenciar para que este lugar pegue fogo misteriosamente. É nisso que pessoas como ele são especialistas: em acobertar e depois contra-atacar.* Uma coisa era denunciar e acusar gente com tantos relacionamentos importantes. Outra coisa era conseguir provas para fazer com que as acusações fossem comprovadas.

— Que horas são agora? — perguntou.

— Quase nove da manhã; Donald foi trabalhar.

— Constanza, me escute, por favor. Não me deixe deste jeito. Sei que Donald foi bom para você, mas ele me machucou. Muito. E ainda não acabou. Vai continuar a me machucar até se convencer de que eu lhe contei tudo que sei, e aí vai me matar.

— Mas Donald vai ficar furioso comigo. Ele às vezes tem pavio curto, e pode ficar violento.

Alison continuou tentando atrapalhadamente encontrar as palavras certas.

— Pense... pense em como você se sentiria estando amarrada assim.

Constanza chegou mesmo a pensar por um instante, mas depois sacudiu a cabeça. Deu as costas e se encaminhou de volta para a escada.

— Desculpe — murmurou por cima do ombro.

O coração de Alison gelou.

CAPÍTULO 56

Até aqui, tudo bem... Até aqui, tudo bem...
Enquanto Gabe tomava banho, esse mantra lhe ocupava firmemente a cabeça.
Até aqui, tudo bem.
Não conseguiu sinal para o celular no castelo, mas do lado de fora, sim. Discou os dois números que tinha de Alison, meio na expectativa — ou seria rezando — de ouvir a voz dela. Nenhum dos dois telefones foi atendido. O mantra foi diminuindo o ritmo, e depois parou.
Haveria alguém que ele pudesse chamar para relatar que ela estava desaparecida? Alguém a quem pudesse perguntar? Questionou-se rapidamente se deveria tentar o almirante. Talvez Ellis Wright soubesse de alguma coisa.
O terceiro número que discou foi atendido ao primeiro toque.
— Pois não.
— Drew, é Gabe.
— Olá! Esta ligando do The Aerie?
— Perto do fosso. Lá dentro o sinal não pega.
— Que é que você achou do local?
— É uma choupaninha bem transada. Um monumento à negligência benigna, mais ou menos como eu.

— Encare pelo lado positivo: você podia ter sido criado aí...
— Está tudo bem com meu paciente?
— Nunca estive melhor. Acordei há uma hora. Fiz um pouco de alongamento, tomei café preto, fiz algumas flexões, vetei alguns decretos. Você sabe como este meu trabalho funciona.
— Está pronto para andar a cavalo?
— Estou pronto para virar a página deste conto de terror. Eu me sinto um idiota impotente. De que serve ser presidente se não se consegue controlar tudo e mandar em todo mundo que o cerca?
— Não se preocupe. Você logo logo vai estar de volta mandando em todas as pessoas com mão de ferro. Mas lembre-se de que, até sabermos quem e por quê, todo mundo é um assassino em potencial, mesmo que pareça dócil ou inocente. Fique de olhos abertos e mantenha segredo do que pretende fazer até o último minuto. Eu vou à cidade resolver umas coisas, depois vou encontrar um lugar seguro para estacionar meu novo carrão perto de uma das trilhas de cavalgada.
— Vai conseguir encontrar o carro de novo quando a gente estiver galopando na mata?
— Pretendo ir ao estábulo e convencer o chefe dos cavalariços... — qual é mesmo o nome dele?
— Rizzo, Joe Rizzo.
— ...a me deixar dar uma volta rapidinha só pra refrescar a cabeça.
— Vou dar um telefonema e tratar disso para você. Está com o mapa que desenhei mostrando onde ficam os estábulos?
— É uma sorte que eles fiquem fora do aglomerado. Eles vão trazer os cavalos até nós?
— Provavelmente.
— Existem alguns cavalos especiais ou eu escolho?

— Você escolhe. Não conheço os animais muito bem. Nesse meio tempo, está tudo indo bem, certo?

— Não sei direito — respondeu Gabe.

— Nada de Alison ainda?

— Nada. Já faz mais de dois dias, agora.

— Prometi ligar para Mark Fuller e mandar uns agentes investigarem o assunto, e vou fazer isso.

— Agora?

— Agora. Lamento que isso esteja acontecendo, Gabe. Espere só para ver. É apenas um mal-entendido.

— Obrigado por fazer isso.

Gabe reiterou seu apelo quanto à vigilância, depois lavou uma xícara e serviu o primeiro café dos que sem dúvida seriam muitos. Caminhou para lá e para cá enquanto bebia, mentalmente assinalando a lista de coisas a fazer. O item mais importante era pegar a mistura enviada por Ellen Williams. Se, por alguma razão, o tranquilizante não chegasse a tempo, ele e Drew teriam de encontrar uma forma de adiar tudo por um dia, quando cada minuto significava mais perigo, não apenas para o presidente, mas também para Gabe.

O pôr do sol seria às sete e quarenta e cinco, mais tarde do que gostaria, mas provavelmente seria útil antes que eles chegassem ao castelo. Quanto menos luz do dia houvesse quando chegassem à trilha de cavalgada, melhor. Se possível, ele encontraria um meio de comunicar a Drew a necessidade de protelar por mais alguns minutos o crepúsculo. Detalhes. Detalhes.

Às seis e quinze, Gabe estava de volta no quadriciclo, descendo com estrondo a montanha até onde o Impala estava escondido. Deduziu que a cobertura não era suficiente, e facilmente escolheu uma estrada de terra que, de alguma forma, não era usada. Com sua faca de caça, cortou mais uma dúzia de galhos, depois retirou o carro e o substituiu pelo quadriciclo, que instantaneamente foi tragado pela floresta quando ele cobriu o veículo.

Sem ideia se ou mesmo por que precisaria delas, acrescentou a faca a uma corda e algumas ferramentas e duas garrafas de água, empilhadas numa pequena mochila que ele deixara no banco do Chevy. Na mochila havia também maçãs e cubos de açúcar para os cavalos. Detalhes.

Às dez e quarenta e cinco, quando seu celular recebeu o telefonema dado pela portaria do Watergate de que um pacote chegara para ele via FedEx, estava caminhando nas ruas da capital, amaciando um novo par de botas de couro de bezerro que realmente não precisavam ser amaciadas e devem ter custado tanto quanto o total de todas as demais botas que já possuíra. Escolheu um serviço de entregas na Rua L e pagou bem para que o mensageiro levasse o pacote do Watergate até o escritório deles e de lá um outro mensageiro levasse o pacote pela porta dos fundos até o terreno a três quarteirões de distância, onde Gabe havia estacionado o Impala.

A caminho de lá, Gabe cedeu aos seus temores e à frustração e se atormentou ao tentar mais uma vez os telefones de Alison. Uma vez na vaga, ele se esquivou atrás de um furgão e examinou a rua para verificar se havia alguma coisa ou alguém fora do comum. Acreditou que não poderia ter sido seguido até lá, ao mesmo tempo que visualizava Jim Ferendelli caindo de joelhos e depois despencando com o rosto na terra. Tampouco poderiam tê-lo seguido até lá...

O mensageiro chegou, e ele recebeu a encomenda rapidamente e sem ocorrências especiais. Gabe gratificou o rapaz com cinquenta dólares do dinheiro do presidente, e acrescentou outros cinquenta para o colega que apanhou o embrulho no Watergate. Depois de examinar uma última vez o terreno, Gabe se enfiou discretamente atrás do volante do Impala e pôs o pacote no banco do carona.

Estava na hora.

Quarenta quilômetros do lado de fora da cidade, ele se convenceu de não estar sendo seguido e estacionou numa área de descanso na Interestadual 270 para abrir a encomenda enviada por Ellen Williams. A caixa cuidadosamente embrulhada consistia em um *tupperware* com cinco sacos plásticos lacrados, cada qual contendo duas grandes embalagens de gaze, encharcadas de líquidos.

MISTURA ESPECIAL, dizia o rótulo no *tupperware*. APLIQUE UMA OU DUAS DOSES, CONFORME NECESSÁRIO.

O coração de Gabe lhe dizia uma, mas sua cabeça insistia em duas.

Se as coisas não dessem certo para ele e Drew Stoddard, não haveria uma segunda oportunidade. Logo se espalharia a notícia de que o presidente havia se comportado irracionalmente, rapidinho um botão seria apertado por alguém e o Paciente Número Um sofreria um ataque público semelhante ao que Gabe havia testemunhado na Casa Branca ou, pior ainda, idêntico ao episódio com Ferendelli que ele havia testemunhado.

Com essa ideia lugubremente dominando-lhe os pensamentos, Gabe pôs o pacote de lado e verificou o mapa que Drew lhe deu com a localização dos estábulos. Então, permanecendo bem abaixo do limite de velocidade, dirigiu-se ao norte até Thurmont, em Maryland, e, logo depois, a Camp David.

CAPÍTULO 57

— *Desculpe.*

As palavras foram ditas muito baixinho, pouco mais do que um sussurro. Teria Constanza realmente as pronunciado, perguntou-se Alison, ou seria a reação das drogas que Griswold lhe aplicou? Teria sido aquela mulher capaz de abandoná-la numa situação tão horrível? A resposta, claro, era sim. Dez anos. Esse foi o período durante o qual Constanza ficou sob o controle de Treat Griswold.

Lutando para respirar e evitar que os músculos das pernas a dominassem, Alison fechou os olhos e "saiu de órbita". A dor era muito mais tolerável assim.

Quando acordou, após alguns minutos ou algumas horas, continuava com os braços abertos e as pernas afastadas, os pulsos e tornozelos fortemente amarrados. A visita de Constanza tinha sido um sonho, ela se deu conta, desanimada: fora apenas um sonho induzido pelas drogas.

Então ela sentiu a faca na palma de sua mão. Lenta e dolorosamente, fechou os dedos ao redor do cabo e esticou a cabeça à direita para ver. Era uma vigorosa faca de cozinha, com cabo plástico preto e lâmina serrilhada de quinze centímetros. E certamente isso não era um sonho.

Por que Constanza simplesmente não cortara a corda? A resposta não era difícil de discernir. Alison já havia vivenciado o poder de Griswold e seu desprezo pela vida e pelo sofrimento humanos. Ele era um especialista paciente em dobrar as pessoas à sua vontade. Em menos de quarenta e oito horas ele quase tinha conseguido isso. O que dez anos de manipulação, substâncias químicas e abuso haviam causado em Constanza? Era altamente provável que a pobre mulher não tivesse força para realizar um ato de rebeldia contra o homem que a havia retirado de casa antes de ela se tornar adolescente. Deixar aquela faca foi simplesmente o máximo que ela conseguiu fazer.

Cabia a Alison completar o serviço.

Durante um tempo ela permaneceu deitada imóvel e observou, preparando-se. Só havia tranquilidade — um silêncio intenso. A casa estava vazia, tinha certeza. Constanza e Beatriz haviam ido embora. Lentamente, desesperada para que a lâmina não escapulisse, virou o cabo com os dedos inchados e duros até os dentes da faca atingirem a corda. Então, com golpes milimétricos, sem se preocupar se estava cortando corda ou carne, ela começou a serrar. Não descansaria, prometeu, não se arriscaria a ser vencida pelo sono. Seus músculos doíam terrivelmente, e ela estava com pouca força. Mas Treat Griswold lhe dera o poder de cortar a corda: ele lhe havia dado o ódio.

Vinte minutos? Trinta? Uma hora?

Alison nunca saberia quanto tempo demorou. Só sabia que nada a deteria. Um milímetro a cada golpe desajeitado. A lâmina lhe cortou a pele, mas a dor nada significava comparada com a que já havia suportado. Seu maior temor era cortar um tendão ou atingir uma artéria. No momento em que parecia que mesmo seu ódio por Griswold não seria o bastante para manter seus dedos se mexendo, a corda arrebentou.

Ela ficou sentada na beira do catre por um longo tempo, esperando que a tontura diminuísse e que as pernas lhe dessem um sinal de que estavam prontas para aguentar seu peso. Depois cortou várias tiras da fronha e estancou o fluxo de sangue no pulso. Finalmente, usando a armação da cama para se apoiar, conseguiu dar um impulso e ficar de pé. De maneira igualmente rápida, suas pernas se vergaram na altura dos joelhos, os músculos do quadríceps quase totalmente sem energia. Uma segunda tentativa mais uma vez fez com que caísse desajeitadamente no piso de concreto. Na terceira vez as pernas oscilaram, mas se mantiveram de pé.

Suas roupas continuavam ordenadamente dobradas perto da parede. A bolsa e a carteira não estavam lá, nem o cordão com seu crachá de identificação. Mas havia uma coisa que Griswold não jogara fora nem escondera. Uma coisa com a qual ele não contara que ela jamais voltaria a precisar ou usar.

Com esforço supremo, Alison se sentou na beira do catre de mau gosto e se vestiu. Então, uma vez mais, ficou de pé. Dessa vez as pernas estavam mais fortes, mais dispostas. Ela deu um passo rumo à escada, depois parou. O sorriso foi vingativo. O momento que ela deixara de acreditar que chegaria aconteceu.

— Eu vou atrás de você, seu filho da puta — disse em voz áspera, testando a bateria do *walkie-talkie* esquecido por uma falha de Griswold, e em seguida o prendendo ao cinto. — Eu vou atrás de você.

CAPÍTULO 58

Faltavam *três horas*.
Até aqui, tudo bem.
O mantra recomeçou por sua própria vontade quando Gabe se endireitou na sela de um musculoso garanhão negro chamado Grendel, abriu o mapa das trilhas que o chefe do estábulo, Joe Rizzo, lhe dera e se dirigiu à floresta estadual para planejar onde ele e o presidente poderiam livrar-se dos guardiões do Serviço Secreto. Gabe havia estacionado o Impala na cidade e tomado um táxi até a entrada de visitantes de Camp David. Então, autorizado a entrar pelo próprio presidente, caminhou direto no complexo de 125 hectares e saiu da entrada ao norte vigiada para os estábulos próximos.

Provavelmente haveria três agentes acompanhando-os na cavalgada, dissera Drew — todos bons cavaleiros, e armados com pistolas que sabiam usar muito bem. Se as coisas corressem como Gabe planejava, na ocasião em que os agentes se dessem conta de que suas montarias não estavam respondendo aos comandos de acelerar e o presidente e seu médico não estavam respondendo a seus comandos de ir mais devagar, ficariam demasiadamente confusos e muito fora de alcance para se arriscar a atirar. Se estivesse enganado quanto a isso, o primeiro tiro que um dos agentes disparasse seria sem dúvida dirigido a ele.

Até então, tudo bem.

Sua preocupação com Alison continuava intensa, mas por enquanto nada havia que ele pudesse fazer, e a tarefa à frente era assustadora. Havia tantas variáveis a considerar, tanta coisa que poderia dar errado... Em apenas três horas, se as coisas corressem como esperava, ele se tornaria o segundo homem mais procurado do planeta.

A tarde estava fria e encoberta. Grendel ansiava para acelerar o passo, mas reagia bem quando Gabe preferia trotar. Seu primeiro objetivo era determinar a que distância na trilha eles estariam depois de vinte e cinco minutos. A essa altura, com sorte, os cavalos do Serviço Secreto não teriam mais condições de emparelhar com a velocidade que ele e Drew adotariam. Depois de se livrarem dos agentes, na primeira trilha aceitável à esquerda, os dois pegariam um atalho rumo à via pavimentada, que estava meio indistinta no mapa, mas poderia ser a Rota 491.

Vinte e cinco minutos.

Gabe subtraiu cinco minutos dos trinta estimados por Ellen Williams para compensar o tempo que demorariam para voltar aos estábulos do ponto onde teriam montado até a entrada pelos fundos de Camp David.

Vinte e cinco minutos.

Gabe deu um sorriso largo diante da perspectiva de tratar essa operação como se fosse um tipo de ciência. O tamanho dos cavalos menos duas vezes o peso dos agentes mais a taxa de absorção da poção de Wiliams ao quadrado menos o ângulo do sol equivaleriam a... vinte e cinco minutos. Sem problemas.

No local marcado da trilha, depois de vinte e cinco minutos de cavalgada, Gabe deteve Grendel, afiou a faca de caça numa pedra de amolar da sua mochila e marcou várias árvores no nível do olho de um cavaleiro. Depois prosseguiram em ritmo cauteloso, examinando o limite da vegetação em busca de uma abertura. Com sorte, na próxima vez em que passasse por esse trecho da trilha, ele e Drew Stoddard estariam a todo o galope. Sentiu a boca seca a essa perspectiva.

Existe alguma outra maneira? — ele se perguntou pela milésima vez. — *Existe alguma outra maneira?*

Agora só faltava resolver mais três dificuldades: uma trilha à esquerda que levasse ao esconderijo, um lugar para deixar os cavalos onde eles acabariam sendo encontrados, e finalmente um local escondido perto da Rota 491, para deixar o Impala. O melhor cálculo de Gabe foi de que o carro precisaria não ser descoberto pelos guardas florestais por no mínimo duas horas. Se eles o encontrassem e o mandassem ser vigiado ou rebocado, algum caminhoneiro teria uma história de pescador para contar sobre os dois sujeitos que pegara na estrada pedindo carona.

A primeira dificuldade era uma trilha estreita à esquerda, com algumas marcas secas de patas de animais, mas que não era muito usada. Ficava a alguns minutos de onde Gabe esperava que ele e Stoddard deixariam seus cavalos — mais perto do que ele gostaria, porém longe o suficiente para funcionar, e perfeita em todos os outros aspectos. As marcas nas árvores eram essenciais porque ele precisaria vê-las a galope. Fez alguns cortes, depois desmontou e construiu um monte sutil de pedras do lado direito da trilha principal, dez metros antes do caminho.

Quando os homens do Serviço Secreto buscassem ajuda — provavelmente sob a forma de um tipo de veículo de quatro rodas —, ele não queria facilitar muito a procura. Quando ele e Drew estivessem no carro, cada quilômetro e meio que conseguissem interpor entre eles e o final da trilha ampliaria a gama de possibilidades que os agentes e a polícia precisariam considerar, e tornaria muito menos provável que um dos obstáculos os detivesse.

As duas últimas peças foram mais fáceis de encontrar do que Gabe esperava. Uma pequena clareira a três metros da trilha e vinte metros da rodovia asfaltada seria o lugar perfeito para deixar os cavalos, e uma área de descanso demasiado grande, trinta ou quarenta metros ao norte, serviria para esconder o Chevy sem que parecesse muito suspeito. Agora restava apenas a questão de pegar o carro onde ele o havia deixado em Thurmond, pôr um aviso de "enguiçado" no parabrisa e levá-lo para a área de descanso, aguardar um caminhão de reboque e caminhar de volta aos estábulos para fazer o que pudesse para ajudar o cavalariço a preparar a cavalgada do presidente no final da tarde.

Primeiro, entretanto, era hora de deixar o tranquilo Grendel satisfazer sua vontade. Gabe subiu na sela, murmurou algumas palavras de incentivo no ouvido do garanhão e suavemente deu-lhe uma estocada com as botas novas. O cavalo hesitou um segundo, mas depois disparou trilha abaixo para casa, como se fosse um míssil.

CAPÍTULO 59

Alison percebeu o homem estacionado no meio do seu quarteirão no instante em que o motorista da Richmond Taxi entrou na rua.

— Continue a rodar! — mandou, agachando-se no chão do carro.

Ela instruiu o motorista a dar voltas por vários quarteirões e ficou observando para garantir que não estavam sendo seguidos. Depois mandou que parasse em frente a um edifício de apartamentos na esquina seguinte. O homem na frente de sua casa pertencia ao Serviço Secreto, e fora enviado por Gabe; era muito menos provável que fosse alguém mandado por Griswold como resultado de uma mudança de decisão de Constanza. De qualquer maneira, Alison não queria nada que tivesse a ver com ele.

O motorista pegou os cem dólares em espécie que haviam combinado para a corrida e saiu do edifício por outro caminho. Alison havia encontrado o dinheiro — no total, quatrocentos dólares — na gaveta de meias da cômoda de Griswold. Como previra, quando saiu do porão e subiu até o andar superior, Constanza e Beatriz já haviam ido embora. Alison pensou por um momento em vasculhar inteiramente a casa, mas acabou resolvendo que não tinha nem força nem tempo para isso. Sentiu ânsia de vômito só de pensar em tocar nas roupas dele. Ele a violara de maneiras tão perversas, desumanas e insensíveis quanto um estupro e, de alguma forma, pagaria por isso.

Havia um cômodo que ela escolheu vistoriar antes de chamar o táxi: o lugar no sótão onde se passara a maior parte do treinamento das moças de Donald Greenfield.

O cômodo, que ela imaginou refletisse a década de 1970, era tão repugnante que ela só conseguiu ficar alguns minutos. Cama d'água circular, lençóis de cetim vermelho, espelho no teto, grossas cortinas psicodélicas, diversas luzes e abajures de ambiente, sistema de som e um enorme HDTV com uma grande coleção de vídeos pornográficos, a maioria com homens mais velhos e garotas. Surpreendentemente, não havia câmeras, pelo menos que ela pudesse ver. Pensou na pessoa que estava chantageando Griswold. Se tivesse havido uma câmera em algum período, era possível e até provável que o chantagista estivesse com o filme.

Não conseguiu abrir nenhuma das gavetas. Se, como Alison esperava que ele fizesse, Griswold destruísse totalmente o lugar, o mundo ficaria melhor.

Durante a corrida de táxi até Arlington, ela tentou reunir tudo que sabia sobre aquele homem. Griswold parecia ter sido um funcionário público dedicado e eficaz que se tornara presa da própria perversidade e de alguém com inteligência para documentar essa perversidade, e para forçá-lo a violar seu juramento como protetor do presidente. Talvez, como sugeriam seu Porsche, sua segunda casa e outras atividades, existia também uma recompensa envolvida. A essa altura, não havia como saber.

Parecia que a tarefa de Griswold era administrar drogas psicodélicas ao presidente pelo inalador com Alupent. Extraordinariamente, porém, as drogas permaneciam inativas até serem acionadas por uma espécie de transmissor manual, quando então transformavam o comandante-chefe em um fantoche, que poderia enlouquecer ao apertar de um botão, ironicamente por outra marionete.

Essa tecnologia era incrível, muito além da compreensão de Griswold, julgava Alison, mesmo embora, e quase certamente, houvesse sido Griswold quem roubara as amostras de sangue colocadas por Gabe na geladeira da clínica.

Sem resposta até o momento, como ela poderia fornecer provas do que sabia ser verdade, e descobrir quem era o titereiro que puxava os cordões de Griswold. Ela só tinha a certeza de que não iria atacar um homem com a reputação e a influência de Griswold sem dispor de provas seguras, aliás, *indiscutíveis*.

Supôs que seu carro estivesse na área de estacionamento da Casa Branca, onde o havia deixado. O inalador debaixo do banco poderia dar andamento à história, desde que ainda estivesse lá e se descobrisse estar contaminado por drogas e marcado com as impressões digitais de Griswold. Ela, porém, precisaria de mais do que isso — segundo as lições que aprendera com sua experiência em Los Angeles; precisaria de muito mais.

Nesse meio-tempo, também teria de se proteger para não se tornar uma vítima novamente, dessa vez em todos os sentidos da palavra. Griswold não era menos poderoso nem respeitado — e provavelmente ainda mais cruel — do que os cirurgiões Quatro Cês de Los Angeles. Se ela queria derrotá-lo e descobrir a identidade do seu titereiro, precisaria agir rapidamente e manter Griswold preocupado e descontrolado. Também precisaria da ajuda de alguém em quem pudesse confiar, e a lista de pessoas a quem poderia abordar em segurança nesse aspecto era curta, muito curta.

Logo que possível, ela e Gabe tinham de se falar.

Alison passou por dois apartamentos e cuidadosamente se aproximou do seu pelos fundos. Então usou o cotovelo para quebrar o vidro de uma janela da porta dos fundos, meteu a mão por dentro e abriu a fechadura. O caprichado apartamento de dois quartos havia sido habilmente vasculhado. Todas as gavetas estavam vazias e no chão. Os tapetes haviam sido arrancados, os armários esvaziados, as almofadas do sofá da sala de estar cortadas. Havia cacos em todos os lugares, e os poucos objetos pessoais que ela trouxera de San Antonio haviam sido destruídos.

Poderia Griswold ter solucionado o esquema que ela e Lester haviam bolado, ou ele estaria apenas sendo minucioso, procurando alguma coisa que ela poderia não ter conhecimento?

A princípio Alison lutou contra as lágrimas como se Griswold a estivesse observando e ela não quisesse "passar recibo". Então, apressou-se a ir ao banheiro tomar banho, e finalmente se permitiu chorar muito e se sentir aliviada. Resolveu, enquanto se enxugava, que o estado do seu apartamento não importava. A partir daquele instante, até o fim de sua guerra contra Treat Griswold, não ficaria nem mais um minuto naquele lugar.

Encontrou um *jeans* limpo e uma camiseta azul-marinho de manga comprida, em seguida se pôs a procurar as únicas duas coisas de que precisava no apartamento. A primeira, um jogo extra de chaves do seu carro, encontrou no chão da cozinha, debaixo de uma tigela. A segunda estava no próprio lugar onde a escondera: uma pistola Glock 26 de 9 milímetros, enfiada caprichosamente numa meia de náilon que ia até os joelhos, dentro de um sapato salto agulha de dez centímetros que ela nunca usara por medo de fraturar os tornozelos. Enfiados no outro sapato, também atrás de uma meia enrolada, havia dois pentes carregados de munição.

Finalmente ela se lembrou de que agora seu *walkie-talkie* estava no raio de alcance e ligou o rádio. A primeira voz que ouviu lhe chamou a atenção.

— Atenção, todos os postos — Griswold estava dizendo. — Aqui é Griswold, Agente Especial Encarregado. Preparar para a partida de Maverick no Marine One daqui a duas horas. Repito: faltam duas horas para a partida.

Marine One.

Griswold não disse nada sobre o local de destino. Para a Base da Aeronáutica de Andrews? Para Camp David? Para um lugar onde o presidente faria um discurso?

Não importava. Quando estivesse pronta, ela os encontraria. Primeiro, entretanto, precisava falar com Gabe. O telefone do apartamento ainda estava funcionando. De pé entre os destroços, ela pegou o aparelho e discou o número da clínica médica da Casa Branca.

CAPÍTULO 60

Rotores.

Apenas duas semanas se passaram desde que o presidente foi visitá-lo no seu rancho. Na ocasião, Gabe estava andando a cavalo, e fazia o mesmo agora, ajudando Joe Rizzo, o chefe dos cavalariços, e Pete, seu filho de dez anos, a conduzir quatro cavalos do estábulo até a entrada de serviço de Camp David para que o presidente fosse cavalgar no início da noite com seu médico. A diferença entre esse passeio e os muitos outros que diversos presidentes haviam percorrido naquela trilha nos anos desde 1942, quando Camp David — ou Shangri-la, como se chamava antes de o Presidente Eisenhower renomeá-lo com o nome do seu neto — oficialmente se tornou a casa de campo presidencial, era que desta vez o presidente não voltaria.

Em mais ou menos uma hora, o Presidente Andrew Stoddard, entre os verdadeiros visionários que já haviam ocupado o cargo, confirmaria o boato de que estava mentalmente perturbado ao fugir dos seus protetores do Serviço Secreto.

Extremamente satisfeito com seu cavalo, Gabe pediu permissão para mais uma vez cavalgar Grendel. Pete, com quem Gabe na mesma hora teve uma empatia, especialmente depois que ensinou ao garoto alguns truques maneiros de corda com o laço que trouxera na mochila, garantiu que conseguiria que isso acontecesse depois de esfregar bem o animal, dar-lhe um banho refrescante de esponja e uma porção extra de aveia.

Joe Rizzo também estava claramente satisfeito com a presença de um homem que era médico e caubói ao mesmo tempo. Quando Gabe examinou os cavalos e sugeriu que o presidente gostaria de cavalgar um puro-sangue cinzento malhado de pelos brancos chamado Mr. Please, o chefe do estábulo concordou na mesma hora. Gabe viu que o cavalo tinha pernas e pescoço compridos — um cavalo de andamento ágil como nenhum outro. Ele apostava que Grendel e Mr. Please conseguiriam derrotar os cavalos do Serviço Secreto numa corrida sem interrupção, para não mencionar que seus três adversários estariam tontos por nuvens de Nembutal, cetamina e fentanil.

— Eles aterrissaram! — exclamou Rizzo com seu sotaque encantador, quando o zumbido distante diminuiu, e depois cessou. — O passeio vai ser lindo, Dr. Gabe. Com uma leve brisa, e sem muitos insetos.

— De qualquer forma, eles não ousariam picar o presidente dos Estados Unidos — disse Gabe.

Havia um pau de arrasto perto do portão dos fundos do recinto. Gabe ajudou a amarrar os cavalos e depois se preparou para a intimidadora tarefa de enfiar compressas de gaze encharcadas de anestésicos debaixo da manta das selas de cada animal sem ser visto e sem que aparecesse nenhum pedacinho de gaze.

Gabe tirou da mochila um par de luvas de equitação, coisa que jamais usaria se não estivesse tentando impedir a absorção da poção pelas palmas para não cair da própria sela. Enquanto vasculhava a mochila, tirou a tampa do *tupperware*, pegou três pacotes de gaze ensopada com duas compressas em cada e substituiu a tampa. Nesse instante, seu rádio foi ativado, e chegou a assustá-lo.

— Doc, fala Griswold. O senhor está me ouvindo? Câmbio.

— Griz, bom-dia, cara. Estou aqui no portão dos fundos. Tenho uns cavalos muito maneiros para vocês. Câmbio.

— A gente vai chegar aí em cinco minutos, logo que a enfermeira e o paramédico da Marinha acabarem de carregar o furgão. Câmbio e desligo.

Gabe gelou e perguntou a Joe:

— A que tipo de furgão ele se refere?

— Ao furgão médico, é claro. O presidente nunca anda a cavalo sem três ou quatro agentes do Serviço Secreto e um furgão médico. Poxa, mas não entendi: o senhor não é o médico?

— O *novo* médico — corrigiu Gabe, com a mente em parafuso. — Eu nunca andei pela trilha.

Vamos parar por aqui no que toca a fórmulas científicas inventadas. *Com os diabos! Como é que Drew deixou de mencionar que um furgão iria nos acompanhar?*

Gabe começou rapidamente a rever o pouco que sabia sobre enguiçar carros. O melhor de que se conseguiu lembrar na hora foi despejar no tanque de gasolina os torrões de açúcar que carregava, e esperar que isso funcionasse. Ridículo!

— Joe, o que acontece com o furgão se percorrermos um caminho mais estreito? — perguntou.

— O furgão espera onde for possível. Há uns dois anos, um dos cavalos atirou um convidado no chão e o cara quebrou a perna. Os agentes precisaram carregar *ele* de volta pela trilha até o furgão.

Isso não ajudou em nada.

Que confusão!

Gabe olhou de relance para o relógio. Mesmo que ele e Drew conseguissem incapacitar os cavalos e se mandassem, o furgão poderia transportar os agentes de volta ao acampamento em questão de minutos. Eles dois talvez nem chegassem ao Impala antes que começasse uma perseguição em massa, com o Serviço Secreto significativamente representado no Marine One.

Por que diabos ele pôde pensar que seu plano daria certo?

— Doutor, aqui é Griswold. O furgão está pronto. Estamos a caminho. Câmbio e desligo.

Merda!

— Joe — ele disse, entregando duas maçãs ao homem —, será que você pode dar estas maçãs ao Grendel e ao Mr. Please? Vou verificar as selas uma última vez. Não estou com disposição de brincar de médico aqui.

Movimentando-se rapidamente, foi para trás dos cavalos, fingindo examinar as mantas, estribos e selins, e ao mesmo tempo escondeu a gaze o mais dentro das mantas dos selins possível. Estava colocando o terceiro pacote no lugar quando a comitiva do presidente apareceu e se aproximou da guarita.

Gabe olhou para o relógio e mentalmente começou a marcar o tempo de absorção das drogas pelos cavalos. Trinta minutos.

Seguindo os três agentes e o presidente à medida que se aproximavam da guarita havia um pequeno furgão, um Mitsubishi, com uma enfermeira e um paramédico dentro. Ele havia conhecido ambos na clínica da Casa Branca.

Os trinta minutos agora eram vinte e nove, talvez vinte e oito.

Fica frio — advertiu-se. — *Fica frio e raciocina.*

Aproximou-se do presidente e lhe apertou a mão calorosamente.

— Por que você não me falou do furgão? — sussurrou, entre os dentes quase cerrados.

Demorou vários preciosos segundos para que o presidente se desse conta da importância do veículo.

— Na confusão do planejamento, eu simplesmente nem pensei nisso — disse Stoddard. — É o nosso fim? Gabe olhou de relance para o furgão. De onde estava, pôde ver o sobressalente instalado na parte traseira.

— Preciso de um minuto sozinho perto do furgão — murmurou de repente. — Você consegue isso para mim?

— Olhe só.

Sem hesitar, o presidente inclinou o corpo, agarrou a garganta, e cambaleou até a entrada. Então, usando um canto da guarita para se apoiar, começou a tossir sem parar. No momento em que os guardas perceberam o que estava acontecendo, correram até ele. A essa altura, Gabe já tinha pegado a faca de caça na mochila.

— Um inseto! — gritou um dos agentes. — Ele disse que um inseto ou uma abelha está preso na sua traqueia.

A tosse insistente continuou, e era de qualidade digna de um Oscar, reconheceu Gabe. Agora, completamente escondido dos agentes e da equipe médica, ele pôs o cabo da faca no peito e se inclinou na parede lateral do veículo sobressalente, com todo o seu peso e a sua força. A lâmina afiada deslizou facilmente pela borracha, onde ficou completamente enterrada. Ele a retirou e a recolocou na mochila; nesse instante, Griswold o chamou, do lado de Stoddard.

— Ei, doutor, o que está havendo? Venha até aqui!

— Estou chegando, estou chegando.

Sem se incomodar em explicar a demora, ele correu até o grupo. Todo mundo estava de pé, impotente, ao redor do comandante-chefe recurvado, agoniado e cuspindo muito. Gabe pôs uma das mãos na frente e a outra atrás do peito de Stoddard.

— Está tudo bem agora, Sr. Presidente — sussurrou.

Deu um leve e rápido empurrão com cada uma das mãos. No mesmo instante a tosse seca parou. Para completar a encenação, Stoddard cuspiu mais uma vez e depois se levantou, sorrindo.

— Pronto! — ele disse. — Poxa, fiquei assustado!

A comitiva, surpresa e muito impressionada, virou-se para Gabe, que disse, objetivamente:

— Foi a versão de Wyoming da manobra de Heimlich[84]. Agora, vamos cavalgar.

Seis minutos após a chegada da comitiva, eles montaram e se dirigiram para a trilha.

Já dei jeito em um pneu — Gabe pensou. — *Falta pelo menos mais um.*

Rapidamente o trio do Serviço Secreto recuou, permitindo um espaço de vinte ou trinta metros entre eles e os dois cavaleiros à frente.

— Grande atuação, Sr. Presidente — disse Gabe.

— Como no nosso tempo da Academia. Lembra-se daquelas estudantes da Goucher[85]?

— Mas o que fez agora foi melhor.

— Conseguiu alguma coisa?

— Dei um jeito num pneu sobressalente, agora só preciso acabar com um ou dois dos outros pneus e a gente terá uma oportunidade.

— Desculpe eu ter esquecido de falar do furgão.

— Tudo bem. Olhe, Drew, sinto-me muito grato por você estar confiando tanto em mim. Sei que não é fácil para você.

---

84 – O médico americano Henry Jay Heimlich inventou o processo executado por Gabe em casos de engasgos que asfixiem a traqueia, a laringe ou a faringe. (N.T.)

85 – Goucher College, faculdade em Baltimore, Maryland. (N.T.)

— Sinto-me apavorado com o que estamos fazendo, mas ficaria apavorado da mesma forma se não o estivéssemos fazendo.
Gabe olhou para o relógio.
— Com sorte, ainda temos quinze ou vinte minutos. Quanto mais longe a gente ficar de Camp David, melhor. Se não acontecer nada com os cavalos dos agentes, acho que vamos ter de abortar nosso plano, mas, se os sedativos fizerem efeito, vou voltar lá. Quero que mantenha a distância entre nós e eles. Vou voltar para verificar os cavalos deles, e aí vou tentar dar um jeito definitivo no furgão. Alguma pergunta?
— Quando é que eu desapareço?
— Continue cavalgando à frente, e então, quando vir que estou me movimentando, manda brasa. Há uma trilha à esquerda mais adiante que vai nos levar até o carro. Coloquei uma pilha de pedras à direita, a uns nove ou doze metros antes da trilha. Fique atento para vê-la. Eu também marquei as árvores ao nível do olho onde devemos virar. A essa altura eu já devo ter alcançado você.
— Eu me sentiria menos assustado se estivesse tentando escapar do meu pessoal do Serviço Secreto num jato.
— Você está indo muito bem.
Por alguns minutos os dois cavalgaram em silêncio, depois Gabe se inclinou ligeiramente para seu ex-companheiro de quarto e disse:
— Drew, quero dizer uma coisa. Não sei como expressar isso numa forma delicada, mas quero que saiba que, durante anos e anos, embora eu não tenha bebido uma gota de álcool, tenho me entupido de pílulas — nunca sem razão — para dores de cabeça, insônia e similares — mas você deve provavelmente achar que essas razões não passam de justificativas ou desculpas. Eu devia ter lhe contado quando você foi ao rancho.

— Você acha mesmo que isso teria feito alguma diferença para mim? Veja todas as coisas que conquistou na sua vida.

— O engraçado é que, desde que vi Jim morrer e me concentrar no que estava sendo feito a você e ao país, e lidando com o desaparecimento de Alison, não tenho tomado nenhum comprimido, independentemente de quão tenso, assustado ou insone eu tenha me sentido. É como se a morte de Jim tivesse sido uma sacudidela que me colocou em perspectiva e me advertiu que eu não estava fazendo justiça às vidas perdidas daquela mulher em Fairhaven nem ao seu bebê ao destruir sistematicamente minha própria vida. Eu precisava dizer isso antes que nós...

— Doutor, aqui é Griswold — avisou o seu rádio. — É melhor os senhores diminuírem a marcha e voltarem aqui. Tem alguma coisa errada com os cavalos.

— Deu certo! — exclamou Stoddard.

— Deus abençoe Ellen Williams. Muito bem, Sr. Presidente, continue a cavalgar para a frente, de modo lento e constante.

Sem se importar em responder pelo rádio, Gabe deu às rédeas de Grendel um pequeno puxão com a mão direita e o incitou a ir à frente. O vigoroso animal girou como um experiente cavalo de rodeio e disparou trilha abaixo. Gabe ficou satisfeito ao ver o tamanho da diferença que se abriu entre eles e os agentes. Se estivessem prestando tanta atenção ao presidente quanto aos cavalos, o que não era provável, ainda assim lhes seria difícil perceber ou acreditar que o presidente continuava a se afastar.

Confusão e distração. Esses dois fatores eram seus maiores aliados agora. *Confusão e distração*.

Mesmo a distância, ele podia ver que os cavalos dos agentes não estavam em condições de prosseguir. Dois estavam parados;

os focinhos pendiam até quase o chão, e seus cavaleiros continuavam sentados nas selas, instigando-os a ir à frente. O terceiro, o cavalo de Griswold, encostado numa nogueira, gostosamente esfregava o ombro contra a casca áspera. Griswold estava de pé junto à árvore, olhando no olho do cavalo. Mas o melhor de tudo era que o médico e a enfermeira estavam do lado de fora do furgão, verificando se podiam ajudar.

Fique calmo, Gabe se incentivou ao desmontar e conduzir Grendel até o furgão. *Fique calmo e dê a impressão de saber o que está fazendo.*

O cabo da faca de caça estava na palma da sua mão, e a lâmina escondida ao longo do seu antebraço.

— Alguém vá atrás do presidente! — ordenou Griswold.

— Mas este cavalo não quer sair do lugar — disse um dos agentes.

Gabe se debruçou e enfiou a grande lâmina no flanco do pneu esquerdo traseiro. Silenciosamente, o furgão pendeu para aquele lado.

— Então desce e corre! — gritou Griswold. — Deixa pra lá, deixa pra lá. Eu mesmo vou atrás dele. Ei, Sr. Presidente, pare!

Dos três agentes, o Agente Especial Encarregado Griswold era o mais corpulento. Logo se saberia exatamente em que condições físicas ele estava, meditou Gabe. Griswold tirou o blusão e começou a correr a toda a velocidade à procura de Stoddard. Com todos observando Griswold, Gabe conseguiu retirar o pneu direito traseiro com um único puxão movido a adrenalina. A traseira do furgão desabou como um boxeador que houvesse acabado de ser atingido por um soco no seu queixo de vidro[86].

---

86 – Alcunha dada a um boxeador que é derrubado facilmente. (N.T.)

— Deixem que eu vou pegá-lo! — berrou Gabe para ninguém específico. — Eu vou pegá-lo!

Ele nem se lembrava da última vez em que tinha montado um cavalo em movimento, mas não hesitou. Com o sólido Grendel arremetendo da imobilização a pleno galope numa única marcha, Gabe agarrou a espessa crina com a mão esquerda e a cabeça da sela com a direita, e comprimiu o pé esquerdo no estribo. Ia baixar o pé direito, mas ele já estava aerotransportado, viajando ao lado do vigoroso cavalo como um galhardete. Um segundo depois, usando uma força que nem desconfiava possuir, estava ereto no selim, bradando ao passar por Griswold:

— Eu vou pegá-lo!

Lá na frente, o presidente o olhou de relance e sorriu. Então juntou as rédeas e incitou o cavalo cinzento com um único e breve chute nos flancos do animal.

— Continue sem parar! — gritou Gabe, lado a lado com ele.

Galoparam assim, ombro a ombro, por um minuto antes de Gabe localizar as marcas que havia feito e apontar primeiro para elas e depois para a mata à esquerda, onde a estreita trilha surgiria.

O presidente ergueu o punho fechado.

Gabe tentou parecer igualmente entusiasmado, mas sentiu que não conseguiu. Estava consumido por uma voz na cabeça que ficava gritando sem parar uma frase:

Que merda você fez?

CAPÍTULO 61

De luzes apagadas, o presidente dos Estados Unidos dirigindo, e seu médico pessoal segurando-se atrás, o quadriciclo transpôs as estradas e trilhas sinuosas de terra da montanha Flat Top. The Aerie. Estava escuro quando chegaram ao castelo e deixaram o veículo num local escondido, bem à beira da mata.

Por alguns momentos, os dois homens permaneceram na ponte levadiça sobre o fosso e observaram o que provavelmente eram três helicópteros e algumas aeronaves em círculos dirigindo-se a leste.

— Conseguimos! — exclamou Stoddard. — Nem acredito! Conseguimos! Lá em Washington deve estar um caos total.

— Como já disse, este país tem a infraestrutura de passar de um líder para outro com grande rapidez e o mínimo de perturbação. Se a leitura da Vigésima Quinta Emenda que fiz logo que cheguei a Washington me ensinou alguma coisa, foi isso. O país é e sempre será maior do que qualquer homem por si só.

— Talvez, mas ainda assim eu gostaria de pensar que estão sentindo minha falta neste momento.

— Tenho certeza que estão. Você tem feito um trabalho espetacular.

O PACIENTE NÚMERO UM

— Obrigado. Falando em sentir falta, preciso ligar para Carol. Deixei com ela um envelope com instruções, incluindo os telefones de um chefão da Polícia Estadual da Virgínia em quem confio, e de um juiz federal. Carol pode contatá-los, e eles podem obter os mandatos de que precisarmos e as autoridades confiáveis para fazê-los cumprir. Amanhã cedo eles vão se encontrar com você na casa de Lily.

— Perfeito. Você foi um verdadeiro herói, Drew. Nem consigo imaginar o que deve ser precisar abandonar o *seu* trabalho.

— Tenho muita esperança de recuperá-lo.

— Desde que consigamos manter você longe daqueles transmissores, tenho certeza de que vai recuperá-lo.

— Falando em heróis, você também tem sido um, aliás, mais do que isso: você tem sido um grande amigo, Gabe. Melhor do que mereço.

Que coisa estranha para dizer, pensou Gabe.

— Que nada! — ele disse. — Ligue para Carol para ela saber que você está bem, e que eu não sou doido. Depois quero lhe mostrar onde Vosso Velho Médico Real[87] resolveu que você vai passar a noite.

— Acho que já sei onde é.

Por mais um instante, os dois permaneceram imersos no silêncio ruidoso da floresta, tentando concentrar os pensamentos na enormidade do que haviam acabado de realizar. Finalmente, Stoddard fez um gesto para que Gabe continuasse perto, e ligou para sua mulher. Em apenas dois minutos, ele passou o fone a Gabe.

---

[87] – Linguagem antiga, combinando com o castelo medieval onde ficariam escondidos. (N.T.)

— Você acha mesmo que alguém do nosso *staff* está por trás disso tudo, Gabe? — perguntou Carol Stoddard.

— Acho que alguém que periodicamente fica perto do Drew está envolvido. É o máximo que posso dizer.

— E você também acha que Lily está — estava — metida na história?

— Tenho certeza. Tive provas irrefutáveis quando estive na casa dela, e Jim Ferendelli me disse isso da própria boca antes de... ser assassinado.

— Mas... mas Lily era uma de minhas amigas mais queridas, como se fosse da família.

— Lamento, Carol.

— E você acha que ela também foi assassinada?

— Acho. Estando viva, ela era uma ameaça para alguém. Quando descobri o laboratório no túnel debaixo da casa, precisaram se livrar dela.

— Gabe, é uma coisa horrível para eu conseguir aceitar.

— Compreendo. Seria também para mim, se eu não tivesse visto tudo. Encontre-me amanhã na fazenda da Lily, digamos, ao meio-dia, com os mandatos e os homens de que precisamos, e você vai constatar tudo. No momento, Drew está a salvo, e é isso que importa. Desconfio de que podemos mantê-lo assim por mais vinte e quatro horas ou até trinta e seis horas, se necessário, mas é apenas questão de tempo antes de alguém deduzir onde estamos. É melhor a gente acabar logo com essa história antes que alguém tenha tempo de reagir.

Gabe esperou até a primeira-dama não ter mais nada a dizer e então, pronunciando as palavras *Eu não sei*, devolveu o fone ao marido dela.

— Amo você, meu bem — disse Stoddard. — Pode acreditar; Gabe fez um trabalho maravilhoso para nós. Você vai ver.

Gabe teve certeza de que, fosse lá o que Carol Stoddard tivesse dito ao marido, não chegava a ser um forte endosso das teorias dele nem das ações dos dois amigos.

— Obrigado, querida — respondeu Stoddard. — Obrigado por confiar tanto em nós. Quando falar com os meninos, diga-lhes que estou a salvo e que eu os amo, mas só isso, certo? Certo? — Desligou o telefone e se virou para Gabe. — É melhor que o tal túnel que leva à fábrica de nanobôs esteja onde você diz que está, senão, como diz Ricky Ricardo a Lucy: "A gente vai ter de dar um montão de 'isplicação' "[88].

Os dois homens entraram no castelo.

— Você pretende me esconder no *bunker* lá embaixo, não é? — perguntou Drew.

— Quem assassinou Jim e Lily e tem feito aquelas coisas com você não tem nenhum remorso e é engenhoso. Se alguma coisa der errado, quero que você esteja a salvo, só isso. Ontem à noite eu dei uma geral no lugar.

Quem assassinou Jim e Lily...

Essas palavras reativaram seus temores com relação a Alison. Tão logo as coisas estivessem resolvidas no dia seguinte, prometeu passar todos os minutos procurando por ela durante o tempo que fosse necessário.

— Eu acho um exagero — disse Stoddard. — Nós conseguimos, Gabe. Nós me sequestramos debaixo do nariz de todo mundo. E então, que tal eu ficar num quarto com vista para fora?

— Há cartazes nas paredes do *bunker*.

---

88 – Ricky era o principal personagem masculino do antigo e famoso programa de televisão *I love Lucy*, desempenhado por Desi Arnaz e casado com *Lucy* (Lucille Ball). Eles também eram casados na vida real. (N.T.)

— Ótimo, mas detesto que mandem em mim.
— Provavelmente não tanto quanto me desagrada mandar. Já chegamos até aqui, Sr. Presidente. Não vamos nos arriscar a ferrar tudo por sermos complacentes. Sua segurança é o que importa nisso tudo.

Stoddard suspirou e se permitiu ser acompanhado até o abrigo subterrâneo.

Nos minutos seguintes, Gabe se sentiu exaurido. O fluxo de adrenalina da fuga dos dois ainda estava se agitando vigorosamente, mas surgia com a intensa fadiga que seu corpo devia estar armazenando havia dias. Era um tributo às botas de mil e cem dólares que, de tão confortáveis, ele nem se lembrava de que as estava usando para andar e cavalgar desde cedo naquele dia. Subiu com dificuldade a escada de pedra em espiral da Torre Oeste, arrastando a mochila de suprimentos que lhe haviam sido tão úteis.

O quarto redondo de pé direito alto era fresco e confortável. Gabe tirou as botas, deitou-se na cama e aguardou a volta do seu cansaço ao folhear as páginas de um exemplar de três anos da revista *Field & Stream*. Um artigo sobre pesca de truta nas montanhas Tetons deu-lhe muita saudade de casa, e ele resolveu que valeria a pena solicitar ao presidente que o substituísse logo que os mandatos fossem entregues, e começassem as prisões. Embora eles nunca tivessem falado sobre o assunto, ele tinha forte desconfiança de que Alison adoraria calçar um par de botas de cano longo e entrar num rio cristalino do Wyoming, com um caniço na mão e uma isca artificial.

Era quase meia-noite quando finalmente pôs a revista de lado e dirigiu-se ao banheiro. A caminho, a escadaria metálica em espiral que levava às ameias chamou sua atenção, e subitamente ele teve vontade de dar uma última olhada do magnífico panorama que contribuíra para dar seu nome ao castelo. Sem se importar com as botas, ele subiu os degraus e abriu a pesada porta que dava para fora.

O céu estava meio encoberto, mas a vista da torre poderia alcançar uns oitenta quilômetros num dia claro. Ele fixou a vista principalmente no oeste e no norte distantes, embora houvesse um panorama disponível de quase 360 graus. Foi quase por acaso que olhou fixamente para baixo. Lá embaixo, depois do fosso, à beira da floresta, ele viu um vulto se movimentando furtivamente entre as árvores.

Num instante, desapareceu todo o cansaço que sentia.

— Pode parar! — gritou. — Estou te vendo e tenho uma arma!

Suas palavras foram engolidas pela noite.

Lá embaixo, o vulto desapareceu na floresta.

Então, à sua direita, ele viu uma segunda sombra, movimentando-se em paralelo à primeira.

Não eram garotos querendo se divertir. Todas as fibras do seu ser lhe diziam que quem estivesse lá era sinônimo de problema.

Por um minuto, Gabe continuou espreitando na escuridão. Depois subiu correndo a escada, calçou as botas e foi até a porta. Ia abri-la quando olhou de relance para sua mochila. Dela tirou a faca de caça e a pôs no pacote com sua corda e a coleção de ferramentas.

Com a faca na mão, saiu depressa do quarto e desceu cautelosa e silenciosamente a escada de pedra.

CAPÍTULO 62

Tinha sido uma burrice gritar da torre como ele gritou. Uma burrice completa.

Com a faca de caça na mão, Gabe se censurou ao descer cuidadosamente para o primeiro andar.

E agora?

Tentou em vão imaginar quem poderia tê-los encontrado em apenas seis horas. Drew acreditava que poucas pessoas, ou talvez ninguém — além de sua família imediata —, tivessem conhecimento do castelo, mas devia estar enganado. Alguém sabia e havia somado dois mais dois. Gabe sabia que, de todos os serviços de investigação, incluindo a CIA e o FBI, o Serviço Secreto era o mais engenhoso, eficiente e criativo. Ele não se surpreenderia por saber que The Aerie constasse em um de seus arquivos, junto com sua história e até mesmo algumas plantas.

Com sorte, eram agentes do Serviço Secreto que estavam fazendo o cerco do castelo. De fato, embora Gabe preferisse desconfiar de que qualquer pessoa fosse capaz de trair Drew, a equipe de proteção do presidente seria composta pelas pessoas em quem ele confiaria em primeiro lugar. Uma coisa de que Gabe tinha certeza: os vultos lá fora não eram imaginação sua.

O PACIENTE NÚMERO UM

Visualizou uma equipe de Serviço Secreto da SWAT[89] ou algo equivalente posicionando-se em silêncio na noite.

Seria preciso trabalho e preparação sérios para romper os muros do castelo. Provavelmente quem estivesse lá fora adotaria a abordagem mais objetiva de simplesmente deixar de lado uma atuação furtiva e destruir totalmente a imponente grade corrediça.

Que merda você fez?

A escada da torre oeste dava para a extremidade mais distante da sala de jantar. Para chegar a Drew, ele teria de atravessar a ampla sala e alcançar a escada do porão. Gabe freneticamente tentou raciocinar o que havia a ganhar ao alertar Drew para o que estavam enfrentando. Drew concordaria em permanecer onde estava até ficar claro o nível da ameaça a que estava exposto? Pelo menos por enquanto ele se achava trancado no *bunker* e em razoável segurança. Mas ele tinha o celular. Gabe considerou e rapidamente rejeitou a possibilidade de tentar escapulir e descer a montanha em busca de ajuda.

Talvez quem estivesse lá fora não conseguisse romper os muros nem explodir a grade levadiça. Talvez fossem apenas garotos brincando. Talvez...

Sussurros ásperos vindos da cozinha, a não mais de seis metros, detiveram-no.

Porra! Como conseguiram entrar?

Por um túnel construído para defender o castelo! Gabe teve certeza disso. A maioria dos castelos medievais tinha um ou mais meios secretos de alguém se evadir ou fugir por trás de um exército que o cercava, ou para trazer suprimentos e armas. Teria sido uma surpresa se o excêntrico Bedard Stoddard *não* tivesse construído um.

---

89 – Special Weapons And Tactics (Armas e Táticas Especiais). (N. T.)

— Crackowski, que merda você está fazendo aí?

Gabe reconheceu imediatamente o acentuado sotaque sulista arrastado. Seu coração parou, parecia que ia continuar assim, mas depois lentamente recomeçou a bater com certa inconstância.

— Bati forte com a porra da cabeça na porra daquele túnel — respondeu Crackowski. — Merda, está sangrando.

— Quem mandou você raspar a cabeça?

— Foda-se, Carl. Quando a gente resolver nosso assunto aqui, eu vou raspar sua cabeça.

— Isso vai ser bem difícil de fazer, depois que você levar um tiro no meio dos olhos. Esta história já tá de bom tamanho, vamos acabar logo com isso.

— Você se encarrega lá da frente, e eu, dos fundos. Se encontrar algum interruptor, acenda a luz. Quem gritou sabe que estamos aqui, o que quer dizer que a gente não vai pegar ninguém de surpresa. Um vivo, um morto.

— Um vivo, um morto — repetiu o assassino de Jim Ferendelli.

Gabe recuou silenciosamente para o salão, onde havia algumas espadas e uma ou duas lanças, além de muitos lugares onde ele poderia se esconder. Se entendeu bem as ordens dadas pelo homem chamado Crackowski, o outro matador, Carl, se dirigiria para onde ele estava.

Um vivo, um morto.

Gabe não demorou a deduzir que ele fosse o descartável. Com a nanotecnologia à disposição dos criminosos, quem fosse responsável pelos transmissores poderia dar cabo do presidente na hora em que desejasse. É claro que ainda era possível que Drew fosse o verdadeiro alvo e não apenas sua presidência, conforme Ferendelli acreditava, mas, como Lily Sexton, Gabe se tornara um perigoso problema não resolvido.

O PACIENTE NÚMERO UM

Os dois assassinos tinham conhecimento do túnel contra cercos. Estariam também a par do *bunker*? Se Drew permanecesse trancado lá dentro, alcançá-lo seria uma porra de um problema, a não ser que conseguissem impedir que o ar chegasse ao local.

Com as batidas do coração se regularizando, Gabe se comprimiu contra a parede atrás do enorme garanhão e do cavaleiro de armadura e se obrigou a se acalmar e se concentrar, da mesma forma que havia feito nos anos em que teve de enfrentar crises médicas.

As probabilidades eram de que ele ia morrer, mas os dois bandidos iam suar muito para conseguir isso.

Nesse momento, Carl entrou cautelosamente no salão, a pistola de grosso calibre pronta para disparar. Gabe agarrou a faca de caça e tentou em vão imaginar um cenário em que pudesse ter ainda que uma leve vantagem. Moveu-se furtivamente e se escondeu ainda mais nas sombras atrás da montaria bélica e de seu cavaleiro quando o pistoleiro se aproximou.

Quatro metros e meio, três metros, um metro e meio...

A qualquer segundo Carl iria vê-lo. Gabe se apoiou na armadura, cobrindo as ancas do cavalo, e apertou com mais força o cabo da faca de caça, preparando-se para esfaqueá-lo erguendo a mão. Entre cavalo e cavaleiro devia haver pelo menos noventa quilos de aço, provavelmente mais. Ele precisava derrubar aquela estrutura rápida e acuradamente.

Mais um passo, apenas um, e...

Gabe dirigiu o ombro para dentro da armadura, como se estivesse tentando destruir um atacante desembestado. A reação de Carl, previsível, foi girar e disparar. O impacto da armadura fez com que ele desse um passo em falso para trás, e o homem caiu pesadamente, com grande parte do cavalo desmoronando em cima dele. Gabe abaixou-se com rapidez em cima da armadura, brandindo a faca a esmo repetidamente com a pesada lâmina, até sentir que atingiu a carne de Carl e ouvi-lo gritar.

Então, um segundo depois, Gabe levou um tiro.

A bala, uma de uma saraivada de projéteis aleatórios disparados pela pistola de Carl, atingiu o tecido logo acima do quadril direito de Gabe e o fez girar para trás e despencar do cavalo. Acima da armadura ele pôde ver o assassino tentando disparar um tiro mais exato, mas através da névoa também viu a faca de caça espetada na coxa do homem. Gabe conseguiu pôr os pés no modelo de cavalo e o empurrou contra o matador com a maior força que pôde. Depois rolou e com dificuldade se pôs de pé, ofegando com a dor do ferimento, ao mesmo tempo em que Carl gritava:

— Seu filho da puta! Você me esfaqueou! Vou acabar com você, seu desgraçado filho da mãe, vou te matar!

Vários outros tiros explodiram e ressoaram no amplo vestíbulo.

Arrastando a perna, Gabe cambaleou em direção à sala de jantar e dali até a pequena escada que conduzia ao segundo andar, longe de onde ele desconfiava de que viesse o outro pistoleiro, Crackowski. Seu *jeans* estava ficando rapidamente encharcado de sangue, e sentia o líquido vermelho gotejando e penetrando-lhe na bota. Ainda assim, independentemente do que viesse a acontecer, ele se vingara, pelo menos em parte, do que aquele bandido fizera a Jim Ferendelli.

A dor do ferimento era intensa, mas dava para suportar. Usando o corrimão de pedra, ele se elevou até o segundo andar e deu a volta até a sacada em torno da piscina vazia quase quatro metros acima. Era fácil imaginar Drew, seu pai e seu avô, bem como família e amigos, saltando e mergulhando da sacada na piscina, que incluía, segundo lhe havia dito Drew, uma grade de canos suspensa, para simular uma tempestade no momento certo. De fato, os canos continuavam lá, iluminados, em parte, pela luz que refletia as nuvens e vindo através de um pálio de vidro tão grande quanto a piscina.

Com o brilho de uma ideia que começou a se formar, Gabe ignorou a dor abrasadora no quadril e conseguiu ficar de pé na parede da sacada, apoiando-se num dos pilares que sustentavam o pálio de vidro. Então testou o cano principal, que estava solidamente ancorado numa estrutura metálica que vinha do teto. Não havia como saber se seria capaz de aguentar mais do dobro do peso de um homem, mas isso é o que ele pediria ao cano que fizesse.

Já não estava de posse da faca, e não tinha condições motoras de ir à procura de outra arma. Mas tinha outra arma — pelo menos em potencial — na mochila, e sabia muito bem usá-la. Cuidadosamente, retirou a corda que havia utilizado para divertir e ensinar o filho do chefe do estábulo, Pete: doze metros de excelente corda para laço, comprados na loja onde Gabe adquiriu as botas. Pegou uma extremidade e a girou acima do cano. Finalmente, amarrou essa extremidade na cintura e a usou para testar o cano e descer de volta ao chão da sacada.

Nenhum problema.

Seria um lançamento a distância, mas em sua casa, numa caixa no porão, havia dezenas de troféus embaciados que garantiam que ele seria capaz de fazer isso.

Exausto da dor e do esforço, Gabe afundou no chão de pedra da sacada e esperou, tentando não arfar alto. Era provável que, quando Carl se levantasse, os dois assassinos se separassem de novo. O ferimento com a faca na perna de Carl certamente os teria deixado furiosos, ansiosos e até meio abalados, o que era uma receita de erro. Tudo que Gabe poderia desejar agora era que nenhum deles viesse até a sacada.

Mudou de posição e sentiu uma dor lancinante no ferimento na virilha. Ia verificar se havia um orifício de saída quando ouviu barulho e movimento vindos de baixo. Espreitando entre as balaustradas de cimento, distinguiu o vulto de um homem que se movimentava cautelosamente ao longo da piscina. Não estava mancando. Então, a luz que passava pelo pálio fez brilhar o espaço calvo no alto da sua cabeça.

Crackowski.

Gabe mudou de lugar mais uma vez, verificou o nó que prendia a corda ao redor de sua cintura e depois o nó corrediço que atara na extremidade da corda. Após olhar de relance para cima, a fim de certificar-se de que tudo estava em ordem, retomou o controle da situação, agachou-se, morrendo de dor, e esperou enquanto, dando um passo por vez, o assassino se dirigiu para o local exatamente abaixo de onde a corda prendia o cano da chuva.

Sob circunstâncias normais, Gabe sabia que podia acertar o lançamento todas as vezes em que atirasse, mas isso era sem paredes atrás e acima dele, e permitindo alguns giros de aquecimento e desde que, finalmente, o alvo a ser imobilizado por uma corda não estivesse segurando uma arma. Desta vez Gabe teria uma oportunidade, e apenas uma. Se errasse, precisaria tentar correr mais do que um pistoleiro profissional numa só perna que mal funcionava.

Avaliou o peso do laço e tentou imaginar os movimentos que faria para fechar o laço ao deixá-lo cair sobre a parede da sacada, usando Crackowski como contrapeso para evitar que ele mesmo se esborrachasse nas laterais de concreto da piscina.

Era apenas mais um domingo em Dodge.

Sem piedade — alegou para si mesmo — *Sem piedade e sem hesitação.*

Deu um passo para trás, debruçou-se na sacada, girou o laço uma vez para abrir uma pequena laçada e o fez pairar sobre a cabeça do matador. Antes que Crackowski pudesse reagir, Gabe saltou da sacada, agarrando a corda do cano para chuva com toda a força. A queda foi rápida, o estalo do pescoço nauseante e a morte de Crackowski, instantânea. Gabe atingiu o piso de concreto com violência, mas apenas o suficiente para atordoá-lo. Soltou a corda, ainda amarrada à sua cintura. O assassino desabou no chão ao seu lado, e o fedor de excremento começou a encher o ar.

Por quase um minuto, Gabe permaneceu tonto no chão, tentando orientar-se quanto ao que sabia ser uma concussão. Finalmente, pensamentos e imagens de Carl penetraram-lhe na consciência enevoada, misturada com imagens do treinador do ensino médio de Gabe, ajoelhado sobre ele, administrando-lhe sais aromáticos e perguntando se sabia onde estava e se tinha condições de voltar para o jogo.

Ele precisava se mexer. Carl estava gravemente ferido, mas conseguia se movimentar e tinha uma arma. Durante um instante, Gabe animou-se a encontrar a pistola da Crackowski, depois se lembrou vagamente de ouvi-la cair com estrondo na piscina vazia. Isso tinha mesmo acontecido?

Gemendo a cada movimento que fazia, engatinhou até a beira do buraco de concreto e olhou detidamente para baixo. Mal conseguia discernir o que achava que era o fundo e não tinha condição de distinguir mais nada.

Talvez estivesse errado. Talvez a arma ainda estivesse próxima. Talvez estivesse debaixo do corpo de Crackowski.

Gabe sabia que não estava raciocinando claramente, mas não tinha como se concentrar melhor. Sua cabeça latejava, e o ferimento ao lado do quadril tornava muito doloroso o ato de virar-se. Rastejou até o corpo de Crackowski. Os olhos do assassino estavam tão protuberantes que quase saíam da cabeça, e sua língua saliente parecia uma ameixa. Para bloquear o odor, Gabe rolou o cadáver uma vez, depois outra. Nada da pistola.

Ainda tentando eliminar o nevoeiro do cérebro, ele se esforçou para se levantar, mas depois voltou a cair de joelhos. Quando se virou para a piscina, Carl estava lá de pé, observando-o com curiosidade e segurando frouxamente a pesada pistola.

— Rapaz, esta cena não se vê todo dia — ele falou, com sua voz arrastada.

O jorro de adrenalina dispersou o nevoeiro da cabeça de Gabe como a luz do sol.

— A facada na sua coxa está doendo? — perguntou.

— A dor nem chega perto da que você vai sentir.

— Como você é espirituoso!

De vez em quando, Gabe se perguntava o que seus pacientes sentiriam no momento da morte. Naquele instante se deu conta de que não era nada muito ruim. Carl fosse-lá-qual-fosse-seu-nome ia puxar o gatilho e Gabe Singleton ia deixar de existir. Simples assim.

— Levante-se!

Não vou facilitar as coisas para você, Carl — pensou Gabe. — *Garanto que não vou.*

— Parece que eu consigo me levantar?

— Levante-se ou juro que vou atirar em todas as articulações do seu corpo, começando pelos dedões dos pés.

Gabe já tinha ouvido o suficiente.

Que isso termine aqui — pensou. — *Que isso termine aqui para nós dois.*

Sem hesitar, com a ponta da bota do pé direito ele usou a força que lhe restava e chutou a virilha do homem. Carl recuou até a beira da piscina, com Gabe agarrado nele como um chimpanzé à sua mãe. Em algum ponto durante a queda pode ter havido um tiro. Gabe sentiu mais uma dor excruciante, desta vez no ombro. Em seguida houve um tremendo impacto, e o ar lhe explodiu nos pulmões.

Então, tudo desapareceu.

CAPÍTULO 63

Nesgas de luz brilhante penetraram nas pálpebras e nos olhos de Gabe. Ele se sentiu como um paciente voltando a si na sala de recuperação após uma grande cirurgia, só que sem anestesia. Pouco a pouco, conseguiu relacionar os pontos de dor. Seu quadril direito latejava, mas não menos do que o ombro esquerdo. O alto da cabeça e o espaço entre os olhos se assemelhavam a monitores cardíacos, registrando todas as batidas do coração, com pulsações extremamente desagradáveis. Bile e ácido lhe irritavam a garganta.

Abriu um pouquinho os olhos, estreitando-os por causa da claridade, e se surpreendeu ao ver os candelabros e os galhardetes esfarrapados do salão. Pouco a pouco, visões de sua luta com os dois assassinos lhe vieram à cabeça. Forçou os olhos para que se abrissem mais.

— O senhor botou pra quebrar, doutor. Devia ter visto os miolos do velho Carl esparramados no fundo daquela piscina.

Gabe enrijeceu, mas não tentou se virar em direção à voz. Não era preciso.

— Você acha que vai ser indicado mais uma vez por excelência de desempenho pelo que está fazendo, Griswold? — perguntou Gabe.

— A gente faz o que deve fazer.

— E você acha que deve destruir a vida do homem que jurou proteger?

Com grande mal-estar, Gabe rolou o corpo e conseguiu levantar-se usando as mãos e os joelhos. Na verdade, *uma* das mãos e os joelhos. Seu ombro esquerdo simplesmente se recusou a suportar muito peso. Havia uma poltrona de madeira escura e espaldar alto a pouca distância. Ele engatinhou até lá e conseguiu se sentar, sem nenhuma ajuda de Griswold. O sangue estava congelando no *jeans* e na camisa de Gabe.

— Olha só quem fala sobre destruir vidas — retrucou asperamente. — Dois assassinatos antes de você ir para a cadeia, mais dois aqui. Você é uma máquina mortal. Aposto que deve fazer o mesmo com seus pacientes.

— Chega, Sr. Griswold — disse uma voz conhecida e autoritária que veio das sombras das colunas na extremidade do salão. — A partir daqui é comigo.

Carregando uma pasta grande e fina, LeMar Stoddard surgiu da escuridão.

Gabe olhou perplexo para o homem; sua mente se recusou a aceitar a magnitude do que estava testemunhando. Primeiro o matador de aluguel, depois Treat Griswold e finalmente, no topo da pirâmide, o Pai Número Um.

— Suponho que o presidente esteja lá embaixo no *bunker* — disse LeMar.

Gabe sacudiu a cabeça, enojado e decepcionado.

— A não ser que eu esteja perdendo alguma coisa — replicou Gabe —, o *presidente* de quem o senhor fala é também o seu filho.

Stoddard, usando calça cáqui e um blusão náutico, atravessou o vestíbulo em largas passadas imperiais, pôs no chão a pasta de formato estranho e se posicionou à esquerda de

Griswold, mais ou menos dois metros à frente de Gabe. Seus olhos eram de um azul penetrante e magnetizador, e Gabe se sentiu levemente inquieto ante a força que emitiam. Sentiu-se também confuso e nervoso. A lista de pessoas com as quais se havia preocupado não incluía o pai de Drew, embora estranhamente, naquele momento, em especial depois de passar algum tempo com esse homem, Gabe não mais achasse difícil acreditar na conspiração.

— Eu lhe asseguro, doutor, que ninguém está a par desse fato mais do que eu.

— Então, por que o senhor está tentando matá-lo?

— Não estou tentando matá-lo. Por que eu faria isso? Eu o amo, mas simplesmente não posso permitir que ele passe mais quatro anos impondo sua versão de comunismo ao povo deste país.

— Então o senhor quer que todos nós acreditemos que ele está enlouquecendo.

— Num certo modo de dizer, sim. Em outro modo de dizer, ele *está* enlouquecendo. Kurt Vonnegut escreveu: "Nós somos o que fingimos ser".

— Então seu filho, ao se comportar como se estivesse insano, quer dizer que está mesmo.

— Precisamente.

— Ah, que beleza! Acontece, *papai*, que o Vice-Presidente Cooper partilha quase totalmente a filosofia política de Drew. E as pesquisas dizem que ele provavelmente derrotaria Dunleavy se a eleição acontecesse hoje.

— Ah, mas acontece que a eleição não vai acontecer hoje — disse Stoddard, como se o óbvio fosse uma revelação. — Quando a instabilidade mental do Presidente Stoddard for revelada e ele for obrigado a sair da corrida presidencial, a eleição vai estar muito próxima. No caos que certamente resultará, estou seguro de que os eleitores americanos, liderados pela direita religiosa que ressurgirá e por outros da maioria silenciosa, vão votar maciçamente no Presidente Dunleavy.

— Quer dizer que as crises que seu filho tem tido são meros experimentos...

— ...para definir a combinação mais eficaz de medicamentos — LeMar completou a frase.

— Drogas — corrigiu Gabe. — Não são medicamentos, são drogas alucinógenas, debilitantes e letais que o senhor tem aplicado no corpo do seu filho único. E isso porque ele trocou de partido e de política. É asqueroso.

— É uma atitude politicamente aconselhável — disse LeMar —, e não asquerosa. Utilizamos truques políticos em nossos candidatos desde a existência deles.

Pela primeira vez suas afirmativas pareceram meio forçadas, como se sua própria retórica se tornasse cada vez mais difícil de ele mesmo acreditar e expressar.

Gabe se obrigou a enfrentar o olhar arrogante do magnata. Pensou: *Há alguma coisa errada.* Aquele homem era perfeitamente capaz de ser vingativo. Isso era um fato, mas a dimensão na qual estava se vingando do próprio filho era desproporcional à mágoa que a metamorfose política de Drew deve ter causado em LeMar. Era como se quisesse retaliar contra uma mosca usando uma espingarda de matar elefante.

Há alguma coisa errada. Alguma coisa...

Nesse exato momento, Gabe reparou na maneira como aquele homem estava vestido: seus sapatos, sua calça, a camisa de grife, o blusão cuidadosamente passado. O tipo de roupa que Gabe vira recentemente, muito recentemente. Pensamentos que estiveram sem foco subitamente começaram a se encaixar.

— Essas são as roupas que eu vi no armário da fazenda de Lily, não são? — perguntou Gabe de repente. — Ou devo dizer *sua* fazenda? — Não sei do que você está... — O senhor era amante dela, o "coronel" que bancava as despesas. Foi o senhor que pressionou o presidente e sua nora para nomeá-la para o novo cargo no Gabinete caso, por alguma razão, seu esquema falhasse e seu filho se reelegesse.

— Que bobagem é essa? — disse LeMar, mas o tom não foi convincente.

— Mas por quê? — Gabe prosseguiu. — Por quê? Não, já sei: vou lhe dizer por quê. Porque o senhor é o dono daquele laboratório subterrâneo, a razão é essa. Os maiores cientistas da nanotecnologia que o mundo tem a oferecer reunidos secretamente e sob um só teto. Se o mundo científico ainda está na fase alfa da aplicação da nanotecnologia, o senhor e suas atividades já estão se aproximando da fase ômega. O senhor se projetou nessa área, *papai*. Nós somos os donos do monopólio.

LeMar pareceu que ia negar a conclusão, mas finalmente deu um passo para trás, com os braços cruzados no peito e a expressão orgulhosa.

— Você aprendeu muito num espaço de tempo notavelmente pequeno, doutor.

Gabe ainda tinha muito que dizer.

— Quanto foi que aquele bastião subterrâneo da ciência e todos aqueles gênios lhe custaram, *papai?* Deve ter sido tipo bilhões, não é? Dezenas de bilhões? Segundo me lembro, a *Forbes* não acredita que o senhor tenha tanto dinheiro assim. O que foi que o senhor fez para conseguir o dinheiro? Quanto custou sua estrutura, *papai?*

— Pare com isso!

— Foi o senhor que girou a roda do assunto, não foi? Figurar entre os dez ou vinte mais ricos não lhe bastou. O senhor queria ser o número um, o czar do maior império farmacêutico que o mundo já conheceu. E a plataforma liberal do seu filho de que o governo controlaria a nanotecnologia teria obrigado o senhor e seu laboratório a vir a público antes de estarem prontos. Quantos anos serão perdidos se as políticas de Drew forem implementadas, LeMar? Quanto do seu dinheiro vai entrar pelo cano? A maior parte dele? Todo ele? Quantos segredos você vai ter de compartilhar com a comunidade científica se o seu filho for reeleito? Todo esse assunto nunca teve a ver com ideologias políticas. Como fui idiota em pensar que tinha!

Subitamente LeMar Stoddard pareceu irrequieto, e sua postura, menos confiante. Estava ele de olhos semicerrados?

— Preciso de você, Gabe — ele disse abruptamente.

— Como é que é?

— Preciso de você. Posso fazê-lo mais rico do que seus sonhos mais ambiciosos jamais imaginariam.

— Precisa de mim para quê?

— Preciso que não conte nada sobre o que soube, e preciso que diga ao mundo, na hora propícia, que os boatos são verdadeiros e que o presidente e o vice estão enganando o povo americano sobre a saúde mental de Drew.

— A base de tudo era o dinheiro — disse Gabe, ignorando completamente o apelo. — Não havia nem um tiquinho de princípio político, tudo tinha a ver com dinheiro. Lily Sexton era sua amante, sua confidente. Você simplesmente pegou o telefone e mandou matá-la porque ela se tornou um risco? Qual desses animais você escolheu para fazer o trabalhinho? Crackowski ou Carl?

— Isso é ridículo!

— É mesmo, seu filho da puta arrogante? Quantas risadas você deu com a ironia de que os próprios fulerenos e nanotubos que vão torná-lo ainda mais rico pelos seus padrões são os meios que você e esse seu cúmplice usaram para aplicar substâncias tóxicas químicas no cérebro do seu filho?

— Seu merdinha ingrato! — berrou LeMar, com o rosto subitamente corado, e a voz alterada. — Depois de tudo o que fiz por você quando estava cheio de problemas, o dinheiro, os advogados, os subornos para reduzir sua pena ao mínimo. Sim, meu ingênuo amigo, houve subornos. E... e agora também, convencendo o presidente a trazer você para Washington, lhe cedendo meu apartamento e meu carro.

O estreitar de olhos ficou mais evidente agora, e o rosto dele estava quase escarlate. Gabe lembrou-se de todos os comprimidos que o magnata estava tomando para controlar a pressão alta.

— Pode pegá-los de volta, LeMar — disse Gabe. — O carro, o apartamento; o preço é alto demais.

— Po-pode acreditar em mim, Gabe, esse presidente não merece o cargo que ocupa.

O que está acontecendo com a fala desse homem?

— Os eleitores é que devem decidir isso, *papai* — disse Gabe.

— Você não compreende. Estou lhe dizendo que não vale a pena salvar essa presidência.

— Deixe que eu me entenda com ele — interrompeu Griswold, empunhando a pistola. — Garanto que vai compreender rapidinho.

— Não, seu asqueroso! — gritou uma voz de mulher vinda do saguão. — Garanto que *você* é que vai compreender.

Saindo do corredor e atravessando a grade levadiça, Alison entrou no salão, com a pistola apontada para Griswold de uma distância de pouco mais de sete metros.

— Alison! — exclamou Gabe.

— Largue a arma, Griswold. Ponha essa pistola no chão e a chute até aqui. Com força!

Griswold avaliou suas opções e então, lentamente, fez o que Alison exigiu.

— Seja feita sua vontade, senhora — resmungou. — Porra!

— Você não devia ter deixado meu rádio comigo, Griz. Eu te alcancei quando você deixou todos os outros e voou de Camp David de volta à Casa Branca. Isso me pareceu suspeito na hora, assim como parece agora.

— Que garotas travessas! — disse Griswold, sorrindo de maneira extremamente perturbada. — Elas sabem perfeitamente que não se tolera insubordinação. Acho que uma surra se justifica. Portanto, faça a gentileza, agente Cromartie; agora é minha vez de mandar que você solte a *sua* arma.

Ele ergueu a mão esquerda e exibiu um transmissor.

— O que você espera conseguir com isso? — perguntou Alison.

— O que eu espero fazer? Bem, para começo de conversa, espero apertar estes botões e liberar as substâncias químicas que meu inalador de confiança transmitiu ao seu tronco cerebral e a outras áreas da sua encantadora cabecinha. Substâncias suficientes, eu diria, para explodir sua cabeça, literal e figurativamente. Muitas vezes mais do que as que temos aplicado ao presidente.

— Largue o transmissor, Griswold, ou juro que vou pôr uma bala entre os seus olhos.

— Dessa distância? No calor da batalha? Com essa pistolinha delicada que está segurando? Que deve ser uma Glock? Talvez uma Glock vinte e seis? Só pode estar brincando. Com esse alcance, com sua mão tremendo como vara verde e a morte olhando direto para você, personificada por mim, teria sorte se atingisse a parede atrás de mim. Eu vou contar até três. Ponha sua arma no chão ou aperto estes botões, todos ao mesmo tempo. Um... dois... três!

Griswold apertou os botões do transmissor. Seus olhos estreitos aumentaram. Aumentaram ainda mais quando Alison levantou o Baggie com o inalador do presidente.

— Adivinhe o que é isto. Você nunca deveria ter deixado escapar aquele batedor de carteiras na sua garagem em Fredericksburg. Ele trocou os inaladores, seu verme. O Alupent com o qual você quase me matou era simplesmente isto: Alupent. Mas estou contente por você ter apertado esses botões agora porque posso alegar legítima defesa.

— Sua desgraçada filha da pu...

Griswold tentou pegar uma pistola no cinto, mas não conseguiu.

Alison apoiou um joelho no chão, estendeu os braços, mirou e disparou a Glock uma vez, apenas uma vez. No mesmo instante surgiu um orifício no centro da testa larga de Griswold. Ele olhou fixo para Alison, completamente atônito, até que a vida desapareceu completamente dos seus olhos, e então caiu de cara no chão de pedra.

Essa história não vai chegar a um confronto entre sua palavra e a minha, Griswold — pensou Alison selvagemente. *Não desta vez. Nem nunca.*

Ela foi cautelosamente até o agente e cutucou-lhe o corpo com o pé, depois se virou para Gabe e rapidamente lhe examinou os ferimentos.

— Não se preocupe, meu bem — ela disse, abraçando-o. — Não costumo ser tão desagradável assim. Vamos levar você para um hospital imediatamente. Vamos pôr você em forma de novo.

— Alison, este é LeMar Stoddard, o pai amoroso de Drew. Ele não tinha dinheiro suficiente.

— Foi o que ouvi lá atrás.

— Gabe, por... por favor, me escute — disse LeMar. — Senhorita, escute também. Escutem e vocês dois vão trabalhar comigo. Es-escutem e verão que... que o presidente não está preparado para o cargo. Garanto que... que vocês vão constatar isso.

Ele se inclinou e pegou a pasta de couro de formato estranho de junto do cadáver de Griswold.

Gabe suspirou.

— Não consigo pensar em alguma coisa que você possa dizer que eu queira escutar, *papai*, mas pode falar.

O estreitar de olhos e o gaguejar continuaram. Gabe percebeu que alguma coisa estava acontecendo dentro da cabeça de LeMar. Alguma coisa muito errada. A pressão arterial do sujeito devia estar nas alturas.

— Tudo bem — prosseguiu Stoddard. — Eis o que... o que eu tenho a dizer. Você não estava dirigindo o carro que matou aquela mulher e seu bebê naquela noite em Fairhaven. Foi o homem que está dormindo lá embaixo no *bunker* que os matou.

— Isso é impossível!

Mesmo ao pronunciar essa reação automática, Gabe soube que a afirmativa de LeMar era não apenas possível como verdadeira. Blackthorn o havia alertado, e seus próprios instintos lhe haviam dito que Drew mentia sobre algo... algo importante.

— Sua vida foi arruinada por... por um acidente pelo qual o... o presidente foi culpado. Vo-você apagou de tanto que bebeu naquela noite, mas o presidente não estava bêbado. E-ele sabia o que havia acontecido. E-ele sabia quem estava dirigindo. Vocês dois foram e-encontrados num aterro numa vala lamacenta, a trin-trinta metros do acidente. Você ti-tinha um fe-ferimento grave na cabeça e não se lembrava de nada.

A fala gaguejante e densa e o piscar estavam piorando.

— Não posso acreditar que Drew estivesse a par do que aconteceu e não me tivesse dito nada.

— Ele... ele estava com... com medo das con-consequências se confessasse. E-ele me pediu para ajudá-lo. Eu não podia negar. Ele era meu filho. Eu salvei a vida e... a carreira dele. Eu me encarreguei de molhar as mãos dos guardas e... e veja o que Andrew fez: ele me fez parecer um idiota! Todos esses anos eu pa-pareci um idiota. E agora ele está ameaçando me ti-tirar tudo, tudo!

A fala de LeMar estava acelerada e tensa, e o gaguejar mais pronunciado. Ele continuou falando vivamente e gesticulando, mas Gabe pôde perceber que o braço direito do homem não se movia tanto quanto o esquerdo. Na verdade, quase não se mexia.

— LeMar?...

— Depois, eu fiz o po-possível para assegurar que a si-situação não ficasse muito difícil para você. Eu-eu contratei os melhores advogados. Eu-eu falei com o juiz do caso e o ajudei com um pro-probleminha. Eu-eu consegui que vo-você ficasse preso o menor tempo possível.

O derrame estava claramente avançando, e sua fala ficou mais densa e forçada. Seu braço pendia flácido.

— Sr. Stoddard — disse Alison, aflita, correndo para sustentar o homem antes que ele caísse.

Mas LeMar continuou a falar, fazendo com que sua língua e seus lábios formassem palavras lentas e desajeitadas pelo simples poder de sua vontade.

— Eu posso comprovar... eu po-posso comprovar o que ele fez. — Começou a tentar desajeitadamente abrir o zíper de latão da pasta, enquanto murmurava: eu posso comprovar... eu posso comprovar.

Sua perna cedeu completamente, e Alison já não conseguiu suportar o peso. Suavemente, ela posicionou o corpo dele. Gabe saiu da cadeira e se ajoelhou ao lado do homem. Verificou as pulsações das artérias de LeMar, que estavam ativas.

— Acho que é uma hemorragia, não um coágulo — disse a Alison. — Mas pode ser qualquer um dos dois.

— A pasta... a pasta.

Gabe abriu o zíper e retirou uma grande e pesada sacola plástica lacrada, contendo o volante de um carro, um velho carro. Havia manchas de pó em vários trechos.

— Do acidente? — perguntou.

— Do carro que você pe-pegou emprestado... só as impressões digitais dele... Nenhuma sua... Isto ficou guardado num cofre todos esses anos.

LeMar Stoddard não conseguiu mais falar. Seus olhos se fecharam e sua boca tombou para um lado. Saliva surgiu-lhe no canto da boca. Alison tirou o jaleco e o dobrou entre a orelha dele e o chão. A respiração do velho ficou profunda e sonora.

Gabe recolocou o volante na pasta e se levantou dolorosamente. Então abraçou Alison com força.

— Eu tinha certeza de que alguma coisa tinha acontecido com você.

— Nada que importe agora — disse ela, tirando-lhe o cabelo da testa.

— Você quer chamar a polícia? — perguntou.

— Você vai ficar bem?

— Por enquanto. Agora preciso descer e ter uma séria conversa com o cara que está no *bunker*.

CAPÍTULO 64

Gabe só precisou apertar uma vez a campainha eletrônica do abrigo. Em segundos abriu-se um estreito painel no centro da porta.

— Olá, doutor! — disse o presidente, totalmente desperto, com a rapidez e a clareza de um médico de emergência... ou um chefe de Estado. — Por que tão cedo?

— Tivemos visitas, Drew, mas agora está tudo bem. Acabou a ameaça.

O pesado ferrolho do lado de dentro se abriu. Sob a parca luz, passaram-se vários segundos para o presidente perceber a extensão dos ferimentos de Gabe. Stoddard rapidamente o ajudou a entrar e se sentar.

— Estavam atrás de mim? — perguntou Stoddard.

— Acho que não — respondeu Gabe. — Estavam atrás de mim. Eu sabia demais.

— E eu dormi o tempo todo em que as coisas aconteceram?

— Não fez muita diferença.

Stoddard, usando pijama de algodão e um leve roupão, serviu água para os dois.

— Conte-me tudo.

Sem saber quanto tempo mais conseguiria se manter ereto, Gabe forneceu um relatório conciso mas completo do ataque ao castelo por dois assassinos, empregados para proteger a confidencialidade de uma instalação científica maciça exclusivamente de propriedade e sob a direção do pai de Drew.

— Os dois homens morreram.

— Você fez isso?

— Nem quero pensar nisso. Treat Griswold também está morto.

O presidente ficou surpreso, mas não chocado.

— Por você também?

— Por Alison. Ela o estava seguindo. Ele tentou matá-la.

— Estou satisfeito por ela estar bem.

— Não pela vontade de Griswold. Ele a torturou, mas Alison conseguiu fugir. Podemos falar mais sobre isso depois. Ocorre que Griswold era a pessoa de quem nós escapamos para vir para cá; ele era o cara com o transmissor. Seu pai havia encontrado uma forma de chantageá-lo a envenenar você. Griswold raptava mocinhas mexicanas e as transformava em suas escravas sexuais.

— Treat e meu pai — disse Stoddard. — Em quem se pode confiar?

— Bem, claramente, não neles.

— Eu queria estar mais perplexo por saber que foi meu pai o causador de tudo. Ele continua vivo?

— Por enquanto. A princípio não há como saber as consequências de um derrame, e o do seu pai é grave.

— Papai mandou construir um heliporto no telhado. The Aerie foi tão bem construído que quase não foi preciso nenhuma sustentação adicional. Vou ligar para o socorro.

— É, faça isso e diga a eles que talvez precisem fazer duas viagens.

— Seus ferimentos são sérios?

— Para quem levou dois tiros e apanhou pra cacete, até que não.

— LeMar vai sair dessa?

— Talvez. Mesmo que isso aconteça, a vida dele como controlador de tudo que supervisiona acabou. Em vista da perspectiva mais favorável, acho que ele escolheria ir embora logo.

— Lamento. Independentemente de tudo, ele é meu pai.

— Parece que não soube estabelecer corretamente suas prioridades.

— Bem, meu amigo, você certamente superou em muito o juramento de Hipócrates nesse assunto.

Gabe se mexeu no assento para encontrar uma posição em que pudesse permanecer mais alguns minutos.

— Drew, não sei quanto tempo mais vou conseguir ficar sentado reto, mas antes de subirmos, quero que fique com isto aqui.

Ele entregou a pasta de LeMar e o presidente a abriu, espreitou o conteúdo, depois a fechou lentamente.

— Esse volante se refere a Fairhaven?

— Seu pai o pegou depois do acidente. Ele disse que suas impressões digitais, Drew, estão no volante todo. Não há nenhuma impressão minha.

— Eu ia falar com você sobre Fairhaven depois que esta história — a eleição — terminasse — disse Stoddard. — Tem sido difícil para mim.

— Drew, tem sido difícil para *mim*, poxa!

— Eu... eu estava apavorado com meu pai naquela noite, sobre o que poderia acontecer. Ele sempre soube.

— Ele disse que você suplicou que o mantivesse longe do problema.

— Eu... bem, talvez eu tenha suplicado mesmo. Foi há muito tempo...

— Porra, foi mesmo há muito tempo que eu fiquei preso, mas me lembro de todos os detalhes de todos os dias que passei lá, Drew. Lembro de meu pai ter ficado muito envergonhado para falar comigo até o dia em que morreu. Lembro de frequentar as reuniões do AA e mentir para todo mundo ao dizer que estava limpo e sóbrio mesmo quando não conseguia parar de tomar comprimidos o tempo todo. É uma sorte que seu apagão tenha sido mais seletivo e tenha durado muito mais do que o meu.

— Tentei compensar o que fiz com a maneira pela qual conduzi minha vida.

— O país é grato a você, que tem sido um presidente espetacular.

— Você vai revelar publicamente o que eu fiz? Você sabe que não terei a mínima oportunidade de ser reeleito se fizer isso.

— Não sei, Drew. Neste instante, só sei que tenho quase cinquenta e três anos e que mais da metade da minha vida foi passada sob a nuvem negra de dois assassinatos que não cometi.

Stoddard foi até onde seu *jeans* estava pendurado e dele tirou um envelope dobrado pela metade.

— Esta carta chegou a mim logo depois que fui eleito há quatro anos. Eu ia dá-la a você quando lhe falasse sobre... o acidente. Então, pouco antes de sair de Camp David ontem, eu trouxe o envelope comigo.

Gabe pegou o envelope e dele tirou uma única folha de papel datilografado, escrito à caneta com letras de imprensa irregulares.

Sr. Presidente:

Irina Kursova e eu estávamos prontos para nos casar quando ela foi morta por um carro em que o senhor estava. Meu filho Dimitri, que ainda estava no ventre dela, morreu também. Não consigo encontrar o tal Singleton que dirigia o carro naquela noite.

Se eu conseguisse, eu o mataria. Sei que o senhor está o protegendo, mas se o senhor mandar o endereço dele para Milton, Rua Nolan, 253, 01409, Anápolis, eu me encarrego do resto.

— Esse é o homem que tentou me matar duas vezes — disse Gabe. — Alguém deve ter mostrado a ele a matéria no jornal anunciando que passei a fazer parte da sua equipe. Depois de tantos anos, o pesadelo voltou.

— O nome dele não é Milton, é Leon, Leon Uretsky. Trabalha como padeiro em Bowie. O endereço é de amigos dele. O Serviço Secreto o encontrou facilmente, mas, além de ameaçá-lo, não havia nada que os agentes pudessem fazer. Eu não sabia que ele tinha ido atrás de você até você me falar sobre os tiroteios que aconteceram.

— Você devia ter me falado sobre essa carta quando foi até Tyler, Drew — disse Gabe, aborrecido. — Você podia ter me contado várias coisas que preferiu não contar.

— Lamento. De verdade.

— São mais de trinta anos. Ele deve ter sofrido muito para querer me matar mesmo depois de trinta anos. Esse cara chegou a se casar?

— Não que eu saiba.

— Quero saber como falar com ele, Drew. Quero essa informação o mais depressa possível.

— Gabe, escute, eu...

— E sabe mais o que quero? Quero que você o encontre e vá falar com ele.

— Mas...

— Amanhã, Drew. Quero que você encontre Leon Uretsky, vá falar com ele e lhe conte que era você que estava dirigindo naquela noite. Se você não fizer isso, juro que terá tomado a decisão por mim, e vou direto aos jornais e a qualquer outra pessoa que se interesse.

— Mas você também vai falar com ele?

— Vou, se ele me permitir. Ele e eu precisamos conversar. Precisamos conversar sobre sofrimento... e perda. Precisamos falar sobre você.

— Isso vai acabar comigo, Gabe. Se essa história for divulgada, vai acabar comigo e com tudo que eu represento.

— Talvez. — Gabe se levantou com esforço e se encaminhou mancando para a porta. — Talvez acabe mesmo.

CAPÍTULO 65

Era a primeira vez que Gabe estava em Fairhaven, Maryland, desde o acidente. Consultando um guia de ruas, retirou a tipoia e foi transpondo as ruas embaixo de um chuvisco que não parava. Seu humor estava tão sombrio quanto a tarde. No bagageiro do Honda alugado, suas malas estavam feitas. De manhãzinha ele deixaria Alison no quarto do hotel que estavam partilhando e rumaria para o aeroporto. Voltar para Wyoming.

Três dias haviam se passado desde o pesadelo no castelo. Ele não retornara à Casa Branca, nem tencionava voltar lá. Falara com o presidente apenas o suficiente para certificar-se de que ele havia honrado a exigência de Gabe de ir pessoalmente visitar Leon Uretsky.

Levara mais de uma hora na sala de operações para que retirassem as balas dos ferimentos do quadril e do ombro esquerdo de Gabe. Felizmente não houve nada de grave para reparar, e ele saiu do hospital doze horas depois. Em seguida, havia passado o máximo possível de tempo com Alison quando não estava dando declarações aos investigadores do Serviço Secreto e da polícia. Os planos de Alison depois que tudo fosse esclarecido ainda eram incertos, mas Gabe tinha a esperança de que esses planos o incluíssem.

Segundo ela lhe contara, o tiro — improvável e preciso — que havia derrubado Treat Griswold havia sido muitas vezes mentalizado por ela quando estava amarrada, humilhada e em agonia constante no porão da casa na Rua Beechtree. Durante aquelas horas intermináveis, a pouca esperança à qual se agarrava concentrava-se naquele tiro. Nenhum entre as centenas que imaginou jamais errara o alvo.

Várias vezes durante as noites que haviam passado juntos, Gabe a abraçou e lhe secou as lágrimas à ideia de ter tirado uma vida da maneira como tirou, mesmo a de um monstro como Treat Griswold. A história que ela partilhou com ele de suas batalhas em Los Angeles para limpar o nome de uma amiga enfermeira, e também sua tortura subsequente nas mãos de Griswold, mais do que justificavam seus atos, na opinião de Gabe, mesmo assim ela derramou muitas lágrimas.

A reação de Gabe por haver matado os homens enviados para acabar com ele foi muito mais equilibrada, certamente menos angustiada do que nas duas ocasiões de sua vida de médico em que suas decisões, afetadas por intensas emergências médicas, contribuíram para a morte de um paciente.

Cemitério de Pine Grove.

Com o coração aflito e certa apreensão, Gabe deixou o carro na rua e entrou no pequeno cemitério por uma arcada de ferro batido, usando uma bengala para se apoiar. Na outra mão ele carregava uma única rosa. Através da escuridão e do chuvisco persistente, conseguiu distinguir a silhueta de um homem de pé, imóvel perto de uma das sepulturas.

Trinta anos.

O homem, mais ou menos da altura de Gabe, porém mais magro, estava com a cabeça inclinada, mas a ergueu quando Gabe se aproximou. O rosto era estreito, e a postura, orgulhosa.

— Singleton?

— Gabe.

— Tudo bem, como quiser, Gabe. Eu aceito que me chame de Leon.

Uretsky falava com um leve sotaque russo e fraseado da Europa Oriental.

— Obrigado por me receber.

— Duas vezes tentei matar você. Encontrar você é o mínimo que eu podia fazer.

— Ainda bem que você não é muito hábil com suas armas...

— A verdade, doutor, é que sou muito hábil. Fui atirador de elite no exército russo antes de me mudar para cá, aos vinte e sete anos. As armas que usei naquelas duas vezes eram minhas, compradas fazia alguns anos para praticar tiro ao alvo e me manter um bom atirador. Nesses anos todos pensei em me vingar. Mas então, na última hora, nas duas vezes, eu simplesmente não consegui atirar. Há trinta anos acredito que eu teria conseguido. Tentei encontrá-lo depois que você saiu da cadeia, mas eu tinha imigrado fazia pouco tempo, e possuía poucos recursos. Cada pista não me levava a lugar nenhum e me custava dinheiro. Acabei desistindo, mas nunca esqueci. Então, quando um amigo me mostrou o artigo sobre você...

— Não conseguiu continuar.

Gabe deu um passo para chegar mais perto de Uretsky, sem saber se a umidade no rosto dele era do chuvisco ou dos seus olhos. Uma coisa era certa: naquele instante ele se sentiu indescritivelmente próximo do homem.

— Você a amava muito — disse Gabe.

— Fui colocado neste planeta para amar aquela mulher — replicou Uretsky. Ele fez um gesto para a sepultura, que tinha os nomes Irina Kursova e Dimitri Uretsky inscritos. — E eu achava que você tinha tirado ela de mim. Ela e meu filho.

— Não tínhamos o direito de beber como bebemos nem de beber antes de dirigir.

— Ninguém tem. Você mandou o presidente ir falar comigo porque sabia que eu nunca acreditaria em você se me dissesse que ele era o culpado.

— Agora você acredita em mim?

— Acredito.

— Durante trinta anos procurei suportar as mortes de Irina e Dimitri, e sofri muito, mas claro que nem perto do que você tem sofrido.

— Stoddard fez muito mal a você por não ter contado a verdade desde o princípio.

— Concordo. Não dá para dizer como me senti ao ser expulso da faculdade e depois passar um ano numa prisão de segurança máxima. Mas, sob alguns aspectos, Leon, você rompeu a espiral da tragédia quando não conseguiu tirar minha vida. Não existe nada mais maravilhoso que você pudesse ter feito pela sua Irina.

— Talvez — disse Uretsky. — Talvez você tenha razão. Você vai mesmo embora, como disse quando me telefonou?

— Vou, de manhã cedinho. Não suporto mais Washington nem política.

— Você acha que a gente deve revelar ao povo o segredo do homem a quem confiaram o país?

— Ainda não resolvi. Qual a sua opinião?

— Preciso pensar; voltar a fazer meu pão, e a pensar. Irina morreu quando fazia apenas seis meses que estava neste país. Ela já tinha progredido muito no seu aprendizado do inglês.

— Acho que nós dois devemos manter contato, você e eu; nos falar toda semana ou a cada quinze dias. Eu gostaria de conhecer você melhor, e quero que saiba que a decisão sobre o presidente é sua. Se resolver que deve revelar tudo à imprensa, eu provavelmente vou apoiar sua decisão.

— Andrew Stoddard fez mal a nós dois.

— Muito mal, mas para nós dois ainda existe vida. Agora, suponho que ele é que vai sofrer. Drew pode ser egocêntrico e duro, mas é também muito humano. Não importa o que você decidir fazer, ele vai sofrer. Será que precisamos nos vingar do que ele fez? Não sei. Não sei mesmo.

— Outra pessoa pode dirigir o país.

— Na minha opinião ele está fazendo um bom trabalho, mas é certo que outra pessoa pode dirigir o país e talvez tão bem quanto ele.

— Talvez até melhor. Eu preciso pensar.

— Compreendo.

— Tenho o seu telefone em Wyoming. Prometo que vou ligar.

— E eu tenho o seu.

— A gente precisa conversar mais, dividir nossos sentimentos.

— Acho que sim, Leon. Acho que podemos nos ajudar.

— Essa ajuda pode ser muito útil para mim.

— E para mim também.

Gabe colocou a rosa na base da sepultura. Inclinou a cabeça para Uretsky, reconhecendo o vínculo que os unia, ficou lá por mais um minuto silencioso e depois se virou e foi mancando até o portão.

EPÍLOGO

A cena poderia ser uma tela a óleo de Frederic Remington ou uma fotografia de Bert Greer Phillips. O celeiro, a guarita, rolos de fumaça que saíam da chaminé de pedra, o engate ferroviário, o vapor se elevando das narinas dos três cavalos selados, a geada branca e pura cobrindo o chão na extensão mais longe que os olhos podiam alcançar, o céu da cor de ardósia.

O inverno estava pela metade nas grandes planícies.

Bem agasalhado para se proteger do frio, Gabe abriu com vigor a porta dos fundos do seu rancho, deixando-a escancarada de propósito. Montou Condor com graça espontânea e experiente e estremeceu um pouquinho quando se esticou o tecido da cicatriz de cinco meses perto do ombro e do quadril.

— Vamos logo, caras! — gritou. — Quero estar o mais longe possível da civilização quando o relógio bater dez horas.

— Aguenta as pontas, meu amigo — gritou uma voz masculina. — A moça está me ajudando a calçar as botas. Ei, dá um tempo! Isso foi engraçado, não foi? Você *está* mesmo dando um tempo!

Finalmente, Alison surgiu do frio usando um casaco de rancheiro de couro, com gola pesada de lã de carneiro e um chapéu de caubói com uma tira de cascavel e pena de vinte centímetros.

Radiante — pensou Gabe, como pensava toda vez que a via. — *Absolutamente radiante.*

Atrás dela, Leon Uretsky caminhava cautelosamente com as botas novas. Seu chapéu emprestado de caubói pendia entre as omoplatas. Seu cabelo e seus olhos eram negros como ébano, e seus traços, pronunciados e atraentes.

— O pé esquerdo no estribo, Leon — disse Gabe. — Depois agarre a parte levantada do selim e passe a perna por cima.

— Você bolou isso pra se vingar de mim, não foi? — perguntou Leon.

— Pare com isso, camarada — instou Alison. — Você vai adorar. Além do mais, o doutor e eu trabalhamos no hospital. Não vamos deixar que nada aconteça a você.

Uretsky girou a perna para cima como um caubói experiente e então, por alguns momentos, os três cavaleiros ficaram imóveis, inalando o ar e o silêncio maravilhoso.

— Lindo! — murmurou Uretsky — Lindo demais! Nunca estive num lugar como este. Nem mesmo na Rússia.

— Não lhe falei? — disse Gabe, dando a volta com o Condor com o mais sutil dos movimentos. — Estou muito contente que você finalmente tenha concordado em vir aqui.

— Nós dois estamos — acrescentou Alison. — Meu bem, já está na hora?

— Ainda não. Ainda podemos chegar à Crista do Mago às dez.

Os três cavalos começaram a trotar, afastando-se da casa por uma trilha delineada apenas por algumas marcas de carro.

— O que há de tão especial sobre essa Crista do Mago? — perguntou Uretsky.

— Nada... e tudo. Dei esse nome ao lugar porque, bem, você vai ver. O pão está na sua mochila?

— E também a manteiga e a geleia, se já não estiverem congeladas.

— Oba, que bom! Adoro pão fresco — disse Alison.

— Você vai ter cinco dias de pão fresco. Pretendo fazer um tipo diferente de pão todas as manhãs em que eu estiver aqui, além de umas outras delícias.

— Beleza!

Faltando cinco minutos para as dez, eles subiram uma suave ladeira e pararam na Crista do Mago. À frente deles, quilômetro após quilômetro de deserto revestido de branco se estendia até as montanhas.

— Que maravilha! — disse Alison. — Doutor, eu amo isto tudo aqui. E, caso eu não tenha lhe dito isso vezes suficientes hoje, também amo você.

— E eu amo você — disse Gabe, ainda surpreso com a facilidade com que as palavras saíram de sua boca. — Leon, eu lhe disse, quando vim embora de Washington no último verão, que você seria bem-vindo ao rancho a qualquer hora. Agora que está aqui, fico muito feliz de partilhar esta beleza toda com você, principalmente. Da próxima vez traga a moça com quem está saindo, se ela quiser vir.

— Dolores? Pode ser. Acho que ela gostaria disto aqui. Sabe de uma coisa? Quanto mais eu te conheço, mais fico feliz por não ter te matado.

— Também estou contente porque você não me matou, amigo. A perda da padaria em Hagerstown, onde você poderia ter terminado, é benefício nosso. Muito bem, pessoal, são dez horas em ponto. Que tal comermos pão fresco?

Os três passaram o pão macio oval de um para o outro, e cada um arrancou um bom naco.

A mais de dois mil e setecentos quilômetros de distância, a Bíblia estava sendo apresentada e a mão estava sendo colocada em cima do livro. A multidão que havia enfrentado o gelado dia de janeiro para testemunhar história sustou a respiração quando os alto-falantes transmitiram as palavras e a voz que todos haviam vindo escutar:

— Eu, Andrew Joseph Stoddard, juro solenemente cumprir fielmente as funções de Presidente dos Estados Unidos e, na medida de minhas possibilidades, salvaguardar, proteger e defender a Constituição dos Estados Unidos.

— Leon, me passe a geleia, por favor? — pediu Gabe.

Este livro foi impresso pela Prol Editora Gráfica
para a Editora Prumo Ltda.